W0264651

SUE GRAFTON

Américaine, originaire du Kentucky, Sue Grafton est diplômée de littérature anglaise. Elle a débuté sa carrière d'écrivain en 1967 en publiant un premier roman et a écrit des scénarios pour la télévision américaine, parmi lesquels deux adaptations de romans d'Agatha Christie.

C'est en 1982, avec *A comme Alibi*, suivi trois ans plus tard de *B comme Brûlé*, que Sue Grafton commence son étonnant abécédaire du crime, et qu'elle crée le personnage de Kinsey Millhone, détective privé que l'on retrouve dans les vingt volumes déjà parus. Traduite dans le monde entier, Sue Grafton est considérée comme l'une des figures les plus originales du roman policier américain.

S… COMME SILENCE

DU MÊME AUTEUR
CHEZ POCKET

L'ABÉCÉDAIRE DU CRIME, LES ENQUÊTES DE KINSEY MILLHONE

A COMME ALIBI
B COMME BRÛLÉE
C COMME CADAVRE
D COMME DÉRAPAGE
E COMME EXPLOSIF
F COMME FUGITIF
G COMME GIBIER
H COMME HOMICIDE
I COMME INNOCENT
J COMME JUGEMENT
K COMME KILLER
L COMME LEQUEL
M COMME MACHINATION
N COMME NAUSÉE
O COMME OUBLI
P COMME PÉRIL
Q COMME QUERELLE
R COMME RICOCHET
S COMME SILENCE

SUE GRAFTON

S… COMME SILENCE

ÉDITIONS DU SEUIL

Titre original :
"S" IS FOR SILENCE
Traduit de l'anglais (États-Unis)
par Marie-France De Paloméra

Le papier de cet ouvrage est composé de fibres naturelles, renouvelables, recyclables et fabriquées à partir de bois provenant de forêts plantées et cultivées durablement pour la fabrication du papier.

Le Code de la propriété intellectuelle n'autorisant, aux termes des paragraphes 2 et 3 de l'article L. 122-5, d'une part, que les « copies ou reproductions strictement réservées à l'usage privé du copiste et non destinées à une utilisation collective » et, d'autre part, que les analyses et les courtes citations dans un but d'exemple ou d'illustration, « toute représentation ou reproduction intégrale ou partielle faite sans le consentement de l'auteur ou de ses ayants droit ou ayants cause est illicite » (article L. 122-4). Cette représentation ou reproduction, par quelque procédé que ce soit, constituerait donc une contrefaçon sanctionnée par les articles L. 335-2 et suivants du Code de la propriété intellectuelle.

Éditeur original : G. P. Putnam's Sons, NY
© Sue Grafton, 2005
© Éditions du Seuil, 2007, pour la traduction française.
ISBN : 978-2-266-18211-9

À ma petite-fille Addison,
avec un cœur plein d'amour

REMERCIEMENTS

L'auteur tient à remercier pour leur aide plus que précieuse les personnes suivantes : Steven Humphrey ; Ben Holt, de Ben Holt Equipment ; Ken Seymour, www.1953chevrolet.com ; John Mackall, avocat, Seed Mackall LLP ; Greg Bolier, procureur adjoint, bureau du procureur de Santa Barbara ; John Lindren, de D & H Equipment ; Bill Turner, sergent-inspecteur (e. r.), du bureau du shérif du comté de Santa Barbara ; le Dr G. David Dyne ; T. J. Dwire, chargé des titres de propriété à Lawyers Title Company ; Emily Craig, anthropologue légiste au bureau de médecine légale de l'État du Kentucky ; John White, de KellyCo Metal Detector Superstore ; Dale Kreiter, technicien bibliothécaire, et le personnel de la bibliothèque publique de Santa Maria, Leslie Twine ; Florence Michel ; C. L. Burk ; et Don Gastiger.

Merci à Hairl Wilson qui m'a autorisée à utiliser son prénom, et à Bob Ziegler ses prénom et nom.

NOTE DE L'AUTEUR

Ceci est une œuvre de fiction. Tous les personnages sont de la même étoffe, autrement dit, les protagonistes de ce roman sortent tout droit de mon imagination et n'ont pas d'homologues dans la réalité. Les lecteurs qui connaissent la ville de Santa Maria et ses environs reconnaîtront le cadre de ce livre, mais noteront aussi les nombreuses libertés que j'ai prises avec la géographie. Inutile de chercher une résidence de style Tudor de deux étages dans cette plaine agricole. Les villes de Serena Station, Cromwell, Barker, Freeman, Tullis, Arnaud et Silas sont inventées. Cela dit, certaines routes existent ; m'étant autoproclamée présidente en exercice et seule et unique membre de la Direction régionale de l'équipement de Santa Teresa, je les ai déplacées, réorientées et rebaptisées selon les besoins du récit. Veuillez donc vous abstenir de tout courrier me précisant que je me suis trompée, car c'est faux.

1

LIZA

samedi 4 juillet 1953

Lorsque Liza Mellincamp songe à la dernière fois où elle a vu Violet Sullivan, c'est la couleur du kimono en soie de cette dernière qui lui revient avec le plus de précision, un bleu appelé, comme Liza devait l'apprendre plus tard, « céruléen » ; mais, à quatorze ans, ce mot ne faisait même pas partie de son vocabulaire. Un dragon brodé au point passé se déployait au dos, sa drôle de bouille de dogue et son corps onduleux se détachant en orange et vert acidulé. La gueule du dragon crachait des flammes qui déroulaient des volutes rouge sang.

La veille au soir, elle était arrivée chez les Sullivan à six heures. Violet sortait à six heures et quart, et, comme d'habitude, elle n'était pas encore habillée ni coiffée. La porte d'entrée était ouverte, et à l'arrivée de Liza, Bébé, le loulou de Poméranie beige roux de trois mois, s'était lancé dans un concert de jappements aigus de chiot, sautant avec excitation sur la porte-moustiquaire et la trouant çà et là. Bébé avait des yeux noirs en boutons de bottine, une truffe noire et un petit nœud rose fixé sur le front par une barrette. Quelqu'un avait donné l'animal à Violet moins d'un mois avant et elle s'était prise d'une passion farouche pour lui, le trimbalant partout où elle allait dans un grand fourre-tout en paille. Liza détestait Bébé, et les deux fois où Violet ne l'avait pas emmené, elle l'avait fourré dans la penderie pour ne pas l'entendre aboyer. C'était une idée de Foley, qui exécrait la bestiole peut-être même encore plus qu'elle.

Liza frappa au châssis de la porte, des coups à peine audibles et couverts par les jappements du chien.

— Entre ! lui cria Violet. Je suis dans la chambre !

Liza ouvrit la porte-moustiquaire, écarta le chien du pied et traversa le séjour pour gagner la chambre de Violet et Foley. Elle savait que celui-ci finissait souvent par s'endormir sur le canapé, surtout quand il avait bu, ce qu'il faisait presque tous les jours, et encore plus après le coup qu'il avait expédié à Violet là, en pleine figure, et qu'elle ne lui avait pas adressé la parole pendant deux jours, sinon plus mais va savoir combien. Foley ne supportait pas qu'elle le mette au silence, mais il regrettait déjà de l'avoir frappée et n'avait pas eu le courage de protester. Il avait raconté à qui voulait l'entendre qu'elle l'avait cherché. Tous les ennuis qu'il s'attirait étaient la faute du voisin.

Bébé trottina derrière elle jusqu'à la chambre, petite boule d'énergie frisottée et terminée par une queue en goupillon. Comme il était trop petit pour sauter sur le lit, Liza le cueillit d'une main et l'y déposa. La fille aux cheveux filasse de Violet, Daisy, était allongée sur le lit et lisait un album de Little Lulu, la bande dessinée que Liza lui avait donnée la dernière fois qu'elle était venue la garder, autrement dit la veille au soir. Une vraie chatte, cette Daisy : toujours à être dans vos pieds, mais toujours à faire autre chose. Liza s'assit sur l'unique chaise de la chambre. Un peu plus tôt dans la journée, quand elle avait juste fait un saut, deux sacs en papier marron l'encombraient. Violet lui avait dit que c'étaient des trucs pour Good Will, mais Liza avait reconnu quelques-uns des vêtements préférés de Violet et trouvé bizarre qu'elle donne ce qu'elle avait de mieux à se mettre. Là, les sacs avaient disparu et Liza se garda bien d'y faire allusion. Violet n'aimait pas les questions. Ce qu'elle voulait que vous sachiez, elle vous le disait carrément, le reste, ce n'étaient pas vos oignons.

— Tu as vu cet amour ? lui lança Violet.

Elle parlait du chien, pas de sa fillette de sept ans.

Liza ne fit aucun commentaire. Elle se demandait combien de temps il lui faudrait pour étouffer le loulou quand Violet serait absente… Celle-ci était assise sur le tabouret de sa coiffeuse, vêtue du kimono bleu vif au dragon sur le dos. Sous le regard attentif de Liza, elle dénoua sa ceinture et fit glisser le vêtement d'un mouvement d'épaules pour mieux examiner une meurtrissure de la taille du poing de Foley au-dessus de son sein. Liza découvrit trois versions de l'ecchymose dans le miroir pliable à trois faces posé sur la coiffeuse. Violette était une vraie miniature et avait un dos parfait, la colonne vertébrale absolument rectiligne, la peau sans un défaut. Ses fesses à fossettes s'aplatissaient à peine à l'endroit où elles s'appuyaient sur le siège.

Violet se mettait nue sans la moindre gêne devant Liza. Souvent, quand Liza venait baby-sitter, Violet ressortait de la salle de bains en tenue d'Ève, ayant lâché la serviette pour se tamponner le creux des genoux avec l'eau de toilette à la violette qu'elle utilisait. Liza s'appliquait à détourner les yeux tandis que Violet allait et venait dans la chambre, s'arrêtant pour allumer une Old Gold qu'elle abandonnait sur le rebord du cendrier.

Le regard de Liza revenait irrésistiblement vers le corps dénudé de Violet. Partout où elle allait, Violet attirait les regards. Une taille de guêpe et des seins rebondis qui tombaient très légèrement, comme des sacs de sable remplis presque à ras bord. Les seins de Liza, eux, suffisaient à peine à garnir son soutien-gorge 75 A, même si Ty fermait les yeux et se mettait à respirer fort chaque fois qu'il la caressait. Après s'être embrassés un moment, et même si elle se défendait, il réussissait à lui déboutonner son chemisier et écartait la bretelle de son soutien-gorge de façon à s'emparer d'un sein encore naissant. Puis il emprisonnait la main de Liza et la pressait entre ses jambes en laissant échapper une sorte de gémissement de désir et de frustration.

Au groupe de jeunes de la paroisse, la femme du pasteur sermonnait souvent les filles sur les caresses trop précises, vivement déconseillées, car c'était aller tout droit aux rapports sexuels et autres conduites dépravées. Bof… La meilleure amie de Liza, Kathy, avait adhéré au mouvement du Réarmement moral, qui prêchait les « quatre absolus » : Franchise, Pureté, Générosité, Amour. C'était le dernier précepte, l'Amour absolu, qui attirait Liza. Elle avait commencé à sortir avec Ty en avril, quoique « sortir » soit un bien grand mot. La tante de Ty ne devait surtout pas l'apprendre, à cause de ce qui s'était passé dans son lycée d'avant. Liza n'avait encore jamais été embrassée, n'avait jamais rien fait de ces choses auxquelles Ty l'initiait pendant le temps qu'ils passaient ensemble. Bien entendu, elle n'irait jamais jusqu'au bout, mais quel mal y avait-il à laisser Ty lui tripoter les seins s'il aimait ça ? Violet était exactement du même avis. Quand Liza avait fini par lui avouer de quoi il retournait, elle lui avait dit : « Mais enfin, mon poussin, pourquoi t'en faire ? Laisse-le prendre du bon temps ! Il est joli garçon, et ce que tu lui refuseras, une autre le lui donnera. »

Violet se teignait les cheveux d'une couleur ahurissante qui donnait plus dans l'orange que dans le roux et ne cherchait même pas à faire vrai. Elle avait les yeux vert clair et mettait un rouge à lèvres rose pâle. Ses lèvres dessinaient deux larges traits plats sur sa bouche ; on aurait dit la lisière d'un coupon de soie. Sa peau très claire semblait dorée en filigrane, comme le papier précieux d'un livre imprimé il y avait très longtemps. Son teint était constellé de taches de rousseur et avait tendance à marquer les « mauvais jours du mois ». Alors que Violet avait des cheveux de soie, une vraie publicité pour le shampooing Breck, ceux de Liza étaient crêpés et fourchus, à cause d'une erreur de calcul dans la Toni Home Permanent que Kathy lui avait faite une semaine avant. Kathy avait mal lu les instructions et les lui avait carrément brûlés. Ses mèches gardaient encore l'odeur d'œuf pourri des lotions qu'elle y avait appliquées.

Comme Violet aimait sortir, Liza gardait Daisy trois ou quatre fois par semaine. La plupart du temps Foley était absent, à s'enfiler des bières au Blue Moon, l'unique bar de la ville. Il travaillait dans le bâtiment et avait besoin en fin de journée de s'« humecter le gosier », comme il disait. Il n'allait quand même pas rester à la maison à garder Daisy, et Violet, elle, n'avait certainement pas l'intention de rester cloîtrée avec la petite pendant qu'il prenait du bon temps ailleurs. Pendant l'année scolaire, Liza avait fini par faire ses devoirs chez les Sullivan après avoir couché Daisy. Quelquefois Ty venait la voir, ou Kathy passait la soirée avec elle et toutes deux lisaient des revues de cinéma. Liza aimait mieux *True Confessions*, mais Kathy se gardait des pensées impures.

Violet sourit à Liza ; leurs regards se rejoignirent

dans la glace jusqu'à ce que Liza détourne les yeux. (Violet préférait sourire les lèvres fermées, car l'une de ses dents de devant s'était ébréchée quand Foley l'avait envoyée valdinguer contre une porte.) Violet l'aimait bien, Liza le savait et cela lui faisait chaud au cœur. Jouir des faveurs de Violet suffisait à la convaincre de la suivre partout, comme un petit chien abandonné.

Ayant achevé l'examen de son sein, Violet se glissa de nouveau dans le kimono et en noua la ceinture. Elle tira longuement sur sa cigarette, puis la posa dans le cendrier afin de finir de se maquiller.

— Comment va ton petit ami ?

— Bien.

— Fais attention. Tu sais qu'il ne doit pas sortir avec des filles.

— Je sais. Il m'a tout raconté et je trouve ça si injuste !

— Injuste ou pas, sa tante aurait une attaque si elle savait qu'il sort, surtout avec une fille de ton genre.

— Merci ! Pourquoi ça ?

— Elle pense que tu as une mauvaise influence parce que ta mère est divorcée.

— Elle vous a dit une horreur pareille ?!

— En gros, oui, lui répondit Violet. Je l'ai croisée par hasard au marché et elle a essayé de me tirer les vers du nez. Quelqu'un t'a vue avec Ty et s'est empressé de le lui raconter. Ne me demande pas qui a cafté : elle est restée muette comme une tombe. Je lui ai dit qu'elle était folle. Poliment, mais je lui ai fait comprendre le fond de ma pensée. D'abord, je lui ai rappelé que ta mère, vu ton âge, ne t'aurait jamais laissée sortir. Tu as à peine quatorze ans... grotesque, je lui ai dit. Et j'ai ajouté que tu ne pouvais pas voir Ty pour la bonne raison que tu passais tout ton temps libre avec moi. Elle a paru s'en contenter, même si je sais qu'elle ne me porte pas non plus dans son cœur. Nous ne sommes pas assez bien pour elle ni pour son neveu chéri… La bouche en cul-de-poule, elle m'a susurré que, dans la dernière école qu'il avait fréquentée, une fille s'était mise dans une situation délicate… si tu vois ce que je veux dire.

— Je sais. Il m'a dit qu'il était désolé pour elle.

— Bref, il lui a fait une grande faveur en la baisant, de quoi se plaint-elle ?

— N'importe, c'est fini.

— J'imagine. Mais crois-moi, tu ne peux pas faire confiance à un garçon qui n'a qu'une idée en tête : te mettre la main au panier.

— Même s'il t'aime ?

— Surtout s'il t'aime et, pire encore, si toi tu l'aimes.

Violet saisit un applicateur de mascara et commença à passer le pinceau sur ses cils, se penchant vers le miroir pour mieux voir.

— J'ai des Coca pour toi au frigo, et un bac de glace à la vanille si Daisy et toi en avez envie.

— Merci.

Elle revissa l'applicateur et s'éventa de la main pour sécher la frange spectaculaire d'enduit noir. Ouvrant son coffret à bijoux, elle y choisit six bracelets, de minces cercles d'argent qu'elle glissa un à un à son poignet droit. Elle secoua la main en les faisant tintinnabuler comme des clochettes. À son poignet gauche, elle mit sa montre au bracelet étroit et noir. Puis, pieds nus, elle se leva et s'approcha de la penderie.

On ne relevait guère de traces de Foley dans la chambre. Ses vêtements s'entassaient dans une armoire en aggloméré, coincée dans un angle de la chambre de Daisy ; comme Violet aimait à le dire : « S'il veut protéger ses arrières, il n'a pas intérêt à se plaindre ! » Liza la regarda accrocher le kimono à une patère à l'intérieur de la porte de la penderie. Elle portait une culotte de Nylon blanche et soyeuse, mais avait fait l'impasse sur le soutien-gorge. Glissant ses pieds dans une paire de sandales, elle se pencha pour en nouer les lanières et ses seins se trémoussèrent. Puis elle passa une robe bain de soleil à pois blancs et lavande, à fermeture Éclair dans le dos. Liza dut l'aider. La robe la moulait étroitement, et si elle se rendait compte que le tissu mettait en évidence ses bouts de sein en les aplatissant comme des pièces de monnaie, Violet ne fit aucun commentaire. Liza était très consciente de ses formes à elle, qui avaient commencé à se développer quand elle avait douze ans. Elle portait des blouses en coton non ajustées, en général des Ship'n Shore, consciente que son soutien-gorge et ses bretelles se devinaient parfois sous le tissu. Elle se sentait gênée, à cause des garçons à l'école. Ty avait dix-sept ans, et comme il venait d'un autre établissement, il avait un comportement moins idiot que les autres, avec leurs bruits de pets et leurs gestes obscènes, allant et venant du poignet sur leur braguette.

— À quelle heure est le feu d'artifice ? demanda Liza.

Violet appliqua une seconde couche de rouge, puis se frotta les lèvres l'une contre l'autre pour égaliser la couleur. Elle reboucha le tube.

— Dès qu'il fera nuit. À neuf heures, je pense.

Elle se pencha en avant, tamponna son rouge avec un mouchoir en papier, puis effaça avec l'index une petite trace de couleur sur ses dents.

— Vous rentrez directement après, avec Foley ?

— Non, on s'arrêtera sans doute au Moon.

Liza ne voyait pas pourquoi elle avait posé la question. C'était toujours la même histoire. Ils allaient rentrer à deux heures du matin. Liza, dans les vaps et les jambes en coton, prendrait ses quatre dollars, puis rentrerait à pied dans le noir.

Violet ramassa ses cheveux et en fit une torsade qu'elle tint bien haut sur sa tête pour juger de l'effet.

— À ton avis, je les relève ou je les laisse longs ? Il fait encore une chaleur d'enfer.

— Longs, c'est mieux.

— Il faut souffrir pour être belle, conclut Violet avec un sourire. Ravie de t'avoir appris quelque chose !

Elle laissa retomber ses cheveux et secoua la tête pour en répartir la masse sur ses épaules.

Tel était l'enchaînement de faits dont Liza gardait le souvenir : début, milieu, fin. Comme une séquence de film qu'on passe en boucle. Daisy lisant son illustré, Violet nue, et demandant ensuite qu'on remonte la fermeture Éclair de sa robe à pois. Violet relevant ses cheveux flamboyants, puis les secouant pour les étaler. Ty Eddings s'incrustait en flou dans cette séquence. Où, elle n'aurait su dire exactement, à cause de ce qui était arrivé après. Ensuite, elle ne se souvenait que d'un court instant, après un blanc de… disons une vingtaine de minutes. Liza se trouvait dans la salle de bains pas très nette et dont les serviettes sentaient le moisi. Daisy, ses jolis cheveux blonds retenus par une barrette, prenait son bain. Elle était assise dans un nuage de mousse, qu'elle écopait du creux de la main pour s'en couvrir les épaules comme d'un beau manteau de fourrure. Après l'avoir baignée et mise dans son pyjama de poupée, Liza lui avait donné le comprimé que Violet laissait toujours pour la petite quand elle sortait.

L'air de la salle de bains était humide et chaud, et sentait le bain moussant parfumé au pin que Liza avait pressé sous le jet du robinet. Liza était assise sur les toilettes dont elle avait rabattu le couvercle, surveillant que Daisy ne fasse pas de bêtises, comme se noyer ou se mettre du savon dans les yeux. Elle s'ennuyait déjà à mourir, car baby-sitter perdait tout son charme une fois Violet partie. C'était bien parce que Violet le lui avait demandé ! Impossible de se défiler. Les Sullivan n'avaient pas la télévision. Les Cramer étaient la seule famille du coin à posséder un récepteur. Liza et Kathy regardaient la télé presque tous les après-midi, encore que ces derniers temps Kathy lui ait fait la tête, en partie à cause de Ty et en partie à cause de Violet. Si elle s'était laissé faire, Kathy l'aurait collée toute la sainte journée ! Au début elle s'amusait bien avec Kathy, mais là, elle étouffait !

Au moment où Liza se penchait pour agiter d'une main l'eau du bain, Violet avait ouvert la porte et passé la tête, Bébé dans les bras. Le chiot avait jappé dans leur direction, les yeux brillants et malicieux, comme s'il crânait.

— Lye, j'y vais. À tout à l'heure, les mômes !

Violet l'appelait volontiers « Lye », probablement un diminutif de Liza, mais prononcé comme cela s'écrivait.

Daisy avait levé le menton, esquissant une moue.

— Un baiser !

— Un baiser, mais de loin, ma puce, avait dit Violet. Maman vient de se mettre du rouge à lèvres et n'a pas envie de l'écraser. Tu vas être sage et faire tout ce que dira Liza.

Violet avait envoyé un baiser à Daisy. Daisy avait fait semblant de l'attraper et le lui avait renvoyé d'un souffle, les yeux étincelant de joie à la vue de sa mère radieuse. Liza avait fait au revoir de la main, et quand la porte s'était refermée, une bouffée d'eau de Cologne à la violette s'était glissée dans la pièce, portée par une volute d'air glacé.

2

L'énigme Violet Sullivan m'échut à la suite du coup de téléphone d'une certaine Tannie Ottweiler, dont j'avais fait la connaissance par l'entremise de mon ami le lieutenant Dolan, l'inspecteur des Homicides avec qui j'avais travaillé le printemps précédent. Je m'appelle Kinsey Millhone. Détective privé dûment patenté, je travaille en général sur douze à quinze affaires, dont la nature va de la vérification d'antécédents à l'escroquerie aux assurances et aux époux volages coincés dans d'âpres divorces. J'avais pris plaisir à cette collaboration avec Dolan, car elle m'avait donné une raison d'abandonner mes habituelles recherches administratives pour aller sur le terrain.

À la seconde où j'entendis la voix de Tannie, une image jaillit dans mon esprit : la quarantaine, un visage harmonieux, peu ou pas de maquillage, des cheveux foncés retenus par des peignes d'écaille et nimbés de fumée de cigarette. Tannie remplissait les fonctions de barmaid, gérante et parfois serveuse dans un café appelé le Sneaky Pete's[1]. C'était là que Dolan m'avait convaincue

1. Soit « Pete le Sournois ».

de l'aider. Lui et son vieux copain, Stacey Oliphant, qui avait pris sa retraite du bureau du shérif du comté de Santa Teresa, enquêtaient sur un homicide non élucidé qui dormait sous le boisseau depuis dix-huit ans. Tous deux ayant des ennuis de santé à l'époque, ils m'avaient demandé de me charger d'une partie des recherches sur le terrain. Cette mission et Tannie Ottweiler restaient indissolublement liées dans mon esprit et éveillaient en moi des trésors de bonne volonté. Nous nous étions revues deux ou trois fois depuis, mais toujours en nous en tenant à un échange de plaisanteries, comme à ce moment-là. Je savais qu'elle avait allumé une cigarette, trahissant par là un brin de nervosité.

— Écoutez, me dit-elle enfin, je vous appelais pour savoir si vous accepteriez de discuter avec une amie à moi.

— Tout à fait. Pas de problème. À quel sujet ?

— Sa mère. Violet Sullivan, ça vous rappelle quelque chose ?

— Je ne crois pas.

— Allez… je vous parie que si. Serena Station ? Au nord du comté ? Elle a disparu il y a des années.

— Ah, j'y suis ! J'avais oublié cette histoire. C'était dans les années quarante, si j'ai bonne mémoire ?

— Non, c'est moins vieux. Ça remonte au 4 juillet 1953.

Quand j'avais trois ans, pensai-je. Nous étions en septembre 1987. J'avais eu trente-sept ans en mai, et, je l'avais remarqué, je datais maintenant les événements par rapport à mon âge. Une bribe d'information me revint vaguement.

— Pourquoi est-ce que je pense à une histoire de voiture ?

— Parce que son mari venait de lui acheter une Chevrolet Bel Air et qu'elle s'est volatilisée aussi. Une voiture de toute beauté, un coupé cinq places. J'ai vu exactement la même au salon l'année dernière.

J'entendis Tannie tirer sur sa cigarette.

— Le bruit courait qu'elle avait une liaison avec un mec et qu'ils s'étaient taillés.

— Ça arrive tous les jours.

— À qui le dites-vous ! Vous devriez entendre les histoires qu'on me raconte, tous ces gens qui pleurnichent dans leur bière. Tenir un bar a vraiment déformé ma vision des choses. N'empêche qu'une foule de gens sont convaincus que le mari de Violet l'a liquidée, mais il n'y a jamais eu l'ombre d'une preuve. Pas de corps, pas de voiture, aucun indice dans un sens ou dans l'autre. Allez savoir…

— Quel rapport avec sa fille ?

— Daisy Sullivan est une vieille copine. Elle est ici en congé et passe deux jours chez moi. J'ai grandi dans le nord du comté et nous nous connaissons depuis que nous étions gamines. Elle était deux classes après moi, du primaire à la terminale. Elle est fille unique, et je peux vous dire que cette histoire avec sa mère l'a vraiment bousillée.

— Comment ça ?

— D'abord, et pour commencer, elle boit trop, et quand elle boit elle flirte, et quand elle flirte elle se rabat sur le premier paumé à portée de main. Elle a un goût lamentable, côté hommes…

— Oh, la moitié des femmes que je connais choisissent mal !

— Eh bien elle, elle les coiffe au poteau. Elle passe son temps à chercher le « grand amour », mais elle n'a pas la moindre idée de ce que c'est ! Pas que je fasse mieux, mais au moins, moi, je n'épouse pas ! Elle a quatre divorces à son actif et des tonnes de colère rentrée. Je suis sa seule amie.

— Que fait-elle dans la vie ?

— Des transcriptions médicales. Assise toute la journée dans un bureau minuscule avec un casque sur les oreilles, à taper tout le fatras dicté par les toubibs pour leurs dossiers. Elle n'est pas malheureuse, mais elle commence à voir à quel point son horizon est borné. Son univers s'est tellement rapetissé qu'aujourd'hui il a tout du cercueil. Elle s'est fourré dans la tête qu'elle ne trouvera jamais son équilibre tant qu'elle ignorera ce qui s'est passé.

— À vous entendre, ça dure depuis des années. Quel âge a-t-elle donc ?

— Voyons voir… je vais avoir quarante-trois ans ce mois-ci, donc Daisy doit en avoir dans les quarante-quarante et un. J'ai déjà du mal à me situer, alors elle… Je sais qu'elle avait sept ans quand sa mère les a plaqués.

— Et son père ? Où est-il en ce moment ?

— Toujours dans le coin, mais sa vie aura été un enfer. Personne ne veut avoir affaire à lui. Exclu du groupe, comme cette saleté de coutume qu'ils ont dans les tribus. Il serait un fantôme, que ça ne changerait pas grand-chose pour lui. Écoutez, je sais que ça ne date pas d'hier, mais elle parle sérieusement. S'il l'a tuée, il faut qu'elle le sache, et sinon, pensez seulement au service que vous lui rendrez. Vous ne pouvez pas savoir à quel point cette histoire l'a foutue en l'air. Et lui aussi, d'ailleurs.

— Ce n'est pas un peu tard pour entrer dans la partie ?

— Je croyais que vous aimiez la difficulté.

— Au bout de trente-quatre ans ? Vous plaisantez !

— À mon avis, ça n'a rien de catastrophique. D'accord, quelques années se sont écoulées, mais on peut voir la chose sous un autre angle : peut-être que le tueur est prêt à mettre à nu son âme immortelle.

— Pourquoi ne pas vous adresser à Dolan ? Il connaît

un tas de flics du nord du comté. Il pourrait vous aider, au moins vous mettre sur la bonne voie.

— Non, justement. Je lui en ai déjà parlé. Comme il part avec Stacey pour une virée de pêche de trois semaines, il m'a conseillé de vous appeler. Il dit que vous êtes aussi teigneuse qu'un terrier dans ce genre d'affaire.

— Merci pour le compliment, mais je ne peux pas retrouver la piste d'une bonne femme qui a disparu il y a trente-quatre ans ! Comment savoir par où commencer ?

— Vous pourriez lire ce qui a été publié dans les journaux de l'époque.

— Cela va sans dire, mais Daisy en est tout aussi capable, j'en suis sûre. Envoyez-la à la salle des périodiques de la bibliothèque...

— Elle a déjà fait tout ça. Elle m'a dit qu'elle aimerait vous donner les éléments.

— Tannie, n'y voyez pas un manque de courtoisie de ma part, mais il y a une bonne demi-douzaine de détectives privés dans l'annuaire. Essayez toujours...

— L'idée me chiffonne. Enfin, je veux dire... il me faudrait une éternité, rien que pour les mettre au courant. Vous, au moins, vous avez entendu parler de Violet Sullivan. Peu de gens pourraient en dire autant.

— J'ai aussi entendu parler de Jimmy Hoffa[1], mais je ne vais pas pour autant me mettre en devoir de le retrouver !

— Tout ce que je vous demande, c'est de lui parler...

— À quoi bon si...

— Je vais vous dire, me coupa-t-elle. Passez au Sneaky Pete's et je vous fais un sandwich. Gratis, c'est moi qui invite, aucuns frais. Tout ce que vous aurez à faire, c'est l'écouter.

1. Président du Syndicat des camionneurs disparu sans laisser de trace le 30 juillet 1975.

J'avais déjà l'esprit ailleurs, distraite par la promesse d'un repas gratuit. Le sandwich dont elle parlait était la spécialité de la maison, et d'après Dolan, la seule proposition digne d'intérêt : salami épicé sur petit pain bis accompagné de fromage fondu au piment. L'innovation de Tannie consistait à poser un œuf au plat par-dessus. J'ai honte de reconnaître comme il est facile de me séduire. Je jetai un regard à ma montre : 11 h 15 et je mourais de faim.

— Quand ?

— Pourquoi pas tout de suite ? Mon appartement est à moins d'une rue d'ici. Daisy sera là avant que vous n'ayez eu le temps de vous mettre au volant.

Je décidai de faire à pied les six pâtés de maisons qui me séparaient du Sneaky Pete's, cela dans l'espoir bien inutile de retarder l'entretien. C'était un matin de septembre typique et la journée s'annonçait comme la copie conforme des jours passés et à venir : un soleil généreux après un semis de nuages matinaux, la température affichant des hauts dans les vingt-cinq degrés et des bas qui vous encourageaient à dormir sous une couette la nuit. Des oiseaux migrateurs, alertés par les modifications de la lumière automnale, filaient en V dans le ciel vers leurs quartiers d'hiver. C'était l'avantage de vivre dans le sud de la Californie ; doublé d'un inconvénient : la monotonie. Même une météo idéale perd son charme lorsqu'elle sévit en permanence.

Cette semaine-là, la police locale se préparait pour la Conférence des brigades de prévention criminelle de Californie, qui devait se tenir du mercredi au vendredi, et je savais que Cheney Phillips, qui travaillait aux Mœurs à la police de Santa Teresa, allait être pris tout du long. Ce qui me convenait tout à fait. La femme au tempérament ombrageux que je suis aspirait à la solitude. Depuis trois mois, je « sortais » avec Cheney, si vous désirez utiliser ce terme pour décrire les rapports de célibataires divorcés aux abords de la quarantaine. Je ne savais pas trop à quoi m'en tenir sur ses intentions, mais je ne souhaitais pas me remarier. Pourquoi aggraver encore la situation ? Le jumelage à temps plein peut franchement vous taper sur les nerfs.

Sans même avoir entendu la longue et triste histoire de Daisy, je pouvais évaluer mes chances. Je n'avais pas le moindre indice susceptible de me mettre sur la piste d'une femme portée disparue depuis plus de trente ans. Si elle était encore vivante, elle devait avoir eu des raisons de fuguer, décidant de garder ses distances avec son unique enfant. Et puis le mari de Violet vivait toujours dans la région. Où le situer, dans cette histoire ? S'il avait voulu la retrouver, pourquoi ne pas avoir fait lui-même appel à un détective au lieu d'en laisser le soin à Daisy au bout de tant d'années ? Par ailleurs, s'il savait qu'elle était morte, pourquoi lancer une recherche alors que rien ne l'obligeait à dépenser ses sous ?

Mais il se trouvait que j'aimais bien Tannie, et que Daisy, étant une de ses copines, jouissait automatiquement d'un certain statut à mes yeux. Très minime, je vous l'accorde, mais suffisant pour que je l'écoute. C'est pourquoi, les présentations faites et mon sandwich devant moi, je feignis de l'écouter avec attention au lieu de saliver sur mon assiette. Le petit pain bis avait été beurré et placé sur le gril le temps de prendre une belle couleur dorée et de croustiller sur les bords. Le fromage fondu, du Monterey Jack piqué de pépites de piment rouge, avait soudé les rondelles de salami épicé. Quand je soulevai la moitié supérieure du petit pain, le jaune de l'œuf était encore rebondi, et je savais qu'il baverait au premier coup de dent, imbibant la mie. C'est un miracle que je n'en aie pas gémi de plaisir à cette seule idée.

Toutes deux s'étaient assises en face de moi, de l'autre côté de la table. Tannie s'en tenait à un minimum de commentaires afin de laisser le courant passer entre Daisy et moi. En regardant cette femme, j'eus un mal fou à croire qu'elle avait seulement deux ans de moins que Tannie. À quarante-trois ans, la peau de ladite Tannie exhibait le fin lacis de rides qui révèle un excès de tabac et une insuffisance de protection solaire. Le visage à l'ossature fine de Daisy se signalait, lui, par un teint blafard. Ses yeux étaient petits, d'un bleu trahissant une légère anxiété, et ses cheveux châtain clair et sans tonus tirés en arrière dans un semblant de chignon que maintenait de justesse une baguette de style restaurant chinois. Plusieurs mèches folâtres s'en échappaient, et j'aurais souhaité la voir ôter la baguette pour recommencer l'opération. Elle se tenait mal, la tête dans les épaules, peut-être parce qu'elle n'avait jamais eu de mère pour lui seriner de se tenir droite. Ses ongles étaient si abominablement rongés que je faillis replier mes doigts dans mes paumes pour les mettre à l'abri.

Alors que je savourais mon sandwich, elle picorait le sien, en en détachant des bribes dont elle faisait un petit tumulus sur son assiette. Elle n'enfournait qu'une bouchée sur trois, laissant les autres sur le côté. Honnêtement, je ne la connaissais pas depuis assez longtemps pour lui mendier un de ses rebuts. Jusque-là, je lui avais confié le soin de faire la conversation, mais au bout d'une demi-heure à bavasser de tout et de rien, elle n'avait toujours pas abordé le sujet de sa mère. Moi, c'était mon heure de table. Je n'avais pas que ça à faire. Je décidai de mettre les pieds dans le plat et qu'on en finisse. Je m'essuyai les mains à une serviette en papier, la roulai en boule et la coinçai sous le bord de mon assiette.

— Tannie me dit que vous aimeriez me parler de votre mère, lui lançai-je.

Elle regarda son amie, quêtant un signe d'encouragement. Maintenant repue, elle se mit à ronger son ongle de pouce, un peu comme un fumeur aurait allumé une cigarette.

Tannie lui adressa un sourire rapide.

— Ne t'inquiète pas, vas-y, lui dit-elle. Elle est ici pour t'écouter.

— Je ne sais pas quoi dire. C'est une longue histoire… compliquée.

— C'est ce que j'ai compris. Pourquoi ne pas commencer par me dire ce que vous voulez ?

Le regard de Daisy voleta dans la salle derrière moi, comme si elle cherchait à s'enfuir. Je gardai mes yeux fixés sur son visage, poliment, pendant qu'elle n'arrivait pas à se décider. J'essayais d'être patiente, mais ce genre de silence me donne envie de mordre.

— Vous voulez… quoi ? lui répétai-je avec un geste d'encouragement.

— Savoir si elle est vivante ou si elle est morte.

— Vous n'en avez aucune idée ? Pas d'intuitions ?

— Rien de fiable. Des deux possibilités, je ne sais pas laquelle je redoute le plus. Tantôt je crois une chose, tantôt son contraire. Si elle est vivante, je veux savoir où elle habite et pourquoi elle n'a jamais contacté personne. Si elle est morte, je le prendrai peut-être très mal, mais au moins je saurai à quoi m'en tenir.

— De toute façon, et quelle que soit la réponse, beaucoup de temps s'est écoulé.

— Je sais, mais je ne peux pas continuer comme ça. J'ai passé ma vie entière à me demander ce qui lui est arrivé, pourquoi elle est partie, si elle avait l'intention de revenir mais qu'on l'en a empêchée.

— Empêchée ?

— Elle est peut-être en prison, je ne sais pas…

— Pas un seul mot d'elle en trente-quatre ans ?

— Pas un.

— Personne ne l'a vue ni n'a eu de ses nouvelles ?

— Pas à ma connaissance.

— Aucun mouvement sur son compte en banque ?

Elle fit non de la tête.

— Elle n'a jamais eu de compte bancaire ni de livret d'épargne, me précisa-t-elle.

— Vous êtes bien consciente de ce que ça signifie. Elle est probablement morte.

— Alors comment n'en avons-nous rien su ? Elle a pris son sac quand elle est partie. Elle avait son permis de conduire californien. Si elle avait eu un accident, nous en aurions forcément été informés.

— À condition qu'on l'ait découverte, lui dis-je. Le monde est grand. Elle peut avoir fait une sortie de route et être tombée dans le ravin ou au fond d'un lac. Il arrive qu'on ne retrouve jamais quelqu'un. Je sais que c'est dur à accepter, mais c'est la vérité.

— Je continue à croire qu'elle a peut-être été victime d'une agression ou enlevée, ou qu'elle se savait malade. Elle se serait enfuie parce qu'elle ne parvenait pas à faire face. Je sais, vous vous demandez ce que ça change, mais pour moi c'est important.

— Croyez-vous vraiment qu'on puisse la localiser si longtemps après ?

Elle se pencha vers moi.

— Écoutez, j'ai un bon emploi et un bon salaire. Je peux assumer la dépense, quelle qu'elle soit.

— Il ne s'agit pas de dépense, mais de probabilités. Je risque de perdre beaucoup de mon temps et de votre argent et, au bout du compte, vous vous retrouverez exactement à votre point de départ. Autant vous avertir.

— Je ne vous demande aucune garantie.

— Quoi alors ?

— Que vous m'aidiez, c'est tout. Je vous en prie, dites-moi que vous allez essayer !

Je me redressai et la dévisageai. Que lui répondre ? Cette femme était sincère. Je devais le reconnaître. Je contemplai mon assiette, puis récupérai du bout de l'index une goutte de fromage fondu et la déposai sur ma langue. Il gardait toute sa saveur.

— J'aimerais vous poser une question. Personne n'a enquêté sur sa disparition à l'époque ?

— Si, le bureau du shérif.

— Parfait. C'est déjà un point. Les avez-vous interrogés sur leurs recherches ?

— Justement, je comptais sur vous pour le faire. Je sais que mon père avait rempli un formulaire signalant sa disparition. Comme j'en ai vu le double, je suis certaine qu'il a parlé au moins à un inspecteur, bien que j'aie oublié son nom. Il doit avoir pris sa retraite à l'heure qu'il est.

— C'est sans doute assez facile à vérifier.

— Je ne sais pas si Tannie vous a mentionné ce détail, mais mon père pensait qu'elle avait une liaison et qu'elle s'est enfuie avec son amant.

— Une liaison ? Sur quoi se fondait-il ?

— Sur sa conduite passée. Ma mère était intenable… du moins, c'est ce que tout le monde dit.

— En imaginant qu'il y ait bien eu quelqu'un, avez-vous une idée de qui c'était ?

— Non, mais elle avait assez d'argent de côté pour subvenir à ses besoins. Au moins pour un temps.

— Combien ?

— On n'a jamais su exactement. À l'entendre, cinquante mille dollars, mais ça n'a jamais été confirmé.

— D'où tenait-elle cette somme ?

— De la liquidation d'une assurance. Si j'ai bien compris, il y a eu un problème à ma naissance. Je crois que le médecin a bâclé l'accouchement, et on a dû lui faire une hystérectomie de toute urgence. Elle a pris un avocat et lui a fait un procès. Quel qu'ait été le montant de la compensation obtenue, elle a signé une clause de confidentialité, dans laquelle elle s'engageait à ne pas le divulguer.

— Or elle l'a fait.

— Ma foi, oui, mais personne ne l'a crue. Elle avait bien mis quelque chose dans un coffre qu'elle avait loué à une banque d'ici et qu'elle a vidé la semaine où elle est partie. Elle a aussi pris aussi la Chevrolet que mon père lui avait achetée la veille.

— À ce que m'a dit Tannie, on ne l'a pas retrouvée non plus.

— Exactement. Comme si toutes les deux s'étaient volatilisées.

— Quel âge avait-elle lors de sa disparition ?

— Vingt-quatre ans.

— Ce qui lui ferait aujourd'hui, voyons voir… dans les cinquante-huit ?

— Tout à fait.

— Vos parents étaient mariés depuis combien de temps ?

— Huit ans.

J'ai beau être nulle en maths, je sursautai.

— Donc elle avait seize ans quand elle l'a épousé ?

— Quinze. Seize quand je suis née.

— Et lui ?

— Dix-neuf. Ils ne pouvaient pas faire autrement. Elle m'attendait.

— J'imagine.

J'étudiai son visage.

— Tannie me dit que les gens de Serena Station pensent qu'il l'a tuée.

Daisy lança un bref regard à Tannie.

— Daisy, dit Tannie, c'est la vérité. Tu ne dois rien lui cacher.

— Je sais, mais c'est dur d'en parler, surtout qu'il n'est pas là pour donner sa version.

— Rien ne vous oblige à me faire confiance. C'est à vous de décider.

J'attendis, le temps de deux battements de cœur, puis je continuai :

— Je veux me décider en connaissance de cause. Je ne peux pas travailler dans le vide, il me faut un maximum d'informations.

Elle rougit légèrement.

— Excusez-moi. Ils étaient ce qu'on appellerait un couple « explosif ». Je m'en souviens encore. De violentes disputes. Les gifles volaient, la vaisselle se brisait, les portes claquaient. Ils se renvoyaient des accusations, des menaces…

Elle mit un index dans sa bouche et entreprit de mordiller son ongle. Je devenais si tendue à la regarder faire que je faillis lui donner une tape sur la main.

— L'un ou l'autre vous ont-ils jamais frappée ?

Elle eut un geste de dénégation. Sûre de son fait.

— En général, je me terrais dans ma chambre jusqu'à ce qu'ils arrêtent.

— A-t-elle jamais appelé la police ?

— Deux ou trois fois d'après mes souvenirs, mais sans doute plus.

— Laissez-moi deviner. Elle menaçait de porter plainte et finissait toujours par se dégonfler, et tous deux se remettaient à roucouler.

— Je crois qu'un type du bureau du shérif veillait au grain. Je le revois quand il venait à la maison. Un adjoint en tenue marron.

— Pour la convaincre de porter plainte.

— C'est exact. Il avait dû progresser, car j'ai appris

qu'elle avait demandé un mandat de détention provisoire, mais il y a eu une embrouille quelconque et le juge ne l'a jamais signé.

— Donc, compte tenu de leur histoire conjugale, le bureau du shérif a interrogé votre père après sa disparition parce qu'il pensait qu'il n'y était peut-être pas étranger.

— Mon Dieu, oui… mais je ne peux pas croire qu'il aurait jamais fait une chose pareille.

— Et si je découvre que c'est le cas ? Vous aurez perdu vos deux parents. Lui au moins, vous l'avez. Pourquoi courir un tel risque ?

Des larmes brillèrent à ses paupières inférieures, les ourlant d'une ligne argentée.

— Il faut que je sache.

Elle posa la main sur sa bouche pour en réprimer le frémissement. Les larmes lui avaient marbré le visage, comme une brusque crise d'urticaire. Une telle décision exigeait du courage, je le reconnais volontiers. Remuer les immondices du passé… La plupart des gens n'auraient été que trop heureux de les glisser sous le tapis.

Tannie sortit un mouchoir en papier de sa poche de jean et le lui tendit. Daisy prit le temps de s'essuyer les yeux et de se moucher, retrouvant son calme avant d'écarter le mouchoir.

— Excusez-moi, dit-elle.

— Vous auriez pu prendre cette décision il y a des années. Pourquoi maintenant ?

— J'ai réfléchi. Il reste encore quelques personnes à l'avoir connue à l'époque, mais elles deviennent rares et beaucoup sont mortes. Si je ne me décide pas vite, elles auront toutes disparu.

— Votre père est-il au courant ?

— Il ne s'agit pas de lui. Mais de moi.

— Mais ça pourrait néanmoins avoir des conséquences pour lui.

— Je dois en prendre le risque.

— Parce que… ?

Elle s'assit sur ses mains, les glissant sous ses cuisses pour les réchauffer ou pour les empêcher de trembler.

— Je suis bloquée. Je n'arrive pas à aller de l'avant. Ma mère est partie quand j'avais sept ans. Hop là ! Plus personne ! Je veux savoir pourquoi. J'ai droit à une explication. Qu'ai-je donc fait pour mériter ça ? C'est tout ce que je demande. Si elle est morte, parfait. Et s'il s'avère qu'il l'a tuée, tant pis. Au moins je saurai qu'elle ne m'a pas rejetée.

Les larmes lui montant aux yeux, elle battit rapidement les paupières pour les refouler.

— Avez-vous jamais été abandonnée ? continua-t-elle. Savez-vous ce qu'on éprouve ? À penser que quelqu'un se foutait complètement de vous ?

— J'en ai une idée, répondis-je sans trop m'avancer.

— Ma vie en a été définitivement marquée, dit-elle en détachant chaque syllabe.

J'ouvris la bouche, mais elle ne me laissa pas le temps de parler.

— Je sais ce que vous allez dire. « Ce qu'elle a fait n'a rien à voir avec vous. » Vous savez combien de fois on me l'a dit et répété ? « Ce n'est pas ta faute. Les gens ont leurs raisons. » Des conneries, oui ! Et vous ne savez pas la meilleure ? Elle a emmené le chien ! Un loulou de Poméranie qui passait son temps à japper, qui s'appelait Bébé et qu'elle n'avait même pas depuis plus d'un mois !

J'en restai coite, ne sachant quoi répondre.

Elle garda le silence pendant un moment.

— Je suis incapable d'avoir un homme dans ma vie parce que je ne fais confiance à personne. J'ai été échaudée plusieurs fois et l'idée que ça puisse se reproduire me paralyse. Vous savez combien de psy j'ai vus ? Les fortunes que j'ai dépensées à essayer de trouver la paix ? Ils me virent ! Vous avez déjà entendu une chose pareille ? Ils font un geste d'impuissance et disent que je refuse de faire le travail. Quel travail ? Quel genre de travail voulez-vous faire dans un cas pareil ? Ça me reste en travers de la gorge ! Pourquoi m'a-t-elle abandonnée alors qu'elle a fait demi-tour pour prendre ce putain de chiot ?

3

Daisy Sullivan passa à mon bureau à 9 heures le lendemain matin. M'ayant laissé entrevoir la colère intense qui l'habitait, elle avait repris son calme. Elle se montra agréable, raisonnable et résolue à coopérer. Nous décidâmes de fixer un montant maximal des honoraires qu'elle me verserait. Elle me donna d'elle-même son accord pour la somme de vingt-cinq mille dollars, sur la base de cinq cents dollars par jour sur cinq jours. Après quoi nous étudierions si j'en avais appris assez pour justifier de poursuivre les recherches. Nous étions le mardi, et Daisy devait regagner Santa Maria, où elle travaillait au service des archives d'un centre médical. Il était entendu que je la suivrais jusque chez elle, où je laisserais ma voiture, et que nous prendrions la sienne ensuite pour nous rendre à la petite agglomération de Serena Station, distante de vingt-cinq kilomètres. Je voulais voir la maison où vivaient les Sullivan lorsqu'on avait vu sa mère pour la dernière fois.

Je pris la 101 direction nord, ne perdant pas de vue l'arrière de la Honda 1980 de Daisy, blanche de poussière et au coffre marqué d'un creux si énorme que je me demandais comment elle avait fait son compte. À croire qu'un tronc d'arbre était tombé sur le véhicule. Elle était de ces conducteurs qui ne décollent pas du bas-côté, et dont les stops ne cessent de s'allumer et de s'éteindre, de vraies petites ampoules de guirlandes de Noël ! À mesure que la route défilait, les collines d'un blond de lin semblaient se rapprocher puis s'éloigner, tapissées d'un épais chaparral[1] aussi rêche d'aspect qu'une couverture de laine brute. Une brume grise d'herbes sèches ondulait au bord de la route, fouettée par l'air au passage des véhicules. Un incendie récent avait créé un automne artificiel, colorant les flancs des montagnes en brun sépia à la façon d'une photo ancienne. Les feuilles brûlées des arbres avaient viré au beige cartonneux. Les arbustes n'étaient plus que des piquets noirs. Les troncs d'arbres saillaient de la terre cendreuse tels des tuyaux brisés. Ici et là pointait une moitié d'arbre roussi, dont les branches marron semblaient avoir été greffées sur le vert.

Devant moi, Daisy alluma son clignotant et quitta l'autoroute pour s'engager sur la 135, qui continuait vers le nord, puis l'ouest. J'en fis autant. D'un geste machinal, je pris la carte que j'avais pliée en trois et posée sur le siège du passager. Un bref coup d'œil me montra un semis de petites agglomérations sur une large étendue, à peine des points dans le paysage : Barker, Freeman, Tullis, Arnaud, Silas et Cromwell, cette dernière étant la plus importante avec une population de 6200 âmes. Je suis toujours curieuse de savoir comment ces communautés ont vu le jour. Dès que j'en aurais le temps, j'explorerais les alentours pour m'en faire une idée.

La maison de Daisy était située après Donovan Road, à l'ouest de la 135. Daisy se gara dans une allée qui séparait deux constructions à charpente de bois et stuc des années 1970, images en miroir l'une de l'autre sauf

1. Maquis formé de buissons et de broussailles.

que la sienne était peinte en vert foncé, et sa voisine en gris. Des bougainvillées grimpantes s'accrochaient en lianes épaisses jusqu'aux bardeaux de bitume de la toiture, dans un fouillis de fleurs à la forme et aux nuances de crevettes cuites. Je me rangeai contre le trottoir et descendis de voiture, tandis qu'elle remisait sa Honda dans le garage et sortait sa valise du coffre. Plantée dans la véranda, je la regardai ouvrir la porte.

— Laissez-moi le temps d'aérer, me dit-elle en entrant.

Je la suivis. La maison n'avait pas été ouverte depuis un certain temps, et à l'intérieur il faisait chaud et sec. Daisy traversa le séjour et la salle à manger pour gagner la cuisine, ouvrant les fenêtres au passage.

— Si vous voulez vous laver les mains, c'est dans le couloir à droite !

— Merci !

Sur quoi je partis à la recherche de la salle de bains, surtout parce que cela me donnait l'occasion de jeter un coup d'œil furtif aux autres pièces. Le plan de la maison se conformait à celui des habitations de ce type. Le séjour-salle à manger formait un « L ». À gauche, une cuisine en long faisait toute la profondeur de la maison, et à droite un couloir desservait deux petites chambres séparées par une salle de bains-toilettes. L'endroit était propre, tirant sur le miteux.

Je fermai la porte de la salle de bains et usai des commodités – euphémisme poli pour dire que je fis pipi. Le carrelage de la pièce était marron foncé, et le meuble encadrant le lavabo souligné d'un rebord arrondi beige de cinq centimètres. La cuvette des toilettes affichait le même marron foncé. Le peignoir de Daisy était accroché à la porte, un kimono soyeux d'un bleu ciel intense, portant au dos un dragon vert et orange brodé. J'avais plutôt imaginé une robe de chambre de mémé en flanelle rose passé, descendant jusqu'aux chevilles et très comme il faut. Daisy cachait sans doute une veine de sensualité qui m'avait échappé.

Je la rejoignis à la cuisine. Elle avait mis une bouilloire sur la cuisinière, la flamme montée à fond pour accélérer le processus. Sur la table, des sachets de thé voisinaient avec deux mugs épais en faïence.

— Je reviens tout de suite ! me lança-t-elle avant de s'éclipser en direction de la salle de bains, et j'en profitai pour jeter un regard par la fenêtre.

J'étudiai le jardin entretenu avec soin. L'herbe avait été tondue, les rosiers fleurissaient avec exubérance – rose, incarnat, pêche et orange cuivré. Tannie m'avait confié que Daisy buvait trop, mais, même infiniment tourmentée par la disparition de sa mère, sa vie extérieure donnait une impression d'ordre, peut-être un contrepoint involontaire à son chaos intérieur. Je me retins néanmoins, par courtoisie, de jeter un œil dans sa poubelle en son absence, histoire de voir si elle y avait jeté quelque bouteille de vodka vide. Comme la bouilloire commençait à siffler, j'éteignis le gaz et versai l'eau crachotante dans nos tasses.

Quand elle revint, elle avait à la main une chemise en carton beige qu'elle posa sur la table. Elle s'assit et chaussa des lunettes de lecture banales, de celles qu'on trouve sur les présentoirs des pharmacies, à monture ronde en métal. Elle sortit une série d'articles de presse agrafés ensemble et un feuillet de notes rédigées d'une écriture soignée, aux lettres rondes et régulières.

— Ce sont tous les comptes rendus de journaux que j'ai pu trouver. Je ne vous demande pas de les lire maintenant, mais j'ai pensé qu'ils vous seraient peut-être utiles. Et vous avez là les noms, adresses et numéros de téléphone des personnes que vous souhaiterez peut-être interroger.

Elle posa le doigt sur le premier nom de la liste.

— Foley Sullivan est mon père.

— Il habite maintenant à Cromwell ?

Elle me fit signe que oui.

— Il n'a pas pu rester à Serena Station. Les gens réservaient leur jugement, mais déjà la plupart d'entre eux n'avaient pas bonne opinion de lui. Il buvait avant qu'elle disparaisse, mais il a arrêté net et n'a plus avalé une goutte d'alcool depuis. Le nom d'après, Liza Clements. Mellincamp de son nom de jeune fille. C'est la baby-sitter qui me gardait la nuit où ma mère s'est barrée… enfuie… appelez ça comme vous voulez. Liza venait d'avoir quatorze ans et vivait à une rue de la maison. Cette fille-là, Kathy Cramer, était sa meilleure amie, elle l'est toujours d'ailleurs. Ses parents habitaient deux portes plus loin, une grande maison, sympa, comparée à tout le reste. La mère de Kathy se répandait en commérages, et il est possible que Kathy ait glané des bribes d'information.

— La famille habite toujours là ?

— Le père, Chet Cramer. Le concessionnaire à qui Foley avait acheté sa voiture. Kathy est mariée, et son mari et elle viennent d'acheter une maison à Orcutt. Sa mère est morte six ou sept ans après la disparition de maman et Chet s'est remarié avec une jeunette moins de six mois plus tard.

— J'imagine qu'on a apprécié… Je montrai le nom suivant.

— Et lui ?

— Calvin Cox, le seul et unique frère de Violet. Je crois qu'il l'a vue cette semaine-là, et il pourrait combler quelques lacunes. Ce type-là, BW, était le barman de la boîte où mes parents traînaient, et ceux-là sont des habitués qui ont assisté à leurs fameuses bagarres en public.

— Avez-vous interrogé tout le monde ?

— Ma foi, non. Je veux dire… je les connais tous depuis une éternité, mais je ne leur ai jamais posé de questions sur elle.

— Et vous ne croyez pas que vous seriez mieux placée que moi pour le faire ? Je ne suis pas du coin. Pourquoi iraient-ils se confier à moi ?

— Parce que les gens aiment parler, mais il y a une quantité de choses qu'ils ne voudraient peut-être pas me dire. Qui veut raconter à une femme que son père tabassait sa mère ? Ou évoquer le nombre de fois où sa mère aurait vu rouge et jeté le contenu de son verre à la tête d'un bonhomme ? De temps à autre j'en entends parler, mais la plupart des gens font des pieds et des mains pour ne rien déballer de la vérité. Ça part d'une bonne intention, seulement moi, j'en deviens folle. Je déteste les secrets. Penser à tout ce qu'on me cache me met hors de moi. Allez savoir ce qui se dit dans mon dos encore aujourd'hui !

— Écoutez, je vous ferai régulièrement un rapport par écrit. Vous aurez ainsi connaissance de tout ce qui me sera revenu aux oreilles.

— Parfait… Je me sens heureuse. Il serait temps, non ? me lança-t-elle. Oh ! que je vous donne ceci. Juste pour que vous ayez une idée.

Elle me tendit un petit instantané en noir et blanc, à bord blanc dentelé, et se pencha sur mon épaule pendant que j'étudiai la photo. Le cliché carré, de dix centimètres de côté, montrait une femme en robe imprimée sans manches ; elle souriait à l'objectif. Ses cheveux, de couleur indéterminée, étaient foncé moyen, longs et doucement ondulés. Une jeune femme petite et à croquer, comme on pouvait l'être dans les années 1950, plus voluptueuse qu'on ne le jugerait chic à notre époque. Elle portait sur un bras un fourre-tout en paille, d'où dépassait un chiot minuscule et tout ébouriffé qui fixait le photographe de ses yeux noirs et brillants.

— Quand a-t-elle été prise ?

— Début juin, je crois.

— Et le chien s'appelle Bébé ?

— Oui, Bébé. Un loulou de Poméranie de pure race. Tout le monde le détestait sauf ma mère, qui était absolument gâteuse de cette bestiole immonde. Papa, s'il en avait eu l'occasion, aurait volontiers pris une pelle et tapé dessus pour « le planter dans le sol comme un piquet de tente ». Je cite.

Un poteau de véranda carré semblait jaillir de la tête de Violet. Derrière elle, sur la balustrade, je déchiffrai le numéro de l'adresse : 08.

— C'est là que vous habitiez ?

Daisy hocha la tête.

— Je vous y conduirai quand on sera là-bas.

— Avec plaisir.

Nous roulâmes en silence jusqu'à Serena Station. Le ciel déroulait un bleu pâle et monotone, qu'on aurait dit délavé par le soleil. Les collines moutonnaient doucement à l'horizon, l'herbe d'un brun-jaune de cassonade. La voiture de Daisy était la seule sur la route. Nous longeâmes des derricks abandonnés, figés par la rouille et silencieux. J'entrevis sur ma gauche une ancienne carrière et des rails oxydés qui ne commençaient ni ne finissaient nulle part. Dans l'unique ranch où j'aperçus quelques signes de vie, dix bovins étaient au repos à l'ombre striée d'un corral comme autant de solides matous.

Serena Station surgit au détour d'une courbe de la route à deux voies, où une plaque de rue signalait qu'elle s'appelait désormais Land's End Road. Cette rue du « bout du monde » filait sur trois pâtés de maisons et s'arrêtait net à un portail cadenassé. Redevenue route, elle s'enroulait autour d'une petite élévation, mais personne ne semblait l'avoir empruntée depuis un bon bout de temps. Une quantité de véhicules stationnaient dans l'agglomération – dans les allées, le long des rues, derrière le bazar –, mais rien ne bougeait, sinon le vent. Quelques maisons portaient un revêtement de lattes de bois, leurs façades orphelines de couleur. Devant l'une d'elles, la peinture de la clôture de piquets blancs laissait apparaître le bois, qui ployait par endroits.

Sur les petites plaques de pelouse, le peu d'herbe encore visible était desséché, et le sol paraissait dur et ingrat. Dans un jardin de derrière, une caravane stationnait sous un auvent de feuilles de plastique vert ondulé et oxydé. On apercevait des souches d'arbres et un entassement désordonné de bois de chauffage. Ce qui avait été en d'autres temps un atelier de réparation d'automobiles béait, ouvert à tous les vents. Un palmier sombre dominait un pan de grillage qui se continuait à l'arrière. Une pile de fûts d'essence de deux cents litres était restée à l'abandon. Des herbes folles poussaient en touffes sèches comme de l'amadou que le vent arracherait le moment venu et enverrait rouler au milieu de la route. Un chien trottait dans une rue latérale, vaquant à quelque mission canine.

Derrière l'agglomération, les collines se dressaient en pente abrupte, mais sans qu'on puisse parler de montagnes. Des escarpements irréguliers et dénués d'arbres, un refuge pour la faune mais peu hospitaliers pour le randonneur. Je vis des câbles électriques qui s'incurvaient en festons d'une maison à l'autre ; une série de poteaux téléphoniques dessinaient une ligne de fuite comme des hachures de perspective sur un dessin au crayon. Après nous être garées et avoir quitté la voiture, nous suivîmes sans hâte excessive la chaussée asphaltée et craquelée. Il n'y avait ni trottoirs ni éclairage urbain. Pas de circulation, donc pas de feux de signalisation.

— Pas franchement la folle effervescence, constatai-je. À ce que je comprends, l'atelier de réparation a capoté.

— Il appartenait au frère de Tannie, Steve. En fait, celui-ci est parti vivre à Santa Maria en se disant que, si une voiture rendait l'âme, jamais le conducteur ne se sortirait d'un trou pareil. Et inutile de compter sur lui pour le dépannage. À l'époque, il ne possédait qu'une seule remorque, et elle était le plus souvent hors d'état de fonctionner.

— Pas génial comme pub, pour un atelier d'autos.

— Ça… De toute façon, ce n'était pas son truc. Après avoir déménagé, il a engagé deux mécaniciens et maintenant il roule sur l'or.

Daisy tendit le doigt vers la maison où Chet Cramer habitait avec sa nouvelle épouse.

— Les Cramer étaient la seule famille à jouir de revenus confortables. Ils ont été les premiers à avoir la télévision, personne n'avait encore jamais vu de poste. Si on savait s'y prendre, on avait le droit de regarder *Howdy Doody* ou *Your Show of Shows*. Liza m'avait emmenée un jour, mais comme Kathy ne me portait pas dans son cœur, on ne m'a jamais réinvitée.

La maison des Cramer était l'unique construction d'un étage que j'avais vue, un bâtiment de ferme à l'ancienne avec une large véranda de bois. J'avais fourré un paquet de fiches dans ma poche de veste, et j'en sortis une pour y tracer un plan très rudimentaire de l'agglomération. Comme j'envisageais d'interroger plusieurs résidents, anciens et nouveaux, ce plan m'aiderait à visualiser les distances qui les séparaient à l'époque.

Daisy s'arrêta devant une maison en stuc vert pâle à toit plat. Porta la main à sa bouche pour mieux se ronger les ongles. Une courte allée reliait la rue au perron de la véranda. Sur la clôture grillagée qui entourait le terrain, un écriteau accroché au portail ouvert signalait : ENTRÉE INTERDITE. Le jardin était mort. On avait cloué des feuilles de contreplaqué brut sur les fenêtres. La porte d'entrée dégondée s'appuyait contre la façade. La maison portait le numéro 3908.

— C'est ici que vous habitiez. Je reconnais la balustrade de la véranda.

— Mmm… Vous voulez entrer ?

— Ce n'est pas interdit ?

— Plus maintenant. Je l'ai achetée. Mes parents la louaient à un certain Tom Padgett, qui me l'a vendue. Vous verrez son nom sur la liste. Il a assisté à plusieurs de leurs empoignades au bar. Comme papa travaillait dans le bâtiment, à certains moments on avait de l'argent, à d'autres non. Quand il en avait, il le dépensait, et sinon, tant pis. Avoir des dettes ne l'a jamais gêné. Par mauvais temps, il était au chômage, ou alors il se faisait virer parce qu'il arrivait au boulot complètement bourré. Ce n'était pas franchement un mauvais payeur, mais il avait la même mentalité. Il réglait les factures s'il était d'humeur à le faire, mais impossible de compter sur lui. Padgett passait son temps à l'asticoter à cause du loyer, parce que papa le payait souvent avec du retard… quand il le payait. Padgett nous menaçait d'expulsion, et quand papa se décidait enfin à cracher l'argent, il le faisait toujours comme si on l'insultait.

Je franchis le portail derrière elle. Sûre qu'elle avait dû cent fois revenir là, mais en cherchant quoi ? Une explication, un indice, une réponse aux questions qui l'obsédaient ?

La disposition intérieure des lieux s'en tenait à l'essentiel. Séjour avec coin-repas, une cuisine juste assez grande pour une table et des chaises, même si elles avaient disparu depuis belle lurette. Les appareils ménagers avaient été déposés, et les tuyaux et fils électriques saillaient du mur. Des surfaces de linoléum relativement propres signalaient l'ancien emplacement de la cuisinière et du réfrigérateur. L'évier n'avait pas bougé, ni les plans de travail en Formica écaillé à bordure de métal. Les placards béants révélaient les étagères vides, dont le papier de protection rebiquait aux angles. Machinalement, je m'avançai et refermai l'une des portes.

— Excusez-moi. Un réflexe de maniaque.

— Je suis pareille, dit Daisy. Mais le temps de sortir de la pièce et de revenir, la porte se sera rouverte. À croire que les fantômes existent.

— Vous n'avez pas envie de la remettre en état ?

— Un jour peut-être, quoique je me voie mal vivre de nouveau ici. Je me plais dans la maison où j'habite.

— Quelle chambre occupiez-vous ?

— Celle-ci.

La pièce faisait à peine trois mètres sur quatre, peinte dans une nuance de rose peu attrayante qu'on avait sans doute jugée convenir à une fille.

— Mon lit se trouvait dans ce coin. Une commode… là. Armoire. Coffre à jouets. Une petite table et deux chaises.

Elle s'adossa au mur et prit la mesure de la pièce.

— Je pensais avoir tellement de chance d'avoir une chambre à moi. Je n'y connaissais rien en matière de goût. La plupart des gens que nous fréquentions étaient aussi fauchés que nous… je m'en rends compte maintenant.

Elle quitta sa chambre et gagna la deuxième pièce, s'arrêtant dans l'encadrement de la porte. Celle-ci était peinte en couleur lavande et tapissée d'une frise de violettes qui suivait la ligne du plafond bas. Je reculai de trois pas pour inspecter la salle de bains, où le lavabo et la baignoire étaient toujours là. On avait enlevé la cuvette des toilettes et un tampon de chiffons bouchait l'orifice, d'où émanait encore l'odeur d'œuf pourri des vidanges d'un autre temps. Je crois n'avoir jamais mis le pied dans une maison aussi désolante.

Elle entra derrière moi, la voyant peut-être du même regard.

— Croyez-le ou non, ma mère faisait de son mieux pour embellir le décor. Des rideaux de dentelle pour le séjour, des tapis jetés çà et là, des napperons sur les meubles, ce genre de bricoles. Lors d'une des dernières scènes dont je me souvienne, mon père est entré dans une colère noire et a arraché tous ces rideaux auxquels elle tenait tant. Il ne pouvait rien lui faire de pire. Ils étaient comme ça, toujours à porter les choses à l'extrême, à se pousser à bout. Elle a déchiré ceux qui restaient, les a arrachés de la tringle et a mis le tout à la poubelle. Je l'entendais crier que c'était fini, qu'elle en avait sa claque. Elle disait qu'il saccageait tout ce qu'elle essayait de rendre beau et qu'elle le détestait à cause de ça. Et ils ont continué sur ce ton. C'était deux jours avant qu'elle s'en aille.

— Elles vous terrifiaient ? Leurs disputes, je veux dire ?

— Parfois, dit-elle. Je pensais surtout que c'était la manière de faire des parents. En tout cas, je souffre d'insomnie chronique. Ça fait le bonheur des psy. La seule fois où je me rappelle avoir bien dormi, c'est un soir quand j'étais petite et que mes parents étaient sortis. Sans doute le seul moment où je me sois sentie en sécurité, parce que Liza me gardait et je savais que je pouvais lui faire confiance, qu'elle veillerait sur moi.

— Gardez-vous d'autres souvenirs de ces derniers jours ?

— Un bain moussant. Le genre de petits détails qui

s'incrustent. J'étais assise dans la baignoire et elle s'apprêtait à sortir. Elle a passé sa tête par la porte, serrant contre elle ce foutu chiot qui jappait, et elle m'a envoyé un baiser. Si j'avais su que c'était le dernier, je l'aurais obligée à revenir et à m'embrasser pour de vrai.

4

Daisy choisit un autre itinéraire pour regagner Santa Maria, décrivant une large boucle au nord qui, à en croire la carte routière, englobait les municipalités de Beatty et de Poe. Honnêtement, je ne remarquai rien.

— Où est Poe ? demandai-je en plissant les yeux pour mieux voir. D'après la carte, c'est juste là, pas loin d'une agglomération qui s'appelle Beatty.

— Ce doit être des noms de sociétés. Poe ne m'évoque rien, en revanche il y a bien une Beatty Oil and Natural Gas. S'il a existé des lieux-dits à cet endroit, on aura laissé les noms sur la carte pour que la région paraisse moins désolée.

La campagne environnante déroulait des étendues plates à vocation entièrement agricole : des champs de laitue, de betterave et de haricots aussi loin que le regard portait. L'air sentait le céleri. Des cabines de W.-C. bleu vif s'alignaient au garde-à-vous sur le bord de la route. Des véhicules stationnaient sur l'accotement touchant à certains champs. Des caisses de bois s'empilaient haut sur les plateaux de semi-remorques et les travailleurs saisonniers se courbaient sur les sillons, cueillant une récolte que je n'eus pas le temps d'identifier, car nous filions à cent à l'heure. La route décrivit une large courbe au nord. Des derricks s'éparpillaient sur le terrain, et dans un tronçon du parcours une petite raffinerie diffusait des émanations qui rappelaient des pneus cramés. Par endroits, des alignements de wagons de marchandises immobiles s'étiraient sur plus de cinq cents mètres.

Je jetai un coup d'œil par la vitre du côté conducteur. Nichée dans un bosquet de pins, une maison de pierre et de stuc d'aspect imposant se dressait non loin de la route, à première vue abandonnée. L'architecture comportait des éléments de style Tudor mâtinés d'une touche de chalet suisse, le tout parfaitement incongru au milieu des champs cultivés ou en jachère.

— Attendez, c'est quoi, ça ?

Daisy ralentit.

— J'ai fait ce détour pour vous la montrer. Tannie et son frère, Steve, ont hérité de la maison et de cent vingt hectares de terres cultivables, dont ils ont mis une partie en fermage.

Deux cheminées de pierre massives flanquaient la demeure. Les petites fenêtres du deuxième étage signalaient les pièces réservées au personnel. Un superbe chêne avait été planté à l'angle de la bâtisse, probablement quatre-vingt-dix ans auparavant, et son ombre protégeait à présent l'entrée. De l'autre côté de la route s'étendait un terrain en friche.

Le jardin était une véritable jungle. Les herbes folles avaient proliféré, et les buissons d'ornement de naguère frôlaient les trois mètres de haut, cachant les fenêtres du rez-de-chaussée. L'accès à la maison, une large allée pavée de brique soulignée par des haies de buis et dont on devinait encore l'élégance, se réduisait désormais à un passage quasi impénétrable. Sur un petit tracteur, quelqu'un éclaircissait l'excédent de végétation à proximité de la route, l'empilant en un monticule. Aux abords de la maison, il faudrait sans doute débroussailler à la main. Pas un mince boulot…

— Regardez l'arrière, me dit-elle comme nous dépassions la maison.

Je me retournai sur mon siège et jetai un coup d'œil par-dessus mon épaule, voyant la maison sous un autre angle. Une large allée de terre et de gravier, probablement celle par laquelle on accédait à la maison à l'origine, faisait à présent office de contre-allée, avec une voie de service qui partait sur la droite. Celle-ci devait rejoindre une voie vicinale tombée en désuétude depuis la construction de New Cut Road.

Sur la façade arrière de la maison, la majeure partie des fenêtres du deuxième étage avaient disparu, et seuls subsistaient les châssis et la charpente noircis par un incendie qui avait dévoré la moitié de la toiture. Cette vue éveillait un sentiment pénible, et je me sentis grimacer.

— Comment est-ce arrivé ?

— Des vagabonds. Il y a un an. Maintenant on discute âprement pour savoir ce qu'on va en faire.

— Pourquoi avoir construit la maison si près de la route ?

— Ce n'était pas le cas à l'origine. Elle se trouvait au milieu des terres, mais le tracé de la nouvelle route a tout changé. Les grands-parents devaient avoir besoin de liquidités, car ils ont vendu une grande partie du terrain, peut-être la moitié de ce qu'ils possédaient. L'encre n'avait pas encore séché sur le chèque que des négociations étaient en cours pour un lotissement de pavillons qui n'a jamais vu le jour. Parlez-moi de la politique locale ! Maintenant Tannie est confrontée à un dilemme, savoir si elle décide de restaurer la maison ou de la démolir et faire construire à un endroit mieux situé. Son frère est d'avis de vendre tant qu'ils en ont la possibilité.

En ce moment l'immobilier se porte bien, mais Steve est de ces gens qui vous prédisent l'apocalypse pour demain, si bien qu'ils discutent ferme. Elle devra lui racheter sa part si elle choisit de s'accrocher. Elle a engagé deux types pour l'aider à débroussailler pendant ses jours de congé. Le comté est très pointilleux sur les risques d'incendie, vu le feu de l'an dernier.

— Elle pense mettre les terres en fermage ?

— Ça m'étonnerait. Peut-être qu'elle envisage d'aménager des chambres d'hôtes. Il faudra lui poser la question.

— Incroyable…

Je me sentais réviser l'idée que je me faisais de Tannie Ottweiler. Je me l'étais imaginée joignant difficilement les deux bouts avec son salaire de barmaid, jamais en châtelaine.

— Elle envisagerait donc de s'installer ici.

— Elle l'espère. Elle vient le jeudi et le vendredi et, si elle repasse cette semaine, on pourrait peut-être déjeuner ensemble toutes les trois ?

— Excellente idée !

Il y eut un silence qui s'éternisa sur vingt-cinq kilomètres. Daisy se montrait communicative par petites doses, mais elle ne se sentait visiblement aucune obligation de papoter à temps plein, ce qui me convenait tout à fait.

— Et vous ? C'est quoi, votre histoire ? me demanda-t-elle enfin.

— Comment ça ?

— Vous m'avez posé des questions sur moi. Alors à vous, ce n'est que justice.

L'idée d'avoir à apporter mon écot ne me transportait pas de joie. Comme à mon habitude, je réduisis mon passé à l'essentiel. Je ne voulais pas de compassion, et pas davantage de questions additionnelles. Dans toutes les versions, la fin était la même et cette ritournelle m'excédait.

— Mes parents sont morts dans un accident de voiture quand j'avais cinq ans. J'ai été élevée par une tante célibataire, pas trop douée pour ce rôle d'éducatrice.

Elle attendit de voir si je continuais.

— Vous êtes mariée ?

— En ce moment, non, mais je l'ai été. Deux fois, ce qui fait beaucoup.

— Je vous bats : quatre divorces ! Sans doute que je suis plus optimiste.

— Ou plus lente à comprendre.

Ce qui me valut un sourire ; enfin, une ombre de sourire.

Quand nous eûmes regagné la maison de Daisy, je récupérai ma voiture et refis l'heure de trajet jusqu'à Santa Teresa, où je retrouvai mon bureau et travaillai pendant le restant de l'après-midi. Je m'occupai des messages téléphoniques qui s'étaient accumulés en mon absence, puis me calai dans mon fauteuil pour lire les comptes rendus publiés dans la presse après la disparition de Violet. La première occurrence sur une femme portée disparue n'apparaissait que le 8 juillet, soit le mercredi de la semaine suivante. Une courte notice, signalant qu'un appel à témoins avait été lancé concernant la disparition de Violet Sullivan, vue pour la dernière fois le samedi 4 juillet, date à laquelle elle avait quitté sa maison pour rejoindre son mari dans un parc à Silas, en Californie, à quinze kilomètres de son lieu de domicile, Serena Station. Elle aurait été au volant d'une Chevrolet Bel Air coupé deux portes de couleur violine, avec l'autocollant du concessionnaire sur le pare-brise. Toute personne disposant d'une information était priée de contacter le sergent Tim Schaefer, au bureau du shérif du comté de Santa Teresa. Suivait le numéro de téléphone de l'antenne nord du comté.

Daisy avait découpé deux autres articles, mais ils apportaient peu d'indications supplémentaires. Le pécule de Violet faisait l'objet de deux mentions, mais sans spécification du montant. Un directeur de banque de Santa Teresa avait appelé le bureau du shérif pour préciser que Violet Sullivan était arrivée à l'agence du Saving and Loans de Santa Teresa en début d'après-midi le mercredi 1er juillet. Elle s'était d'abord adressée à lui, en présentant sa clé et en demandant à avoir accès à son coffre. Comme il était déjà en retard pour son déjeuner, il l'avait dirigée sur une caissière, une certaine Mme Fitzroy, qui avait déjà eu affaire à Mme Sullivan et l'avait reconnue sur-le-champ. Après que Mme Sullivan eut signé sa demande, Mme Fitzroy avait vérifié l'authenticité de sa signature et avait accompagné la cliente à la chambre forte, où on lui avait remis son coffre avant de la conduire dans une petite pièce. Elle avait rendu le coffre quelques minutes après. Ni la caissière ni le directeur n'avaient la moindre idée du contenu dudit coffre ; ils ignoraient également si Violet Sullivan l'avait vidé.

Dans un troisième article, paru le 15 juillet, le responsable de la communication au bureau du shérif déclarait que la police interrogeait Foley Sullivan, le mari de la disparue. Il n'était pas considéré comme suspect, mais entendu en qualité de « témoin ». D'après ses dires, Foley Sullivan s'était arrêté pour boire une bière après le feu d'artifice, qui s'était terminé à 21 h 30. Il était rentré chez lui peu après et avait remarqué l'absence de la voiture familiale. Il en avait déduit que sa femme et lui s'étaient manqués au parc et qu'elle ne tarderait pas à arriver. Il reconnaissait avoir un peu trop bu et affirmait être allé se coucher aussitôt. C'est seulement lorsque sa fille l'avait réveillé à 8 heures le lendemain matin suivant qu'il avait constaté que sa femme n'était pas rentrée. Toute personne susceptible de… etc.

Au cours des années suivantes, des reportages étaient revenus sur l'affaire à l'occasion… du vent pour l'essentiel. Le ton se voulait percutant, mais les papiers s'en tenaient à une couverture superficielle. Les mêmes éléments de base se voyaient délayés et embellis sans rien révéler de nouveau. Pour autant que je pus en conclure, le sujet n'avait jamais fait l'objet d'une analyse de fond systématique. Le sort incertain de Violet avait élevé celle-ci au rang de célébrité mineure, mais seulement dans la petite communauté agricole où elle vivait. Personne hors de la région ne semblait s'y intéresser beaucoup. Il y avait une photo d'elle en noir et blanc, et une photo séparée de la voiture – pas le véhicule réel, bien sûr, mais un spécimen de même marque et de même modèle.

La voiture retint mon attention et je relus deux fois cette partie de l'article. Le vendredi 3 juillet 1953, Foley Sullivan avait rempli les formulaires d'achat à crédit pour un montant de deux mille cent quarante-cinq dollars. Le véhicule n'ayant jamais refait surface, il avait été contraint de verser les traites des trente-six mois suivants jusqu'au remboursement total de son crédit. Le titre de propriété n'avait jamais été établi. Le permis de conduire de Violet Sullivan était arrivé à expiration en juin 1955, et elle n'avait jamais fait de demande de renouvellement.

Ce qui me parut curieux, c'était que Daisy m'avait dit que son père avait une réputation de mauvais payeur, et je ne voyais pas pour quelle raison il avait poursuivi ses versements. Continuer d'allonger le fric pour un véhicule que votre femme avait peut-être utilisé pour se tailler avec un autre homme, c'était de la perversité ! Comme le concessionnaire ne pouvait en aucune façon récupérer la voiture, Foley était coincé. Pourquoi diable s'obstiner ? Ledit concessionnaire l'aurait poursuivi devant les tribunaux pour obtenir le solde du crédit ou délégué cette mission à une agence de recouvrement de dette ? La belle affaire ! Sa réputation était faite, alors pourquoi se soucier d'une ardoise de plus ? Je rangeai la question dans un tiroir au fond de mon esprit, en espérant y trouver la réponse la prochaine fois que je l'ouvrirais.

À 17 heures, je fermai boutique et rentrai chez moi. J'habite un petit duplex situé dans une rue latérale, à un pâté de maisons de la plage. Mon propriétaire, Henry, a transformé un garage à une place en appartement de location relié à sa maison par un passage couvert vitré. Cela fait sept ans que je l'occupe pour mon plus grand bonheur. Henry est le seul homme à ma connaissance que j'épouserais volontiers si (et seulement si) nous n'étions pas séparés par cinquante ans de différence d'âge. C'est dur, quand l'homme idéal de votre vie est octogénaire… quatre-vingt-sept ans, mais un vrai jeune homme. Cheveux blancs et yeux bleus, Henry est svelte, beau, intelligent et infatigable. Je pourrais continuer sur ce ton et vous énumérer ses nombreuses vertus, mais vous m'avez sûrement comprise.

Je me garai et poussai le portail grinçant qui annonce mon arrivée. Contournant la maison, j'entrai dans mon appartement, où j'eus une brève algarade avec ma conscience, puis enfilai ma tenue de jogging et courus cinq kilomètres le long de la plage. À mon retour, quarante minutes plus tard, un message de Cheney Phillips m'attendait sur mon répondeur. Cheney me proposait d'aller dîner vite fait ; sauf contrordre de ma part, il me retrouverait Chez Rosie vers 19 heures. Je pris une douche et remis mon jean.

— La proposition est tentante, je le reconnais, me dit Cheney quand je lui eus exposé la situation.

Rosie avait pris notre commande, nous demandant ce que nous désirions, puis notant ce qu'elle avait déjà décidé de nous servir, un plat avec un nom à coucher dehors qu'elle nous avait indiqué sur le menu. Comme la chose s'était concrétisée en un ragoût de bœuf et porc plus riche en crème aigre que goûteux, nous avions passé quelques minutes à rajouter discrètement du sel et assez de poivre pour nous brûler les yeux. En général, Rosie fait une cuisine relevée et nous ne voyions pas ce qui lui prenait. Cheney buvait de la bière et moi un mauvais vin blanc, seules boissons à sa carte.

— Tu sais ce qui me retient ? dis-je.

— Vas-y.

— La peur de l'échec.

— Il y a pire.

— Par exemple ?

— Dévitalisation d'une dent. Contrôle fiscal. Maladie au stade terminal.

— Mais au moins, ça n'a de répercussion sur personne d'autre. Je ne veux pas prendre son argent à Daisy si je ne peux lui livrer aucun résultat, et l'affaire me paraît mal partie.

— Elle est grande. Et c'est sa décision. As-tu une raison de douter de sa sincérité ?

— Non.

— Alors, ne tiens pas compte du facteur fric.

— J'ai essayé. Sans grand succès.

— Tu vas te débrouiller comme un chef. Tu n'as qu'une chose à faire : jouer gagnant.

Le mercredi matin, à mon bureau, je passai une série de coups de téléphone pour prendre rendez-vous avec les principaux éléments de ma liste. D'après moi, l'ordre des entretiens ne changerait rien, mais j'avais rangé les noms par ordre de préférence. J'eus ainsi au bout du fil d'abord le sergent Timothy Schaefer, qui avait dirigé l'enquête lors de la disparition de Violet. Je voulais connaître son sentiment sur l'affaire à l'époque et comptais sur lui pour me planter le décor. Nous convînmes de nous rencontrer l'après-midi même à 13 heures, et il m'expliqua comment me rendre chez lui, à Santa Maria. Foley Sullivan venait en deuxième position sur ma liste. Daisy l'avait prévenu que je lui téléphonerais, mais je n'en fus pas moins soulagée de le trouver prêt à coopérer. Je lui fixai un rendez-vous après mon entretien avec le sergent Schaefer. Puis j'appelai Calvin Wilcox, le seul parent de Violet. La ligne étant occupée, je passai au suivant.

Le quatrième nom de ma liste était la baby-sitter, Liza Clements, née Mellincamp, une des dernières personnes à avoir passé du temps en compagnie de Violet. Je prévoyais d'établir une chronologie des faits en commençant par Liza, et de revenir en arrière en reconstituant les activités et rencontres de Violet pendant les jours qui avaient précédé sa disparition. Je composai le numéro de Liza ; au bout de six sonneries elle décrocha, juste au moment où j'allais raccrocher.

— Excusez-moi, me dit-elle une fois que j'eus décliné mon identité, mais pourrions-nous remettre l'entretien à un autre moment ? J'ai un rendez-vous de dentiste et j'étais sur le point de partir.

— Plus tard dans l'après-midi ? À quelle heure serez-vous de retour ?

— Franchement, aujourd'hui tombe mal. Demain vous irait ?

— Bien sûr, sans problème. À quelle heure ?

— Quatre heures ?

— Parfait.

— Avez-vous mon adresse ?

— Daisy me l'a donnée.

— Très bien. Alors à demain.

J'enchaînai sur Kathy Cramer. Liza et elle avaient quatorze ans à l'époque, ce qui les mettait maintenant à la fin de la quarantaine. Je la savais mariée, mais elle avait apparemment gardé son nom de jeune fille, car Cramer était la seule référence dont je disposais. Je fis son numéro et, quand je l'eus en ligne, lui expliquai qui j'étais et la mission dont m'avait chargée Daisy.

— Vous plaisantez, dit-elle d'une voix que l'incrédulité rendait atone.

— Je crains que non, lui répondis-je.

D'un ennui mortel ! Avoir à dévider le même discours un appel sur deux ne me mettait pas en joie.

— Vous recherchez Violet Sullivan après tout ce temps ?

— C'est le travail qu'on m'a confié. J'espère que vous pourrez combler quelques lacunes.

— Avez-vous contacté Liza Mellincamp ?

— Je la vois demain après-midi. Si vous pouviez me consacrer une demi-heure, je vous en serais reconnaissante.

— Je peux sans doute m'arranger. Pourrions-nous dire… demain matin onze heures ?

— Parfait.

— Quelle adresse avez-vous ? Nous venons de déménager.

Je lui lus l'adresse de ma liste, qui était périmée. Elle me donna la nouvelle, assortie d'indications que je m'empressai de noter.

Mon dernier appel fut pour Daisy, pour lui dire que je faisais un rapide aller-retour à Santa Maria. Comme je pensais avoir un créneau de libre le jeudi, je lui proposai qu'on déjeune ensemble : je lui ferai un rapide compte rendu oral. Elle se montra affable et me proposa d'essayer un café proche de son lieu de travail. Comme Tannie se trouverait elle aussi à Santa Maria le jeudi, elle lui passerait un coup de fil pour voir si elle pouvait se joindre à nous. Ses horaires de déjeuner étant souples, je convins de la rappeler dès que j'aurais une minute.

Après avoir raccroché, je repliai la liste et rassemblai mes fiches, fis le plein et mis le cap au nord. La perspective d'une heure de trajet dans les deux sens m'assommait déjà, et le nombre de kilomètres que j'infligeais à ma Volkswagen de treize ans d'âge ne me réjouissait pas du tout.

5

KATHY

vendredi 1er juillet 1953

Kathy Cramer travaillait dans le bureau de la concession Chevrolet de son père quand Violet débarqua dans le vieux pick-up déglingué de Foley, descendit et commença à examiner les voitures. Elle trimbalait un grand fourre-tout de paille avec, dedans, un petit chien qui passait la tête par moments, comme un diable à ressort. C'était le premier vrai travail de Kathy, et son père la rémunérait un dollar de l'heure, soit vingt-cinq cents de plus que le salaire minimum et deux fois ce que sa meilleure amie, Liza, gagnait en baby-sitting. Un dollar de l'heure était rudement bien payé quand on avait quatorze ans, même s'il avait fallu un peu forcer la main à son père pour qu'il l'engage. Quand sa secrétaire l'avait quitté pour se marier, il avait pensé mettre une petite annonce pour un remplacement permanent à plein temps, mais la mère de Kathy avait fait preuve d'autorité, lui rétorquant qu'il aurait tout loisir de chercher quelqu'un à la rentrée, quand Kathy reprendrait ses cours.

Ses attributions consistaient à répondre au téléphone, tenir les dossiers et faire un « brin » de dactylo, en général une vraie catastrophe. Pour le moment, les affaires marchaient au ralenti et elle occupait son temps à lire les revues de cinéma qu'elle cachait sur ses genoux. James Dean se plaçait déjà en tête de ses vedettes préférées d'Hollywood. Et aussi Jean Simmons, à qui elle s'identifiait complètement. Elle l'avait vue dans *Androclès et le Lion* et, plus récemment, dans *La Reine vierge*, où elle partageait l'affiche avec son mari, Stewart Granger, qui venait juste après James Dean dans l'esprit de Kathy.

On était en juillet et le bureau manquait d'espace. Le soleil pénétrait en biais par les parois vitrées sur tous les côtés, ce qui rendait la chaleur intenable. Comme la pièce n'était pas climatisée, Kathy avait placé un ventilateur électrique par terre derrière elle et l'avait tourné dans sa direction pour se rafraîchir au maximum. L'air restait chaud, mais au moins il bougeait. Elle n'aurait jamais cru qu'on pouvait transpirer autant à être assis. Au printemps, sa prof de gym lui avait glissé qu'elle se trouverait bien de perdre une quinzaine de kilos, mais sa mère ne voulait rien entendre. Les filles se souciaient beaucoup trop de détails superficiels comme le poids, les vêtements et la coiffure, alors que ce qui comptait, c'était la beauté intérieure. Il était bien plus important d'être quelqu'un de bien et de donner le bon exemple à son entourage. Sa mère disait que sa peau s'arrangerait avec le temps pour peu qu'elle cesse de tripoter ses boutons. Kathy se tartinait de Noxema tous les soirs, mais sans grand succès.

Elle ôta ses lunettes et en frotta les verres avec l'ourlet de sa jupe. C'étaient des lunettes neuves à monture noire en œil de biche et inclinées avec chic, que Kathy trouvait adorablement seyantes. Elle s'aperçut qu'elle suivait les déambulations de Violet sur le parc d'exposition. Violet avait une teinture de cheveux d'un roux vulgaire et portait une robe bain de soleil violette et moulante, très décolletée. Winston Smith, le vendeur que son père avait engagé le mois d'avant, lorgnait le creux de ses nichons. Tout le monde roucoulait devant Violet, ce qui écœurait Kathy. Surtout son amie, Liza, qui la défendait bec et ongles. Kathy en était ulcérée… réflexe violent dans lequel elle reconnaîtrait plus tard, et encore, un sentiment de jalousie. Pour l'instant, elle se demandait si on pouvait avoir des bouffées de chaleur à son âge. Elle avait vu sa mère s'éventer, dégoulinant brusquement de sueur, et franchement, ce qu'elle éprouvait y ressemblait.

Winston travaillait strictement à la commission, ce qui expliquait sans doute la fougue avec laquelle il parlait à Violet pendant qu'elle traversait rapidement les travées de voitures d'occasion. Winston avait vingt ans. Il avait des cheveux blond foncé avec une crête de boucles sur le dessus. Ils étaient rabattus sur les côtés et se rejoignaient en CC, « cul de canard » en abrégé, même si Kathy ne s'imaginait pas prononcer ces mots tout haut. Elle le voyait gesticuler, feignant d'être compétent alors qu'en réalité il n'avait jamais rien vendu. Elle le trouvait trop chou, le perçant à jour comme elle le faisait. Il voulait gagner assez d'argent pour payer sa deuxième année de fac, et il lui avait confié que vendre des voitures lui paraissait la manière idéale d'arrondir ses économies. Il reconnaissait ne pas avoir le chic pour vendre, contrairement à ce qu'il avait espéré. Il n'y prenait même pas tellement de plaisir, mais il était résolu à améliorer son savoir-faire en prenant modèle sur M. Cramer. Provisoirement, s'entend.

Il était assez joli garçon (le genre beauté nonchalante) pour être lui-même une vedette de cinéma. Elle le trouvait magnifique avec son pantalon à plis, sa chemise ouverte et ses mocassins blancs. En fait, il lui faisait penser à James Dean : les mêmes pommettes et cils interminables, la même charpente svelte. Son expression pensive trahissait des soucis secrets. Kathy le voyait très bien travailler pour son père après son diplôme, mais lui avait des rêves plus ambitieux, peut-être faire son droit, lui avait il dit. Kathy lui avait souvent posé des questions sur lui, l'encourageant à se confier.

Elle gardait dans son tiroir à crayons une boîte de papier à lettres rose absolument ravissant, qu'elle utilisait pour le recueil de poèmes qu'elle écrivait. La guirlande de roses autour du bord et le papillon bleu pâle à chaque coin de la feuille l'enchantaient. Elle composait le poème sur des feuilles de bloc à lignes largement espacées, puis recopiait la version finale au propre quand elle était enfin satisfaite. Au départ, elle avait acheté le papier à lettres pour Liza, dont l'anniversaire tombait le vendredi suivant, 3 juillet, mais en voyant qu'il servait admirablement son objectif, elle avait décidé de le garder pour elle. Elle pourrait toujours refiler à Liza le talc au muguet qu'on lui avait donné l'an passé.

Le poème auquel elle travaillait était à moitié fini. Ce n'était que son quatrième, mais elle le savait meilleur que les autres. Peut-être pas encore parfait, mais son prof lui avait dit que tous les bons auteurs ne cessaient de se réviser, et elle l'avait constaté, remettant inlassablement ce poème sur le métier pendant la plus grande partie de la matinée. Elle sortit le papier à lignes et le relut. Elle pensait l'intituler « À W… » sans livrer d'autre indice sur le destinataire de l'œuvre. De nombreux poètes, par exemple William Shakespeare, avaient écrit des sonnets en les intitulant de cette façon.

À W…

Quand je contemple tes beaux yeux irisés
Je sens mon cœur palpitant se gonfler
De tout l'amour que je garde pour toi celé.
À jamais je te serai fidèle, ô mon aimé.

D'emblée l'amour vers toi me porta
Et nul jamais ne nous séparera
Ah ! que ne puis-je te serrer dans mes bras…

Elle hésita. « Bras » était lourd. « Appas » aurait rimé, mais elle voyait mal comment l'intégrer. Elle tapota son crayon sur ses lèvres, et pour finir barra le mot. Elle trouverait mieux. Ses pensées revinrent à Winston. En quatrième, elle avait suivi un cours de bonnes manières quand on sortait avec un garçon, prenant de l'avance sur les occasions qui se presseraient lorsqu'elle arriverait en troisième. Elle avait appris quels sujets de conversation aborder et ce qu'il fallait dire à la porte en rentrant d'une soirée. Dans son esprit, le visage du garçon restait dans le vague ; ses traits fluctuaient en fonction de l'acteur de cinéma dont elle était entichée à tel ou tel moment. Elle l'imaginait doux et attentionné, sensible à ses nombreuses qualités. À l'époque, elle n'imaginait pas que bientôt surgirait dans sa vie l'incarnation de tous ses rêves, Winston. Elle avait vraiment cru qu'il s'intéressait à elle… au moins jusqu'à ce que Violet se pointe.

Violet et Winston se rapprochaient du stand d'exposition, où le plus beau modèle – un coupé Chevrolet Bel Air – s'offrait à l'admiration des clients sous un puissant éclairage destiné à mettre en valeur ses lignes racées. Cette beauté avait attiré l'œil de Violet alors qu'elle n'avait encore traversé que la moitié du parc, et Winston en rajoutait comme s'il y allait de sa vie. Comme si

Violet pouvait vraiment se l'offrir ! La bonne blague… Kathy avait entendu dire que Violet et Foley étaient si fauchés qu'ils pouvaient à peine payer leur loyer !

Winston tint ouverte la porte vitrée pour laisser entrer Violet. Kathy aperçut une grosse ecchymose bleue sur son menton. C'était du Violet tout craché, se balader sans faire le moindre effort pour cacher les marques… Pas de lunettes noires. Pas de maquillage. Pas de capeline, qui aurait quand même aidé. Mais non ! Elle se pavanait, au supermarché, à la poste, conduisait Daisy à l'école, avec un ou deux yeux au beurre noir, la joue enflée, les lèvres gonflées et meurtries par les coups de Foley. Jamais d'excuses, jamais d'explications, si bien que Foley avait tout d'une andouille. Comment se défendre si elle ne l'accusait jamais de rien ? Tout le monde en ville savait qu'il la battait, mais personne ne bougeait. C'était leur affaire, même si la mère de Kathy criait au scandale. Pour elle, Violet était une moins que rien, et elle disait que Liza allait au-devant des ennuis, à la fréquenter. Pas plus tard que la veille au soir, alors qu'elle était assise en haut des marches pendant que ses parents discutaient dans le séjour, Kathy avait entendu sa mère parler de Violet et de Jake Ottweiler, qu'on avait vus danser un slow au Blue Moon. Violet ne pensait qu'à ça, c'était une nymphomane invétérée (Dieu seul savait de quoi il s'agissait), et sa mère était écœurée que Jake la fréquente. Elle était complètement remontée, elle haussait la voix (Kathy ne l'entendait que mieux), quand son père avait fini par en avoir ras-le-bol : « Bon Dieu, Livia ! Tu n'as rien d'autre à faire qu'à écouter d'affreux ragots et à les colporter ? Tu ne tournes pas rond ou quoi ?! »

Ils s'étaient disputés, et sa mère lui avait dit de baisser le ton, car elle craignait que Kathy ne les entende. Personnellement, elle avait abondé dans le sens de sa mère. Violet était une traînée… Elle s'empara d'une pile de papiers et se dirigea vers le classeur près de la porte, afin d'entendre ce que Violet et Winston se disaient. Tous deux ne songeaient qu'à la voiture, et ils ne parurent pas la voir qui traînait à portée de voix. « Attention, précisait Winston. Ce n'est pas la berline de base, mais un coupé Chevrolet cinq places. Deux cent trente-cinq chevaux, Powerglide, double carburateur et échappement. Enjoliveurs pleins, et même un filtre alvéolé, c'est vous dire ! »

Comme si Violet aurait pu faire la différence entre un filtre et une épuisette !

— C'est la couleur que j'aime, dit-elle en passant une main sur l'aile avant.

Le bouchon de radiateur ressemblait à un aigle ou à un épervier en plein vol, bec à l'horizontale, ailes en arrière, fendant l'air dans une posture stylisée.

— La couleur est personnalisée, il n'en existe pas deux pareilles. Vous savez comment elle s'appelle ? « Ardoise violette ». Je parie que vous l'ignoriez…

Violet lui décocha un sourire. Elle mettait un point d'honneur à toujours porter des tons de violet : aubergine, lavande, lilas, mauve. Winston se pencha derrière elle et ouvrit la portière côté passager, révélant la bordure rose orchidée de la console centrale.

— Tenez, asseyez-vous.

Il baissa la vitre, puis se recula pour la laisser mieux voir. Les sièges étaient chic, garnis en bleu œuf de rouge-gorge avec des inserts et des bandeaux latéraux à motif rose et bleu qu'on aurait dit exécutés au point lancé empiétant, les deux couleurs débordant l'une sur l'autre pour donner une nuance violette. Quand la voiture était arrivée, M. Cramer avait ouvert le coffre pour montrer l'intérieur à Kathy, garni exactement dans les mêmes tons. Même le pneu de secours dans le logement de la roue était protégé par un tissu bleu pelucheux, comme un couvre-théière mais pour pneu.

Violet se glissa derrière le volant, les mains à dix heures dix, tremblant presque d'excitation.

— Quelle beauté ! Je l'adore !

Elle passa une main respectueuse sur le siège.

— Combien ?

Winston se mit à rire, croyant qu'elle plaisantait.

— Qu'est-ce qu'il y a de si drôle ?

Il fixa le bout de sa chaussure en regardant Violet par en dessous de ses longs cils, fossettes apparentes et sourcils froncés.

— Rien, madame Sullivan, mais je crois qu'elle dépasse vos moyens. En tout cas les miens.

— J'ai de l'argent.

— Pas tant que ça, quand même, lui renvoya-t-il d'un ton blagueur en restant dans le domaine de la plaisanterie.

Kathy le vit essayer d'amortir la déception de Violet quand il lui dit le prix. Violet avait un peu la folie des grandeurs… et ces airs qu'elle prenait ! Ça, elle allait avoir un choc !

Le sourire de Violet s'effaça.

— Vous pensez que je ne peux pas m'offrir le luxe d'acheter une belle voiture comme ça ?

— Je n'ai pas dit ça, madame Sullivan. Absolument pas.

Kathy n'en revenait pas de l'insistance de cette bonne femme.

— Alors, répondez à ma question, insista Violet.

— L'étiquette dit deux mille trois cent soixante-quinze dollars. Mon patron est prêt à descendre un peu, mais pas énormément. Une voiture comme celle-ci est considérée comme le joyau de la gamme et ne laisse pas beaucoup de marge, comme nous disons dans notre jargon.

Kathy guetta l'expression de Violet en espérant qu'elle comprendrait à quel point elle était à côté de la plaque. Violet gardait son regard posé sur Winston, qui paraissait un peu distrait par le sillon que dévoilait sa robe largement décolletée.

— J'aimerais l'essayer, dit Violet.

— Pas de problème. Nous pouvons arranger ça.

Elle tendit la main par la fenêtre, la paume tournée vers le haut.

— Vous avez les clés ?

— Non... enfin, pas sur moi, je veux dire. Elles doivent être dans le bureau, à l'intérieur, ajouta-t-il avec un geste qui ne s'imposait vraiment pas.

— Alors Winston, il faudra que vous alliez les chercher. Vous croyez que c'est dans vos cordes ?

Elle avait un ton mielleux et aguicheur, même si Kathy jugeait ses propos blessants.

— Malheureusement mon patron est parti déjeuner et je suis seul au garage.

— Et... ?

— Et vous savez... je ne peux pas bouger parce qu'il m'en a confié la responsabilité.

— Si je ne me trompe pas, il y a un mécanicien sur les lieux ? Deux, d'ailleurs. Un qui s'appelle, comment donc... Floyd, n'est-ce pas ?

Kathy et Winston vérifièrent du même regard l'aire de service, où le Floyd en question s'affairait sur une voiture d'occasion qui venait d'arriver. M. Padgett avait parlé d'en acheter une autre, puis décidé d'attendre la sortie des nouveaux modèles 54 à l'automne. Mais tant qu'à faire, il préférait disposer de liquide et l'avait vendue séance tenante.

Winston parut soulagé, comme si Violet lui avait donné l'échappatoire rêvée.

— Madame Sullivan, Floyd ne peut pas s'occuper du

parc d'exposition. Il en serait aussi incapable que moi d'aller à l'atelier et de faire le travail à sa place !

— Pourquoi aurais-je besoin de vous ? Je veux juste faire le tour du pâté de maisons. Vous ne me faites pas confiance ?

La pomme d'Adam de Winston plongea.

— Mais si ! Simplement, je me disais qu'il valait mieux attendre le retour de mon patron, pour que vous puissiez en parler avec lui. Il connaît cette voiture comme sa poche, bien mieux que moi. Et puis, si vous faites affaire, comme c'est lui qui s'occupe de tous les papiers, c'est plus logique.

— Les papiers ?

— Vous savez bien... le versement à l'achat, les échéances, ce genre de détails. Il faut que votre mari vienne signer.

Violet parut amusée.

— Pourquoi ? Foley n'a pas un cent. J'ai l'intention de payer cash.

— D'un coup ?!

— Savez-vous de combien d'argent je dispose ? Je ne suis pas censée le dire, mais je sais que je peux compter sur votre discrétion, ajouta-t-elle en baissant la voix.

— Vous ne devez rien me confier de personnel, madame Sullivan. C'est à monsieur Cramer que vous devez parler de vos possibilités.

— Cinquante mille dollars.

Winston se mit à rire, pris de court.

— Sans blague ?

— Cette question. Pourquoi blaguerais-je là-dessus ?

— Vous avez fait quoi ? Braqué une banque ?

— C'est le règlement d'une prime d'assurances. Je voulais plus, mais la compagnie m'a proposé elle-même ce montant. Mon avocat m'a dit d'accepter, je l'ai fait. Ils étaient sûrement de mèche avec lui. Je n'ai jamais révélé la somme à Foley. Il m'aurait fondu dessus à la seconde et aurait tout dépensé jusqu'au dernier sou. Vous voyez ça ? (Violet montra la meurtrissure sur son menton.) Un jour, Foley dépassera les bornes et tant pis. Je ne serai plus là. L'argent assure ma liberté. (Elle tendit la main.) Alors, je peux avoir les clés ?

Kathy vit Watson hésiter. Il n'était vraiment pas du genre à se bagarrer, surtout avec une bonne femme comme Violet. Mais elle savait aussi que son père lui avait donné des instructions explicites : pas d'essai sans vendeur, pas question de laisser le parc d'exposition sans surveillance.

— Vous touchez combien de commission sur une vente comme celle-ci ? demanda Violet, comme si le marché était conclu.

— Autour de quatre pour cent.

— Assez pour couvrir vos frais d'inscription et vos manuels pendant les deux ans qui viennent, ou bien je me trompe ?

— Non, c'est à peu près ça, dit-il.

Même Kathy était pétrifiée à l'idée de tout cet argent qui déboulait.

— Alors, cette vente, vous voulez la faire, oui ou non ?

Winston jeta un coup d'œil à sa montre.

— Je ne sais pas quoi vous dire, madame Sullivan. Monsieur Cramer va rentrer d'une minute à l'autre…

— Bon Dieu ! Donnez-moi les clés et qu'on en finisse ! Je fais juste le tour du pâté de maisons.

Kathy ferma le tiroir à dossiers et leva les yeux au ciel d'écœurement. Il était inconvenant pour une femme d'insister, tout le monde le savait, mais inexcusable de blasphémer. Elle revint à son bureau et s'assit. Cette bonne femme avait l'esprit dérangé. Comme si Winston allait la laisser partir avec cette voiture ! Sans même un dollar en contrepartie ! À se tordre de rire. Ha-ha-ha ! Kathy saisit une pile de papiers et les tassa en les tapotant sur le dessus du bureau, puis ouvrit un tiroir et le referma, feignant d'être plongée dans son travail.

Winston apparut devant son bureau. Il y avait de grandes auréoles humides sous ses manches de chemise et elle sentait son odeur de sueur.

— J'ai un problème.

— Je sais. Elle est si imbue d'elle-même que ça me rend malade !

— Puis-je avoir les clés de la Bel Air ?

Elle le fixa d'un air ahuri, les yeux papillotant.

— Pourquoi me poser la question à moi ?

— Tu pourrais me les filer, s'il te plaît ? Elle est preneur et voudrait voir comment le coupé se comporte.

— Je ne les ai pas.

— Faux. Je l'ai vu te les donner.

Kathy ne bougea pas, prise d'une idée subite. La veille, au dîner, son père avait dit à sa mère qu'il était trop lourd côté actions et léger en liquidités. Et si Violet avait vraiment l'argent et qu'on ratait la vente ? Si elle-même faisait des histoires et qu'ensuite l'affaire échouait, elle ne s'en remettrait jamais. Rien que d'y penser, elle devint écarlate.

Exaspéré, Winston se pencha et ouvrit son tiroir à crayons. Révélant, bien en évidence, les clés accrochées au porte-clés au logo Chevrolet, la fabrication et le modèle de la voiture inscrits à l'encre sur une étiquette blanche et ronde. Il se servit lui-même.

— Tu vas le regretter, dit-elle, sans le regarder.

— Sûr, lui renvoya-t-il, puis il repartit sur l'aire d'exposition.

Le père de Kathy aurait une attaque à la seconde où il l'apprendrait, mais elle aurait dû faire quoi, hein ?

Winston tendit les clés à Violet. Elle les prit sans un

mot et mit le contact. Passant en marche arrière, elle recula vers la grande porte métallique à l'arrière du stand d'exposition. Kathy vit Winston franchir la porte et abaisser la poignée. La porte remonta avec un grondement sourd. Il se pencha vers la vitre du conducteur, sans doute pour donner un conseil à Violet, mais elle tourna vivement dans l'allée et s'éloigna sans même un regard.

Kathy vit Winston consulter sa montre, et un petit frisson de peur la parcourut, car elle savait exactement à quoi il pensait. Même si Violet ne prenait pas par le plus court, elle devait absolument l'avoir ramenée dans cinq minutes au plus tard. En clair, la voiture aurait regagné sa place avant que son patron rentre de son déjeuner.

6

Je trouvai le sergent Timothy Schaefer dans un atelier au fond de son jardin de Hart Drive, à Santa Maria. La maison proprement dite datait à première vue des années cinquante : cinq pièces, une façade à lattes de bois d'un blanc si uniforme qu'elle venait sans doute d'être repeinte, ou alors recouverte depuis peu d'un revêtement en vinyle. Son atelier était probablement une ancienne resserre à outils, qu'on avait peu à peu agrandie et qui avait maintenant la dimension d'un garage à une place. Les murs intérieurs étaient tout en bois brut et clous apparents. Il avait utilisé des couches de papier journal comme isolant, et en mettant le nez dessus, j'aurais sans doute lu une année d'actualités locales.

Schaefer m'avait dit avoir pris sa retraite du bureau du shérif du comté de Santa Teresa en 1968 à l'âge de soixante-deux ans, ce qui lui en faisait quatre-vingt-un à ce jour. C'était un homme corpulent et dont le confortable pantalon gris était retenu par des bretelles beige foncé. Les carreaux marron et bleus de sa chemise de flanelle s'étaient décolorés au fil des lessives en un mélange de tons doux et fanés. Il avait des cheveux blancs et légers, fins comme du sucre filé, et me jetait à l'occasion un regard acéré par-dessus la monture des lunettes à double foyer qu'il portait bas sur le nez.

Devant lui, sur un établi massif en bois qui bordait l'atelier sur trois côtés, il avait posé un fauteuil à bascule fraîchement remis en état, sauf l'assise dont il fallait refaire le cannage. Ses outils s'alignaient en bon ordre : une paire de pinces à bec fin, deux poinçons, un couteau, une règle, un bidon de glycérine et des brins d'osier maintenus par des pinces à linge. Sur la chaise qu'il s'occupait de canner, il s'était servi de tees de golf pour coincer l'osier pendant qu'il le nouait sous le siège.

— C'est ma fille qui m'a lancé là-dedans, me dit-il sans y penser. Après la mort de sa mère, elle s'est dit qu'un passe-temps me changerait les idées. Le week-end, nous faisons le tour des puces et des brocantes pour dénicher des sièges déglingués comme celui-ci. Ça finit par être rentable.

— Comment avez-vous appris ?

— En lisant des livres et en suivant leurs explications. Il m'a fallu du temps pour me faire la main. La glycérine, c'est pour aider l'osier à glisser. Si on ne le laisse pas tremper suffisamment longtemps, il manque de souplesse. S'il est trop imbibé, il ramollit et casse. J'espère que ça ne vous gêne pas si je continue ? J'ai promis à un client de finir son fauteuil pour la fin de la semaine.

— Faites comme chez vous !

Pendant un moment, je me contentai de le regarder faire sans piper mot. La technique me rappelait la broderie ou le tricot, une occupation obsessionnelle proche de la méditation. Il s'y attachait une vertu hypnotique, et j'aurais pu rester là à l'observer pendant le plus clair de la journée si j'en avais eu le temps.

Quand je l'avais appelé la veille, j'avais mentionné le nom de Stacey Oliphant, m'accordant ainsi une crédibilité instantanée, car tous deux avaient travaillé ensemble durant plusieurs années. Nous avions passé quelques minutes au téléphone à parler de lui. Quand je lui avais dit que je recherchais des informations sur Violet Sullivan, je lui avais demandé s'il lui fallait l'aval de sa division avant que nous en discutions.

— Personne ne s'en soucie plus, m'avait-il répondu. Peu d'entre nous se rappellent l'affaire. Elle figure toujours au fichier des personnes disparues, mais je vois mal vos recherches aboutir après tout ce temps.

— Ça vaut la peine d'essayer, lui avais-je répondu.

— Vous la connaissiez ? lui demandai-je maintenant.

— Évidemment. Tout le monde connaissait Violet. Un lutin plein de vie, avec sa fichue tignasse flamboyante. C'était une belle fille, avec en elle une veine de défi. Si Foley lui faisait un œil au beurre noir, elle ne se souciait pas de le cacher. Elle vous arborait une meurtrissure comme une médaille. À ne pas croire… Elle avait beau être de toutes les couleurs de l'arc-en-ciel, elle restait la plus jolie femme de la ville. Je n'étais pas assez malin pour garder mon opinion pour moi, et ma tigresse de femme m'aurait volontiers craché des clous à la figure ! Violet était de ces femmes qui font fantasmer les hommes. On ne comptait plus les épouses malades de dépit.

— Vous avez bien connu Foley ?

— Mieux qu'elle en tout cas, vu ses nombreuses frictions avec l'ordre public. C'est d'ailleurs pour ça que j'ai fini par l'avoir dans le collimateur. Parce qu'il la battait. Probable que je suis allé à leur domicile une bonne demi-douzaine de fois. On ne se dispute pas les appels pour querelles familiales. D'abord, c'est dangereux, ensuite on se demande ce qui ne tourne pas rond chez les gens. Violet et Foley frisaient l'irréparable. La situation était périlleuse. Vu son âge, leur petite fille risquait de se retrouver un jour dans la ligne de feu. Les mauvais traitements font tache d'huile. Ça commence avec le conjoint, mais les gamins ne sont pas loin derrière.

— Et Violet ? Avait-elle eu maille à partir avec la justice ?

— Jamais.

— Foley ne s'est jamais plaint de voies de fait ?

— Jamais ! Si elle le frappait, il aurait eu trop honte pour nous appeler.

— Zut ! Pas de photos anthropométriques ni d'empreintes. Vraiment pas de chance, dis-je.

— Elle n'avait strictement rien à se reprocher. Elle n'avait pas de numéro de Sécurité sociale parce qu'elle n'avait jamais travaillé, donc rien de ce côté-là non plus. Le seul différend qu'elle a eu à l'extérieur, c'est quand elle a poursuivi Jake Ottweiler devant le juge de paix. Le pit-bull du bonhomme avait attaqué son caniche nain et l'avait tué vite fait bien fait. Si j'ai bonne mémoire, elle a récolté deux cents dollars. Sûr que Foley les lui a empruntés jusqu'au dernier cent pour régler ses factures.

— Daisy garde le souvenir de leurs bagarres. Elle dit que ni l'un ni l'autre ne s'en sont jamais pris à elle, mais ça l'a marquée.

— Pas étonnant ! s'exclama-t-il. Nous avons convoqué Foley plus d'une fois pour lui passer un sérieux savon, mais comme la plupart des gens violents, il ne cessait pas de rejeter les torts sur le voisin. Il soutenait que Violet le provoquait, donc que c'était sa faute à elle, pas la sienne.

— Et ça a duré combien de temps ?

— Deux, trois ans, exactement jusqu'à la dernière fois où on l'a vue. Après vous avoir eue au téléphone hier, j'ai appelé un des adjoints pour lui demander de ressortir le dossier. Il a examiné les procès-verbaux et, d'après lui, ils ont eu une violente querelle le 27 juin, un samedi, la semaine avant qu'elle disparaisse. Foley lui a jeté une cafetière à la figure et l'a atteinte au menton. Elle nous a appelés. Nous sommes allés chez eux, et nous avons interpellé ce connard et l'avons gardé toute la nuit, le temps qu'il se calme. Pendant ce temps-là, elle a porté plainte pour voies de fait mineures…

— Pourquoi mineures ?

— Les blessures n'étaient pas si graves. S'il lui avait fracturé la mâchoire, ç'aurait été différent. Nous lui avons conseillé alors d'obtenir une ordonnance restrictive à l'encontre de son mari, mais elle a dit qu'elle allait bien. À la minute où il est sorti, il est rentré droit chez eux. Il l'a suppliée de retirer sa plainte, mais avant qu'ils aient réglé le problème, elle s'était volatilisée, et voilà.

— Quand a-t-il fait part de sa disparition ?

— Le 7 juillet. À l'époque, la loi requérait un délai de soixante-douze heures s'il n'existait aucune indication d'intention de nuire, ce qui était le cas. Le dimanche a passé, puis le lundi, sans qu'on entende parler d'elle. Le mardi matin, Foley est venu au poste et a demandé à notifier sa disparition. C'est moi qui ai recueilli sa déposition, mais l'affaire était déjà de notoriété publique et nous savions qu'on nous refilait le bébé.

— Comment vous a-t-il paru ?

— Visiblement très inquiet, mais je dirais surtout pour lui. Vu ses antécédents, il devait bien se douter qu'il arriverait en tête de liste quand l'affaire ferait l'objet d'une enquête. Nous avons émis un avis de recherche à l'échelon du comté, donnant le signalement de Violet et de la voiture qu'elle était censée conduire, et nous l'avons étendu à l'État moins de deux jours après. Nous avons contacté la presse au nord et au sud de la côte. Sans émouvoir les rédactions, remarquez. Cinq lignes de colonne en deuxième cahier pour la plupart. Quand elles ont bien voulu faire un effort. La radio, même topo. Quelques stations locales en ont parlé, mais on les comptait sur les doigts de la main.

— Pourquoi est-ce que ça n'a pas fait la une ? Comment l'expliquez-vous ?

— Les médias ne sautaient pas sur les faits divers comme aujourd'hui. Violet était adulte. Les uns estimaient qu'elle était partie de son plein gré et qu'elle reviendrait quand elle le jugerait bon. Les autres pensaient volontiers qu'elle n'était jamais partie du tout, du moins pas vivante.

— Vous pensez que Foley l'a tuée ?

— À l'époque, oui.

— Pourquoi ?

— Parce qu'on assistait à une escalade de la violence et qu'elle ne plaisantait pas en déposant plainte, ce qui n'augurait rien de bon pour lui. C'est comme me l'a dit l'adjoint du procureur : « Vous n'avez pas de témoins, vous n'avez pas d'affaire. » En cas de procès, il avait toutes les chances de se retrouver sous les verrous. Sa disparition l'arrangeait forcément.

— Je suppose qu'il y a eu enquête ?

— Oh, que oui ! Nous avons pu remonter sa piste jusqu'à l'heure où elle a quitté sa maison ce soir-là. Vers les six heures et quart, après l'arrivée de la baby-sitter. Il faisait encore jour et la nuit ne tomberait pas avant neuf heures au moins. Deux témoins l'ont vue traverser la ville au volant. D'après eux, elle semblait être seule, sauf son petit chien assis sur ses genoux, qui jappait par la vitre. Comme elle s'est arrêtée pour prendre de l'essence à une station-service pas loin de Tullis, nous savons qu'elle a roulé jusque-là.

— Quelle heure était-il ?

— Six heures vingt-cinq, dans ces eaux-là. Le type à la pompe lui a nettoyé son pare-brise et vérifié ses pneus, ce qui ne s'imposait pas. La voiture était neuve et il voulait savoir comment elle s'en tirait. Ils ont passé quelques minutes à discuter là-dessus. Je lui ai demandé s'il avait observé quelque chose d'inhabituel parce que je me demandais dans quel état d'esprit elle était. Si elle abandonnait sa petite fille pour de bon, on aurait pu croire qu'elle n'était pas d'humeur à rire, mais il m'a dit qu'elle semblait heureuse. « La joie de vivre », pour le citer. Naturellement, il ne l'avait jamais vue et, pour autant que je sache, elle était toujours comme ça. J'espérais qu'elle lui avait donné une indication sur sa destination, mais pas de pot. Son chien aboyait comme un fou, il n'arrêtait pas de sauter du siège avant au siège arrière. Elle a fini par le laisser descendre et faire ses besoins dans l'herbe. Après l'avoir réintégré dans la voiture, elle est entrée dans le bureau, a payé son essence à l'employé et a pris un Coca dans la glacière. Puis elle est remontée en voiture et a démarré en direction de Freeman.

J'ouvris mon sac et en sortis un stylo-bille et mon plan de Santa Maria.

— Pourriez-vous me montrer l'emplacement de la station-service ? J'aimerais y jeter un coup d'œil.

Il remonta ses lunettes et étudia le plan, l'ouvrant en grand, puis le repliant.

— Je dirais là, me dit-il, en faisant une marque sur la page. La station n'a pas bougé, mais le pompiste et l'employé ont quitté la région. De là, elle a pu aller n'importe où. Prendre une petite route latérale et sortir sur la 101, prendre au sud vers Los Angeles ou au nord vers San Francisco. Ou faire demi-tour et rentrer chez elle. Nous avons calculé jusqu'où elle pouvait rouler avec un plein et vérifié toutes les stations-service dans ce rayon… un boulot d'enfer. Personne ne se rappelait l'avoir vue, ce qui m'a paru bizarre. Cette voiture était une beauté, elle aussi. Quelqu'un l'aurait forcément remarquée si elle s'était arrêtée pour une raison ou pour une autre… déjeuner, se reposer, sortir le chien. Je ne comprends pas qu'elle ait pu se volatiliser ainsi, littéralement, sans laisser de trace.

— D'après les journaux, Foley ne faisait pas figure de suspect.

— Bien sûr que si ! Et aujourd'hui encore ! Nous avions fait cette déclaration dans l'espoir de l'amener à révéler ce qu'il savait, mais c'était un vieux renard. Il a aussitôt pris un avocat et n'a plus ouvert la bouche. Nous n'avons jamais rien pu retenir contre lui.

— Il n'a fourni aucune explication ?

— Nous avons réussi à lui extorquer quelques détails avant qu'il se referme comme une huître. Nous savons qu'il s'est arrêté au Blue Moon et a bu quelques bières. Il a affirmé être rentré à la maison peu après, soit entre dix heures et dix heures et demie. L'ennui, c'est que la baby-sitter, Liza Mellincamp, a dit ne pas l'avoir vu entre minuit et une heure, ce qui signifie que, s'il l'avait tuée, il avait eu le temps de se défaire du corps.

— Et avec succès pour qu'on ne l'ait jamais retrouvée.

Schaefer haussa les épaules.

— À mon avis, elle refera surface un de ces jours, sauf si les vers l'ont complètement bouffée.

— Et en partant du principe qu'il l'a tuée, ce que rien ne prouve.

— Comme vous dites.

— Mais je n'émets aucune hypothèse, précisai-je.

— Je comprends. Moi-même je penche tantôt dans un sens tantôt dans l'autre, et j'ai eu des années pour soupeser toutes les possibilités.

— Est-ce qu'un témoin a confirmé que Foley est bien rentré chez lui comme il l'a dit ?

Schaefer fit signe que non.

— Pas un seul… Les gens savent en gros à quel

moment il a quitté le Moon, mais personne ne paraît savoir où il est allé après. Rien ne garantit qu'il soit rentré ce soir-là chez lui. C'est la parole de Liza contre la sienne.

— Et la voiture ? À ce que je comprends, on ne l'a jamais revue non plus.

— Moi je dirais qu'elle n'existe plus depuis longtemps, probablement désossée pour les pièces détachées. Sinon, il y a toujours preneur en Europe et au Proche-Orient pour les voitures volées. En Californie, L.A. et San Diego remportent la palme.

— Même à cette époque ?

— Oui, madame ! Les statistiques auront changé, mais pas le pourcentage. Quelque quatre-vingt-cinq mille voitures volées dans ces deux villes pas plus tard que l'an dernier ! On les vole, on les conduit dans des ports locaux et on les embarque dans des conteneurs. L'autre option consiste à les amener de l'autre côté de la frontière et à s'en défaire là-bas. S'il ne trouve pas preneur au Mexique ni en Amérique centrale, le véhicule est abandonné dans la rue et finit à la fourrière. Descendez à Tijuana et vous en verrez des milliers… voitures, camions, véhicules maquillés ! Il y en a qui sont là depuis des années et ne seront jamais récupérés.

— À qui appartenait la voiture ? À elle ou à lui ?

— C'est lui qui avait signé les traites, mais la voiture était à son nom à elle. Et elle l'a claironné partout ! À l'époque, les épouses ne pouvaient pas obtenir de crédit, même si elles travaillaient. Tout se faisait au nom du mari.

— Mais pourquoi aurait-il fait une chose pareille ? Lui acheter une voiture et la supprimer le lendemain ? Ça ne tient pas debout !

— Il l'aura tuée sur un coup de sang, tabassée à mort. Rien ne dit qu'il ait prémédité son geste.

— Mais alors pourquoi acheter la voiture ? D'après Daisy, il arrivait à peine à payer ses factures. On m'a dit aussi qu'elle avait assez de liquidités pour l'acheter au comptant.

— Je vais vous dire ce que je pense. Il l'a fait parce qu'il se sentait coupable. C'était sa manière de fonctionner. Il entrait dans une colère noire, lui fichait une raclée, et après faisait quelque chose de gentil pour réparer. Il se sera rendu compte qu'elle allait le traîner devant les tribunaux et aura essayé de l'acheter... Elle était folle de cette voiture.

— À ce qui m'est revenu, Foley a tenu à acquitter toutes les traites alors qu'il n'avait pas un sou. Curieux, non ?

— Tout dépend des termes de son arrangement avec le concessionnaire, me répondit-il. Interrogez donc Chet Cramer à ce sujet. Chet Cramer Chevrolet, à Cromwell. Je vais vous donner son adresse.

— Merci. Daisy m'a parlé de lui. Je n'aurais pas cru qu'il soit encore en activité après tout ce temps.

— Oh, ça, il ne prendra jamais sa retraite ! Il est aux commandes et il entend bien mourir sur place plutôt que de passer la main.

Je réfléchis aux comptes rendus de presse que j'avais lus.

— Un journal rapporte que Violet s'était rendue dans une banque de Santa Teresa cette semaine-là et avait demandé à avoir accès à son coffre. Vous savez ce qu'il contenait ?

— Pour ça non ! Je dirais des valeurs d'un genre ou d'un autre. Comme vous, j'ai entendu dire qu'elle avait un petit magot, mais on doit la croire sur parole. Nous avons obtenu une ordonnance du tribunal et fait percer le coffre quand il a été clair qu'elle ne revenait pas. Il était vide.

— Et depuis ? Je connais les sentiments de Stacey sur ce genre de dossier. Une affaire non élucidée le met hors de lui !

— À qui le dites-vous ! De temps en temps, quelqu'un fait un saut là-bas pour jeter un œil, mais on n'a pas d'éléments pour avancer. Nous n'avons jamais opéré la moindre percée et nous manquons de personnel pour reprendre l'enquête à temps plein. À Santa Teresa, les inspecteurs ont déjà assez de pain sur la planche. Un bleu pourrait se faire la main dessus à l'occasion, mais c'est bien tout.

— Et l'hypothèse selon laquelle elle aurait eu une liaison ?

— Foley l'affirme dur comme fer, mais j'ai des réserves. Posez la question, vous constaterez que la plupart des gens à qui c'est revenu tiennent la chose de lui. Violet avait la cuisse légère, et là-dessus pas de doute, mais si elle était partie avec quelqu'un, comment expliquer que personne d'autre ne manque à l'appel ?

7

La station-service où Violet avait été vue pour la dernière fois se trouvait aux abords de Tullis, une agglomération grosse comme un point sur la carte et qu'on avait toutes les chances de rater dans un moment d'inattention. Plusieurs hameaux se regroupaient comme les étoiles d'une constellation dans un périmètre où de petites routes à deux voies les reliaient en formant un plan en damier irrégulier. Tullis se situait à l'est, sur une ligne droite qui conduisait à Freeman et, de là, à la 101.

Les stations-service du secteur étaient rares et distantes les unes des autres, et le choix de Violet s'expliquait sans peine. À ce moment-là, elle utilisait la voiture depuis un jour seulement, mais elle semblait avoir assez roulé pour vider son réservoir. Ou alors elle avait pris ses précautions en prévision de ce qu'elle allait faire ensuite, à savoir mourir ou partir pour de bon. Moi-même, j'hésitais entre les deux options. À en juger par son comportement, elle se faisait la belle ; mais pour aller où ? Et surtout, était-elle jamais arrivée ?

Quand j'atteignis la station, je me rabattis sur le côté, me garai près de l'entrée des toilettes pour dames et usai des commodités pendant que j'en avais la possibilité.

La chasse fonctionnait, mais le sèche-mains avait rendu l'âme, et comme on avait supprimé les serviettes en papier par souci d'hygiène, je n'eus plus qu'à m'essuyer les mains sur mon jean en sortant.

La station-service se dressait à l'intersection de deux routes, Robinson Road et Twine Road. L'après-midi était brûlant et silencieux, le soleil cognait. On était en septembre, et il devait faire une chaleur d'enfer en juillet. Des champs plats s'étendaient à perte de vue de tous côtés, certains comme mités à cause des moissons, d'autres déjà semés et où pointaient de jeunes pousses vertes. Quand Violet s'était arrêtée là en fin de journée, le paysage ressemblait sûrement beaucoup à ce qu'il était maintenant. Un lieu venteux et sec, sans même un bouquet d'arbres pour donner de l'ombre. J'imaginai les cheveux flamboyants de Violet qui lui fouettaient le visage pendant qu'elle bavardait avec le pompiste de service ce jour-là. Comment voyait-elle la suite des événements ? Car c'était bien ce qui me tracassait : ses projets et sa candeur.

Je remontai en voiture et pris vers l'ouest, tournant à gauche de la station-service dans Twine Road. En passant devant un panneau indiquant New Cut Road, je me rendis compte que la propriété de Tannie devait se trouver à moins d'un kilomètre de là. Le grand corps de ferme se dressait en effet au loin, au bord de la chaussée comme pour faire de l'auto-stop. Je fus de nouveau frappée par le caractère incongru de cette construction au beau milieu de la plaine agricole.

Une fois à Cromwell, je consultai les indications que m'avait données Daisy. Foley Sullivan travaillait comme bedeau à l'église presbytérienne de l'agglomération, dans la 2e Rue. L'édifice se caractérisait par sa simplicité, au meilleur sens du terme, une construction à charpente blanche et clocher posée sur une grande pelouse verte. Une grande aile en brique avait été ajoutée à une extrémité. Je me garai sur l'aire de stationnement latérale et pris l'allée menant au porche.

Commençant par ce qui allait de soi, j'essayai la porte massive à deux battants et fus étonnée de constater qu'elle n'était pas verrouillée. Je me glissai à l'intérieur. Personne dans le vestibule. Les portes du sanctuaire étaient ouvertes, mais je ne vis âme qui vive. Je lançai les hou-hou d'usage pour annoncer ma présence, ne voulant surtout pas donner l'impression de m'introduire par effraction dans la maison de Dieu. Le silence régnait et, du coup, je me surpris à marcher sur la pointe des pieds dans l'allée centrale. Des fenêtres aux vitraux compliqués rythmaient de part et d'autre les côtés de la nef, et un tapis lie-de-vin recouvrait le sol. Les épais tuyaux de cuivre de l'orgue traçaient un V inversé derrière le chœur. Les bancs de bois déserts luisaient dans la lumière. L'air sentait l'œillet et le lis, mais je ne vis aucune fleur. À droite, derrière le lutrin, se déployaient les stalles de la chorale. Devant le sanctuaire lui-même, à main droite, j'avisai une porte que je supposai être celle du bureau du pasteur. À gauche, une porte à deux battants et à impostes vitrées donnait probablement sur le couloir qui reliait l'église à son prolongement plus moderne.

Je poussai la double porte et me retrouvai dans un large couloir recouvert d'un tapis. Les salles de catéchisme s'ouvraient à droite, la plupart équipées de sièges pliants, et deux de tables et de chaises basses destinées aux jeunes enfants. Tout était dans un ordre impeccable. Je humai des effluves de Windex, d'Endust et de cire pour meubles. Je poussai une autre porte à deux battants et entrai dans une salle de réunion spacieuse. On y avait dressé de longues tables de banquet, mais les chaises pliantes en métal s'empilaient encore sur des chariots rangés contre le mur. La salle pouvait sans doute être installée ou vidée au gré des activités et du nombre de personnes présentes. La paroisse pratiquait-elle toujours le rite des dîners à la fortune du pot ? Je l'espérais. Où trouver sinon des tourtes au bœuf et aux macaronis et des haricots verts à la cocotte mitonnés au velouté de champignons ? Quand j'étais petite, j'avais été mise à la porte de nombreux groupes de catéchisme, mais je n'en gardais aucune rancœur. Comme toujours, l'idée de la nourriture l'emportait, atténuant les rigueurs de la réalité pour ne laisser que des souvenirs aussi merveilleux et délicieux que des brownies tièdes faits maison.

J'accédai à la cuisine par une porte battante, lançant un nouveau « Bonjour ? » et marquant une pause dans l'attente d'une réponse. Le soleil inondait la pièce. Les comptoirs étaient en inox, et d'énormes marmites pendaient à des supports au-dessus de deux cuisinières semi-professionnelles également en inox. Les éviers en émail blanc étaient immaculés. Je n'avais plus rien à explorer. D'une minute à l'autre, j'allais tomber sur Foley, me dis-je. J'étais si concentrée sur mes recherches que, lorsqu'il surgit dans mon dos et me tapa sur l'épaule, je fis un saut de carpe et m'agrippai la poitrine en poussant un cri.

— Désolé de vous avoir fait peur.

— C'est que je ne m'y attendais pas ! m'exclamai-je, en me demandant depuis combien de temps il me filait.

Cette idée éveilla en moi un sentiment de malaise que je m'efforçai de réprimer.

— Je vous remercie d'avoir accepté de me voir aussi vite, lui dis-je.

— Pas de problème.

Il était grand et émacié et portait un vêtement aux manches légèrement trop courtes pour la longueur de ses bras. Poignets fins, des mains comme des battoirs. Rasé de près, il avait des pommettes proéminentes et une mâchoire prononcée. Son visage me rappela certaines photos en noir et blanc prises pendant la Dépression... des hommes à l'air hagard faisant la queue pour la distribution de vivres et dont les regards désespérés fixaient l'objectif. Ses yeux bleus s'enfonçaient profondément dans des orbites marquées de cernes foncés. Il ressemblait à quelqu'un que j'avais déjà vu, mais impossible sur le moment de savoir qui. Il parlait sans aucune animation. Son regard se posait sur moi comme de loin, comme s'il existait une distance bizarre entre sa nature profonde et le monde extérieur. Je ne retrouvais rien de Daisy dans ses traits, sauf peut-être la trace du chagrin dont Violet était la source. Il n'avait que soixante et un ans, mais on lui en aurait donné cent tout aussi bien, au vu de la prudence qu'on lisait dans ses yeux.

— Venez avec moi. Je vais vous montrer où je vis. Nous pourrons y bavarder en privé.

— Excellente idée, lui dis-je.

Je le suivis en me demandant si c'était bien raisonnable. Seule avec un paroissien de cet acabit dans cette grande église vide... Daisy savait où je me trouvais, mais personne d'autre. Nous descendîmes une volée de marches jusqu'au sous-sol, qui était sec et bien entretenu. Foley ouvrit la porte de ce que je pris d'abord pour une grande réserve.

— C'est mon appartement. Prenez une chaise.

Il me fit entrer dans une pièce de trois mètres sur trois aux murs blancs et au sol recouvert d'un faux carrelage en linoléum beige et luisant. Une table se dressait au milieu, entourée de quatre chaises assorties. Foley disposait d'une plaque chauffante et d'un petit réfrigérateur encastré dans un plan de travail contre le mur, d'un canapé, d'un fauteuil tapissier et d'un petit téléviseur. L'encadrement d'une porte laissait voir une pièce plus exiguë, où l'on apercevait un lit pliant à roulettes. Je soupçonnai la présence d'un cabinet de toilette plus loin.

Je pris place à la table. Un bol de cacahuètes non épluchées trônait au milieu. Foley s'assit sans marquer de tension spéciale. Son regard se posa sur moi, direct mais étrangement vide.

— Servez-vous si ça vous dit, me proposa-t-il en faisant avec un geste vers les cacahuètes.

— Merci, ça va.

Il prit une cacahuète, cassa un bout de l'enveloppe et versa la graine dans sa bouche. Ouvrant la seconde moitié, il procéda de même. Le bruit me fit penser à un cheval mâchant son mors. Il garda l'enveloppe vide dans sa main. Je le vis palper la surface rainurée, le bout de ses doigts suivant les bords fibreux. En d'autres temps, je m'étais fait une réputation en mangeant les cacahuètes sans les décortiquer pour tout laisser bien propre.

Il en prit une autre et la fit rouler entre ses doigts, la pressant doucement pour en jauger la souplesse. Ses doigts donnaient l'impression de remuer d'eux-mêmes. Roulant, pinçant.

— Vous êtes détective privé. D'où ça ?

— Santa Teresa. J'exerce cette profession depuis dix ans. Avant, j'étais dans la police.

Il hocha la tête.

— Qu'est-ce qui lui prend, à Daisy ?

— Il faudra le lui demander.

— Mais que vous a-t-elle dit quand elle vous a engagée ?

— Qu'elle était tourmentée. Elle dit n'avoir jamais accepté que sa mère l'ait abandonnée.

— Personne d'entre nous ne l'a accepté, dit-il.

Il détourna le regard, puis haussa les épaules, comme pour clore un débat intérieur.

— D'accord. Autant en finir. Posez toutes les questions

que vous voulez, mais laissez-moi d'abord vous dire ceci : le pasteur de cette église est le seul homme d'ici à avoir de la charité dans le cœur. Après le départ de Violet, j'ai été licencié et je n'ai pas retrouvé de travail. Avant, j'étais dans le bâtiment, mais subitement personne n'a plus voulu de mes services. En se fondant sur quoi ? Je n'ai jamais été arrêté. Jamais été inculpé. Je n'ai jamais fait un jour de prison à cause de cette histoire. Cette femme s'est tirée. Je ne sais pas combien de fois il faudra que je le répète.

— Vous avez pris un avocat ?

— Bien obligé. Il fallait que je me protège. Tout le monde pensait que je l'avais tuée, alors quoi faire sinon ? Je devais subvenir aux besoins de Daisy, et impossible de trouver un travail rémunéré pour sauver mon âme. Comment prouver qu'on n'a rien fait quand tout le monde en ville est convaincu du contraire ?

— Qu'avez-vous fait pour gagner votre vie ?

— Ça n'a pas été possible. J'ai dû m'inscrire à l'aide sociale. J'avais honte… mais pas le choix. Tout le temps qu'on a été mariés, Violet a refusé de travailler. Elle voulait rester à la maison avec Daisy. Moi, je n'y voyais pas d'inconvénient, encore qu'un peu d'aide n'aurait pas été du luxe. Il y avait des mois où je n'arrivais pas à faire rentrer l'argent pour payer les factures. C'était dur… Il y a des gens qui semblent croire que je m'en fichais de ne pas payer à l'heure, mais c'est tout bonnement faux. Je faisais de mon mieux, mais, après son départ, je ne savais plus vers qui me tourner. Si je laissais Daisy une minute, une seule, elle craquait. Il fallait que je reste dans son champ de vision. Qu'elle sache où j'étais. Qu'elle s'accroche à ma jambe de pantalon de peur que je me volatilise. Voilà… Violet n'en a fait qu'à sa tête, sans se soucier de nous. Elle ne pensait qu'à elle, et être mère n'était pas son fort.

— Qui était… ?

— Pardon ?

— Qu'est-ce qui était son fort ? Je vous pose la question parce que je voudrais me faire une idée d'elle… pas seulement de sa façon de se comporter, mais de la personne qu'elle était.

— Elle ne pensait qu'à faire la bringue. Elle restait sortie jusqu'à pas d'heure et buvait. Des fois elle dansait.

— Et vous ? Vous dansiez aussi ? lui demandai-je, sans trop savoir s'il utilisait ce mot comme métaphore.

— Pas assez souvent à son goût.

Il remit la cacahuète intacte dans le bol et posa ses grosses mains sur ses genoux, sous la table. J'entendis un petit bruit sec et devinai qu'il faisait craquer systématiquement ses phalanges.

— Avait-elle des passe-temps, des sujets d'intérêt ?

— Vous voulez dire, si elle faisait du macramé ? me renvoya-t-il avec une pointe d'amertume. Pas son genre.

— La cuisine, par exemple, je ne sais pas.

— Elle préparait des trucs en boîte. Des tamales enveloppés dans du papier. Des fois elle ne prenait même pas la peine de les verser dans une casserole et de les mettre à chauffer… Je sais, j'ai l'air de dire du mal d'elle et je m'en excuse. Elle avait peut-être du bon, mais elle le cachait bien. Elle était belle, ça, je le reconnais. Je l'avais dans la peau… et pas qu'un peu.

— Pourquoi êtes-vous resté ?

— Parce que j'étais une andouille, faut croire. Je ne sais pas, ça semble si loin. Des fois, je n'arrive même pas à me rappeler comment c'était. Pas le bonheur, c'est sûr. Si je suis resté, c'est parce que j'aimais cette femme plus que la vie même.

— Je comprends, dis-je, bien que cette affirmation me paraisse grotesque après ce qu'on m'avait raconté.

— En tout cas, continua-t-il, je n'étais pas seul à me

plaindre. Elle n'était pas heureuse, mais elle est restée aussi ! Enfin, jusqu'à ce qu'elle parte.

— À ce que m'a dit Daisy, vous pensez qu'elle avait une liaison.

— Je ne le pense pas, je le sais.

— Qu'est-ce qui vous permet de l'affirmer ?

— À part qu'elle me l'a dit ?

— Vraiment ? Qu'a-t-elle dit exactement ?

— Qu'il valait deux fois mieux que moi. Qu'il la baisait comme un dieu… Je ne veux pas en parler. Du coup, j'ai vu rouge, ce qui était bien son intention.

— Peut-être qu'elle inventait.

— Oh, non ! Pas elle. Il y avait quelqu'un, faites-moi confiance…

— Avez-vous une idée de qui ?

— Non.

— Vous n'aviez pas le moindre soupçon sur personne ?

Il fit signe que non.

— Au début, j'ai cru que c'était quelqu'un de Santa Maria ou d'Orcutt, quelque part par là, mais comme pas une âme n'a jamais signalé la disparition d'un conjoint, personne n'accorde de crédit à ce que je dis.

— Parlons de vous. De votre histoire.

— Je n'ai pas d'histoire. Quoi par exemple ?

Je haussai les épaules.

— Vous avez fait l'armée ?

Il fit non de la tête avec une expression amère, à croire que j'ajoutais encore à la liste de ses griefs.

— Elle n'a pas voulu de moi. En 1941, quand la guerre a éclaté, j'avais quinze ans. Dès que j'en ai eu dix-huit, j'ai voulu m'engager, mais le conseil de révision m'a saqué. Mauvaise dentition. On était censé avoir six dents pour mordre et six pour mastiquer, bien alignées. J'ai fait arranger les miennes, mais plus tard. Et l'armée ne me paraissait plus aussi excitante. Des tas de gars du coin sont partis et ne sont jamais revenus.

— Daisy m'a dit que Violet avait quinze ans quand vous l'avez épousée.

— Je parie qu'elle vous a dit aussi pourquoi.

— Je sais qu'elle était enceinte. Vous n'avez jamais eu l'idée de proposer le bébé à l'adoption ?

— Violet l'aurait bien fait, ou pire, mais je m'y suis opposé. Je le voulais, cet enfant. Je voulais me marier et fonder une famille. Elle s'est comportée comme si je l'avais forcée, ce qui est peut-être vrai, mais je me disais qu'elle s'y ferait.

— Quinze ans, c'est jeune, lui fis-je remarquer en soulignant l'évidence pour empêcher la conversation de retomber.

— Violet n'a jamais été jeune. Elle m'a dit une fois qu'elle avait des aventures depuis l'âge de douze ans. Je n'étais pas le premier, et certainement pas le dernier.

— Ça vous ennuyait ?

— Son passé ? Je m'en fichais. Ce qui m'ennuyait, c'est tout ce qu'elle a fait après. On a dû vous dire que je la battais, mais il y a toujours les deux côtés de l'histoire. Elle me trompait, encore et toujours, et je défie n'importe quel bonhomme de vivre comme ça. Vous le supporteriez, vous ?

— Le divorce existe, répondis-je benoîtement.

— Je sais, mais je l'aimais. Je ne voulais pas vivre sans elle. Je croyais lui mettre un peu de plomb dans la cervelle. C'est tout ce que j'essayais de faire, rien d'autre. Je sais que j'ai eu tort. Il y a des jours où ça me dépasse d'avoir cru ça… Et pourtant si. Elle était têtue comme une mule, n'en faisait qu'à sa tête, et elle n'a jamais changé. Je lui ai été aussi dévoué que je pouvais l'être, n'empêche qu'elle nous a abandonnés. Qu'elle m'a brisé le cœur.

— Et vous ne vous êtes jamais remarié ?

— Comment j'aurais pu ? Je n'avais rien à offrir. Je ne peux pas dire que je suis divorcé ni que je suis veuf. Encore qu'aucune femme ne m'ait posé la question. Après le départ de Daisy, j'ai pris cet emploi. Le pasteur m'a donné un endroit où vivre et je ne l'ai jamais quitté depuis.

Il garda le silence pendant un moment, l'émotion bouillonnant sous la surface.

— Parlez-moi de la voiture.

— Je ne peux rien vous dire de précis. On s'était disputés. J'ai oublié pour quelle raison. J'ai arraché un de ses rideaux de dentelle, ce qui l'a rendue folle de rage, elle a arraché le reste et a tout fichu à la poubelle. Elle est partie au Moon, je l'ai suivie. On s'est mis à boire et elle s'est un peu calmée. Je croyais l'affaire réglée, mais voilà qu'elle se lève et me dit qu'elle me quitte. Que c'était fini et que le lendemain elle se serait tirée. Je n'en ai pas cru un mot. Violet vous sortait ce genre de trucs une semaine sur deux. Cette fois, elle pleurait si fort que ça m'a fendu le cœur. Je regrettais ce que j'avais fait. Je savais qu'elle attachait de l'importance à ces rideaux de dentelle. J'ai voulu réparer pour ça et pour tout le reste.

« Elle avait vu la voiture deux jours avant et comme elle n'arrêtait pas d'en parler, je suis allé chez le concessionnaire et je l'ai achetée. Je l'ai ramenée à la maison le jour même et l'ai garée devant, puis je suis entré et je lui ai dit de regarder dehors. Quand elle a vu la voiture, elle était comme un petit enfant… Jamais je ne l'avais vue si heureuse.

— Quand était-ce ? À quelle date ?

— Le 3 juillet. Le jour avant qu'elle parte.

— A-t-elle parlé d'aller quelque part, de faire une virée en voiture ?

— Pas un mot. Elle a été plus gentille qu'elle ne l'avait

été depuis longtemps, bien longtemps, et j'ai cru que tout allait bien. On a passé le samedi matin ensemble, tous les trois, elle, moi et Daisy. J'ai eu du mal à aller au boulot au début de l'après-midi, mais après je suis rentré et on a un peu tourné dans la maison. À cinq heures, elle a préparé le dîner de Daisy, des œufs brouillés au bacon, son plat préféré. Violet avait une baby-sitter qui venait à six heures. Elle devait mettre Daisy dans son bain et la préparer pour se coucher. Elle voulait se changer et m'a dit qu'on se retrouverait au parc pour le feu d'artifice.

« Je me suis arrêté au Blue Moon sur le trajet. Je reconnais que j'ai bu une ou deux bières… plus en fait, si vous voulez savoir. Le temps que j'arrive au parc, il faisait presque nuit et le feu d'artifice allait commencer. Je l'ai cherchée partout et j'ai fini par m'asseoir et regarder tout seul le spectacle.

— Des gens vous ont vu ?

— Tout à fait. C'est une chose qu'on a été obligé de reconnaître. Livia Cramer était assise juste là, à discuter avec moi, impossible de ne pas le voir. Quand je suis rentré à la maison, j'ai vu que la voiture n'était pas dans l'allée. Je suis entré et me suis rendu compte que Violet n'était pas là non plus.

— Mais il y avait la baby-sitter, n'est-ce pas ?

— À ce qu'elle dit. Je n'avais pas les idées très claires.

— Pourquoi ça ?

— J'avais bu deux autres bières au parc, puis je m'étais arrêté au Moon sur le trajet du retour. Ça explique que je ne tenais pas trop bien sur mes pieds. Je suis allé droit dans la chambre et me suis affalé sur le lit. Je n'ai pas regardé dans la chambre de Daisy parce que l'idée ne m'en est pas venue. Je croyais qu'elle était sortie avec Violet, faire un tour en voiture. Je me suis dit que Violet avait changé d'idée et décidé d'emmener Daisy voir le feu d'artifice. Après, je me rappelle seulement qu'on était le matin et que Daisy me secouait la main.

— Et ensuite ?

— Ensuite, j'ai vécu les deux pires journées de mon existence. Le samedi matin, j'ai appelé le bureau du shérif pour voir s'ils savaient quelque chose. Je pensais qu'elle avait peut-être été conduite au poste, ou eu un accident. L'adjoint m'a répondu que non, mais que, si le jeudi je n'avais toujours pas eu de ses nouvelles, je pouvais venir signaler sa disparition, ce que j'ai fait quand j'ai vu qu'elle ne rentrait pas. Ce même jour j'ai cessé de boire, et je n'ai pas touché à une goutte d'alcool depuis.

— Et elle ne vous a jamais contacté ?

— Pas un coup de téléphone, pas une carte postale. Pas un mot, un seul, depuis ce jour-là.

— Pourquoi avez-vous continué à payer les traites de la voiture ?

— Pour montrer que je l'aimais. Que j'étais sincère quand je disais que je voulais changer… Je croyais qu'elle reviendrait et que, ce jour-là, s'il arrivait jamais, elle saurait que je n'avais jamais douté d'elle.

— Vous n'étiez pas en colère de payer la voiture avec laquelle elle était partie ?

— Ça me rendait triste, mais dans un sens, s'il fallait vraiment qu'elle parte, j'étais heureux qu'elle l'ait. Comme cadeau d'adieu.

— À cette époque, tout le monde était convaincu que vous lui aviez fait quelque chose.

— Ç'a été ma croix et j'espère que je l'ai portée comme un homme. Peut-être que je vous semble aigri, mais ce n'est pas à cause d'elle. C'est parce qu'on m'a jugé et condamné.

Il tendit la main vers le bol, et y prit une cacahuète, puis changea d'idée et l'y remit. Les yeux sombres, profondément enfoncés, se posèrent sur les miens.

— Vous me croyez ?

— Je n'ai pas d'opinion. Il y a un jour seulement que je suis sur ce dossier. Vous n'êtes que la deuxième personne que j'interroge et je ne suis pas en mesure de croire ou de ne pas croire. Je réunis des informations.

— Et moi, je vous dis ce que je sais.

— Parlez-moi des cinquante mille dollars qu'elle disait avoir ?

— C'était après la naissance de Daisy. Je ne connais pas les détails, sinon que le travail a duré des heures. Elle a perdu les eaux à neuf heures un vendredi soir, mais ça n'a pas avancé. Elle avait des contractions par-ci par-là, mais ne souffrait pas tellement. Elle s'est dit que ce n'était peut-être pas aussi pénible qu'on lui avait raconté. Je ne sais pas pourquoi, mais à la minute où une femme découvre qu'elle est enceinte, les autres femmes lui sortent une histoire terrible sur ce qu'elles ont souffert, sur la cousine de quelqu'un qui a fait une hémorragie et en est morte, sur les bébés qui naissent malformés. Elle était terrifiée et voulait retarder le plus longtemps possible le moment d'aller à l'hôpital. Nous sommes restés réveillés toute la nuit, à jouer aux cartes… au gin rummy, à un penny le point. Elle a bien dû me soutirer quinze dollars. Au bout d'un moment, les douleurs ont commencé à devenir de plus en plus fortes, au point qu'elle n'arrivait plus à se concentrer. Je lui ai dit qu'on devrait peut-être y aller et elle a fini par céder. Nous sommes arrivés à l'hôpital et on l'a emmenée à la salle de travail. Il était six heures du matin. L'infirmière est ressortie et m'a dit qu'elle n'en était qu'à quatre centimètres, elle m'a conduit à l'arrière et m'a laissé lui tenir compagnie. Elle souffrait le martyre, mais le docteur ne lui a rien donné contre la douleur, par crainte de ralentir le travail. À midi, je suis sorti manger quelque chose. Je suis revenu dans la salle d'attente au moment où le docteur arrivait. L'infirmière lui avait téléphoné parce qu'elle trouvait que le travail de Violet ne progressait pas comme il aurait dû. Je ne connais pas les détails de ce qui s'est passé ensuite. Sauf qu'il y a eu un problème par la faute du Dr Rawlings. Daisy allait bien. Elle a fini par naître autour de sept heures, et au forceps. Il y a eu des complications gynécologiques ; toujours est-il qu'on a ôté son utérus à Violet. Une fille de seize ans, et qui ne pourrait jamais plus avoir d'enfant… Je crois qu'elle s'en fichait complètement, mais elle a vu la possibilité d'obtenir un dédommagement. Je crois qu'elle l'a poursuivi en demandant un million de dollars et en a obtenu infiniment moins. Elle était très discrète là-dessus et n'a jamais voulu me dire combien. Elle disait que c'était son argent à elle et que je n'avais pas à m'en mêler. Qu'elle l'avait durement gagné et voulait être sûre que je ne mettrais jamais la main dessus. Elle ne voulait pas le placer sur un livret d'épargne ordinaire parce qu'elle se méfiait des lois sur la communauté des biens. Elle a pris un coffre pour y déposer l'argent en espèces. Moi, je lui ai dit que c'était idiot. Qu'elle devait le faire fructifier, mais elle n'a rien voulu entendre. Je crois que son argent lui donnait un sentiment de puissance.

Nous restâmes à nous regarder pendant que je digérais l'information.

— Je vous remercie de votre franchise, lui dis-je. Pour l'instant, je ne vois pas d'autre domaine à explorer. J'aurai peut-être des questions par la suite.

— Je comprends, dit-il. Tout ce que je vous demande, c'est de ne pas vous faire d'idée préconçue.

— Comptez sur moi, le rassurai-je. Et si de nouvelles questions se présentent, j'espère que je pourrai vous recontacter.

— Naturellement.

8

Après avoir quitté le parking de l'église, je trouvai une petite rue latérale tranquille et me rangeai contre le trottoir. Je coupai le contact et pris une poignée de fiches pour noter ce que je me rappelais de la conversation. Pour ces premiers entretiens, au début de ma carrière, j'avais d'abord utilisé un magnétophone, mais la méthode laissait à désirer. Elle gênait certaines personnes et nous finissions, mon interlocuteur et moi, par regarder la bobine tourner sans fin en nous assurant mutuellement que le système était au point. Parfois une bande était pleine et coupait au beau milieu d'une phrase. Il fallait la retourner et la rembobiner, processus pour le moins rebutant. Venait ensuite la transcription, un travail assommant parce que le son était souvent mauvais et que les bruits d'ambiance couvraient la voix par moments. Prendre des notes détournait tout autant l'attention. J'avais fini par renoncer et commencé à improviser, en imposant silence à mon bavardage intérieur afin de pouvoir entendre ce qu'on me disait. Ma mémoire a fait de tels progrès que je suis capable de me rappeler le plus gros d'un entretien, mais il me paraît toujours utile de fixer les détails tant qu'ils sont frais dans mon esprit. Avec le temps, une partie des souvenirs s'efface, et même si j'en conserve l'essentiel, ce sont les petits détails qui font parfois toute la différence.

Cynique comme je suis, je me demandais, hé ! oui, si Foley avait cessé de boire parce qu'il craignait que l'alcool lui délie la langue un jour et l'amène à dire ce qu'il aurait dû garder pour lui. Pour la même raison, je m'interrogeais sur les véritables motifs du vide de sa vie amoureuse depuis que Violet avait disparu. La culpabilité engendre une solitude d'une nature particulière. La tentation de vous confier doit parfois vous submerger ! Il avait souffert comme un damné, mais sans jamais chercher à se consoler, du moins à l'entendre.

Je consultai de nouveau mon plan, notant la distance entre la station-service où Violet avait fait un plein, le parc de Silas et la maison des Sullivan. Dans les vingt-cinq, trente kilomètres entre tous ces points. D'après mes estimations, Violet avait parfaitement pu prendre de l'essence et rentrer chez elle, et donc avoir été là quand Foley était revenu. Dans ce cas, la baby-sitter l'aurait sûrement signalé. Je passai un élastique autour de mon gros paquet de fiches, puis je mis le moteur en marche, embrayai et rentrai chez moi.

Au moment où je tournais ma clé dans la serrure, Henry sortit de sa cuisine et verrouilla la porte derrière lui. Il me parut particulièrement pimpant pour un homme qui affectionne les bermudas et les tongs. Il me fit signe de la main et j'attendis, le temps qu'il traverse le patio. Comme l'heure du cocktail approchait, je m'imaginais qu'il allait Chez Rosie.

— Eh bien non ! Je descends à Olvidado et j'emmène Charlotte au cinéma. Nous attraperons la séance de cinq heures et dînerons ensuite.

Charlotte était un agent immobilier avec qui il était

déjà sorti à deux reprises. J'étais heureuse de le voir s'intéresser à une femme après sa récente déconvenue sentimentale.

— Sympa comme programme. Vous allez voir quoi ?

— *Sens unique*, avec Kevin Costner. Ma tenue te paraît bien ?

Il écarta les bras pour qu[illegible] prononce sur son pantalon de toile et son pol[illegible]

— Impeccable.

— Merci. Tu as des projets ?

— Je suis sur une affaire dans le coin de Santa Maria. Je compte faire la navette, mais surtout ne t'inquiète pas si tu ne me vois pas pendant un jour ou deux. Tu ferais mieux d'y aller. On roule mal à cette heure-ci.

Je le regardai traverser le patio jusqu'à son garage double et attendis de voir quelle voiture il prenait. Une Chevrolet 1932, un coupé cinq portes jaune vif, fait sa joie et sa fierté. Son autre voiture est un break ordinaire, pratique, certes, mais qui ne casse rien. Il sortit en marche arrière dans l'allée au volant de la Chevrolet d'époque et m'adressa un signe de la main tandis qu'il s'éloignait.

Une fois chez moi, je laissai tomber mon sac sur un tabouret de cuisine et procédai à mon rituel accoutumé : écouter les messages et examiner le courrier. Cheney avait appelé pour dire bonjour et avait ajouté qu'il me rejoindrait plus tard. Rien d'excitant au courrier. Quand je jetai un coup d'œil au réfrigérateur, le spectacle qui s'offrit à ma vue ne me réservait aucune surprise. Son contenu se résumait à des condiments – moutarde, cornichons, olives, plus un pot de *jalapeños* –, une plaque de beurre, une tête de laitue jaunissante et un pack de six Diet Pepsi. N'étant pas allée chez l'épicier depuis une éternité, ou je partais en virée au supermarché ou je dînais dehors pour ne pas changer. Tout en me tâtant, je rappelai Cheney. Je savais qu'il serait absent, mais je laissai un long message, lui racontant ce qui m'occupait. Je n'avais aucune idée de la façon dont se présenterait mon agenda le surlendemain, mais lui promis de le contacter. Déjà perçait ce sentiment de relation de couple épisodique, comme avec Robert Dietz. Comment me fourrais-je toujours dans ce genre de situation avec les hommes ?

À mi-chemin de Chez Rosie et rien moins qu'émoustillée à cette perspective, je pensai soudain au Sneaky Pete's. Je savais que Tannie serait à son poste, et il me vint à l'idée que nous pourrions discuter de Daisy et de Violet pendant que je m'autoriserais une autre concoction au salami épicé sur petit pain bis. Je fis demi-tour d'un pas guilleret, repris ma voiture et filai en ville.

Comme Chez Rosie, le Sneaky Pete's accueille une clientèle de quartier qui lui reste fidèle. Tannie me repéra dès que j'entrai. Je pris un tabouret au bar en attendant qu'elle finisse de tirer deux bières pour un couple assis à une table près de la fenêtre. Il n'était pas encore six heures et l'endroit se révélait d'un calme inhabituel pour un mercredi soir. Même le volume du juke-box avait été baissé à un niveau de décibels supportable.

Elle regagna le bar et sortit un verre à pied et une bouteille d'Edna Valley.

— Vous carburez au chardonnay, n'est-ce pas ?

— Quelle mémoire !

— C'est le boulot qui veut ça. Daisy m'a dit qu'on déjeunait ensemble toutes les trois demain ?

— C'est ce qu'on a prévu. Je lui ai dit que je l'appellerais dès que je serais libre. Vous pensez arriver à quelle heure ?

— Je ne sais pas encore, mais tôt. Je lui demanderai où vous serez et je vous rejoindrai.

Elle remplit mon verre, puis elle prit une cigarette et aspira une grande bouffée avant d'écraser le mégot.

— Un de ces jours, j'arrête. Quand on travaille ici, on se protège en fumant... Alors, des nouvelles du front ? Daisy me dit que vous n'avez pas chômé.

— Ma foi, je fais de mon mieux. Elle m'a fait visiter le coin en voiture pour me donner une idée de l'endroit. Serena Station n'a rien de folichon.

— N'est-ce pas ? dit-elle. Vous avez vu Foley ?

— J'ai d'abord parlé au sergent du bureau du shérif en retraite. Et ensuite à lui.

— L'entretien a dû être tendu.

— Très, reconnus-je.

Je bus une gorgée de vin.

— Vous ne m'aviez pas dit que vous aviez une maison là-haut ! Daisy m'y a emmenée hier après-midi, pour me la montrer. Vraiment moche, cette histoire d'incendie.

— Encore heureux qu'ils soient intervenus à temps, sinon la maison serait en cendres. On a maintenant un adjoint qui patrouille pour éloigner la racaille. Mon frère déteste cet endroit.

— Daisy dit que vous envisagez de lui racheter sa part ?

— À condition qu'il accepte. Comme toujours, il est têtu comme une bourrique, mais je ne désespère pas de le convaincre. Sa femme fait équipe avec moi. Elle ne voit aucun intérêt à se coller sur le dos une ruine pareille. Moi, je l'adore, mais je n'en ai pas besoin.

— Le terrain doit valoir une fortune.

— Vous devriez voir notre feuille d'imposition ! Le problème, c'est qu'il est question de refaire le zonage. D'après les bruits qui courent en ville, l'ancienne usine d'emballage a été vendue et on va raser les bâtiments. Comme le terrain s'arrête juste au nôtre, des promoteurs m'ont fait la cour toute l'année dans l'espoir de mettre la main dessus avant que la nouvelle ne s'ébruite. Je rêverais de m'y accrocher, mais nous récolterions un petit pactole si nous vendions.

Elle chercha sous le bar et ramena un rouleau de papier maintenu par un élastique.

— Vous voulez voir ce qu'ils ont en tête ?

J'ôtai l'élastique et déployai la grande feuille de papier épais. J'avais sous les yeux une aquarelle purement imaginaire, montrant l'entrée d'un domaine privé entouré d'un mur : Les Villas Tanner. Deux gros piliers de pierre se dressaient à l'entrée du lotissement, d'où partait une allée sinueuse, flanquée de part et d'autre de pelouses luxuriantes. Quelques toitures en perspective révélaient la présence de maisons largement espacées et nichées dans un paysage déjà arboré. À gauche, la maison de Tannie faisait l'objet d'un superbe rendu et avait retrouvé son état d'origine grâce au talent de l'artiste.

— Bigre ! Pas exactement ce que j'ai vu cet après-midi ! Où sont passés tous les gros réservoirs d'essence et clôtures de barbelés peu avenants ?

— J'imagine qu'avec le financement nécessaire, on peut donner au terrain l'allure qu'on veut. Je n'arrive pas à croire que le comté accorde son feu vert, mais Steve dit que c'est une raison de plus pour vendre pendant qu'il est temps.

— Ce n'est pas logique. Si la modification du zonage était approuvée, le terrain prendrait de la valeur, et raison de plus pour s'y cramponner.

— Essayez donc de le lui dire ! Il veut sortir avant.

Je libérai les bords de la feuille qui se réenroula comme de son propre chef.

— C'est là que vous avez grandi ?

Tannie fit signe que non.

— La maison appartenait à mes grands-parents, Hairl et Mary Clare. J'y ai vécu avec maman et Steve quand papa était à la guerre. Quand il a rejoint l'armée en 1942, ma mère est revenue vivre à la maison. Elle n'avait pas de compétences professionnelles à proprement parler et papa ne pouvait pas nous faire vivre sur sa solde.

— Vous disiez que votre grand-père s'appelait « Hairl » ?

Elle sourit.

— Il aurait dû s'appeler Harold, mais ma grand-mère ne savait pas comment ça s'écrivait et c'est ce qu'elle a mis sur son certificat de naissance. Ma mère a reçu les prénoms de ses deux parents, Hairl et Mary Clare, ce qui a donné « Mary Hairl ». Encore heureux que cette manie d'accoler les noms se soit arrêtée là, sinon Dieu sait comment je me serais appelée !

— Et d'où vient votre prénom, « Tannie » ?

— En réalité, c'est Tanner, le nom de jeune fille de ma mère.

— J'aime bien. Ça vous va.

— Merci. Moi aussi, il me plaît. Toujours est-il que Hairl et Mary Clare ont vécu dans la maison de 1912, date à laquelle elle a été construite, à 1948, année où ma grand-mère a eu une attaque et a dû partir en maison de repos. Grand-papa a acheté un pavillon double à Santa Maria pour se rapprocher d'elle.

— Vous autres, vous êtes restés dans la maison ?

— Comme ma mère ne pouvait pas se tirer d'affaire toute seule, nous avons emménagé dans l'autre partie du pavillon de grand-papa. Comme ça, elle était sûre qu'il ne se laisserait pas aller. Il prenait ses repas avec nous.

— Ç'a dû être un grand changement pour vous.

— Et rude aussi. La campagne me manquait. Je n'avais pas d'amies, mais j'étais libre de vagabonder à mon gré. Nous avions des chiens et des chats de ferme. Moi, je trouvais ça idyllique, mais ma mère m'a fait valoir que le nouveau pavillon était plus proche de la ville, autrement dit que je pouvais aller à l'école à pied ou à vélo. J'ai fini par me faire à cette idée. Papa, après avoir quitté l'armée, a collectionné les emplois, le dernier à Union Sugar. Il avait toujours adoré le métier d'agriculteur, encore qu'il ne l'ait jamais enrichi, mais après la guerre son cœur n'était plus aussi solide et il ne pouvait pas assumer les travaux. Maman s'y serait mise si nous avions eu la possibilité de revenir. Même après la mort de ma grand-mère, je me suis accrochée à cet espoir, mais je vois maintenant que les chances se sont amenuisées au fil des ans. Mon grand-père aurait laissé la maison à ma mère, mais elle est morte avant.

— Quel âge avait-elle ?

— Trente-sept ans. On a diagnostiqué un cancer de l'utérus en 1951 et elle est morte deux ans après, quand Steve avait seize ans et moi neuf ans.

— Ç'a dû être terrible pour vous tous.

— Surtout pour mon père. Il ne s'en est jamais remis. Nous sommes partis de chez grand-papa et avons emménagé dans une petite maison à Cromwell. J'ai fait plusieurs écoles dans le nord du comté, et c'est comme ça que j'ai rencontré Daisy. À l'époque, nous étions deux gamines paumées. Toutes les deux nous avions perdu notre mère et nos vies s'en étaient retrouvées complètement chamboulées.

— Vous aviez beaucoup à assumer.

— Oh, ça allait, mais un peu de stabilité n'aurait pas été du luxe. Steve et moi voyions grand-papa chaque fois que possible, mais il était devenu un vieux bonhomme aigri et très amer. Il y avait eu une époque où il régnait sur son propre royaume de conte de fées. Et puis, brusquement, il n'avait plus sa femme auprès de lui et son unique enfant était morte. On aurait dit qu'il rendait papa responsable de tout ce qui avait mal tourné.

— Votre père ? Comment ça ?

— Allez savoir… Peut-être par association. Voir papa

devait lui rappeler le passé et c'était trop pénible. Grand-papa avait probablement vécu les meilleures années de sa vie quand papa avait été au loin et qu'il régnait sur sa nichée. Il est mort un an après ma mère.

— Oh, je suis désolée pour vous.

— Une minute…

Elle s'échappa pour récupérer une commande au guichet de la cuisine et la placer devant le type assis au bout du bar. Je le vis attaquer le petit pain, le jaune d'œuf dégoulinant dans son assiette, et j'eus sur la langue la saveur du salami et du fromage brûlants. En voyant mon expression, Tannie commanda d'office la même chose pour moi. Sûr que j'avais eu l'air aussi désolé qu'un chien mendiant les miettes du repas.

— Vous savez qui vous devriez interroger ? Winston Smith. Vous l'avez sur votre liste ? C'est le type qui a vendu la voiture à Violet.

— Le nom ne me dit rien, mais je peux vérifier. Lui, c'est quoi, son histoire ?

— Rien de spécial. Juste une impression que j'ai. J'ai toujours pensé qu'il en savait plus long qu'il n'a bien voulu le dire.

— Foley… qu'est-ce que vous en pensez, quelle est votre opinion sur lui ? Je ne crois pas que vous m'en ayez parlé. Je veux dire, en tant que personne, pas sur ce qu'il a pu faire ou ne pas faire.

Je vis son attention se détourner. Un autre client venait d'entrer et elle se porta au milieu du bar, où il prenait possession de son tabouret habituel. Il lui dit ce qu'il voulait et je la regardai lui préparer son cocktail, que je fus incapable d'identifier à voir les liqueurs qu'elle mélangeait. Visiblement, elle connaissait le bonhomme et bavarda avec lui tout en prenant les bouteilles sur l'étagère et en dosant les liquides avec l'aisance que garantit une longue expérience. Après l'avoir servi, elle profita de l'interruption pour effectuer une tournée des tables, où elle prit trois commandes dont elle s'occupa avant de revenir vers moi. Elle prit le temps d'allumer une cigarette et répondit à la question comme si elle n'avait pas bougé.

— Ç'a toujours été un beau salaud. Je ne marche pas dans son numéro de bigot. J'ai entendu dire qu'il avait renoncé à l'alcool, mais ça ne m'impressionne guère. Un type pareil… grattez la surface, vous le retrouverez tel qu'il a toujours été. Sauf qu'il le cache mieux.

— Vous avez eu beaucoup de contacts avec lui ?

— Pas mal. Daisy et moi étions copines, mais mon père ne m'a jamais laissé dormir chez elle. D'abord, la maison où ils avaient emménagé était un vrai dépotoir, ensuite il estimait que Foley était le genre de type avec qui il ne fallait pas laisser des petites filles seules. Mais Daisy était la bienvenue chez nous. Quand il la déposait, Foley essayait de me baratiner. Je n'avais que dix ans, mais je pouvais déjà dire que c'était un connard fini.

— À dix ans ?

— Oh, je perçais son jeu ! Les enfants ont des réactions instinctives, et il est difficile de leur raconter des sornettes. Je n'ai jamais dit à Daisy ce que je pensais de lui, elle avait assez de problèmes comme ça, mais je le fuyais comme la peste. Même papa, qui est un vrai mec, comme on dit, n'en avait rien à faire.

— Votre père vit toujours ?

— Et comment ! Il se porte comme un charme ! Daisy dit qu'elle a mis son nom en tête de liste des gens que vous devriez interroger. Je ne crois pas qu'il connaissait Violet… je veux dire, il la connaissait, bien sûr, tout le monde la connaissait, mais surtout parce qu'elle et Foley fréquentaient le Blue Moon. Papa en est copropriétaire, maintenant.

— Ce n'est pas au Blue Moon que les Sullivan avaient leurs fameuses scènes de ménage ?

— Si, tout à fait, me répondit-elle. Demandez donc au barman, BW. Il a assisté à presque toutes. Papa et lui ont réuni leurs économies et ont acheté le Moon peu après la disparition de Violet. Ils m'ont proposé d'en prendre la gérance si je revenais en ville.

L'endroit commençait à se remplir et, après que Tannie m'eut apporté mon sandwich, je la laissai vaquer à ses obligations. Comme j'avais fourré mes fiches dans mon sac, je fourrageai dans mes notes tout en mangeant, histoire de voir où j'en étais et quelle devait être ma démarche suivante. Les années dressaient toujours un mur impénétrable entre Violet et moi, mais j'entrevoyais par instants sa silhouette fugitive.

9

CHET

mercredi 1er juillet 1953

Chet Cramer était rentré tard de son déjeuner, après trois heures de discussion interminable avec Tom Padgett sur une éventuelle participation dans son entreprise d'engins de chantier. De l'avis de Chet, Padgett était un sombre idiot. Il avait épousé une femme de quinze ans plus âgée que lui. Tom avait maintenant quarante et un ans, ce qui lui faisait, à elle, autour de cinquante-six… une vieille peau bourrée de rides. Tout le monde en ville savait qu'il en avait après l'argent de la vieille. Elle s'était retrouvée veuve au terme de vingt-cinq ans de mariage, au moment où Loden Galsworthy était mort d'une crise cardiaque. Loden possédait une chaîne de salons funéraires, et Cora en avait hérité, comme du reste de sa succession qu'on évaluait à un million de dollars et qui comprenait la maison, deux voitures, un portefeuille d'actions et d'obligations, et une assurance vie. Tom avait de grands projets, mais un manque abyssal de bon sens. Il l'avait draguée quand il avait fait un emprunt pour créer son entreprise. Emprunt qu'il avait complété par un deuxième à sa banque. Il reconnaissait avoir manqué de financements jusque-là, mais maintenant il voulait s'agrandir et tablait sur un accroissement inévitable de la demande en équipements John Deere à mesure que Santa Maria se lotissait. Les promoteurs seraient bien obligés d'en louer, et donc, pourquoi pas à lui ? Chet comprenait son raisonnement, mais il n'aimait pas trop Padgett, et, aussi sûr que deux et deux font quatre, il n'entendait pas s'associer avec le bonhomme. Il le soupçonnait d'avoir des traites rondelettes qui se profilaient à l'horizon, et que sa proposition n'était qu'un coup de sonde pour trouver des fonds avant l'échéance. Cora avait dû faire acte d'autorité et refuser de se porter caution.

Au country-club, devant sa truite au gril, Chet s'était montré courtois, feignant de s'intéresser à ce qu'on lui disait, alors qu'en réalité il avait son ordre du jour personnel. Livia et lui brûlaient d'être admis au club, et il espérait que Tom et Cora accepteraient de les parrainer. Le club avait la patine de respectabilité qui s'attache aux fortunes établies de longue date. L'aménagement intérieur se signalait par son élégance, même s'il avait noté une touche d'usure dans le couloir en gagnant la salle à manger. Seuls les nantis se sentaient assez sûrs d'eux pour proposer des sièges de cuir si vétustes que l'assise se fendillait. Mais les membres ici présents étaient les gros bonnets qui faisaient bouger la ville et brassaient des affaires, et une affiliation permettrait à Chet d'appeler la plupart d'entre eux par leur prénom. Même au déjeuner, les hommes étaient tenus au veston et à la cravate. Ce qui n'était pas pour lui déplaire. Il avait jeté un regard autour de lui dans la salle, se voyant déjà y amener ses invités. Livia était une cuisinière fervente mais nulle, et il avait tout fait pour la dissuader de jouer les hôtesses. Elle ne croyait pas aux vertus de l'alcool, qu'elle disait contraire aux Écritures. Ce qui garantissait des repas sinistres. Lui, comme il voyait les choses, boire sans soif constituait la seule façon d'échapper à ses ardeurs culinaires, et il déployait des trésors d'ingéniosité pour remplir son verre d'un liquide plus savoureux que le thé glacé sucré qu'elle servait.

Ici, il sautait aux yeux que membres du club et invités prenaient plaisir à leurs cocktails de milieu de journée : martinis, manhattans et autres whiskys sour. Chet envisageait de se mettre au golf, et il imaginait volontiers Livia et Kathy se prélasser au bord de la piscine, tandis que des serveurs en veste blanche leur apporteraient des sandwichs tenus par des piques à papillote. Inutile de sortir son portefeuille : on signait un reçu et on réglait en fin de mois.

Sauf que Padgett était malin. Il semblait deviner l'ambition de Chet et espérait probablement s'en servir pour la prétendue association. Chet avait joué le temps, suggérant à Tom d'établir un plan de développement sur lequel son comptable et lui jetteraient un œil. Il lui avait dit que, s'il avait une idée des sommes à engager, il en discuterait avec la banque. Bref, un tas de conneries. Comme s'il avait besoin de son comptable pour montrer qu'il était aberrant d'appuyer la proposition de Padgett, alors que lui, Chet, suait sang et eau pour maintenir son garage à flot. Dans un sens, Padgett et lui étaient dans la même galère. Chevrolet lui demandait d'agrandir sa surface d'exposition, son atelier, son rayon d'accessoires et de pièces détachées, et d'être plus présent sur le marché de l'occasion. La société tenait aussi à ce qu'il paie de sa poche des enseignes pour le garage et l'atelier, et « autres signalisations indispensables » et dont aucune n'était donnée ! Il était en concurrence serrée avec neuf autres concessionnaires locaux : Studebaker, DeSoto, Packard, Buick, Dodge, Plymouth, Chrysler, Hudson et Cadillac.

Pour l'instant, il n'avait pas cédé un pouce de terrain, mais il savait qu'il lui faudrait investir, et pas qu'un peu, s'il voulait prendre la tête du peloton.

Et ce pauvre couillon de Padgett avait pris deux gamelles avec ses projets d'enrichissement rapide : le premier, un parc d'attractions qui aurait coûté la peau des fesses, et le second, l'idée complètement farfelue d'acheter une station de télévision. La télé, d'accord, mais ça ne conduisait nulle part. Un meuble-télé Ardmore – comme celui qu'il avait – coûtait 359,95 dollars au détail, or combien de gens pouvaient-ils s'offrir ce luxe ? Moins de dix pour cent de ménages dans le pays possédaient un récepteur. Et puis, trois cent vingt-six stations répondaient déjà à la demande. Dont neuf à Los Angeles. Quel intérêt d'en ajouter une de plus ?

Au moins, une entreprise d'engins de chantier était réaliste, même s'il y avait toutes les chances que Padgett finisse par se planter, au sens figuré, s'entend. Chet tablait sur le fait que Padgett ne connaissait pas le b.a.-ba d'un plan de développement. En admettant qu'il réussisse à aligner des chiffres, Chet pourrait toujours mettre son refus sur le dos de son comptable. Avec un peu de doigté, il le tiendrait sur le gril le temps que son affiliation au country-club ait été plébiscitée, et lui annoncerait ensuite la mauvaise nouvelle. Évidemment, il faudrait aligner les dix mille dollars de droits d'entrée, mais il trouverait bien un arrangement.

Chet entra dans l'enceinte de la concession et se gara à sa place habituelle. En traversant le stand d'exposition, il remarqua que le grand coupé luisant avait disparu, et un éclair d'espoir le parcourut. La voiture était de toute beauté, puissante et racée, équipée des tout derniers gadgets. Comme de bien entendu, l'usine la lui avait livrée avec des accessoires qu'il n'avait pas commandés, mais il savait s'y prendre pour convaincre les acheteurs de choisir les options de luxe. Elle n'était exposée que depuis deux jours, et une vente aussi rapide ferait bon effet dans le rapport qu'il leur envoyait tous les dix jours. Tous les mois, il devait soumettre à l'usine une estimation des ventes du trimestre suivant. Ces chiffres servaient à déterminer la production, mais s'il n'avait pas de ventes à son actif, il n'avait pas le droit de renouveler le stock, et s'il ne proposait pas un choix intéressant de véhicules, son affaire péricliterait lentement, mais sûrement.

Le garage semblait abandonné cet après-midi-là, car deux de ses trois vendeurs s'étaient absentés pour des motifs qui l'exaspéraient. L'un des deux avait appelé en alléguant qu'il avait un rhume de cerveau ! Chochotte, va ! Depuis qu'il était dans les affaires, il n'avait jamais pris un jour de congé maladie ! Jerry Zimmerman, l'autre vendeur, s'était rabattu sur une excuse tout aussi vaseuse, ce qui l'avait laissé avec Winston Smith, la nouvelle recrue, qui ne l'emballait pas outre mesure. Winston avait suivi la formation très pointue de tous les vendeurs Chevrolet, mais il lui manquait le feu sacré. Chet ne savait pas exactement ce que le gamin voulait faire dans la vie, mais sûrement pas vendre des voitures. Ses ambitions étaient inconsistantes, tout dans les mots, rien de solide. Sûr qu'il avait vu la vente comme une fin, pas comme une vocation, à la différence de Chet. Au début, il avait cru que le garçon avait de l'avenir, mais cela restait à prouver. Winston se satisfaisait de peu ; et il n'arrivait pas à se fourrer dans la tête qu'une vente, ça se concluait. Que vendre ne signifiait pas tailler une bavette avec les gens. Mais emporter le marché, obtenir une signature sur la ligne en pointillé ! Il allait devoir apprendre à ferrer l'acheteur et à le plier à sa volonté... En attendant, le gamin était sérieux et joli garçon, et ça suffirait peut-être à le faire marcher droit le temps de se structurer.

Chet traversa le bureau extérieur, préférant ignorer que sa fille à la bouille en patate griffonnait sur une feuille de bloc rose qu'elle glissa dans un tiroir en l'apercevant. Ça l'exaspérait de la payer un dollar l'heure alors qu'elle n'avait aucune qualification d'employée de bureau. Au téléphone, elle était une catastrophe, et il passait son temps à se précipiter derrière elle pour réparer les dégâts, essayant de rattraper ses sautes d'humeur et son ton insolent.

C'était leur unique enfant. Livia l'avait asticoté pour en avoir trois, pressée de mettre en route une famille dans les plus brefs délais. Chet ne s'était marié qu'à trente-deux ans, quand il avait estimé être lancé sur de bons rails. À l'époque où il avait rencontré Livia, il vendait des Ford à Santa Maria et en avait assez de s'échiner pour quelqu'un d'autre. Il avait veillé à mettre de l'argent de côté, calculant qu'il lui faudrait moins d'un an pour s'installer à son compte. Il avait exigé d'en attendre au moins cinq avant d'avoir des enfants, le temps d'acheter la franchise et d'installer solidement son affaire. Livia avait « cafouillé dans ses calculs », en tout cas à l'en croire, et s'était retrouvée enceinte moins de six mois après la noce, autrement dit son plan de carrière à lui avait pris un nouveau coup. Il était retombé sur ses pieds, mais cela le chagrinait de penser qu'il s'en serait infiniment mieux tiré si elle s'était conformée à ses souhaits. Il était allé voir en douce un toubib de Santa Teresa et avait investi dans un coup de bistouri qui avait éliminé tout risque de cafouillage ultérieur à ce rayon-là.

Malgré tout, quand Kathy était née, avec six semaines d'avance, il avait éprouvé une telle fierté qu'il avait cru que son cœur allait éclater. Il l'avait vue, la première fois, à travers la vitre de la nursery, avec une pancarte écrite à la main qui précisait FILLE, CRAMER. Une vraie miniature… un kilo sept cent cinquante ! Livia était restée quinze jours à l'hôpital, où ils avaient gardé le bébé quatre semaines de plus, le temps qu'elle pèse deux kilos trois. La facture lui avait assené un autre coup, et il lui avait fallu des années pour remonter la pente. Mais il n'avait pas gémi. Heureux que le bébé soit en bonne santé avec ses doigts et ses orteils au grand complet. Il l'imaginait devenir une belle jeune fille, intelligente et accomplie, ne jurant que par son papa. Au lieu de quoi il avait été affligé de cette empotée, boulotte et maussade, qui avait autant de cervelle qu'une tête d'arrosoir !

Déprimé, Chet entra dans son bureau et s'assit dans son fauteuil de cuir, pivotant de façon à voir le parc d'exposition latéral avec toutes ses rangées de camions étincelants. L'Advance Design Series était arrivé sur le marché en juin 1948, et il s'émerveillait toujours de ses caractéristiques : le capot ouvrant par-devant, les charnières invisibles des portes, le haut pare-brise fixe en deux parties. Deux ans après, la société avait sorti le NAPCO à quatre roues motrices. Comme le dispositif n'était pas monté à l'usine, le client devait d'abord faire l'acquisition d'un pick-up neuf, Chevrolet ou GMC, mais le pick-up léger s'était imposé et son chiffre d'affaires avait flambé.

Il connaissait la fiche technique de tous les véhicules exposés, ainsi que les besoins des travailleurs de la région, fermiers, plombiers, couvreurs et charpentiers. Tant et si bien qu'il écoulait plus de camions que n'importe quel concessionnaire du comté et qu'il entendait bien continuer.

— Monsieur Cramer ? Pourrais-je vous dire deux mots ?

Chet se retourna et aperçut Winston dans l'encadrement de la porte. La température de l'après-midi avoisinait les trente-cinq degrés et Winston suait de façon peu ragoûtante. Il faudrait trouver le moyen de lui apprendre l'usage d'un antitranspirant. Chet se leva et contourna son bureau en tendant la main à Winston.

— Bravo, petit ! Ravi que tu sois de retour. J'ai vu que tu avais pris le coupé. J'espère que tu nous as ferré une belle prise ? On va voir si tu te rappelles ce que je t'ai appris pour ramener une vente.

Son idée était d'accompagner Winston au stand d'exposition afin de serrer la main à l'acheteur en puissance et de le saluer personnellement. Les clients aimaient rencontrer le concessionnaire. Ils en tiraient un sentiment d'importance. Il répondrait à toutes les questions du quidam, en poserait lui-même quelques-unes, et d'une façon générale mettrait de l'huile dans les rouages. Winston manquait d'expérience et serait sûrement reconnaissant à son patron de prendre le relais pour lui montrer la technique.

La sueur perlait au front de Winston, et il dut sortir son mouchoir pour s'éponger la lèvre supérieure. Sa pomme d'Adam plongea.

— Eh bien, voilà… La personne intéressée a pris la voiture pour voir comment elle l'avait en main…

— Avec un des mécaniciens ? Petit, c'est une très mauvaise idée. Il s'agit d'une vente. C'est pour ça que tu es là ! Les détails peuvent attendre que la transaction soit amorcée. Je vais m'arranger pour que l'affaire tourne à notre avantage, mais que ça ne se reproduise pas !

Winston n'appréciait pas la réprimande, c'était visible, mais il y avait deux façons de procéder, la bonne et la mauvaise, et autant qu'il se conforme sur-le-champ aux règles de son patron. Chet longea le bureau de Kathy en gagnant l'espace d'exposition, Winston sur ses talons. Prise d'un brusque accès d'activité, Kathy fourrageait sur son bureau, mais elle glissa un bref regard à

Winston à leur passage. Chet l'avait vue rêvasser et il savait qu'elle s'était entichée du jeune homme, mais son visage, ce jour-là, trahissait une ombre de culpabilité. Winston ne lui aurait quand même pas fait d'avances ? Le garçon n'était pas stupide à ce point !

Il avisa ses deux mécaniciens sur l'aire de service, mais la voiture restait invisible. Il s'arrêta net et Winston faillit lui rentrer dedans, comme un personnage de dessin humoristique.

— Monsieur Cramer ? En fait le... la cliente... Elle paraissait extrêmement intéressée par la voiture. J'ai pris le temps de discuter et elle a pratiquement dit qu'elle l'achetait. Elle est même allée jusqu'à parler d'un règlement au comptant. Aussi, quand elle a demandé à l'essayer, je lui ai expliqué que je ne pouvais pas laisser le garage, mais elle m'a répondu que ce n'était pas un problème, qu'elle n'avait pas besoin de mon aide parce qu'elle allait juste faire le tour du pâté de maisons et revenir tout de suite.

Chet se retourna, abasourdi. Il sentit son cœur faire un bond, comme s'il venait de prendre un coup de poing en pleine poitrine, *boom-boom*... des coups qui pompaient un liquide épais et glacé se répandant aussitôt dans ses veines. Son oreille lui jouait des tours. Parce que ce qu'il avait entendu de la bouche de Winston ne pouvait tout bonnement pas être vrai ! Cora Padgett était la seule femme de la ville qui avait les moyens d'entrer chez un concessionnaire, prendre une voiture d'exposition et la payer cash séance tenante. Or Tom lui avait dit au déjeuner qu'elle s'était absentée. Cora était allée à Napa faire la route des chais avec sa sœur, Margaret, qui vivait à Walnut Creek. Elle ne rentrerait pas avant le mercredi de la semaine suivante... à moins que ce ne soit une surprise et qu'elle ait raconté cette histoire à Tom afin de pouvoir acheter la voiture sans le prévenir.

— De qui parles-tu ? Quelle cliente ?

— Madame Sullivan.

— Sullivan ?

— Oui, monsieur. Violet Sullivan est venue. Elle cherche une voiture…

— Tu as laissé Violet Sullivan partir seule avec le coupé ? Tu es cinglé ou quoi ?

— Je suis désolé. Je vois bien que ce n'est pas conforme à la politique de la société et tout. Je lui ai dit de revenir tout de suite, vous savez… Sûr que ce n'était pas une très bonne idée…

— Il y a combien de temps qu'elle est partie ?

Sa voix fila dans les aigus et il sut qu'il ne se dominait plus. Il mettait un point d'honneur à toujours s'adresser à un subalterne sur un ton courtois. Mais l'énormité de la bourde, les conséquences éventuelles…

— Je n'ai pas vérifié l'heure…

— Approximativement, crétin !

— Je dirai autour de midi. Ma foi, je ne sais pas, peut-être un petit peu avant, mais pas beaucoup.

Partons du principe qu'il minimisait… cela nous faisait quoi ? Quatre heures ? Cinq ? Chet ferma les yeux et sa voix chuta.

— Tu es viré. Dehors !

— Mais, monsieur, je peux vous expliquer…

— Fous-moi le camp d'ici ! Tout de suite ! Tu files ou j'appelle la police !

Les joues du garçon s'enflammèrent de honte et le regard dont il fixa son patron manquait d'aménité.

Chet attendit de voir le garçon s'éloigner, puis fit demi-tour et regagna son bureau. Il allait falloir prévenir le bureau du shérif et la police de la route. Si elle avait eu un accident ou carrément volé le véhicule, impossible de savoir où la localiser. Il était assuré au tiers, une assurance tous risques pour tous les véhicules exposés, mais ses primes allaient doubler à la seconde où il signalerait le délit. Déjà qu'il avait peu de marge… Il s'assit dans son fauteuil directorial et tendit la main vers le téléphone.

— Papa ?

Kathy se tenait dans l'encadrement de la porte.

— Quoi !

— Madame Sullivan vient d'arriver.

Il aperçut la voiture de l'autre côté de la vitre et le soulagement le submergea. Le véhicule paraissait intact, du moins ce qu'il en voyait. Il gagna le stand d'exposition, bien conscient qu'elle ne pouvait en aucune manière s'offrir le coupé. Violet se retourna quand il s'approcha, et son éclat le prit de court – ses cheveux flamboyants, son teint crémeux, ses yeux verts étincelants. Il ne l'avait jamais vue de près, car Livia s'obstinait à traverser la rue en s'accrochant à son bras si elle repérait Violet quelque part en ville. Pour elle, Violet était une traînée, avec ses chemisiers en Nylon transparent qui laissaient tout voir. La robe bain de soleil que Violet portait ce jour-là soulignait la tendre courbe de ses bras, et le mouvement gracieux de la jupe légère mettait ses jambes en valeur. Livia avait la taille large et l'esprit étroit, et critiquait les individus dont la condition sociale, les convictions ou le comportement offensaient les siens. Ses remarques acerbes et ses jugements sans appel excédaient Chet, mais il se gardait bien d'ouvrir la bouche. Il voyait, de loin, Violet flirter outrageusement avec des hommes mariés, et il se demandait ce qu'il aurait ressenti si elle avait déversé ses attentions sur lui.

— Bonjour, Chet ! Pardonnez-moi d'être restée partie si longtemps.

Il fit le tour de la voiture, le temps de s'assurer qu'elle n'avait pas souffert. Sur une impulsion, il se pencha pour regarder à l'intérieur et vérifia le compteur : quatre cent treize kilomètres. Il en resta sans voix. Elle avait transformé cette superbe Bel Air flambant neuve en une saloperie de voiture d'occasion !

— Venez dans mon bureau ! lui lança-t-il d'un ton furibard.

Violet rattrapa Chet et lui glissa une main sous le bras, l'obligeant à modérer l'allure.

— Vous m'en voulez, Chet ? Je peux vous appeler « Chet » ?

— Vous pouvez m'appeler « monsieur Cramer » comme tout le monde ! Vous lui avez foutu quatre cent treize kilomètres au compteur ? Putain, vous êtes allée où ?

Il regretta le mot malsonnant dès qu'il fut sorti de sa bouche, mais Violet ne parut pas s'en formaliser. Comme il ouvrait la porte de son bureau, elle passa devant lui et il sentit son eau de Cologne.

Son cœur fit de nouveau *boom-boom* dans sa poitrine, cette fois en lui allumant tous les sangs. Il prit ses distances.

— Asseyez-vous.

Contournant son bureau, il s'assit lui aussi, soudain conscient de son pouvoir. Elle devait comprendre qu'elle était dans son tort, qu'il pouvait lui soutirer n'importe quel prix. Quatre cent treize kilomètres sur une voiture neuve ? Il se demanda si c'était un coup monté. Peut-être qu'elle l'avait dans le collimateur, de la même façon que lui dans le sien. Elle l'observait avec intérêt, pas autrement ébranlée, à première vue, par son courroux ni par le fait qu'il était maître à bord.

Elle sortit un paquet de cigarettes de son sac. Gentleman invétéré, il tendit son briquet et activa la molette. Elle se pencha sur le bureau et lui laissa entrevoir le renflement de ses seins en allumant sa cigarette. Une meurtrissure lui bleuissait le menton et il savait à quoi s'en tenir. Elle reprit sa position première et croisa les jambes. Chet fila un coup d'œil à Kathy, visible dans le bureau extérieur, de l'autre côté du cube de verre paternel. Elle fixait les cheveux de Violet avec le même air de mépris que sa mère, concoctant de nouvelles et meilleures raisons de se sentir supérieure. Lorsqu'elle surprit le regard de son père, elle se leva et partit vers la fontaine d'eau fraîche. Quatorze ans, et déjà aussi raide, méchante et bégueule que sa mère ! Elle avait sorti un morceau de papier rose, bien à plat au milieu de son bureau. Même de loin il voyait l'écriture noire et serrée, une cursive hargneuse qui barrait la page en oblique.

Il prit un crayon et tapota son bureau, le temps de remettre de l'ordre dans ses pensées. Il ne voyait absolument pas comment jouer le coup, mais il aimait se sentir en position de pouvoir.

— Alors, madame Sullivan, comment allons-nous régler le problème ?

Elle sourit, lentement, la fumée s'échappant de ses lèvres comme si le feu couvait en elle.

— Eh bien, monsieur Cramer… mon cher, je peux vous faire une proposition, mais je ne suis pas sûre que vous aimeriez en parler ici. Offrez-moi un verre et je suis sûre que nous pourrons trouver une solution.

La moindre syllabe qu'elle prononçait était chargée de promesses. Son regard s'attachait aux lèvres de Chet avec un appétit qu'il n'avait jamais observé chez une femme, et certainement jamais pour lui. Comment était-ce possible ? Il n'avait qu'à tendre la main, elle était à lui… Il le savait aussi sûr qu'il savait comment il s'appelait ! Même s'il ne l'aurait jamais admis, il était un homme aux penchants conventionnels. Il avait quarante-sept ans, et en quinze ans de mariage n'avait jamais été infidèle à sa femme, non par manque d'occasions, mais par manque – il le voyait maintenant – de lucidité. Après les premiers mois avec Livia, les rapports sexuels étaient devenus de la routine ; agréables certes, et une façon merveilleuse de décharger la tension, mais nullement irrésistibles. Livia n'avait jamais été d'une folle séduction, mais en dépit de l'exaspération ordinaire qu'elle éveillait en lui, elle ne s'était jamais refusée et n'avait jamais laissé entendre que le sexe était une corvée. Dans la mesure où il ne restait pas sur sa faim, qu'on en fasse toute une histoire le dépassait.

Il avait suffi d'une seconde pour tout changer.

Là, devant lui, Violet Sullivan, avec son insolence et son culot, avait mis le feu aux poudres, éveillant en lui un désir si impérieux qu'il lui coupait le souffle. C'était peut-être ce qu'on entendait par vendre son âme au diable… parce qu'il se savait prêt, à ce moment précis, à pourrir en enfer à cause d'elle.

10

Le jeudi matin, je procédai à mon petit rituel habituel, sautant du lit à six heures pour courir mes cinq kilomètres. Je préfère avoir fait le plein d'exercice physique avant d'attaquer la journée. En fin d'après-midi, il est trop facile de trouver de bonnes raisons de se la couler douce. Le fond de l'air était frisquet, et des nuages saumon et orangés striaient le ciel, empiétant les uns sur les autres à la façon de galons piqués autour d'une nappe bleu vif. La courte marche jusqu'à la plage me servit d'échauffement avant de passer à une petite foulée souple. Les palmiers qui bordaient la piste cyclable étaient immobiles, pas le moindre souffle n'ébouriffait leurs plumets. Une fabrique de glace s'interposait sur cinq mètres de profondeur entre la piste et la plage. Au-delà, l'océan brisait ses rouleaux sur le rivage. Un homme avait garé sa voiture sur le parking public et jetait du pain dans l'herbe. Les mouettes affluaient de partout avec des cris aigus de joie. Je trouvai mon rythme, sentant mon corps s'échauffer et mes muscles s'assouplir peu à peu. J'avais fait mieux, mais c'était bon quand même.

Une fois de retour, je pris une douche, enfilai mon

jean, mes boots et un T-shirt, puis j'avalai un bol de céréales tout en parcourant le journal local. J'arrivai à mon bureau à 8 h 30 et passai une heure au téléphone, à régler une affaire qui n'avait rien à voir avec Violet Sullivan. À 9 h 30 je levai le siège, chargeai ma Smith-Corona portable dans ma voiture et roulai jusqu'à Santa Maria pour mon rendez-vous avec Kathy Cramer. Je ne m'attendais pas à de grandes révélations de sa part. À l'époque, elle était trop jeune pour se poser en fine observatrice des adultes, mais autant tenter ma chance. On ne sait jamais ; peut-être une bribe d'information ou une remarque anodine viendrait-elle remplir un blanc sur la toile que je brossais touche après touche.

Les Uplands, la partie du golf dans laquelle Kathy Cramer venait d'emménager, étaient encore en chantier. Le parcours proprement dit offrait une succession irrégulière de fairways et de greens vert vif qui s'allongeaient en V le long d'une vallée peu encaissée. Un lac artificiel occupait l'angle entre l'avant et l'arrière des neuf trous. Des villas avec vue se dressaient sur l'élévation qui bordait un côté du parcours, et je distinguai sur la colline en face le tracé des parcelles signalées par des fanions. De nombreuses maisons étaient terminées, agrémentées de pelouses de gazon et d'un assortiment de buissons et de jeunes arbres. D'autres villas étaient en cours de construction, les unes possédant déjà leur charpente, d'autres réduites aux dalles de fondation fraîchement posées. Des centaines d'autres maisons à divers stades d'achèvement se pressaient sur le moutonnement des collines basses environnantes. La maison de Kathy manquait encore de son aménagement paysager. Sa sœur jumelle ou son image en miroir se répondaient d'un bout à l'autre de la rue : stuc beige chamois, et tuiles rouges pour la toiture. Je me garai le long du trottoir, où des piles de cartons de déménagement attendaient la benne à ordures. Je remontai l'allée jusqu'à la porte d'entrée. La véranda étriquée exhibait déjà un canapé imitation rotin, des fauteuils de la même veine et un paillasson qui souhaitait la bienvenue au visiteur.

Comme je frappais à la porte, une voiture se rangea dans l'allée et une femme en sortit, sa crinière blonde et frisottée retenue par un serre-tête bleu marine. Elle portait des chaussures de tennis, un short marine, et un blouson marine assorti, dont la fermeture Éclair à demi baissée laissait voir un justaucorps blanc. Elle avait les jambes maigres et nerveuses d'un coureur cycliste.

— Désolée ! J'espère que vous n'avez pas attendu trop longtemps. Je pensais arriver avant vous. Je me présente : Kathy.

— Bonjour, Kathy, je suis Kinsey. Ravie de faire votre connaissance, lui dis-je. Le timing est impeccable, je viens d'arriver.

Nous nous serrâmes la main, puis elle se retourna et introduisit la clé dans la serrure.

— J'avais changé pour un cours de Jazzercise[1] plus tôt dans la matinée, mais je me suis retrouvée coincée dans les embouteillages au retour. Voulez-vous un peu d'eau avec des glaçons ? J'ai besoin de me réhydrater !

— Ça va, merci. Le Jazzercise vous plaît ?

— Ce serait préférable. J'en fais six à huit fois par semaine !

Elle lâcha son sac sur une console juste dans l'entrée.

— Installez-vous. J'en ai pour une seconde.

Elle disparut au bout du couloir en direction de la cuisine, dans un crissement de semelles en caoutchouc sur le carrelage gris. Je tournai à droite et descendis deux marches qui conduisaient dans la pièce de séjour en

1. Sorte d'aérobic des années 1950.

contrebas. Les murs étaient peints dans un blanc agressif, et la seule œuvre d'art en vue consistait en une toile surdimensionnée provenant d'une chaîne de galeries qui diffusaient l'œuvre d'un unique artiste. Scène automnale avec une jument et son poulain dans un pâturage vaporeux à l'aube.

Rien ne protégeait les fenêtres et la lumière pénétrait à flots à travers une brume de poussière de chantier. La moquette à longues mèches bleu poudré avait été posée depuis peu, car des fragments – des poils et des rognures – signalaient le passage des hommes de l'art. Le canapé et les deux fauteuils assortis étaient recouverts d'un tissu chenille crème. Sur la table basse, elle avait réparti d'une main experte une pile de revues de décoration, un centre de table de fleurs en soie bleu parme, et un arrangement de photographies en couleurs dans des cadres d'argent. Les portraits de ses trois filles déclinaient le visage maternel : mêmes yeux, même sourire, même blondeur. Toutes dans une fourchette d'âge à moins de six ans de différence, aurais-je dit. L'aînée devait avoir treize ans, bagues étincelantes sur les dents. Les deux autres, espacées à intervalles réguliers, onze et neuf ans. Celle du milieu arborait un costume de majorette, bâton à la verticale.

Kathy revint dans le séjour avec un gobelet d'eau et des glaçons à la main. Elle trouva un dessous-de-verre et se dirigea vers des fauteuils clubs bleu marine regroupés autour d'une table à plateau de verre, comme pour une conférence. J'eus la vision d'une réunion de l'association du quartier, où on tirerait à boulets rouges sur la vulgarité des ornements de jardin des voisins. Elle choisit un fauteuil et je m'installai en face d'elle, prenant un instantané mental de sa personne sans avoir à la dévisager. Dans les quarante-huit, quarante-neuf ans, faisant jeune. Sa minceur était de celles qui exigent une stricte surveillance de la balance. Elle paraissait tendue, mais comme je l'avais surprise en phase finale d'une séance de gymnastique, son niveau d'énergie résultait peut-être d'une heure d'exercices exténuants. On aurait dit qu'elle avait passé l'été à peaufiner son bronzage, et je me l'imaginai tout juste sortie d'une piscine extérieure dans son jardin de derrière.

— Ce sont vos filles ? lui demandai-je.

— Oui, mais les photos ne datent pas d'hier. Tiffany avait douze ans quand elle a été prise. Elle en a vingt-cinq maintenant et se marie en juin de l'année prochaine.

— Un garçon sympathique ?

— Un amour ! Comme il fait son droit à UCLA, ils habiteront là-bas.

— Et les deux autres ?

— Amber a vingt-trois ans ; elle était majorette de la fanfare de son lycée. Elle est officiellement en dernière année de fac, mais elle a pris son année pour voyager. Brittany aura vingt ans le mois prochain. Elle est inscrite à Allan Hancock, me précisa-t-elle.

Le centre universitaire local de premier cycle.

— C'est fou ce qu'elles vous ressemblent. Vous devez former une bonne équipe !

— Oh, elles sont géniales ! Nous nous amusons beaucoup ensemble. Voulez-vous voir le reste de la maison ?

— Avec grand plaisir.

Elle se leva et je la suivis.

— Quand avez-vous emménagé ?

— Il y a une semaine. C'est encore la pagaille, me lança-t-elle par-dessus son épaule comme nous prenions le couloir. J'ai la moitié des cartons de rangés et le plus gros est en place, mais certaines pièces ne seront pas meublées avant Dieu sait quand. Il faut que je trouve un décorateur avec qui je m'entende. La plupart ne veulent en faire qu'à leur tête. Vous avez remarqué ?

— Je n'ai jamais eu affaire à eux.

— Alors autant vous en passer si vous le pouvez !

Elle me fit visiter la maison en me montrant ce qui sautait aux yeux : la salle à manger vide, l'office, la cuisine avec son coin-repas, la souillarde et la buanderie. Par les fenêtres de la cuisine, j'entrevis le jardin, qui consistait en une dalle de béton-patio posée comme un îlot dans un océan de terre brute. Il y avait cinq chambres à l'étage : une suite de maître, une chambre pour chacune des filles et une chambre d'amis, encore nue. Elle parlait comme un moulin, tout à ses projets de décoration. Je me surpris à babiller moi-même des remarques très peu sincères.

— Oh, j'ai toujours a-do-ré le style Louis XIV. Ce serait superbe, ici.

— Vous croyez ?

— Absolument ! Vous ne pourriez pas trouver mieux.

Les murs de la chambre de Tiffany portaient une peinture d'un crème subtil. Le mobilier était en place, mais quelque chose me dit qu'elle n'emménagerait pas dans l'immédiat. Son regard se fixait sur l'avenir, sur l'époque où elle aurait la bague au doigt et reviendrait pour les vacances avec mari et enfants à ses basques. La chambre d'Amber affichait un pourpre sans concession, et il s'en dégageait la même impression d'absence. Brittany, à dix-neuf ans, s'accrochait encore à sa collection d'animaux en peluche. Elle avait opté pour une palette rose et blanc – rayures, carreaux et motifs floraux. Les volants primaient : autour de la coiffeuse, du dessus-de-lit et du baldaquin qui s'incurvait au-dessus des quatre colonnes. Kathy me dévida par le détail les prouesses de chacune de ses filles, mais je ne l'écoutais déjà plus.

— La maison est une pure merveille ! m'exclamai-je en descendant bruyamment l'escalier.

— Merci. Elle me plaît, me répondit-elle en me décochant un sourire.

— Que fait votre mari ?

— Il vend des voitures.

— Comme votre père.

— Il travaille pour papa.

— Génial. J'irai le voir. Je dois passer au garage demain ou après-demain pour parler de Violet avec votre père. N'est-ce pas lui qui lui avait vendu la fameuse voiture ?

— Si, mais je doute qu'il puisse vous en dire plus que moi.

— Le moindre fragment est utile. C'est comme assembler un puzzle sans avoir l'image du couvercle. Pour l'instant, je ne sais même pas ce que j'ai sous les yeux.

De retour au séjour, Kathy s'assit sur le canapé et je pris le fauteuil tendu de tissu assorti. Elle saisit son verre et fit tinter les glaçons, buvant le centimètre et demi d'eau qui s'était accumulé en notre absence.

— Vous connaissiez bien Violet ? lui demandai-je.

— Bien, non. J'avais quatorze ans et n'avais jamais eu beaucoup de rapports avec elle. Ma mère la détestait cordialement. Et qu'a fait papa six mois après la mort de maman ? Je vous le donne en mille ! Il s'est remarié avec une femme exactement du genre de Violet… mêmes cheveux carotte, mêmes manières de sans-le-sou. Vous ne le croirez pas, mais Caroleena va vers ses quarante-cinq ans, trois ans de moins que moi ! J'avais espéré qu'il s'en lasserait, mais comme ils ont vingt ans de ménage, je pense que c'est parti pour durer. Lamentable.

— Ah… dis-je, faute de mieux.

Elle perçut le ton de ma voix.

— C'est embarrassant, mais que faire ? Je devrais

me féliciter qu'il ait quelqu'un pour s'occuper de lui. Ça m'évite cette corvée. Naturellement, je suis prête à parier que, s'il tombait malade, Caroleena s'empresserait de filer.

— Quelle différence d'âge ont-ils ?

— Trente-six ans.

— Hou-là…

— Comme vous dites ! Quand ils se sont mariés, il avait soixante et un ans, et elle vingt-cinq. Inutile de me demander ce qu'elle lui trouve. Elle a une vie confortable, et elle sait s'y prendre pour obtenir tout ce qu'elle veut, ajouta-t-elle en frottant son pouce contre son index dans un geste explicite.

Je me sentis hausser les sourcils : la « nouvelle » Mme Cramer songeait-elle à dépouiller la fille unique de Chet de son héritage ?

— Parlez-moi de Violet. Vous deviez vous en faire une idée personnelle.

— Oh, je vous en prie. J'avais les mêmes opinions que ma mère. Qui faisait tout pour ça… Violet était tape-à-l'œil, mais rien de plus. Comme les hommes la suivaient comme une meute, je suppose qu'elle avait quelque chose. Quant à savoir quoi, ça me passait au-dessus de la tête.

— Vous étiez au feu d'artifice, ce soir-là ?

Elle rectifia l'ordonnance des revues de décoration.

— Oui. Je devais y aller avec Liza, mais Violet lui avait demandé de baby-sitter. Je crois que Liza devait venir à six heures pour donner son bain à Daisy et la coucher.

— Avez-vous vu Foley au parc ?

— Tout à fait. Pendant un moment, il a discuté avec ma mère. Il s'était arrêté au Blue Moon, et il était ivre comme à son habitude, et ils ont commencé à bavarder.

— De quoi ?

— Allez savoir.

— Lui avez-vous parlé vous-même ?

— Oh, non ! À vrai dire, il me faisait peur et je l'évitais.

— Vous arrivait-il de tenir compagnie à Liza quand elle gardait la fillette ?

— De temps en temps. Heureusement que maman ne l'a jamais su, sinon elle en aurait eu une attaque ! Elle ne buvait pas une goutte d'alcool et pensait que tous les maux du monde étaient sortis d'une bouteille.

— Qu'est-ce qui vous faisait peur, chez Foley ?

— Tout. Sa violence, ses colères, ses coups de sang. Avec lui, on ne savait jamais à quoi s'attendre. Je pensais que s'il frappait Violet, alors pourquoi pas Liza ou moi ?

— Avez-vous été témoin des coups ?

— Non, mais j'ai vu les marques après. Ça me suffisait.

— Quand avez-vous appris que Violet était partie ?

— Le dimanche matin. J'ignorais qu'elle avait filé pour de bon, mais je savais qu'elle n'était pas rentrée. M. Padgett est venu déjeuner après l'office, et c'est lui qui l'a dit à maman.

— Comment l'avait-il appris ?

— Dans une petite ville comme Serena Station, tout le monde est au courant de tout. Quelqu'un aura remarqué que la voiture n'était pas garée devant la maison. On aura jasé.

— Des bruits couraient-ils sur les fréquentations de Violet ? On a dû soupçonner quelqu'un ?

— Pas forcément. Violet était une traînée et ç'aurait pu être n'importe qui. Un type qu'elle aurait levé dans un bar.

— Si je comprends bien, l'idée qu'elle se soit enfuie ne vous a pas étonnée.

— Elle ! Sûr que non !

— Même si ça signifiait qu'elle abandonnait Daisy ?

Elle fit une grimace.

— Daisy était une gamine qui passait son temps à geindre, à l'époque. Et pensez à la vie qu'ils menaient ! Les Sullivan n'avaient pas un sou vaillant, leur maison était un taudis, et Foley fichait une trempe à Violet à la première occasion. On peut surtout se demander pourquoi elle a attendu si longtemps !

Je quittai le lotissement de Kathy Cramer, entrai dans Santa Maria proprement dit et dénichai un téléphone public dans le parking d'un centre commercial. Je composai le numéro qu'on m'avait donné pour joindre le frère de Violet à son travail.

— Wilcox Construction, dit la femme qui décrocha à l'autre bout du fil.

— Bonjour, ici Kinsey Millhone. Je cherche à joindre Calvin Wilcox.

— Puis-je vous demander à quel sujet ?

— Sa sœur.

Un blanc.

— Monsieur Wilcox n'a pas de sœur.

— Maintenant peut-être, mais il en avait une. Voudriez-vous lui demander s'il peut me consacrer quelques minutes ? Je souhaiterais lui parler.

— Ne quittez pas, je vais voir s'il est là.

Je crus qu'elle préparait le terrain pour me garantir ensuite qu'il « n'était pas dans son bureau », mais tout ce que je sais, c'est que l'intéressé en personne prit l'appel.

— Wilcox à l'appareil.

Je dévidai une fois de plus ma ritournelle, m'efforçant d'être succincte, car il me faisait l'effet d'un individu soucieux d'en venir droit au fait.

— Si vous pouvez passer dans la demi-heure qui

vient, pas de problème. Sinon, je suis pris jusqu'au début de la semaine prochaine.

— J'arrive.

Wilcox Construction se trouvait en dehors de la ville sur l'A 166, dans un bâtiment d'acier préfabriqué qui occupait une étroite bande de terrain entourée par une clôture grillagée. L'extérieur et l'intérieur se voulaient fonctionnels. À un bureau placé juste derrière la porte siégeait une secrétaire-réceptionniste, à laquelle il incombait probablement de taper à la machine, tenir les dossiers, faire le café et sortir le berger allemand qui dormait à côté de son bureau.

— C'est le chien de l'entrepôt, m'expliqua-t-elle en lui coulant un regard tendre. Vous croiriez qu'il en prend à son aise, mais il est sur le pont dès que le soleil se couche ! À propos, je me présente : Babs. M. Wilcox est au téléphone, mais il arrive tout de suite. Vous voulez du café ? Il est prêt.

— Je préfère m'abstenir, merci.

— Alors ne restez pas debout.

Elle remplit sa tasse à une fontaine en inox. Elle eut à peine le temps de se rasseoir que son téléphone gazouillait.

— C'est lui. Vous pouvez y aller.

Calvin Wilcox, une petite soixantaine, était vêtu d'une chemisette en denim et d'un jean ceinturé sous un soupçon d'abdomen. Je devinai les contours d'un paquet rigide de cigarettes dans sa poche de chemise. Il avait des cheveux roux qui se clairsemaient et des taches de son sur les bras. Ses joues tannées par le grand air donnaient un regard électrique à ses yeux verts qui tranchaient dans son visage rubicond. Je savais que j'avais sous les yeux une variante masculine des yeux verts de Violet et de ses cheveux au roux trafiqué.

Nous nous penchâmes l'un vers l'autre au-dessus du bureau pour nous serrer la main. Il en imposait, pas grand mais massif. Il attendit que je m'assoie, puis il s'installa dans son fauteuil pivotant. Il l'inclina en arrière d'un geste sans doute automatique, une de ses boots de travail calée sur le bord de son bureau. Puis il leva les bras et croisa les doigts sur sa nuque, ce qui lui donna un air détendu et ouvert à toute question que je jugeai de commande. Derrière lui, sur le mur, une photographie en noir et blanc le montrait sur un chantier. Son casque lui protégeait les yeux, tandis que les promoteurs à ses côtés étaient tête nue et plissaient les paupières. Sans doute une cérémonie d'inauguration, car l'un d'eux tenait une pelle.

Il sourit, m'observant avec des yeux rusés que je ne pouvais ignorer.

— Ma sœur Violet… La revoilà ! me lança-t-il.

— Vous m'en voyez désolée. Je sais que le sujet revient tous les deux ans sur le tapis.

— Je devrais y être habitué. Quel est le vieux dicton ? Ah, oui : « La nature a horreur du vide. » On veut classer l'affaire ? Histoire de ne pas rester à attendre que l'autre chaussure tombe ? Depuis combien de temps travaillez-vous pour Daisy ?

— Pas si longtemps que ça.

— J'imagine qu'elle peut dépenser son argent comme ça lui chante. Mais dans quel but ?

— Elle veut retrouver sa mère.

— D'accord, j'ai bien compris. Mais après ?

— Tout dépend de l'endroit où se trouve Violet.

— Difficile de croire que ça la tracasse après tout ce temps.

— Et vous ? Vous ne vous posez pas de questions ?

— Absolument pas ! Violet en a fait à sa guise. Sa vie, c'était son affaire à elle. Elle me demandait rarement mon avis, et si je lui donnais un conseil, elle le contournait et faisait exactement le contraire ! J'ai appris à la boucler.

— Vous a-t-elle jamais dit que Foley la battait ?

— Elle n'avait pas à en parler. Ça sautait aux yeux. Il lui a cassé le nez, les dents, deux côtes. Je ne comprends pas qu'elle l'ait supporté. Si elle avait voulu se tailler, je l'aurais aidée, mais comme elle remettait ça, encore et toujours, j'ai fini par baisser les bras.

— Vous étiez son aîné ou son cadet ?

— Son aîné de deux ans.

— D'autres frères ou sœurs ?

— Hélas, non. Les parents vieillissent, ç'aurait été sympa d'avoir quelqu'un avec qui partager le fardeau. Mais inutile de compter sur Violet pour ça, c'est sûr.

— Vos parents sont toujours en vie ?

— Non. Mon père a fait une série de crises cardiaques en 1951. Trois coup sur coup, la dernière fatale. Les médecins ont mis ça sur le dos d'une déficience congénitale. Il avait quarante-huit ans. Au jour qu'il est, j'ai réussi à faire treize ans de mieux. Ma mère est morte il y a deux ans, à quatre-vingt-quatre ans.

— Vous êtes marié ou célibataire ?

— Marié. Et vous ?

— Célibataire, mais j'ai perdu mes deux parents.

— Vous avez de la veine. Ma mère a traîné des années en maison de repos. Disons plutôt en « institution ». Difficile d'appeler ça une « maison ». Elle me téléphonait six, sept fois par semaine et me suppliait de venir la chercher. S'il n'avait tenu qu'à moi, je l'aurais fait, mais ma femme n'a rien voulu entendre. Elle est agent de change. Pas question qu'elle lâche son boulot pour s'occuper de ma mère. Je ne le lui reproche pas, mais c'était dur à vivre.

— Vous avez des enfants ?

— Quatre garçons, tous grands et partis de la maison. Deux habitent ici. J'en ai un à Reno et un autre à Phoenix.

Il jeta un regard rapide à sa montre.

— Vous voulez me poser des questions sur Violet, allez-y. J'ai une réunion qui se profile.

— Excusez-moi. La vie des gens m'intéresse et je me laisse aller.

— Parfait pour moi. Ce que j'en disais, c'est pour vous.

— À ce que je comprends, Violet et vous n'étiez pas proches ?

— Vous avez bien compris. La dernière fois que je l'ai vue, elle est passée au bureau pour me demander de l'argent, que j'ai eu la bêtise de lui donner.

— Combien ?

— Deux mille. C'était le 1er juillet, si vous voulez savoir. Ensuite, elle est allée chez ma mère et l'a tapée aussi. Ma mère n'avait pas grand-chose, mais Violet est arrivée à lui soutirer cinq cents dollars. Un mois après, nous avons découvert qu'elle lui avait volé des bijoux, et pas de fantaisie : des bracelets en diamants, des boucles d'oreilles, deux colliers de perles, du sérieux, quoi. Pour une valeur de trois mille dollars et qu'on n'a jamais revus.

— Comment savez-vous que c'était elle ?

— Ma mère se rappelait qu'elle avait demandé d'aller à la salle de bains, à laquelle on n'accédait qu'en passant par sa chambre. La boîte à bijoux était sur la coiffeuse. Ma mère n'a pas eu l'occasion de l'ouvrir jusqu'à son anniversaire cette année-là, quand Rachel et moi l'avons invitée à dîner au club. Elle a voulu se faire belle, et c'est là qu'elle a constaté que tout s'était envolé !

— L'avez-vous signalé à la police ?

— Je voulais le faire, mais elle a refusé. Elle a dit

que, si Violet était tellement dans le besoin, autant qu'elle les ait.

— Violet avait-elle déjà volé avant ?

— Non, mais elle empruntait de l'argent pour un oui ou pour un non, en général des petites sommes. Comme elle affirmait que c'était pour Daisy, on ne la rembarrait pas.

— Ça paraît curieux. Elle se vantait d'avoir cinquante mille dollars à elle, une prime d'assurances, d'après Foley. Il ne peut pas confirmer le montant, mais il sait qu'elle l'a touchée.

— Elle m'a raconté la même histoire, mais c'était de la foutaise. Si elle avait tout ce fric, pourquoi se donner la peine de me taper de deux mille dollars ?

— Mettons qu'elle se faisait un petit pécule pour partir ?

— C'est toujours possible.

— Aurait-elle pu rester en contact avec votre mère ? Je continue à penser que même si elle avait refait sa vie, elle aurait pu vouloir garder un lien avec le passé.

— Sûrement pas avec moi. Violet n'avait aucun attachement sentimental à ma connaissance. Impossible qu'elle ait contacté ma mère à mon insu. D'abord, elle n'était pas dans l'annuaire, et tout son courrier passait par moi. À un moment donné, des arnaqueurs l'avaient dans le collimateur et lui envoyaient des lettres pour lui proposer des placements « lucratifs » ou lui dire qu'elle avait gagné à la loterie et devait envoyer les frais de constitution de dossier. Elle était si crédule qu'elle aurait donné les meubles si on les lui avait demandés !

— Et l'institution était sécurisée ?

— Vous voulez dire que Violet aurait pu s'y introduire en douce ? Hors de question. Elle se fichait éperdument de ma mère, sauf quand il s'agissait de la dépouiller. Évidemment, ça n'a plus de sens maintenant qu'elle est décédée, mais si Violet avait réussi à refaire sa vie, elle n'aurait pas risqué de se faire repérer pour une femme dont elle se foutait.

— Une idée de l'endroit où elle aurait pu aller ?

— Là où la route la menait. Elle fonctionnait au gré de ses impulsions, pas le genre à faire des plans à long terme.

— Mais vous, votre opinion ? Vous croyez qu'elle est quelque part dans la nature ?

— Je n'ai jamais dit ça. Si elle était toujours vivante, elle serait revenue mendier, emprunter ou voler ce qui lui tombait sous la main. Elle ne passait pas un mois sans faire la manche.

Il ôta son pied du bureau et se pencha vers moi en prenant appui sur ses avant-bras.

— Vous voulez mon point de vue ?

— Oui, pourquoi pas ?

— Vous voulez faire le bonheur de Daisy ? Parfait. Gagner quelques dollars ? C'est pas mon problème. Mais n'en faites pas la mission sacrée de votre vie. Si vous trouvez Violet, vous ne causerez que des ennuis.

— À qui ?

— À tout le monde… et j'y inclus Daisy.

— Que savez-vous que j'ignore ?

— Rien. Je connais Violet. Juste une intuition.

11

La concession Chet Cramer Chevrolet se déployait dans l'artère principale de Cromwell : plus d'un hectare de véhicules étincelants, quinze aires de service spacieuses et un stand d'exposition sur deux niveaux, vitré du haut en bas. À l'intérieur, au rez-de-chaussée, s'alignaient six cabines au devant vitré, équipées chacune d'un bureau, un ordinateur, une rangée de classeurs métalliques, plus deux sièges pour la clientèle et, bien en vue, des photographies de famille et des certificats garantissant l'excellence du vendeur. Dans une de ces cabines, un commercial corpulent déployait sa force de conviction à l'intention d'un couple dont le langage corporel laissait entendre qu'il était moins décidé à faire affaire qu'on l'espérait.

Je ne vis pas de bureau de réception, mais avisai une pancarte dont la flèche indiquait le service des pièces détachées. Je suivis un petit couloir, longeai les salles de repos du personnel et un salon pourvu de fauteuils confortables où deux personnes lisaient des magazines. Des beignets étaient disponibles et un distributeur dispensait gratuitement thé, chocolat chaud, café, cappuccino et café-noisette. Je repérai la caissière et lui dis que j'avais rendez-vous avec M. Cramer. Elle prit mon nom et appela son bureau pour l'informer de ma présence.

En attendant, je revins vers la salle d'exposition, passant d'une Corvette cabriolet à un Caprice break. La plus belle voiture était une Iroc Z Camaro cabriolet, rouge vif et intérieur fauve. La capote baissée découvrait les sièges en cuir à l'aspect soyeux. Plutôt coton d'effectuer une filature avec une voiture aussi racée.

Je me tournai et vis M. Cramer, les mains dans les poches, qui admirait lui aussi le véhicule. Je savais, pour avoir compté sur mes doigts, qu'il avait quatre-vingts ans et quelques. À le voir, je devinai qu'il avait été bel homme dans sa jeunesse et je sentis encore, telle une aura, le volume d'air qu'il devait déplacer avant que les ans ne l'amenuisent. Son costume aurait pu convenir à un adolescent.

— Dans quoi roulez-vous ?

— Une Volkswagen 1974.

— Je vous déviderais bien un argumentaire, mais vous me paraissez être une femme qui sait ce qu'elle veut.

— J'aime à le croire, lui dis-je.

— C'est donc Mme Sullivan qui vous amène.

— En effet.

— Montons dans mon bureau. Si les gens me voient en bas, je n'aurai jamais une minute de tranquillité.

Je traversai l'espace d'exposition à sa suite et montai à l'étage. Quand nous arrivâmes à son bureau, il ouvrit la porte et s'effaça pour me laisser entrer. La pièce brillait par sa simplicité : un bureau en bois à pieds droits, un canapé, trois sièges, et des murs blancs sur lesquels il avait encadré de nombreuses photos en noir et blanc le montrant avec diverses sommités locales. La Chambre de commerce de Cromwell lui avait décerné une citation pour services rendus à la communauté. Le mobilier était peut-être celui avec lequel il avait démarré son affaire.

— Vous êtes passée par l'université ? me demanda-t-il en contournant son bureau pour s'asseoir.

Je pris place en face de lui et posai mon sac à mes pieds.

— Très rapidement. J'ai fait deux semestres de premier cycle, mais je ne pense pas que ça compte.

— Vous me battez. Mon père creusait des fossés pour gagner sa vie et n'a jamais mis un sou de côté. Quand j'étais en terminale, il est mort dans un accident de voiture. Il pleuvait depuis un mois, la route était glissante comme du verre et il est tombé d'un pont. J'étais l'aîné de quatre garçons et j'ai dû me mettre à travailler. Mon père m'avait appris une chose : ne jamais faire un travail manuel. Il détestait son métier. Il me disait : « Petit, si tu veux gagner de l'argent, trouve un métier où tu dois prendre une douche avant d'aller au travail et pas quand tu rentres chez toi. » Il affirmait qu'on trouve toujours quelqu'un à embaucher pour faire le sale boulot, et j'ai suivi ses préceptes jusqu'à ce jour.

— Comment en êtes-vous venu à vendre des voitures ?

— En désespoir de cause. Tout est bien qui finit bien, mais ça semblait moins prometteur au début. Le seul bonhomme à m'avoir engagé était George Blickenstaff, le concessionnaire Ford du secteur. C'était un vieil ami de la famille et je pense qu'il a eu pitié de moi. J'ai vendu mes premières Ford à dix-neuf ans. On était en 1925. Je n'étais pas emballé, mais au moins je ne travaillais pas avec mes mains. Il s'est avéré que j'étais doué pour la vente. Quatre ans après, il y a eu le krach boursier.

— Le marché a dû en prendre un coup.

— Dans certaines régions, oui, mais pas tellement par ici. Comme nous avions toujours travaillé à une échelle modeste, nous n'avons pas autant souffert que les gros concessionnaires. Au moment où la Dépression s'est installée, mes affaires ne marchaient pas mal du tout, du moins comparé à ce que beaucoup d'autres gens ont subi. À ce moment-là, j'étais devenu le vendeur vedette de Blickenstaff. À croire que j'étais fait pour ça ! Naturellement, j'étais très imbu de ma personne et je pensais mériter d'avoir un garage à moi.

— C'est alors que vous avez acheté celui-ci ?

— Non, pas avant des années ! Le problème, c'est que chaque fois que j'étais en fonds, quelque chose faisait que je n'avais plus de vent dans les voiles. J'avais envoyé mes frères à l'université et presque payé la maison de ma mère quand elle est tombée malade. La facture d'hôpital a suffi à elle seule à me mettre à sec. Ajoutez les frais d'enterrement et la pierre tombale, et il ne me restait plus un cent. Je ne me suis marié qu'à trente-deux ans et là, retour à la case départ parce que je me suis retrouvé du jour au lendemain avec une famille à nourrir.

— Mais vous avez persévéré, lui dis-je.

— Mieux que ça ! En 1939, j'ai flairé ce qui se préparait. À la minute où l'Allemagne a envahi la Pologne, j'ai suggéré au vieux Blickenstaff de faire des stocks de pneus, de pièces détachées et d'essence. Il n'a rien voulu entendre, mais je savais que c'était une chance à saisir au bond. Le pays allait entrer dans la bagarre, n'importe quel idiot pouvait le voir… sauf lui, bien sûr. Je savais que, le moment venu, on ne couperait pas au rationnement et que nous ne pouvions pas nous permettre d'être pris de court. Il contestait mon point de vue, mais je savais que j'avais raison et j'ai tenu bon. Mon intuition ne m'avait pas trompé. Une fois la guerre déclarée, pas un autre concessionnaire de la région n'avait tablé sur la prévision. Des gars qui travaillaient dans le secteur du bois arrivaient en mendiant de l'essence, des pneus. Douce musique à mon oreille ! Je leur disais que j'étais heureux de les tirer d'affaire du moment qu'assez de liquidités changeaient de mains. L'important, c'était de garantir le service et la livraison au client, et si Chet Cramer pouvait récupérer un dollar au passage, où était le mal ? Blickenstaff n'était pas armé pour ça. Il avait perdu un fils à la guerre et jugeait que le raisonnement ne se défendait pas… que c'était « moralement répréhensible », comme il disait, de faire des bénéfices alors que tous ces garçons perdaient la vie. À dire vrai, il était fatigué, et le moment était venu pour lui de passer la main.

— Vous lui avez acheté le garage ?

— Non, madame ! J'ai acheté la franchise Chevrolet et envoyé le vieux schnock au tapis : en 1945 il a fermé boutique et j'ai repris sa concession pour une bouchée de pain. Ça peut paraître cru, mais c'est la vie : qui n'agit pas n'accomplit rien. Définir un projet, prendre des risques… C'est comme ça qu'on réalise son objectif.

— Et vos frères ? Il y en a qui sont entrés dans votre affaire ?

— Elle est à moi. Je ne partage pas. J'en ai fait suffisamment pour eux, maintenant ils volent de leurs propres ailes.

Il changea de position et se pencha sur son bureau.

— N'importe, vous n'êtes pas là pour qu'on parle de moi. C'est Violet Sullivan qui vous intéresse.

— Certes, mais je m'interroge aussi sur la voiture. Pouvons-nous commencer par là ?

Il agita la main d'un geste agacé.

— Foley n'avait pas à acheter cette voiture. Il aurait dû avoir honte de lui. Les Sullivan n'avaient même pas un pot pour pisser… si vous me pardonnez ma grossièreté.

— Aucune importance, le rassurai-je.

— Violet s'était mis dans la tête d'avoir à tout prix cette voiture et Foley savait qu'il n'avait pas intérêt à la contrarier. Moi, pas question de rater une vente, du coup je lui ai proposé un marché.

— À savoir ?

— Je prenais son pick-up en gage, quelle que soit sa valeur. Pure amabilité de ma part, mais j'avais bien précisé les choses : au premier versement non honoré, je la reprenais. Pas de faux prétextes, pas de retards, pas un cent en moins. Je me foutais de la législation : je récupérais la voiture.

— Vu son passé, vous preniez un gros risque.

— Oh, je n'ai jamais cru qu'il respecterait le contrat ! Je m'attendais dur comme fer à récupérer le coupé dans les trois mois et à le prendre pour mon usage personnel.

— Je croyais que Winston Smith avait conclu la vente ?

— C'est à lui que Violet s'est d'abord attaquée. C'était un foutriquet tout imbu de ses vingt ans. Des femmes comme Violet trouvent toujours le moyen d'arriver à leurs fins. Elle rapplique, toute pimpante, alors que je ne suis pas là, et elle le travaille au corps. J'y aurais mis le holà si j'avais vu ce qu'elle manigançait ! D'abord elle le persuade de la laisser prendre la Bel Air pour l'essayer… Seule ! Je ne plaisante pas. Sans lui à bord ! Il n'aurait jamais dû accepter, mais lui ne songe qu'à lui en mettre plein la vue : il ne sait pas ce qui lui a pris. Quand elle se décide à refaire surface, elle a mis quatre cent treize kilomètres au compteur d'une voiture neuve ! Lui, je l'ai viré illico, puis j'ai appelé Foley et lui ai dit de ramener ses fesses. Il a fini par se pointer le vendredi matin et j'ai terminé la transaction… j'ai accepté qu'il me paie à crédit et j'ai rempli toute la paperasserie.

— Je ne comprends toujours pas pourquoi vous la lui avez vendue. À ce qu'on m'a dit, il n'avait pas un sou vaillant.

— Foley, je n'en ai rien à faire ; ce type n'a pas un atome de cervelle. Violet m'a fait de la peine. J'ai pensé qu'elle méritait une douceur pour le supporter, cette pauvre idiote.

— Qu'aviez-vous à y gagner ?

Il eut un sourire penaud.

— Hé, même un vieux brigand comme moi peut faire une bonne action à l'occasion. Tout le monde me prend pour un dur à cuire, mais je peux être généreux le cas échéant. D'accord, c'est peut-être la dernière fois que j'ai jamais fait une B.A. Le temps pendant lequel la voiture a disparu, j'en ai été malade ! Foley m'a payé rubis sur l'ongle. Je dois lui reconnaître au moins ça.

— Donc vous n'y avez pas été de votre poche ?

— Pas d'un cent !

— Violet ne vous a pas dit comment elle avait réussi à mettre quatre cent treize kilomètres au compteur ?

— Non, mais je peux deviner à coup sûr. C'est le jour où elle a débarqué dans une banque à Santa Teresa et a vidé son coffre. L'idée m'est venue après coup, parce que la distance collait à peu près… Deux cents à l'aller, la même chose au retour. Elle m'a dit qu'il faisait un temps de rêve et qu'elle n'avait pas pu résister. Sur le coup, j'ai cru qu'elle était remontée vers le nord en suivant la côte, mais elle n'a jamais rien dit de ce genre.

— Si elle voulait se rendre à Santa Teresa, pourquoi ne pas avoir pris le pick-up de Foley ?

— Il était bon pour la casse ! Pas étonnant qu'elle ait préféré parader dans une voiture de luxe comme la mienne. Peut-être qu'elle envisageait de baratiner le directeur pour obtenir un prêt.

— A-t-elle laissé entendre qu'elle comptait partir d'ici ?

— Elle ne m'en a jamais soufflé mot. Remarquez, elle n'avait pas de raisons de me faire des confidences. Cette femme, je la connaissais à peine. Au fait, il y avait quoi dans son coffre ? Je ne l'ai jamais su.

— Foley croit que c'était le paiement en liquide d'une prime d'assurance. Cinquante mille, à ce qui m'est revenu. En plus, son frère dit lui avoir prêté deux mille dollars le mercredi de cette même semaine.

— Calvin Wilcox ? Chapeau…

— C'est-à-dire ?

— Ces deux-là étaient toujours à couteaux tirés. Il assumait entièrement la charge de leurs parents sans que Violet ait jamais levé le petit doigt. Sa disparition, il s'en contrefichait. Je suis sûr qu'il a pavoisé quand sa mère est morte et que tout l'argent lui est revenu. Si sa sœur avait été dans les parages, il aurait été forcé de partager.

Je sentis mon attention se ramasser comme celle d'un chat au bruit d'une petite souris grattant le mur.

— L'argent ?

— Oh, oui ! C'était une succession rondelette. Roscoe Wilcox avait fait fortune en perfectionnant la peinture phosphorescente. Il avait obtenu un brevet pour une formule nouvelle et améliorée, en tout cas c'est ce qu'on m'a dit. Chaque fois que vous voyez de la peinture qui luit, c'est de l'argent à la banque… ou dans la poche de Calvin en l'occurrence.

— Vous le connaissez bien ?

— Nous appartenons tous les deux au même country-club et à la même association d'hommes d'affaires de l'endroit. Il a bâti son entreprise en partant de zéro, ce que j'ai toujours admiré, mais le bonhomme… j'ai des réserves à son sujet. Peut-être tout simplement parce que sa femme et lui ne se sont jamais souciés de moi.

— Qu'est devenu Winston Smith ? J'aimerais l'interroger si vous savez où je peux le trouver.

— C'est facile. La semaine après que je l'ai eu viré, je l'ai repris et il a toujours travaillé pour moi depuis. C'est comme je le lui ai dit : on ne doit pas agir dans la précipitation. Ce qui paraît tragique sur le moment se transforme parfois en une bénédiction.

— C'est-à-dire ?

— Il a fini par épouser ma fille et ils ont eux-mêmes trois filles somptueuses. Un sacré veinard, ce garçon.

12

JAKE

vendredi 1er juillet 1953

Jake Ottweiler approcha une chaise du lit d'hôpital de sa femme et s'assit auprès d'elle comme il le faisait tous les soirs depuis le 17 juin, date de son admission. Mary Hairl était sous traitement lourd. Elle dormait profondément et souvent, son visage au repos comme sculpté dans la pierre. Il avait pris sa main dans la sienne, paume contre paume, doigts entrelacés, ceux de Mary Hairl glacés, les siens chauds. Elle était blanche comme une feuille de papier, et des veines couleur lavande transparaissaient sous la peau de ses bras. Elle était mince comme un fil, comme prête à se briser, et elle avait une odeur de mort. Il eut honte de le remarquer, honte d'éprouver de la répugnance.

Mary Hairl avait trente-sept ans et lui avait donné deux enfants merveilleux. Tannie, à neuf ans, était une fille solide qui ignorait la peur, exubérante et ouverte, tout en coudes osseux, genoux écorchés et joie de vivre. Elle était douée pour le piano et elle lisait des livres bien au-dessus de son niveau scolaire. Elle ne serait jamais jolie, il le savait sans même voir les transformations qu'apporterait la puberté. L'accélération de la croissance – les seins, la disparition des rondeurs de bébé –, rien de tout ça ne modifierait son visage essentiellement banal. Mais c'était une enfant brillante, drôle, et il chérissait ces qualités profondes.

À seize ans, son fils, Steve, n'était pas seulement beau garçon, mais intelligent aussi... pas le premier de sa classe, mais pas loin. Il faisait du foot à l'université et avait gagné sa lettre sur son blouson en seconde année de fac, la première saison où il avait joué. Eagle Scout[1]. Ténor à la chorale des jeunes de la paroisse. Il s'était engagé par écrit à ne jamais boire une goutte d'alcool de sa vie, et Jack savait qu'il s'y tiendrait, même en dépit des pressions du groupe. Steve avait un visage poupin et une attitude juvénile que Jack espérait voir disparaître avec l'âge. Il était déjà assez dur d'être un homme dans ce bas monde sans, en plus, paraître la moitié de son âge. Mary Hairl avait été une bonne mère pour ces gamins, et il ne savait pas trop comment il allait se débrouiller quand elle serait partie. Il ferait comme elle : il se montrerait ferme, les écouterait avec attention et les laisserait commettre leurs erreurs tant que ce ne serait pas trop grave. Ce ne serait jamais plus pareil, mais ils s'en sortiraient d'une façon ou d'une autre. Ils n'avaient pas le choix...

Il baissa la tête et posa son visage sur le bord du lit d'hôpital. Le drap était raide et froid sous sa joue tannée par le soleil. Il se sentait épuisé, au-delà de toute expression. Après son retour au pays, juste après la guerre, il n'avait pas eu le désir ou la force de reprendre ses activités d'agriculteur. Les emplois s'étaient succédé, le dernier chez Union Sugar. Il avait été absent si souvent

1. L'échelon supérieur chez les scouts américains.

à cause de la maladie de Mary Hairl qu'on l'avait licencié. Maintenant l'argent se faisait plus que rare, et si son père à elle ne l'avait pas aidé sur le plan pécuniaire, ils auraient été à la rue. Il n'avait pas compris la somme de travail qu'accomplissait sa femme. Maintenant qu'il était quasiment parent unique, il lui faudrait prévoir les menus des repas, assumer les courses d'épicerie, la lessive et la plupart des principales tâches ménagères. À la mi-avril, juste avant d'être admise en chirurgie, elle avait mis en route le potager, qui prospérait. Elle n'avait jamais été femme à se plaindre, et quand elle s'était décidée à aller consulter pour des douleurs et des gonflements abdominaux, la tumeur en était à un stade avancé. La chirurgie avait confirmé le cancer, et celui-ci s'était propagé à tant d'organes qu'il n'y avait plus rien à faire. Le chirurgien l'avait recousue, et maintenant on attendait la fin. L'arrachage des mauvaises herbes, le paillage et l'éclaircissement des nombreux plants de tomates étaient venus grossir la liste des tâches à accomplir de Jake. Après les cours, Steve se chargeait de tondre la pelouse et de laver le pick-up, tandis qu'il revenait à Tannie de ranger la maison et de préparer leurs déjeuners à emporter. Hairl Tanner, le père de Mary Hairl, continuait à se joindre à eux pour le repas du soir, si bien que les quatre dînaient ensemble tous les jours, un rituel sans joie en l'absence de Mary Hairl. Le repas fini, Hairl disparaissait, laissant Tannie débarrasser la table. Steve faisait la vaisselle, et Tannie l'essuyait et la rangeait. À ce moment-là, Jake enfilait sa veste et prenait la direction de l'hôpital, où il arrivait autour de sept heures.

Jake n'avait pas vraiment conscience de s'être endormi. Il avait repensé à la soirée du début mai, où Mary avait été hospitalisée pour la deuxième fois en deux mois. Elle s'était assurée que son père et les enfants avaient dîné avant d'accepter, à contrecœur, d'appeler le médecin, qui les avait retrouvés moins d'une heure après aux Urgences. Steve était resté pour garder Tannie, et quand Jake et Mary Hairl avaient quitté la maison, les deux enfants faisaient leurs devoirs. Elle avait souffert comme une damnée pendant une grande partie de la journée, et il l'avait confiée à l'infirmière de nuit avec le sentiment béni que maintenant, au moins, elle trouverait le répit. Ses souffrances ne faisaient que rappeler à Jake son impuissance devant la maladie de sa femme. Il était resté auprès d'elle jusqu'à 21 heures, le regard fixé sur le goutte à goutte, attendant que le médicament agisse. Consultant la pendule, impatient de voir les aiguilles tourner, et quand elle s'était enfin endormie, il avait fui les lieux.

Il récupéra son pick-up dans le parking de l'hôpital à Santa Maria et fila droit sur le Blue Moon, le seul endroit à Serena Station où un bonhomme pouvait se payer une bière. Il avait plu par intermittence. On gelait en cette soirée de mai, et il monta le chauffage jusqu'à ce que la cabine soit aussi chaude qu'une couveuse. Les routes étaient obscures, et les maisons éclairées de Serena Station ressemblaient à des feux de camp isolés. Il avait besoin de boire. De relâcher la tension dans une ambiance où rien n'évoquerait le sang, la souffrance ou la disparition imminente.

Le Moon était pratiquement désert. Tom Padgett avait pris place au bar, une Pabst Blue Ribbon entre les mains, et bavardait avec Violet Sullivan et le barman, BW McPhee. BW était un gars baraqué, le torse puissant, un dur à cuire qui faisait également office de videur quand les circonstances l'exigeaient. Jake prit un tabouret au bar, regardant sans y penser les deux autres assis quatre tabourets plus loin. Violet avait les yeux gonflés d'avoir pleuré et les cheveux en bataille. Il s'était visiblement passé quelque chose. Tom essayait de la rassurer et de lui changer les idées. Jake préférait autant ignorer Violet et s'occuper de ses oignons, mais BW, en décapsulant sa bouteille de Blatz, lui dit que Foley et elle avaient commencé à se bagarrer ferme et qu'elle avait fini par lui foutre une gifle en pleine figure. Foley avait pété les plombs, renversé une table et cassé une chaise. BW lui avait donné une minute pour dégager, sinon il appelait la police.

Le temps que Jake arrive, Foley avait disparu. Si Padgett parlait trop bas pour qu'on saisisse ce qu'il disait, les réponses de Violet étaient audibles. Elle parlait de l'argent qui lui appartenait avec un ton de bravade mêlé de chagrin. Il l'avait déjà entendue le faire, d'habitude quand Foley venait de lui foutre une beigne et qu'elle le menaçait de le quitter. Il ignorait si cette histoire de magot qu'elle aurait eu était vraie ou de la frime. Elle n'en avait jamais précisé le montant, et ça lui paraissait bizarre qu'elle ne prenne pas tout simplement son fric et se tire.

Pendant un moment, Padgett inséra des pièces à jet continu dans le juke-box, et Violet et lui se mirent à danser. Elle portait une robe vert émeraude, largement décolletée dans le dos. Derrière le bar, BW les regardait se déplacer sur la piste. De temps à autre, Jake se tournait et jetait un coup d'œil par-dessus son épaule, observant leurs déambulations en hochant la tête. Il échangea un regard avec BW.

— C'est ce qui a allumé Foley, lui expliqua BW. La voir danser avec lui.

— Tout l'allume, ce con, dit Jake.

BW l'étudia.

— Je suppose que tu n'as pas envie de parler de Mary Hairl.

— Pas vraiment. Ne le prends pas mal.

— T'inquiète pas. Tu lui diras qu'on pense bien à elle, Emily et moi.

— Je n'y manquerai pas.

— Cette bière, elle te va ?

— Pour le moment, je me sens bien.

Violet et Padgett se réinstallèrent au bar, mais à peine Padgett s'était-il assis qu'il regarda sa montre et sursauta en voyant l'heure. Jake le vit jeter quelques billets sur le bar et prendre congé. Une fois la porte refermée derrière lui, Violet tourna la tête et son regard fit la longueur du bar jusqu'à Jake. Il s'appliqua à détourner les yeux pour éviter son insistance. C'était le genre de femme à fréquenter les bars pour discuter, alors que lui était de ceux qui y vont en espérant qu'on leur fichera la paix. Il eut vaguement conscience qu'elle traversait la salle dans son dos, en direction des toilettes pour dames. Il commanda une autre bière, et s'apprêtait à allumer une cigarette quand il la vit brusquement à côté de lui. Elle s'était recoiffée et ses yeux le jaugeaient avec curiosité. Elle tenait une cigarette et, en mec courtois qu'il était, il tendit son allumette. Mais la flamme lui brûlait presque les doigts, et il dut lâcher l'allumette et en gratter une autre pour elle. Elle se glissa sur le tabouret voisin.

— Vous voulez de la compagnie ?

— Non.

— C'est drôle. À voir votre air, une présence amie vous ferait du bien.

Il ne trouva rien à lui répondre. Jake n'avait probablement pas échangé plus de dix mots avec elle depuis six ans qu'il la connaissait. Il y avait eu l'histoire avec le chien, mais ça s'arrêtait là. Il connaissait les bruits qui couraient sur elle. Tout Serena Station bruissait de ragots sur les Sullivan… l'alcoolisme de Foley, les bagarres, Violet qui avait la cuisse accueillante. Le couple sympa, quoi… Jake méprisait Foley. Tout homme qui levait la main sur une femme ou un enfant était plus vil que la pire engeance. Violet, il ne savait pas trop. Mary Hairl semblait bien l'aimer, mais sa femme avait le cœur sur la main et aurait donné un bol de restes au moindre chat errant qui s'aventurait sur le seuil. Il rangeait Violet dans la même catégorie… celle des affamés, des méfiants et des nécessiteux.

— Vous êtes toujours fâchée pour le chien ?

— J'ai été remboursée. Et je ne l'avais pas depuis longtemps, dit-elle. Comment va Mary Hairl ?

— Il vient juste de me poser la question, répondit Jake en montrant BW d'un geste de sa cigarette.

— Que lui avez-vous dit ?

— Que je n'avais pas envie d'en parler, mais merci quand même.

— Parce que ça fait mal.

— Parce que ça ne regarde personne.

Il resta silencieux un moment, puis se surprit à reprendre la conversation.

— Ils l'ont mise sous perfusion. Sûrement de la morphine. Le médecin ne veut rien me dire, et ce qu'il lui dit, elle le garde pour elle. Elle ne veut pas que je m'inquiète.

— Je suis désolée, dit Violet.

— Ne vous en faites pas. Ça n'a rien à voir avec vous.

Son regard partit vers la salle. Il sentait les larmes lui piquer les yeux. Il mettait un point d'honneur à ne pas parler de la maladie de sa femme. Les gens qui la connaissaient posaient des questions, mais en général il y coupait court. Ça ne lui plaisait pas d'exposer sur la place publique les détails intimes de la santé de Mary Hairl. Il n'aurait pas pu donner de précisions à son beau-père, même s'il avait été au courant. Ce fils de pute faisait la gueule depuis la mort de sa femme. Il était suffisamment accablé comme ça, sachant qu'il était sur le point de perdre son unique enfant. Alors il lui restait qui ? Jake n'aurait jamais parlé de la maladie de Mary Hairl avec les enfants. Dès le début, elle et lui avaient décidé d'un commun accord de les épargner. À seize ans, Steve avait conscience de ce qui se passait, mais il se protégeait. Tannie avait heureusement l'insouciance de son âge, ce qui laissait Jake tête à tête avec lui-même.

Violet l'étudia.

— Comment vous tenez le coup ? Vous ne paraissez pas tellement en forme non plus.

Il leva sa bouteille de bière.

— Ça aide.

— C'est bien vrai, dit-elle, en faisant tinter son verre contre la bouteille. Pourquoi les hommes essaient-ils toujours de prouver qu'ils sont des durs ? Dans un cas comme le vôtre, quel mal y aurait-il à parler ?

— À quoi bon ? Je vis avec, chaque jour que Dieu fait. La dernière chose dont j'aie besoin, c'est d'en rajouter.

— Je croirais m'entendre. Trop orgueilleux pour l'admettre, quand ça vous fait mal. Je peux être ici à pleurer comme une malheureuse et tout le monde croit que c'est juste dans mes habitudes. Vous êtes le premier type à avoir jamais eu une conversation correcte avec moi.

— Je n'appelle pas ça une conversation.

— Mais on peut toujours espérer, dit-elle.

— Et Padgett ? Il vous parlait.

— Il est aussi populaire que moi. Les gens me prennent pour une pute, et lui pour un crétin. Au moins, on a quelque chose en commun.

— C'est vrai ?

— Quoi, pour lui ou pour moi ?

— Je me fous totalement de lui. Vous, quel est le problème ?

Elle sourit.

— C'est comme la chanson sur les Whiffenpoofs...

C'est quoi, un Whiffenpoof[1] ? Vous vous êtes jamais posé la question ?

— Quelle chanson ?

— Le duo que Bing Crosby et Bob Hope chantent dans *Bal à Bali.*

Elle se mit à en chanter un fragment d'une voix mélodieuse pour le moins inattendue. « *Damned from here to eternity. Lord have mercy on such as we*[2]. »

Elle eut un sourire las.

— C'est le problème. Condamnée.

— À cause de Foley ?

— Tout ce qui va mal dans ma vie vient de lui.

— Je croyais que vous aimiez vous disputer avec lui. Ça vous arrive quand même souvent.

— De me disputer ? Sûr que c'est une façon de voir les choses. Foley me tabasse régulièrement et mes yeux au beurre noir sont là pour le prouver, mais vous croyez qu'on me demande comment je vais ? Il pourrait m'envoyer au tapis sans que personne ne me tende la main pour me relever. Je ne veux pas de pitié, mais j'aimerais que de temps en temps, on se soucie de…

Elle s'interrompit, puis eut un sourire narquois.

— Non mais, écoutez-moi ! J'ai l'air d'une victime. Personne n'aime les victimes, moi encore moins que les autres.

— Pourquoi acceptez-vous ? Franchement, ça me dépasse.

— Comme si j'avais le choix ! Je ne peux pas le quitter. Il m'a menacée de me tuer et je sais qu'il le ferait. Foley

1. Membre d'une célèbre chorale de Yale, le plus ancien chœur d'hommes chantant *a cappella* aux États-Unis.

2. « Condamnés pour l'éternité, Seigneur, tels que nous sommes, prends-nous en pitié. »

est psychopathe. Et puis, si je partais, que deviendrait Daisy ?

— Vous pourriez l'emmener avec vous.

— Et faire quoi ? Je me suis mariée à quinze ans et je n'ai jamais travaillé de ma vie. Je ne saurais même pas par où commencer.

— Et cet argent dont vous parlez toujours ?

— J'attends le bon moment. J'imagine que je n'ai qu'une balle dans le chargeur et je ne vais pas la gaspiller. N'importe comment, Daisy est folle de son père.

— La plupart des filles sont folles de leur père. Je suis sûr qu'elle est folle de vous aussi. Quel rapport ?

— Daisy est plus folle du sien qu'en général. Elle croit qu'il irait lui décrocher la lune, alors pourquoi devrais-je m'imposer ? Des fois je pense qu'ils seraient mieux sans moi. Je veux dire, je pars, d'accord, mais lui enlever sa petite fille ? Il me mettrait le cœur en pièces, s'il ne l'avait déjà fait.

Jake hocha la tête d'un geste négatif.

— Il ne mérite pas de vous avoir, ni vous ni elle.

— La bonne blague…

— Mais qu'est-ce que vous lui trouvez ?

— C'était un mec adorable quand on a accroché. C'est l'alcool qui le fout en l'air. À jeun, il n'est pas méchant. Enfin… un peu, mais pas aussi horrible qu'on le croirait. Évidemment, il dit qu'il est forcé de boire pour tenir le coup avec une bonne femme comme moi.

— Qu'est-ce qu'il vous reproche ? Vous êtes une femme superbe. Je ne vois pas comment on peut avoir du mal à vivre avec vous.

— Je suis une emmerdeuse.

— Comment ça ?

— D'abord, j'ai la réputation de faire la fête. À l'entendre, j'ai tout faux et ça le fait exploser. Quoi que je fasse, il n'est jamais content. Après le travail, à peine il a passé la porte qu'il me tombe dessus à bras raccourcis. Parce que la maison n'est pas rangée, ou son dîner pas assez chaud, ou que j'ai oublié une fois de plus de porter le linge sale au Lavomatic. Il veut savoir où je suis allée, à qui j'ai parlé et où j'étais chaque fois qu'il a essayé de m'appeler pendant la journée. Il me prend pour qui ? Pour son esclave ? J'ai le droit de vivre, non ? J'essaie de ne pas répondre, mais il me rentre dedans et il faut bien que je me défende. Sinon, comment je continuerais à me respecter ?

— Il y a forcément une solution.

— Dans ce cas, j'aimerais vraiment la connaître.

Elle éteignit sa cigarette.

— Vous avez des pièces ?

— Pour quoi faire ? lui demanda-t-il, mais il fouillait déjà dans sa poche de pantalon et en ressortit une poignée de monnaie.

Elle prit cinq cents et se laissa glisser du tabouret. Il la regarda traverser la salle jusqu'au juke-box, où elle inséra la pièce et appuya sur une touche. Au bout d'une minute, il entendit les premiers accords de Nat King Cole interprétant *Pretend*.

Elle revint vers lui et lui tendit la main.

— Venez, dit-elle. On danse. J'adore cette chanson.

— Je ne danse pas.

— Mais si.

Elle lança un regard au barman.

— BW, dis-lui qu'il doit danser avec moi. Il est temps de voir la vie en rose.

Jake sourit malgré lui tandis qu'elle le tirait par la main, l'entraînant vers le petit espace dégagé entre des tables qui servait de piste de danse. Elle se glissa dans ses bras sans se formaliser du balancement d'avant en arrière pataud qui était la seule façon de danser qu'il connût. Elle fredonnait dans son cou, son haleine mêlée de vin et de tabac lui chatouillant l'oreille. Il sentait l'odeur de violette, de savon et du shampooing que Mary Hairl utilisait avant de devenir si malade. Par-dessus l'épaule de Violet, il voyait BW s'affairer au bar et s'appliquer à ne pas remarquer ce qui se passait. Jake ne s'était jamais beaucoup intéressé à la musique, mais, là, il constatait qu'elle avait le pouvoir de vous faire oublier bien des choses. Et si Jake avait besoin d'une chose, c'était la grâce d'oublier, même pas longtemps.

À minuit, BW commença à éteindre les lumières.

— Désolé, la compagnie ! lança-t-il comme si le bar était plein.

Il avait un ton blasé, mais Jake perçut l'irritation sous-jacente. BW ne voulait rien savoir de leur petit jeu. Jake regagna le bar et paya l'addition, comptant les billets un à un et ajoutant un pourboire généreux, en partie pour remettre le gars à sa place.

— Tu la raccompagnes en bagnole ?

— Peut-être, au cas où ça te regarderait.

— Je ne doute pas que l'intention soit bonne, mais tu ne sais pas dans quel guêpier tu te fourres, avec elle. Demande à Padgett. Il te dira la même chose.

— Merci, BW, mais je ne crois pas t'avoir demandé ton avis.

— Je te parlais en ami.

— Les amis comme ça, je peux m'en passer. Ton boulot, c'est de t'occuper du bar. Je suis assez grand pour faire attention à moi, mais merci quand même.

— Va pas dire que je ne t'ai pas prévenu…

Jake aida Violet à enfiler son imperméable et lui tint la porte. Quand ils sortirent du bar, l'air avait l'odeur fraîche d'une boutique de fleurs. L'ondée de printemps avait cessé, laissant place à une petite brume. La chaussée mouillée luisait aux endroits où des flaques s'étaient formées. Il ouvrit la portière du pick-up côté passager et l'aida à monter. Aucune lumière ne brillait dans le parking, sauf le reflet bleu de l'enseigne du Blue Moon, dont le néon pulsait et clignotait. Jake monta de son côté et s'assit, fixant l'enseigne, fasciné, pas vraiment sûr de la suite des événements. Pas qu'il n'ait jamais donné de coups de canif dans le contrat par-ci, par-là, mais il ne savait jamais dans quoi il s'aventurait et ces incartades s'accompagnaient d'une excitation malsaine.

— C'est juste une interruption de jeu. Ça ne compte pas, dit Violet. J'aime bien Mary Hairl.

— Moi aussi, lui répondit-il.

Ses mains restaient posées sur le volant comme s'il s'apprêtait vraiment à démarrer et à s'éloigner.

BW éteignit l'enseigne et sortit quelques instants après par la porte de derrière, ferma à double tour et partit en direction de sa voiture.

Jake savait que leurs visages s'étaient détachés en blanc quand BW les avait croisés, ses phares balayant l'avant du pick-up. Puis il avait disparu.

Violet était ivre et Jake avait trop bu lui aussi, mais il avait besoin d'une présence amicale, quelqu'un dont se sentir proche juste cette nuit-là. Il tendit une main, sans bien savoir, et elle la prit. Ils firent l'amour. La banquette de cuir s'y prêta étrangement. La nuit fraîchissait, et l'odeur des fleurs d'oranger du verger voisin parvenait à Jake par la vitre baissée. Le parfum en était si intense qu'il avait du mal à respirer. Il entendait les criquets et les grenouilles, et puis la nuit devint entièrement silencieuse, hormis le bruit des vêtements froissés et de sa respiration à lui, heurtée et rauque. Il avait l'impression d'avoir dû courir sans fin juste pour l'atteindre.

13

En bas, Chet Cramer me présenta son gendre, puis s'éclipsa. Winston Smith était le vendeur robuste que j'avais entrevu, et je me demandai si son argumentaire avait porté ses fruits. Probable que non, à voir son tonus qui semblait bas, à la limite du découragement. Nous nous installâmes dans son bureau exigu, moi tournant le dos à la cloison vitrée qui donnait sur le stand d'exposition. Winston avait organisé son espace de travail de façon à garder un œil sur les clients sans donner l'impression d'avoir l'esprit ailleurs.

De près, le mot « corpulent » convenait mieux que « robuste » pour décrire son tour de taille. Le seul fait d'aller jusqu'à sa voiture le laissait sûrement la respiration sifflante et le souffle court. Aucun cendrier ne s'offrait au regard, mais je sentis l'odeur de cigarette qui s'accrochait à ses vêtements et à son haleine. Sous son menton, un deuxième boudin de chair surmontait un col de chemise si serré qu'il risquait de l'étouffer s'il se penchait pour renouer ses lacets de chaussure. Il conservait la plus grande partie de ses cheveux, qu'il portait longs et ondulés sur le haut du crâne, et rabattus en arrière dans un style que je n'avais plus vu depuis les débuts d'Elvis Presley.

À peine s'était-il assis que son téléphone sonna.

— Excusez-moi, me dit-il. (Il décrocha.) Winston Smith à l'appareil… (Puis, d'un ton prudent :) Que se passe-t-il ?

Rien ne me permettait de savoir qui était au bout du fil, mais il coula un bref regard dans ma direction et se détourna par souci de confidentialité.

— Un instant… (Il mit l'appel en attente.) Permettez-moi de régler ça, je reviens tout de suite.

— Je vous en prie.

Il sortit de son bureau. La ligne clignota en rouge jusqu'au moment où il la reprit sur un autre appareil. Sur le mur en face de moi, ses manuels de vente s'alignaient sur une crédence encastrée. Bien en vue trônait une photographie en couleurs d'une mariée et de son époux. Eux, le jour de leurs noces ? Je traversai la petite pièce et m'emparai de la photo encadrée pour l'examiner de plus près. Winston devait avoir autour de vingt-cinq ans ; svelte, beau garçon, les cheveux ondulés et l'air juvénile, son smoking accentuant cette impression d'élégance décontractée. À ses côtés, une Kathy Cramer rondelette était boudinée dans une robe de mariée si serrée que respirer devait être une torture. Au-dessus de la ligne du décolleté en cœur, ses seins rebondis ressemblaient à des petits pains au levain faits maison qui avaient gonflé et étaient prêts à être enfournés. Au fil des années, les rôles s'étaient inversés. Maintenant, c'était elle la mince, l'inconditionnelle de l'exercice physique, tandis que lui avait apparemment renoncé à tout espoir de retrouver la ligne. Ce qui voulait dire ? Je me rappelai la remarque anodine de Tannie, selon laquelle Winston en savait plus long sur Violet qu'il voulait bien le reconnaître.

Je remis le cadre en place et regagnai mon siège juste avant son retour.

— Excusez-moi, marmonna-t-il.

Il se rassit, mais quelque chose dans son attitude avait changé.

— Ma femme, m'expliqua-t-il. Elle avait appelé alors que je discutais avec un client et je l'avais rembarrée. Pas possible de lui refaire le coup.

— Ne vous inquiétez pas. Nous avons bavardé ensemble un peu plus tôt et elle m'a fait visiter la maison. Pas mal du tout !

— Normal, vu son prix, me renvoya-t-il avec un bref sourire forcé.

— Vous jouez au golf ?

Il me fit signe que non.

— C'est elle, la championne. Moi, je ne lève pas le nez du boulot. Si vous me voyez boiter, c'est à force de traîner ma chaîne et mon boulet !

Il rit en disant ces mots, et je lui souris en guise de réponse et en me disant : « Tiens, tiens, tiens. »

— Moi-même, je n'ai jamais compris cet engouement pour le golf, dis-je. Courir après une balle et taper dessus ensuite avec un bâton ? Si on y réfléchit, c'est valable dans un tas de sports. Et vos filles ? Mordues aussi ?

— Amber prenait des cours avant de partir vivre en Espagne, mais je demande à voir. Elle s'ennuie vite et sera sûrement passée à autre chose. Quant à Brittany, elle est tout sauf sportive. Kathy vous aura dit qu'elle tient de moi.

— Si j'ai bien compris, Tiffany se marie en juin ?

— *Drinn, drinn, drinn*, dit-il, en imitant la sonnerie d'une caisse enregistreuse. Vous avez idée de ce que coûtent des noces par les temps qui courent ?

— Strictement aucune.

— Moi non plus. Comme Kathy n'éclaire pas ma

lanterne, je ne peux pas protester. Je suis sûr que ça approche le chiffre du déficit de la nation !

Cette remarque nous fit rire, même si je ne trouvais rien de drôle à cette idée. Visiblement, Winston et sa femme n'en étaient pas à la même page.

Il sortit un mouchoir et tamponna sa lèvre supérieure sur laquelle luisait soudain un soupçon de moiteur. Il remit le mouchoir dans sa poche arrière.

— Bien. Elle me dit que vous avez des questions sur Violet Sullivan ?

— Si vous n'y voyez pas d'objection, lui dis-je en m'attendant à l'entendre jurer que non, comme tout le monde.

— Que j'en voie ou non, je suis aux ordres, me lança-t-il, de nouveau avec son rire rapide et spontané censé me montrer qu'on était un joyeux drille.

Je tiquai, attentive à la seconde série de non-dits inclus dans la première. Je n'apprécie pas outre mesure le double langage. Ses sous-entendus relevaient des doléances que les couples mariés exposent avec de grands rires sur la place publique en quêtant d'un œil un soutien extérieur. Si elle s'était trouvée avec nous, Kathy aurait riposté avec un « elle est bien bonne ! » de son cru, dont il aurait fait les frais. Il se serait joint à cette folle gaieté, et c'est bien ce qui me semblait pitoyable. Cet homme souffrait.

— Quels ordres ?

— Comment ça ?

— Quels ordres vous a-t-elle donnés ?

— Laissez tomber. C'est une longue histoire.

— J'adore les longues histoires.

— Vous n'avez personne d'autre à qui poser des questions ?

— Théoriquement, j'ai rendez-vous avec Daisy, mais si vous me permettez d'emprunter votre téléphone, je peux le déplacer. Ça vous dit de sortir en griller une ?

J'appelai Daisy à son travail et m'entretins brièvement avec elle pour lui dire que j'avais un empêchement et de ne pas compter sur moi pour le déjeuner. Mais si Tannie faisait le trajet, je pourrais rester à Santa Maria et pourquoi ne pas dîner toutes les trois au Blue Moon à la place ? Comme l'idée paraissait lui plaire, je lui promis de la rappeler plus tard dans l'après-midi pour une ultime confirmation.

Je m'étais attendue à ce que Winston sorte dans le couloir pour allumer une cigarette, mais il prit ses clés de voiture et m'emmena sur le parking latéral où il avait garé sa voiture. Il m'aida à monter dans un Chevrolet Caravan break 1987, de couleur bleue.

— Je l'ai seulement jusqu'à la sortie du modèle 1988, me dit-il après s'être installé au volant. Celui-là, ils le retirent du catalogue.

— Astucieux.

— Attendez plutôt de voir ce que ça implique. Même si vous êtes fou du modèle que vous avez, il y en a toujours un plus chouette qui déboule. C'est une garantie d'insatisfaction perpétuelle !

— Si vous marchez dans leur combine, lui fis-je observer.

— C'est mon boulot… promouvoir le concept. Enjôler le gogo pour qu'il morde à l'hameçon.

— Alors démissionnez et passez à autre chose ! Personne ne vous colle un pistolet sur la tempe.

— J'ai cinquante-quatre ans, pas vraiment de première jeunesse pour un tournant de carrière radical. Puis-je vous inviter à déjeuner ?

— Dès qu'il s'agit de nourritures terrestres, vous pouvez toujours compter sur moi.

J'imaginai un McDonald's, mais à ce moment-là je

n'avais pas d'autres ambitions. Je donnerais la priorité à un Big Mac au fromage sur tous les mets de la planète.

Il nous fit traverser la ville et se gara dans le parking d'un supermarché, où un type et sa femme avaient transformé une caravane en barbecue escamotable. La plaque mobile en métal était noire, de la dimension d'un évier double, reliée à une chaîne et une poulie qui permettaient de lever ou d'abaisser une tablette. D'épais morceaux de viande étaient posés sur le gril au-dessus des braises, et l'odeur boucanée du bœuf grillé imprégnait l'air. Des petits pains coupés en deux et beurrés attendaient sur le côté.

Un flot continu de voitures pénétrait dans le parking, profitant des nombreuses places de stationnement inoccupées. J'avisai sur une table de jeu des piles de serviettes en papier, d'assiettes et de couverts en plastique, et tout un assortiment de bacs, également en plastique, de salsa et de haricots. À côté se dressaient trois tables pliantes de pique-nique et des transats en aluminium. Une glacière proposait des sodas frais contre une pièce de vingt-cinq cents.

Nous nous garâmes le plus près possible et prîmes la queue derrière vingt-cinq clients au bas mot. L'attente en valait la peine, et je ne fis aucun effort pour manger avec grâce et retenue.

— Seigneur, comment font-ils ? marmonnai-je, la bouche à demi pleine. C'est à mourir !

— Barbecue à la mode de Santa Maria. C'est du contre-filet, m'expliqua-t-il. On le frotte de sel, poivre et ail et on le fait cuire au charbon de chêne rouge.

— Fa-bu-leux !

Nous nous léchâmes les doigts avant d'ouvrir la pochette fournie avec le repas.

— Merci, dis-je quand mes doigts furent propres. Un vrai festin !

— Tout le plaisir était pour moi.

Nous regagnâmes sa voiture, libérant nos transats pour les gens qui attendaient une place. Nous nous attardâmes à l'extérieur, le temps qu'il allume sa cigarette d'après déjeuner. Son vernis sucré de joyeux luron s'était écaillé, laissant émerger un côté plus sombre. Ce n'était pas un homme heureux. Il se dégageait de lui comme une tristesse lourde qui semblait imprégner l'atmosphère. À propos de rien, il me montra sa cigarette.

— Vous savez pourquoi je fais ça ?

— Elle vous interdit de fumer à la maison.

Il me jeta un coup d'œil rapide.

— Comment le savez-vous ?

— Je suis allé chez vous. Il n'y avait pas de cendrier.

— Elle ne plaisante pas sur la discipline.

— Beaucoup de gens réagissent comme elle au tabac, lui glissai-je benoîtement en me gardant de m'inclure dans le lot.

— À qui le dites-vous ! N'importe, on n'est pas là pour parler de ça.

J'omis de demander ce que désignait ce « ça ».

— Parfait, dis-je. Nous pouvons donc parler de Violet.

Il garda le silence un long moment.

— C'était une traînée.

Kathy avait employé le même terme.

— Allons, repris-je. Tout le monde n'a que ce mot à la bouche. Dites-moi quelque chose que je n'aie pas déjà entendu.

J'observai son expression et me demandai ce qui se passait derrière ses yeux.

Il étudia le bout rougeoyant de sa cigarette.

— Kathy est jalouse d'elle.

— Est ou était ?

— Est.

— Ça demande un effort. Il y a trente-quatre ans que Violet a disparu.

— Essayez donc de le lui dire !

— Je croyais qu'elles se connaissaient à peine.

— Pas tout à fait exact. Liza Mellincamp était la meilleure amie de Kathy. Et puis Violet a rappliqué et Liza s'est trouvée prise dans le psychodrame des Sullivan. Les parents de Liza avaient divorcé, ce qui était toute une affaire à l'époque comparé à aujourd'hui. Maintenant, c'est la norme. En ce temps-là, sans être scandaleux, c'était considéré comme vulgaire. Et voilà que se pointe Violet, qu'on montrait déjà du doigt. Elle a pris Liza sous son aile. Kathy ne l'a pas encaissé.

— C'est pour cette raison qu'elle détestait Daisy ?

— Ça, pour la détester, elle la détestait. Daisy était un autre lien avec Violet. Liza passait beaucoup de temps chez les Sullivan. Elle avait aussi un petit ami cet été-là, quoiqu'il ait coupé court à leur relation le week-end de la disparition de Violet.

— Je ne saisis pas. Tant de choses et d'événements semblent liés à Violet… Peut-être pas directement, mais à la périphérie. Vous êtes remercié, la mère de Tannie meurt…

— Parfois je me dis qu'il y a des gens qui portent la poisse. Pas volontairement, mais tout ce qui leur arrive finit par se répercuter sur tout le monde. Le jour où j'ai été viré a été le pire de ma vie. Vingt ans, et tout espoir d'aller à l'université envolé…

— Que pensiez-vous faire ?

— Je ne m'en souviens même plus. Quelque chose de mieux que ce que je fais aujourd'hui. Je n'ai pas une âme de vendeur. Je n'aime pas manipuler les gens. Cramer y voit un jeu, et un jeu auquel il gagne. Moi, ça me rend malade.

— Mais vous semblez réussir… ?

— Vous devriez voir mes factures de carte bleue ! Nous arrivons à peine à joindre les deux bouts. Kathy dépense l'argent plus vite que je ne le gagne. L'inscription au country-club, la nouvelle maison, les vêtements, les vacances… Comme elle n'aime pas faire la cuisine, nous dînons la plupart du temps dehors…

Il s'interrompit et hocha la tête d'un air incrédule.

— Et vous savez le plus drôle ?

— Dites-moi, j'adore rire, lui dis-je.

— Maintenant elle me dit qu'elle a besoin d'« espace ». Elle m'a annoncé ça hier soir ! Que maintenant que les filles sont parties ou tout comme, il est temps pour elle de réévaluer ses objectifs !

— Le divorce ?

— Elle n'a pas prononcé le mot, mais ça revient à ça. Le mariage de Tiffany va l'occuper un moment, mais après, chacun pour soi. En attendant, elle pense que je devrais habiter de mon côté. Hier, quand elle m'a téléphoné… J'espérais qu'elle avait changé d'avis, mais elle voulait s'assurer que je ne vous en parlerais pas !

— Hou-là.

— Oui, hou-là… J'ai passé des années à filer doux, à lui donner tout ce qu'elle voulait. Pour tout le bien que j'en ai tiré… Maintenant c'est la liberté qu'elle réclame et je suis censé régler la note pour ça aussi. Probable qu'elle a un jules dans les coulisses. Pas que je lui aie jamais posé la question. N'importe comment elle m'aurait menti, alors à quoi bon ? Le seul avantage, c'est que je n'aurai plus à écouter ses conneries.

— Vous n'envisagez pas de voir un conseiller conjugal ?

— Qui me conseillerait quoi ? Elle n'admettra jamais qu'on a un problème, juste qu'elle a besoin de prendre du « recul », pour y voir « plus clair ». Je me trouverais mieux de préciser mes options moi aussi, de prendre un as du barreau et d'intenter une action en divorce avant qu'elle le fasse. Ça lui ficherait les jetons.

— Je suis désolée. J'aimerais pouvoir vous aider.

— Qui parle d'aide ? Un petit entracte marrant ne serait pas de trop.

— Peut-être qu'elle est sincère, qu'elle a besoin de respirer.

— Mon œil ! Elle a dû mijoter son coup depuis des mois, attendre qu'on ait emménagé pour m'assener ça !

Il fuma en silence, lui appuyé contre la portière du côté conducteur, moi calée contre l'aile à son côté, tous les deux à regarder la foule qui s'éclaircissait autour du barbecue. Telle une thérapeute chevronnée, je laissai le silence s'étirer, curieuse de savoir ce qu'il allait bien trouver pour le combler. J'étais à deux doigts de perdre patience et de sauter moi-même dans le vide, lorsqu'il reprit la parole.

— Il y a une chose que je n'ai jamais dite à personne au sujet de Violet. C'est un détail, mais ça continue à me tourmenter. La nuit où elle a disparu… j'ai vu la voiture.

J'évitai de le regarder pour ne pas rompre le charme.

— Où ?

— Au-delà de New Cut Road. La nuit était tombée depuis longtemps. On construisait la nouvelle route et tout était défoncé. Je roulais depuis des heures, je n'avais jamais été aussi découragé de ma vie. Sauf maintenant peut-être, ajouta-t-il avec une ironie froide.

Mes cheveux se hérissèrent sur ma nuque, mais je ne voulais pas le bousculer.

— Que faisait-elle… ? Violet ?

— Je ne l'ai pas vue. Juste la Bel Air. Je me suis dit qu'elle avait un problème, qu'elle était à court d'essence peut-être, mais je m'en foutais. Je me suis dit, puisqu'elle est si maligne, qu'elle se débrouille. Après, quand j'ai appris sa disparition, j'aurais dû le signaler à la police. Au début, j'ai pensé que c'était sans importance, plus tard j'ai eu peur que les flics croient que j'étais pour quelque chose dans cette histoire.

— Cette « histoire » ?

— Ce qui lui est arrivé, et j'ignore quoi.

— Pourquoi vous ?

— Ça crevait les yeux ! J'avais perdu mon emploi à cause d'elle et j'étais furieux.

— Bizarre. Si elle avait été en panne d'essence, le pompiste l'aurait revue à la station.

— Mmm… Je me suis dit que quelqu'un d'autre aurait vu la voiture, mais personne n'en a jamais parlé. C'était en plein bled, mais je n'arrive toujours pas à croire que j'aie été le seul à repérer la voiture. Comme le bureau du shérif n'avait recueilli aucun indice, j'ai décidé de laisser tomber.

— Et vous n'en avez jamais parlé à personne ?

— Si, à Kathy, me dit-il. C'était après notre mariage. Je ne suis pas pour les cachotteries dans un couple et ça me trottait dans l'esprit. Si bien qu'un soir où j'avais trop bu, je lui ai lâché le morceau. D'après elle, ça n'avait aucune importance. Elle m'a dit ne plus y penser et j'ai suivi son conseil. L'inspecteur m'avait déjà interrogé à deux reprises, comme il le faisait avec tout le monde, mais il ne m'a jamais demandé quand je l'avais vue pour la dernière fois, et moi je n'ai pas fait de zèle.

— Et la voiture était garée là-bas ?

— Exact. À quinze, vingt mètres du bord de la route. Je la voyais dans mes phares, comme en plein jour.

— Vous êtes sûr que c'était sa voiture ?

— Sûr et certain. C'était la seule du genre dans le comté. Elle n'avait pas cessé de la conduire depuis la minute où Foley la lui avait offerte. Je suis formel, c'était sa voiture.

— Elle avait peut-être crevé ?

— C'est possible. Je ne l'ai pas vu, mais ç'aurait pu être ça. Ou autre chose.

— Le moteur tournait ou bien était-il éteint ?

— Éteint, et les phares aussi. La route était vraiment impraticable et j'avais ralenti pour m'arrêter et faire demi-tour. C'est alors que j'ai aperçu la voiture. J'ai baissé la vitre pour mieux voir, mais rien ne bougeait. Strictement rien. J'ai même attendu deux minutes, mais il ne s'est rien passé et je me suis dit au diable ! et j'ai refait le trajet en sens inverse.

— Aurait-elle pu s'arrêter pour sortir le chien ?

— Je n'ai pas vu le chien. Sur le moment, il ne m'est pas venu à l'idée qu'il y avait quelque chose d'anormal. Maintenant, je n'en sais rien.

14

Winston nous conduisit jusqu'à la portion de New Cut Road où il avait aperçu la voiture de Violet. Je voulais voir l'endroit, mais sans m'attarder, car le devoir l'appelait.

Il se mit à rire quand je lui fis part de mon souci.

— Ne vous tracassez pas. Chet ne va pas me virer. Je suis l'andouille qui paie les factures de sa fille.

Il prit l'A 166 à l'est après Cromwell et au bout de cinq kilomètres tourna et s'engagea directement dans New Cut Road, dont le tracé en diagonale coupait l'A 1 en direction du sud. Avant septembre 1953, date d'achèvement des travaux, les automobilistes étaient obligés de faire un détour de plusieurs kilomètres pour aller de Santa Maria à Silas, Arnaud ou Serena Station. L'ancienne demeure des Tanner apparut, sa façade Tudor faisant tache dans le paysage maintenant que je la revoyais. De l'autre côté de la route, les champs avaient été ensemencés et moissonnés, laissant subsister ici et là une brume impalpable de minces tiges chaume dans l'herbe foisonnante.

Winston s'arrêta dans l'allée des Tanner et nous descendîmes de voiture. Je laissai mon sac à l'intérieur, mais pris ma carte.

— Quelque part par ici, me dit-il avec un geste vague. Je me rappelle les engins de chantier et de gros monticules de terre. On procédait au nivelage de la route, et il y avait une rangée de grands cônes orange et une barrière provisoire devant la portion non stabilisée pour dévier la circulation, même s'il n'y en avait guère. Mais là, j'ai du mal à localiser l'endroit exact.

Il traversa la route, je le suivis et le regardai pivoter sur lui-même. Il recula de quelques pas, essayant de trouver des repères.

— Je ne m'étais pas rendu compte que la route était si proche de la propriété des Tanner. Je suis presque sûr que la barrière se trouvait là-bas, dans cette direction, comme une grande déviation, mais je peux me tromper.

— C'est peut-être comme pour une maison en construction. Quand on n'a que la dalle de béton, les pièces paraissent minuscules. Puis les murs s'élèvent, et brusquement tout paraît plus grand.

Il sourit.

— Bien vu. Je n'y avais jamais réfléchi. On penserait que ce serait plutôt l'inverse.

— Auriez-vous pu la doubler sur la route ? Si elle avait un ennui de voiture, elle aurait pu partir à pied jusqu'au téléphone le plus proche.

— Non, impossible que je l'aie manquée si elle avait été dans les parages. J'ai bien regardé, mais comme vous le voyez vous-même, elle aurait dû marcher sur des kilomètres. C'est drôle, jusqu'à maintenant j'avais sorti ce détail de mon esprit parce que je me sentais coupable et ne voulais pas y penser. J'aurais dû m'arrêter pour voir ce qui se passait.

— Cessez de vous tourmenter. C'est probablement sans importance dans le tableau d'ensemble.

— Sans doute. Elle aurait suivi son idée en se fichant pas mal de moi. Je regrette seulement de ne pas m'être comporté en gentleman et avoir fait le nécessaire.

— Par ailleurs, elle ne vous avait pas franchement rendu service…

J'ouvris la carte, puis la pliai en trois de façon à vérifier la distance relative entre les différents points.

— Une chose m'intrigue. La station-service proche de Tullis se trouvait tout au plus à cinq kilomètres d'ici. Elle avait fait le plein aux alentours de six heures et demie ; difficile de l'imaginer si vite à court d'essence.

Il haussa les épaules.

— Peut-être qu'elle attendait quelqu'un. C'est un coin complètement paumé. Moi, je passais là par un pur hasard. J'avais roulé sans but précis. En arrivant ici, je me suis rendu compte qu'il était impossible d'aller plus loin. C'était, au sens propre, le bout de la route.

— Avez-vous vu d'autres voitures ?

— Non. Je me rappelle juste qu'il faisait noir comme dans un four. J'entendais juste les détonations assourdies du feu d'artifice à Silas. Ça venait de là-bas.

— Donc, ce devait être avant neuf heures et demie, heure à laquelle le spectacle s'est terminé.

— Exact. Je n'y avais pas pensé.

— Foley jure qu'il était au parc et à ce que je comprends, il y avait des témoins prêts à le confirmer. En attendant, que faisait-elle ici ? À neuf heures et demie elle aurait eu le temps de faire plus de trois cents kilomètres…

Nous parlâmes de choses et d'autres pendant le trajet du retour. Quand nous arrivâmes au garage, Winston me déposa à ma voiture. Je sortis et me penchai par la vitre.

— Merci pour le déjeuner, lui dis-je. Et je ne saurais assez vous exprimer ma gratitude de m'avoir parlé de la voiture. Rien ne dit que ça ait de l'importance, mais c'est un nouvel élément très encourageant.

— Vous m'en voyez heureux.

— Une dernière question et je vous libère. Cette histoire entre Kathy et vous, c'est secret défense ?

— Vous voulez dire « confidentiel » ? Absolument pas.

— Je vous pose la question parce que je vois Daisy tout à l'heure, pour lui faire le point. Mais je peux très bien garder l'information pour moi si vous préférez.

— Je me moque qu'on le sache. Kathy passe son temps à parler de nos problèmes à qui veut l'entendre ; à papoter avec ses copines et à partager leur opinion du moment qu'elle se conforme à la sienne. Vous êtes libre de le dire à qui ça vous chante. Plus on est de fous, plus on rit… À son tour d'en faire l'expérience.

Après l'avoir quitté, je me garai dans une petite rue et pris des notes. J'avais été l'heureuse bénéficiaire de la hargne de Winston contre sa femme. Son histoire de voiture suscitait plus de questions qu'elle n'en résolvait, mais au moins il avait placé Violet sur New Cut Road, alors que le bureau du shérif pensait qu'elle était déjà loin. Ou morte. Mais si Foley l'avait tuée et enterrée, comment avait-il procédé ? Le parc de la petite ville qu'était Silas se trouvait à dix kilomètres de là. D'accord, on relevait un blanc de trois heures entre la fin du feu d'artifice et son retour à la maison, mais il aurait mis autant de temps à aller à pied jusqu'à New Cut Road et en revenir. Et qu'aurait-il fait de la voiture ? Winston avait suggéré que Violet attendait peut-être quelqu'un, auquel cas les deux auraient pu filer au plus vite dès qu'il se serait pointé. Cette hypothèse avait au moins l'avantage de cadrer avec les faits. Oui, mais le chien ?

D'après tous les témoignages, Bébé ne cessait de japper. Pourquoi Winston ne l'avait-il pas entendu ?

À quatre heures pétantes je me présentai à la porte de Liza Clements. La maison n'avait rien de remarquable, une longue boîte à pans de bois avec une véranda banale sur le devant. Ce secteur de Santa Maria était joliment entretenu, bien qu'il ait connu des temps meilleurs. Les arbres et les buissons s'étaient trop développés pour la dimension des parcelles de terrain, mais personne n'avait le cœur de les supprimer. Du coup, le soleil ne pénétrait pas dans les jardins et les fenêtres avaient la vue bouchée par des conifères plus hauts que les toitures. L'ombre créait une sensation de froid qui enveloppait comme d'un suaire toutes les maisons du quadrilatère.

La femme qui m'ouvrit faisait plus jeune que son âge. Elle était en tennis, pantalon baggy et veste de cuisinier à double boutonnage sur le devant. Ses cheveux blonds lui arrivaient aux épaules, séparés par une raie au milieu et coincés derrière les oreilles. Elle avait les yeux bleus, d'épais sourcils droits, et une grande bouche. À quoi s'ajoutait un teint clair et crémeux, relevé par un semis de taches de rousseur sur le nez. Un médaillon d'argent en forme de cœur scintillait dans l'encolure en V de sa chemise. Elle me regarda sans réagir.

— Oui ?

— Vous êtes Liza ?

— Oui.

— Je suis Kinsey Millhone.

Il lui fallut un autre demi-battement de cœur pour me remettre, puis elle porta la main à sa bouche.

— Oh ! J'avais oublié que vous veniez ! Je suis impardonnable. Je vous en prie, entrez.

— C'est le bon moment ?

— Impeccable. Je ne voulais pas vous rembarrer hier,

mais j'étais déjà rendue à la moitié de l'allée quand j'ai entendu le téléphone.

J'entrai dans une salle de séjour de trois mètres sur trois mètres cinquante, meublée en Pier Import avec peu de moyens mais un remarquable sens de la décoration : rotin, coussins indonésiens rembourrés à motifs brun et noir au pochoir, un tapis en jonc de mer au sol et une profusion de plantes vertes qui, à bien y regarder, se révélèrent artificielles.

— Ne vous faites pas de souci. Merci de me recevoir aujourd'hui. Vous êtes cuisinière ?

— Sans formation reconnue. Je fais des gâteaux comme passe-temps, mais depuis des années. Surtout des pièces montées pour les mariages, mais aussi presque tout ce que vous voulez d'autre. Si vous vous asseyiez ?

Je pris un des fauteuils en rotin blanc garnis de coussins de grosse toile formant l'assise et le dossier.

— Le propriétaire de mon appartement était boulanger de son métier, lui dis-je. Il a pris sa retraite, mais il continue à faire des gâteaux à la moindre occasion. Votre maison sent comme la sienne, la vanille et le sucre chaud.

— Il y a si longtemps que je vis avec que je ne la remarque même plus. On finit par perdre l'odorat. Mon mari a toujours pensé que c'était l'odeur de la maison.

— Vous êtes mariée ?

— Pas pour l'instant. Divorcée depuis six ans. Il a une entreprise de location de salles de réception en ville. Nous sommes restés en bons termes.

— Vous avez des enfants ?

— Un garçon, me répondit-elle. Kevin et sa femme, Marcy, attendent leur premier bébé, une fille, dans les dix jours qui viennent, sauf si elle se fait désirer. Ils vont lui donner mon prénom, Elizabeth, mais ils pensent l'appeler Libby.

Ses doigts effleurèrent le médaillon, comme pour conjurer le sort.

— Vous paraissez trop jeune pour être grand-mère.

— Merci. Je meurs d'impatience ! s'exclama-t-elle. En quoi puis-je vous être utile ?

— Daisy Sullivan a fait appel à moi dans l'espoir de retrouver sa mère.

— C'est ce que j'ai entendu dire. Vous avez déjà vu Kathy Cramer.

— Une femme sympathique, dis-je en espérant que le Seigneur ne m'arracherait pas la langue.

Elle sourit et coinça une mèche derrière son oreille.

— Je vous souhaite bonne chance. Je serais très heureuse de savoir ce qu'est devenue Violet. Elle a changé le cours de ma vie.

— Vraiment ? En mieux ou en moins bien ?

— Oh, en mieux ! Indiscutablement. C'est la première adulte à s'être intéressée à moi. Une révélation, non ? J'ai grandi à Serena Station, le bled le plus pourri de la Création ! Vous y êtes allée ?

— Daisy m'a fait visiter. On dirait une ville fantôme.

— Maintenant. À l'époque, il y avait bien plus d'habitants, mais terriblement assommants et conventionnels ! Violet était une bouffée d'air pur, si vous me permettez ce cliché. Elle se contrefichait des règles et ne tenait aucun compte de l'opinion des gens. Elle avait une belle liberté d'esprit ! À côté d'elle, tout le monde paraissait borné et ennuyeux comme la pluie.

— De toutes les personnes que j'ai interrogées, vous êtes la première à m'en dire du bien.

— Déjà à l'époque, j'étais la seule à la défendre. Je comprends maintenant qu'elle avait une tendance à l'autodestruction. Elle était impulsive, ou plutôt « excessive ». Elle attirait les gens et les repoussait à la fois.

— Comment ça ?

— Je pense qu'elle leur rappelait tout ce qu'ils attendaient de la vie mais sans avoir le courage de le rechercher.

— Était-elle heureuse ?

— Oh, non ! Pas du tout. Elle ne rêvait que d'une chose : partir. Elle en avait ras-le-bol d'être pauvre et de se faire tabasser par Foley.

— Donc, vous croyez qu'elle s'est enfuie.

Elle me regarda d'un air ahuri.

— Évidemment !

— Comment s'est-elle débrouillée ?

— Comme pour tout le reste. Elle savait ce qu'elle voulait et elle était plus maligne que tous ceux qui se dressaient sur sa route.

— Intraitable, à vous entendre.

— Là encore, tout est question de vocabulaire. Je dirais « déterminée », mais ça revient parfois au même. Ça m'a brisé le cœur qu'elle soit partie sans même un au revoir. Mais, là encore, je ne pouvais que lui dire : « Pars et que Dieu te garde. » Je ne l'aurais pas formulé ainsi à quatorze ans, mais c'est ce que je ressentais. Je ne supportais pas son départ, mais j'étais heureuse pour elle. Vous comprenez ce que je veux dire ? Elle a vu une possibilité, elle l'a saisie au vol. Une porte s'est ouverte, elle a filé comme une flèche. Je l'ai admirée de l'avoir fait.

— Elle a dû vous manquer.

— Atrocement au début. Nous parlions toujours de tout ensemble et brusquement, plus personne. J'étais anéantie.

— Comment avez-vous réagi ?

— Que pouvais-je faire ? J'ai appris à vivre sans elle.

— Elle n'a jamais donné signe de vie ?

— Non, mais j'étais si sûre qu'elle le ferait ! Même juste une ligne sur une carte postale, ou sans rien d'écrit dessus. Le cachet de la poste aurait suffi. Quelque chose, n'importe quoi, pour me dire où elle s'était posée. Je l'imaginais à Hawaii, ou dans le Vermont… un endroit complètement différent d'ici. J'ai guetté le courrier pendant des mois, mais je pense qu'elle n'a pas voulu courir le risque.

— Je ne vois pas en quoi une carte postale l'aurait mise en difficulté.

— Détrompez-vous ! Sonia, la responsable du bureau de poste, l'aurait repérée en triant le courrier. Moi, je ne l'aurais dit à personne, mais ça se serait su. Sonia était incapable de tenir sa langue, et Violet le savait bien.

— Vous êtes la dernière personne à avoir été directement en contact avec elle.

— Je sais et j'y ai repensé cette nuit. Ça tourne en boucle dans mon esprit. Vous savez, comme une chanson qu'on a dans la tête et qu'on ne peut pas arrêter, quoi qu'on fasse ? C'est comme ça, avec elle. Même maintenant. Enfin, peut-être pas autant. Les images s'estompent, c'est sûr, mais vous savez quoi ? Je sens une odeur de violette et *pan !*, elle est de nouveau là. J'en ai les larmes aux yeux.

— Vous est-il jamais venu à l'idée qu'il lui soit arrivé quelque chose ?

— Vous voulez dire, un meurtre ? Le bruit en a couru, mais je n'y ai pas cru un seul instant.

— Pourquoi non ? Vous aviez vu ce que lui avait fait Foley. L'idée que ça aurait pu mal tourner ne vous a jamais effleurée ?

Elle fit signe que non.

— J'ai cru à autre chose. J'étais passée un peu plus tôt ce jour-là, et j'avais vu des sacs en papier marron sur la chaise. J'ai reconnu plusieurs de ses affaires préférées sur le dessus et je lui ai demandé ce qu'elle faisait. Elle m'a répondu qu'elle avait rangé sa penderie et que tout partait à Good Will. Ça m'a paru une idée loufoque, même à l'époque. Après… je veux dire après sa disparition, j'ai compris qu'elle avait fait ses bagages.

— Pour aller où ?

— Je l'ignore. Chez une amie ? Elle avait sûrement un point de chute.

Je tiquai.

— Elle n'a rien dit là-dessus ?

— Pas un mot. Foley était parti je ne sais où, et j'étais passée sans but précis. Elle a changé de sujet et j'ai laissé tomber.

— Comment se fait-il que je n'en aie jamais entendu parler ? J'ai lu tous les articles de presse sur Violet, mais je n'y ai relevé aucune mention de ces sacs de vêtements.

— Je ne sais pas quoi vous dire. J'en ai parlé aux adjoints du shérif, mais c'est à croire qu'ils ne voulaient rien entendre. À ce moment-là ils cuisinaient Foley sur son emploi du temps le samedi soir. J'ai préféré ne pas insister. J'ai pensé que si elle n'avait rien dit, c'est qu'elle voulait que personne ne le sache.

— Mais vous pensiez forcément que quelqu'un contacterait les autorités une fois qu'on aurait signalé sa disparition. On aurait pu prévenir la police sans compromettre la sécurité de Violet.

— Absolument, mais il y a eu deux articles dans les journaux et, comme personne n'a réagi, j'ai pensé que j'avais dû me tromper. Qu'elle pouvait avoir quitté la ville.

— Et c'est ce que vous leur avez dit ?

— Ma foi, non. Je craignais que, s'ils pensaient qu'elle s'était enfuie, ils posent des barrages sur la route ou je ne sais quoi.

— Pour quelle raison ? C'était une adulte. Si elle partait de son plein gré, ils n'auraient pas eu le droit de l'en empêcher. La police a autre chose à faire que traquer les conjoints en rupture de ban, à supposer que ç'ait été le cas.

Je veillai à ne laisser percer aucun reproche. Elle avait quatorze ans à l'époque et m'exposait son raisonnement d'adolescente, que la maturité ou l'intuition profonde n'avait pas encore assagie.

— Oh, vous avez sûrement raison, mais je n'ai pas compris à ce moment-là. Foley était une boule de nerfs, et je ne voulais pas qu'il l'apprenne non plus ; j'avais peur qu'il se lance à sa poursuite.

— Mais ça faisait combien de temps… cinq jours ? Six ? Elle avait eu le temps d'aller jusqu'au Canada.

— Justement. Je me suis dit que, plus elle aurait d'avance, plus elle serait à l'abri.

Intérieurement, je levai les yeux au ciel.

— Et ça ne vous gênait pas que votre silence risque d'envoyer Foley à la chaise électrique ?

— Il s'y était mis tout seul. Je ne lui ai rien fait.

— Il a toujours affirmé qu'elle s'était enfuie. Vous auriez pu appuyer ses dires.

— Pourquoi l'aurais-je aidé ? Il la battait depuis des années sans que personne ait jamais protesté. Elle a fini par le plaquer et tant mieux pour elle. Il pouvait cuire dans son jus, je n'en avais rien à faire. Je n'aurais pas levé le petit doigt !

— Une chose m'étonne : pourquoi m'en parler à moi alors que vous n'y avez jamais fait allusion avant ? Les reporters ont dû vous poser des questions.

— Je ne leur devais rien. D'abord, je n'aime pas les journalistes. Le nom qu'ils se donnent… « journalistes d'investigation ». N'importe quoi ! Comme s'ils croyaient qu'ils allaient décrocher le Pulitzer comme ça. Ils étaient immondes, et la plupart du temps ils m'accablaient de questions comme si j'étais à la barre des témoins ! Ils n'avaient qu'un souci en tête : augmenter les ventes et se faire mousser.

— Et le bureau du shérif ? Vous n'avez pas eu envie de repasser les voir pour rectifier les choses ?

— Hors de question. Ils en faisaient une affaire à l'échelon fédéral et leur dire un seul mot me terrifiait. Je suis disposée à le reconnaître maintenant parce que j'éprouve beaucoup d'affection pour Daisy et suis heureuse qu'elle ait pris cette décision.

Je réfléchis un instant. Sa réponse cadrait-elle avec ce que je savais ?

— Un autre élément est apparu aujourd'hui. Winston Smith m'a dit avoir vu sa voiture dans New Cut Road ce soir-là. C'était un peu avant la fin du feu d'artifice parce qu'il entendait le bruit des fusées au loin. Il n'a pas vu Violet ni le chien, mais il connaissait la Bel Air. Ce que je ne comprends pas, c'est ce qu'elle faisait encore là si elle était partie de chez elle à six heures et quart.

Liza hocha la tête.

— Je ne peux pas vous éclairer. Quel rapport avec cette histoire ?

— Aucune idée.

— Mais lui, pourquoi n'en a-t-il pas parlé plus tôt ? Ça vous surprend que je n'aie parlé de rien, mais lui aurait pu dire quelque chose il y a des années !

— Il l'a fait. Il en a parlé à Kathy, mais elle n'a pas relevé. Vu les circonstances, plus il gardait le silence, plus il lui était difficile d'en parler. Si elle lui avait donné le moindre encouragement, il aurait pu communiquer l'information.

L'expression de Liza se teinta d'un ombre de dégoût.

— J'ignore dans quelle mesure on peut se fier à lui. Kathy et lui ont de gros problèmes. Probable qu'il dirait n'importe quoi pour la montrer sous un mauvais jour.

— Peut-être, mais ça étaie les affirmations de Foley.

— Je n'ai jamais dit que Foley l'avait tuée. Bien au contraire.

— Mais beaucoup de gens en sont convaincus. Sa vie a été démolie. La question est la suivante : la voiture se trouvant au diable et lui au parc, comment aurait-il pu la tuer et filer ?

— Veine de cocu ?

— Je ne plaisante pas.

— Pardon. Je ne voulais pas être grossière.

— Y a-t-il un point précis que j'aie négligé ?

Elle regarda par terre, détourna les yeux vers le sol, passant visiblement en revue les divers scénarios.

— Pas que je le croie, mais juste à titre d'hypothèse… Et si elle était déjà morte à ce moment-là ?

— C'est une possibilité, dis-je. Mais si Foley était l'assassin, comment aurait-il mené son affaire ? Il est resté au parc jusqu'à la fin du feu d'artifice, ensuite il est passé au Moon. Comment aller là-bas, se débarrasser du corps, et ensuite de la Bel Air ? Il n'a pas de moyen de transport parce qu'il a laissé son pick-up en gage et qu'elle conduit la seule voiture qu'ils possèdent.

— Il aurait pu en emprunter une, voire la voler. Il fait le trajet et il l'enterre. Où est la difficulté ?

— Mais il se retrouve alors avec deux voitures, la Bel Air et celle qu'il a empruntée ou volée. Vous m'avez dit qu'il est rentré après minuit, mais, même, ça ne lui laisse pas assez de temps. Qu'aurait-il fait de la voiture ? S'il l'a précipitée dans le vide, moteur en marche, ou poussée dans un ravin, il a été obligé de revenir à pied jusqu'à la voiture d'emprunt et la prendre pour rentrer chez lui. Trop compliqué, et bien trop éreintant. Il y aurait passé la nuit entière.

Du rose lui monta aux joues.

— Vous ne savez même pas si Violet était vraiment là. Vous bâtissez juste des hypothèses. Elle aurait aussi bien pu abandonner sa voiture et partir avec quelqu'un d'autre.

— Ah… Vous avez raison. L'idée me plaît. Mais après ? Un voleur de voiture arrive à point nommé pour filer avec sa Bel Air ?

Liza commençait à s'énerver.

— Pourquoi pas ? Honnêtement, je m'en contrefiche. Ce qui m'intéresse, c'est de savoir ce qui lui est arrivé à elle, pas à la voiture.

— D'accord. On laisse tomber. Revenons à nos moutons et posons qu'elle s'est enfuie avec un type. Vous avez une idée de qui ?

— Je ne l'ai jamais vue avec personne. Et même, je ne suis pas sûre que je vous le dirais.

— Vous voulez toujours la protéger.

— Probable que oui. S'il y avait un bonhomme et qu'on découvre qui, la police aurait une piste pour la retrouver.

— Vous m'avez bien dit que vous vouliez aider Daisy ? Si vous avez des idées, j'aimerais les connaître.

— Je n'ai pas dit ça. J'ai dit que j'étais heureuse qu'elle prenne cette initiative pour son bien à elle. Je ne fais pas entrave à l'action de la justice. Je veux dire… et si Violet ne veut pas qu'on la retrouve ? N'a-t-elle pas le droit de vivre sa vie ?

— Malheureusement, les intérêts de Daisy ne coïncident pas forcément avec ceux de sa mère.

— Écoutez, tout ce que je sais, c'est que je n'apprécie pas de me retrouver prise comme ça entre les deux. Je vous ai dit tout ce que je savais. Le reste, c'est votre affaire. J'espère que Daisy aura ce qu'elle veut, mais pas aux dépens de Violet.

— D'accord, lui dis-je. J'imagine qu'au bout du compte c'est à elles de régler le problème. Je la retrouverai si je peux. À elles de décider de la suite. Daisy lutte contre un profond sentiment de rejet. Elle refuse de croire que sa mère soit partie sans même jeter un regard en arrière.

— Violet ne la rejetait pas forcément. Peut-être disait-elle oui à autre chose.

— Et on tire un trait ? Elle a fait passer ses intérêts avant ceux de Daisy.

— Elle ne serait pas la première femme à le faire. Parfois les choix sont durs. Si elle avait un bonhomme et qu'il était vraiment bien pour elle, ça en valait peut-être le prix. Pas que je la défende à tous crins, mais la malheureuse n'est pas là pour le faire.

— Non, bien sûr. Je comprends... Elle comptait beaucoup pour vous.

— Erreur. Elle ne « comptait pas beaucoup » : elle était tout pour moi.

— Ce qui vous met, Daisy et vous, dans le même bateau.

— Pas tout à fait. Je ne crois pas que je m'en remettrai jamais, mais je suis là et la vie continue. Daisy devrait apprendre à en faire autant.

— Elle y parviendra peut-être un jour, mais pour l'instant elle se sent complètement engluée.

Il y eut un silence pendant lequel, en panne de questions, je repensai à tout ce qu'on m'avait raconté.

— Qu'est devenu votre soupirant ?

— Hein ?!

— Votre soupirant. Vous sortiez avec un garçon à l'époque, non ?

— Ty Eddings. Comment le savez-vous ?

— Quelqu'un y a fait allusion. Je ne me rappelle plus qui. Nous parlions de tout ce qui s'était passé pendant ce laps de temps précis. Tous les deux, vous avez rompu, c'est bien ça ?

— Plus ou moins. Il est parti un jour après Violet.

— Parce que… ?

— Aucune idée. Je veux dire… on ne s'était pas disputés. Le dimanche matin, nous devions nous voir et passer la journée ensemble. Au lieu de quoi sa mère est arrivée de Bakersfield et l'a embarqué. Je n'ai plus jamais entendu parler de lui après.

— Ç'a dû être un coup.

— Plutôt. C'était l'amour de ma vie. Un garçon pas fréquentable, mais adorable. J'étais folle de lui. Il avait dix-sept ans… trois ans de plus que moi. Il avait eu des ennuis, absentéisme scolaire et mauvaises notes, ce genre de choses. Ses parents l'avaient envoyé à Serena Station pour qu'il prenne un nouveau départ. Je pensais que tout roulait pour lui.

— Il n'y avait rien entre Violet et lui ?

— Vous voulez dire qu'elle se serait enfuie avec lui ?

— Les mauvais garçons attirent les natures rebelles.

— Ah… je vois à quoi vous pensez, mais non, impossible. Nous ne nous quittions pas une minute, et quand je n'étais pas avec lui, j'étais avec elle.

— Juste une idée.

— Ce n'est pas lui. Je peux vous le garantir.

— Vous avez subi deux chocs, coup sur coup, en perdant Ty et Violet pratiquement le même jour.

Elle eut un sourire fugace.

— Question de chance… Vous jouez les cartes qu'on vous a distribuées. Inutile de s'appesantir dessus après.

15

TOM

mercredi 1er juillet 1953

Tom Padgett tuait le temps au Blue Moon ; il en était à sa deuxième bière et philosophait sombrement sur la vie. Avec le recul, il visualisait l'enchaînement des faits, de minces fragments de réalité alignés comme les piquets d'une clôture. Peut-être moins les piquets que les intervalles entre eux. En trois mois, ses yeux s'étaient ouverts, et il avait pris brusquement conscience que le monde n'était pas comme il l'imaginait… honnête, équitable, juste. Les gens étaient cupides et égocentriques. Ils ramenaient tout à eux. Cette découverte l'avait vraiment secoué, même si elle semblait l'évidence au reste des gens. En un laps de temps incroyablement court, il était passé de l'espoir et de l'optimisme à une vision beaucoup plus pessimiste de la nature humaine, jusqu'au moment où il avait enfin compris, à contrecœur, qu'il n'était pas de ceux qui ont voix au chapitre et n'en avait peut-être jamais été.

Le premier indice de ce qui s'annonçait remontait sans doute à une séance de conseil conjugal au printemps.

Au 1er avril, pour être exact, ce qui aurait dû le mettre sur la piste… Cora et lui étaient mariés depuis trois ans, et en bisbille depuis presque deux ans. Deux chiens se disputant une serviette, chacun accroché à son bout en secouant et tirant, mais sans qu'aucun ne cède de terrain. Une lutte de pouvoir pour l'essentiel, et la mesure de ce pouvoir était liée au contrôle des fonds, dont elle possédait le plus gros morceau. Impossible de se rappeler qui avait suggéré ce rendez-vous avec le pasteur de la paroisse qu'ils fréquentaient, Cora et lui. Lui-même n'était guère pratiquant, mais Cora attachait de l'importance à la religion et il n'était pas allé chercher plus loin. À cinquante-six ans, évidemment, elle se rapprochait plus du repos éternel que lui à quarante et un, et ce fait avait peut-être joué. Il avait juré à qui voulait l'entendre qu'il se moquait de leur différence d'âge, mais il sentait bien que ça ne s'arrangerait pas avec le temps. Cora faisait ses cinquante-six ans jusqu'au bout des ongles ! Son visage, déjà peu avenant, s'était brusquement effondré en l'espace d'un an, juste après qu'elle avait soufflé ses cinquante-cinq bougies. Pourquoi ? Mystère, mais on aurait dit qu'on avait tiré une chaîne et qu'un rideau de rides était tombé d'un coup sur son visage. Vu les plis, son cou ressemblait à un truc oublié dans le sèche-linge des jours durant. Ses cheveux s'étaient raréfiés. Elle continuait d'aller deux fois par semaine chez le coiffeur pour se les faire crêper et ramener en arrière afin de leur donner du volume. L'ennui, c'est que lui voyait son cuir chevelu entre les mèches. Elle avait besoin de se rassurer en permanence, n'importe quoi pour compenser son manque de confiance en elle. La seule chose qui lui en donnait, de la confiance, c'était l'épaisseur de son compte en banque… Tom abordait la force de l'âge, mais sans s'être distingué comme il l'avait espéré. En partie par la faute de Cora, parce qu'elle disposait des ressources voulues pour le mettre en selle, mais avait refusé de lever un doigt. Ce qui les avait conduits dans le bureau du pasteur. Tom avait lu en diagonale l'Ancien et le Nouveau Testament, et leurs nombreuses injonctions sur les devoirs de l'épouse envers son mari n'étaient pas pour lui déplaire. Elle se devait d'être sa compagne et de le seconder, soumise en tout. Première épître de Pierre, III, versets 1 à 12.

Voilà ce qu'il avait espéré faire valoir.

Eh bien, pas du tout !

Le pasteur, d'un ton benoît et plein d'onction, lui avait demandé où, d'après lui, se situait le problème.

Tom avait sa réponse toute prête.

— En un mot, je vois le mariage comme un partenariat entre égaux, comme une équipe, or nous sommes loin du compte. Elle ne croit pas en moi, ce qui sape toute la confiance que je pourrais avoir en moi-même. Je ne suis pas exégète, mais ça me paraît contraire aux Écritures.

Cora avait embrayé aussi sec, exposant son point de vue au pasteur.

— Mais nous ne sommes pas des égaux. J'ai apporté une fortune dans cette union, lui n'avait pas un cent. Je ne comprends pas pourquoi je devrais sacrifier la moitié de mon bien pour qu'il se sente un homme à part entière.

— Je vous entends bien, Cora, avait dit le pasteur, mais un peu de générosité s'impose.

Cora l'avait regardé d'un air interloqué.

— De générosité ?

Le pasteur s'était tourné vers lui.

— Tom ?

— Je ne lui demande pas un cent ! Tout ce que je veux, c'est un coup de pouce pour retomber sur mes pieds.

— C'est à elle qu'il faut adresser vos remarques.

— Bien sûr. Naturellement. Je ne demande pas mieux… Cora, ce que je ne comprends pas, c'est ton attitude. Ce n'est pas comme si tu avais gagné cet argent à la sueur de ton front. C'est Loden Galsworthy qui s'en est chargé. Quand tu l'as rencontré, tu étais employée de bureau dans un magasin de tissus. C'était un fin renard. Ses salons funéraires font un tabac, et j'admire sa réussite. Qui d'autre aurait eu l'esprit assez morbide pour faire de l'argent sur le dos des morts ? Je te demande seulement de me laisser une chance de te prouver que je suis aussi bon, sinon meilleur.

— Pourquoi veux-tu à tout prix rivaliser avec lui ?

— Absolument pas ! Comment rivaliser avec un mort ? Cora, je ne cours pas après ton argent. Ce n'est pas dans ma nature. Donne-moi la moitié d'une chance et je te le prouverai. Tout ce qu'il me faut, c'est la mise de départ.

— Loden s'est débrouillé sans l'aide de personne. Il a gagné cet argent tout seul.

— Mais il venait d'un milieu privilégié, et tu le sais très bien. Je reconnais être de plus humble extraction. D'ailleurs, toi aussi, et il n'y a pas de honte à ça. Ce que je ne vois pas, c'est pourquoi tu me refuses ma chance.

— Et comment appelles-tu les vingt mille dollars que je t'ai prêtés l'automne dernier ?

— Ça ne suffisait pas pour me renflouer. J'ai essayé de te le dire à l'époque. Tu aurais aussi bien pu me filer vingt dollars que vingt mille. On ne démarre pas une entreprise sans une mise de fonds initiale, surtout une comme la mienne. Mais regarde ce que j'ai accompli. J'ai créé mon affaire et elle tourne, et je l'ai fait sans l'aide de personne. Ce dont je parle maintenant, c'est d'un petit coup de main.

— Si ton affaire tournait si bien, tu ne serais pas là à me bousculer pour que je t'en donne plus.

Tom avait regardé le pasteur.

— Bousculer ? Parce que c'est la bousculer quand je l'en prie à deux genoux ?!

— Je pense que Cora peut comprendre votre position, avait dit le pasteur.

— Une minute ! avait lancé Tom à Cora. Qui a eu l'idée de voir le pasteur ? Moi. Je suis ici pour essayer de mettre les choses à plat, de résoudre nos désaccords sur l'aide que tu me dispenses au compte-gouttes !

— Tu es ici parce que tu t'es dit que tu pouvais manipuler le pasteur pour faire pression sur moi. Navrée, mais je ne te donnerai pas un cent. C'est hors de question.

— Je ne te demande pas de me « donner » l'argent, bon sang ! Nous parlons d'un prêt. On remplira tous les papiers que tu veux et je signerai sur la ligne en pointillé ! Je ne veux pas la charité. Je veux que tu me fasses confiance et que tu me respectes. Est-ce trop te demander ?

Cora avait étudié ses mains.

Tom avait cru qu'elle préparait une réponse, puis il avait compris que c'était ça, sa réponse. Il avait senti la chaleur lui monter au visage. Le silence de cette femme disait tout. Elle ne le respectait pas, elle n'avait aucune foi en lui. Bref, elle l'avait épousé en sachant pertinemment qu'il ne disposait pas de grands moyens, elle lui avait juré que cela n'avait aucune importance, mais il voyait maintenant qu'elle n'avait qu'une idée en tête : garder la main. Elle le tenait par l'argent et elle n'avait pas l'intention de renoncer à cet avantage. Quand elle était mariée à Loden, c'était lui qui tenait la cravache et elle s'était pliée à ses volontés, sautant à travers le cerceau. Maintenant elle en faisait autant avec lui !

Impossible de se rappeler comment la séance s'était terminée. Certainement pas sur une quelconque concession de la part de Cora…

Ils avaient regagné la voiture en silence et fait le trajet de retour sans échanger un mot. Il avait déposé Cora à la maison et filé droit vers le Moon. Ce soir-là, Violet s'y trouvait. Elle s'était assise sur le tabouret voisin et il lui avait payé un verre de vin rouge. Elle était à moitié soûle, mais lui ne valait guère mieux.

— Qu'est-ce qui te fait broyer du noir à ce point ? lui avait-elle demandé.

— Cora. On vient d'avoir une séance avec le pasteur, histoire de faire le point, et au beau milieu j'ai enfin vu clair. Cette femme ne me fait pas confiance et elle ne me respecte pas… Je ne comprends pas. Elle m'a épousé pour le meilleur et pour le pire. Là où je suis, c'est le pire, mais pas question qu'elle me tende la main pour me sortir du trou.

— Quel genre de trou ?

— L'argent, tiens donc ! Mon affaire a besoin d'une mise de fonds. Rien de plus.

Violet avait ri.

— Parce qu'elle est censée te filer du fric ? En vertu de quoi ?

— C'est pour elle que je le fais ! Se marier, c'est partager, moitié moitié. Ça semble équitable, non ?

— D'accord, mais dans ton cas les deux moitiés sont à elle. Tu lui donnes quoi en échange ?

— Le sens de l'entreprise. Je suis un homme d'affaires, moi.

— Un foutu couillon, oui ! On croirait entendre Foley. Il adore fourrer ses grosses pattes sur mon argent. Comme le supplice de l'eau des Chinois. Goutte après goutte…

— Vous ne vous considérez pas comme une équipe ?

— Oh, que si ! Nous sommes faits l'un pour l'autre. Il est le boxeur, et moi le punching-ball.

— Tu ne lui filerais pas un sou ? Même si ça changeait tout dans sa vie ?

— Bien sûr que non ! Pourquoi je ferais ça ? Il le foutrait en l'air.

— Vous les femmes, vous êtes dures. Je n'ai jamais rien vu de pareil. La Bible dit que la femme doit être soumise à son mari. T'es pas au courant ?

— Non.

— Eh bien, ma femme non plus. Ce n'est même pas son fric. Elle l'a récupéré du vieux schnock avec qui elle était mariée avant. Hé, j'aurais épousé le type sans hésiter s'il me l'avait demandé gentiment !

Violet avait ouvert de grands yeux.

— Tu en es ?

— Non, je n'en suis pas. Je constate.

— Tu ne sais pas à quoi les femmes sont prêtes pour de l'argent.

— Ma foi, avait dit Tom, je peux mettre de l'huile dans les rouages. Ces réserves que tu as, tu me les confies et je te promets quarante pour cent de rendement en trois mois. Garanti.

— Des conneries…

Elle avait sorti une cigarette du paquet et Tom s'était penché, briquet allumé. Elle avait soufflé un nuage de fumée, le jaugeant du regard.

— J'ai une question. Comment se fait-il que tu ne m'aies jamais draguée ? Je ne te plais pas ?

— Mais si, tu me plais. Bien sûr que si. Où veux-tu en venir ?

— Tu es un bon coup. Je le sais rien qu'à te regarder.

Tom avait ri, gêné.

— Ta confiance me comble. Je ne suis pas sûr que Cora serait d'accord.

— Je te parle sérieusement. Ça fait combien de

temps qu'on se sort ce genre de baratin ? Qu'on danse ensemble ici et qu'on joue les idiots ? Ça rime à quoi ?

— Je n'en reviens pas que tu me reproches d'être le seul gars du coin à ne pas essayer de te mettre la main aux fesses. Tu veux savoir pourquoi ? Je vais te dire. Je suis plus intéressé par « ça », dit-il en se tapotant la tête. Sûr qu'on pourrait batifoler dans le foin. Et après, hein ? Tu passerais au suivant. Je préfère être ton ami.

— Oh, ça va…

— Tu sais ce qui me chagrine ? C'est de te voir gaspiller tes possibilités. Tu es si occupée à te protéger de ce psychopathe que tu n'as plus le temps ni l'énergie de faire autre chose. Pourquoi ne pas te servir de ta tête pour une fois et prendre le large ?

— Je ne sais pas… Foley peut être un amour. À sa façon…

— Ce sont des sornettes, et tu le sais. Tu ne vas quand même pas te laisser avoir au sentiment. Il faut savoir être salope.

— Ce n'est pas dans ma nature.

— Alors disons… réaliste, si tu préfères. Regarde Cora et moi. Il n'y a rien à lui reprocher. J'admire cette femme, mais à quoi bon ? Le mariage est dans l'eau. Elle le sait aussi bien que moi, mais tu veux savoir ce qui arrivera si je demande le divorce ? Je me retrouve à la rue. Idem pour toi. Tu peux filer, mais en emportant juste les vêtements que tu as sur le dos.

— Aucune importance. Si je pouvais me retrouver libre, j'abandonnerais tout sans hésiter. Pourquoi s'accrocher à ses affaires ? Tout ce que j'ai peut être remplacé. J'ai de l'argent à moi.

— Mais pas assez pour t'en tirer, non ?

— Tu ne penses qu'au fric.

— Je croirais entendre Cora !

— Mais de quoi te plains-tu, tu veux bien me le dire ?

Tu as une grande maison, des voitures somptueuses… Tu sais ce que je donnerais pour avoir une voiture comme la tienne ?

— C'est ce que j'essaie de te dire, Violet. Quatre mille dollars pour une bagnole ? C'est de la connerie ! Tu es là à te faire toute petite, à chercher le moindre cent qu'on aurait laissé tomber. Sois plus ambitieuse !

— Tu as payé quatre mille dollars pour une voiture ? Tu plaisantes !

— C'est justement ça, ton erreur. Tu vois petit. Tu penses qu'en tenant ton magot bien serré, tu empêcheras les billets de s'envoler. Ce n'est pas la bonne méthode. Il faut que tu te décoinces ! Que tu fasses travailler l'argent ! Bon, tu as combien à la banque, vingt mille ?

Violet avait levé le pouce, indiquant un chiffre à la hausse.

— Trente-cinq ?

— Cinquante, dit-elle.

— Pas mal, dis donc. Et même bien. Mais chaque jour qu'il reste à ne pas bouger, ton argent perd de la valeur…

Elle l'avait interrompu.

— Tsst-tsst. Je te vois venir, et il n'en est pas question.

— Tu ne vois rien, alors si tu m'écoutais pour une fois ? Je suis en train de te dire : mettons nos ressources en commun.

— C'est ça : en commun. Je suis sûre que ça te plairait. Et tu sais pourquoi ? Parce que j'en ai plus que toi.

— J'ai des réserves.

— Combien ?

Il pencha la tête, calculant.

— Je serai franc. J'en ai beaucoup, mais pas autant que toi. C'est ça qui m'occupe en ce moment.

— Super ! Ça me fait vraiment plaisir pour toi. Mais je maintiens : je ne te donne pas un cent.

— C'est ce que j'aime chez toi. Têtue comme une mule. N'empêche, si tu changes d'avis, tu n'as qu'un mot à dire.

— Inutile de retenir ton souffle.

16

Ce soir-là, j'arrivai au Blue Moon avant Tannie et Daisy. Il était 18 h 45 et tout Serena Station baignait dans une lumière dorée. L'air sentait le laurier-sauce, encore accentué par une légère note de fumée de bois. Privés de signes extérieurs de l'automne, les Californiens se voient obligés de les inventer, empilant des bûches pour la cheminée, extirpant de lourds pull-overs de leurs tiroirs du bas. La population compte beaucoup d'exilés, surfers de l'Est et transfuges du Middle West qui posent leur sac sur la côte Ouest, en quête d'un climat plus clément. Adieu tempêtes de neige, canicules à quarante-trois degrés à l'ombre, tornades et cyclones ! D'abord vient le soulagement d'être délivrés des insectes, de l'humidité et des températures extrêmes. Ensuite, l'ennui s'installe. On les voit bientôt faire des pèlerinages nostalgiques sur leurs terres d'origine – à des prix astronomiques –, pour retrouver la fureur des éléments qu'ils avaient voulu fuir.

Le parking de l'établissement affichait complet et des voitures s'alignaient au bord de la route. J'effectuai un tour d'horizon, dénichai un semblant de place probablement interdit et réussis à m'y glisser. En me dirigeant vers l'entrée, je jetai un coup d'œil en arrière, amusée par l'humilité de ma Volkswagen au milieu de cette armada de pick-up, remorques de caravanes, monospaces et camping-cars.

L'extérieur du restaurant se signalait par un côté brut de décoffrage, avec une façade rébarbative de saloon de western en planches et lattes coupées au carré. L'intérieur déclinait le même thème : roues de chariots, lampes à pétrole et tables de bois recouvertes de nappes à carreaux rouges et blancs. L'heure de deux cocktails pour le prix d'un battait son plein. Alors que je m'étais attendue à une odeur de cigarette et de bière, l'air embaumait le bœuf de premier choix grillé au bois de chêne.

Tannie nous avait réservé une table à gauche du bar bourré de consommateurs. À droite, par une arcade, j'aperçus deux ou trois salles à manger, mais j'aurais parié que les habitués préféraient la salle, où ils pouvaient guetter leurs copains. Je devais être une des rares figures inconnues qu'ils avaient vues depuis un moment, à en juger par les visages curieux qui se tournèrent vers moi.

L'hôtesse me conduisit à la table et quelques minutes après une serveuse s'approcha. Elle me tendit un menu imprimé sur une simple feuille de papier blanc.

— Vous voulez quelque chose à boire en attendant vos amies ? La liste des vins est au dos.

Je jetai un bref coup d'œil à la liste en question, faisant l'impasse sur les alcools au profit de breuvages plus familiers. J'optai pour un verre de chardonnay, puis avisai un homme assis au bar et dont le regard semblait fixé sur moi. Je me retournai pour voir s'il observait quelqu'un d'autre, mais non. Une fois la serveuse partie chercher ma commande, il quitta son tabouret et vint vers moi. C'était un homme de grande taille, le corps mince sans un gramme de graisse, et des bras interminables. Il avait un visage étroit, aussi marqué et buriné qu'une carte à courbes de niveau. La couperose donnait l'impression qu'il avait les joues en feu, et la vie au grand air lui avait tanné la peau en brun noisette. Ses cheveux, naguère foncés, avaient viré au poivre et sel.

En arrivant à la table, il me tendit la main.

— Jake Ottweiler, dit-il. Le père de Tannie… Vous devez être son amie.

— Kinsey… ravie de faire votre connaissance. Comment allez-vous ?

— Bienvenue au Blue Moon, plus couramment appelé le Moon. Je vous ai vue, quand vous êtes entrée.

— Vous n'êtes pas le seul ! Il ne doit pas y avoir beaucoup de passage.

— Plus qu'on ne l'imaginerait. Des gens de Santa Teresa font régulièrement le trajet jusqu'ici.

Ses yeux d'un bleu incroyablement vif ressortaient sur sa peau cuite par le soleil. Tannie m'avait dit qu'il avait cultivé la terre pendant des années, mais son statut de copropriétaire du Blue Moon semblait lui avoir ajouté une certaine distinction. Il avait troqué ses boots et son bleu de travail contre un pantalon de toile et une veste de sport marine bien coupée sur une chemise blanche au col souple.

Quand la serveuse revint et posa mon verre de vin blanc, il marmonna « c'est la maison qui paie » en la regardant à peine. On sentait qu'ils se connaissaient depuis si longtemps que les échanges se réduisaient au strict minimum.

— Voulez-vous vous joindre à moi ? lui proposai-je.

— Pas longtemps. Au moins jusqu'à l'arrivée de Tannie. Je suis sûr que vous autres filles, vous avez des tas de choses à vous dire !

Il tira une chaise et commanda un autre verre d'un geste de la main. Quand la serveuse fut de nouveau repartie, il se renversa contre le dossier de sa chaise et m'étudia.

— Vous ne ressemblez pas à l'idée que je me faisais d'un détective.

— Par les temps qui courent, on voit de tout.

— Comment ça marche ?

— Une enquête de ce genre exige une patience de saint.

— À mon avis vous perdez votre temps.

— Sûrement, lui renvoyai-je. Puis-je vous poser quelques questions pendant que je vous tiens ?

— Je vous en prie. J'ignore si je vous serai utile, mais je vous dirai ce que je peux.

— Violet, vous la connaissiez bien ?

— Assez, je dirais. Je la voyais ici deux ou trois fois par semaine. Elle était un peu fofolle, mais pas mauvaise fille, absolument pas.

— J'ai appris qu'elle vous avait conduit devant le juge à cause d'un incident... votre chien avait tué le sien.

— Oui, pas de chance. J'étais navré pour elle, mais je maîtrisais mon animal. Le sien n'avait pas de laisse, donc elle était aussi fautive que moi. À la fin, j'ai dû faire piquer mon chien, mais ça n'avait rien à voir avec elle. N'importe, on a réglé l'affaire. J'aurais pu argumenter, mais à quoi bon ? Son caniche miniature était mort, et elle a été inconsolable jusqu'au jour où elle a eu Bébé.

— Étiez-vous au parc pour le feu d'artifice le soir de sa disparition ?

— Oui. Tannie devait y aller avec son frère, mais comme il sortait avec des copains, je l'y ai accompagnée.

— Avez-vous vu Foley ?

— Non, mais je sais que Livia Cramer et lui ont eu une prise de bec. Elle n'avait pas bonne opinion des Sullivan. Elle les considérait comme des sauvages, ce qui ne la regardait pas, mais il fallait qu'elle dise son mot sur tout. Elle s'en est prise à lui à propos de Daisy. La gamine n'avait jamais été baptisée, une honte d'après Livia. Foley était déjà soûl et il lui a dit très précisément ce qu'elle pouvait aller se faire faire. Livia a bien veillé à ce que tout le monde en ville sache ce qu'il lui avait dit. Pour elle, c'était un exemple de plus du côté infréquentable du bonhomme.

— Vous n'avez pas vu Violet ?

Il fait signe que non.

— La dernière fois que je l'ai vue, précisa-t-il, c'est la veille. Elle paradait en ville au volant de sa voiture neuve et elle s'est arrêtée pour bavarder.

— Vous rappelez-vous à quel propos ?

— Je me souviens surtout qu'elle crânait. Elle avait emmené Daisy et Liza Millincamp au restaurant, puis voir un film à Santa Maria. Comme elle avait des courses à faire, elle avait déposé les filles à la maison pour venir frimer.

— Quelle mémoire, dites-moi !

Il sourit.

— J'aimerais bien, mais le sujet revient sur le tapis un an sur deux… des journalistes du coin. J'ai si souvent débité mon histoire que je pourrais le faire en dormant !

— J'imagine. Quand vous avez discuté avec Violet, elle vous a paru normale ?

— Autant que d'habitude. Elle avait ses hauts et ses bas, une « cyclothymique », comme on dit aujourd'hui.

— Ah bon ? C'est nouveau. Personne n'a fait allusion à des sautes d'humeur.

— Ce que je vous donne, c'est mon opinion. Je ne suis pas spécialiste et c'est juste une supposition. Elle versait beaucoup de larmes d'ivrogne, enfin…, façon de parler.

— Daisy se souvient que ses parents ont eu une grosse bagarre ce soir-là. Le soir du jeudi. À ce qu'elle m'a dit, Foley avait déchiré un pan des rideaux de dentelle de sa mère. Violet a pété les plombs, arraché ceux qui restaient et tout expédié à la poubelle. Vous êtes au courant ?

Il hocha légèrement la tête.

— Ça lui aurait ressemblé, dit-il. Pourquoi cette question ?

— On m'a dit que c'est pour cette raison que Foley a fini par lui acheter la voiture. Pour se faire pardonner.

— Probable que ça n'a pas servi à grand-chose puisqu'elle s'est tirée. Vous devriez poser la question à mon associé, BW ; c'est lui qui tenait le bar à l'époque. Malheureusement il n'est pas là ce soir, sinon je vous aurais présentés.

— Daisy m'a donné son nom aussi. Pourriez-vous lui dire que j'aimerais le contacter ?

— Et si je vous disais plutôt où il sera demain matin à sept heures pour que vous lui parliez vous-même ? Au Maxi's Coffee Shop. C'est juste sur la route, entre Silas et Serena Station. On l'y trouve tous les matins pendant une heure ou deux.

Je me sentis loucher à l'idée de prendre la route à une heure pareille. Il faudrait que je quitte S.T. à l'aube.

— Je ne voudrais surtout pas arriver sans être annoncée. Allez savoir s'il apprécie qu'on lui pose des questions quand il savoure son café du matin et ses œufs brouillés…

— BW ne vous en tiendra pas rigueur. C'est un gars facile à vivre et il adore la compagnie.

— Comment le reconnaîtrai-je ?

— Pas de problème. Il fait plus de cent trente kilos et a le crâne rasé.

Il jeta un regard vers l'entrée derrière moi, et je me retournai au moment où Daisy et Tannie franchissaient la porte. Elles nous aperçurent et obliquèrent vers la table, Tannie ouvrant le chemin. Elle avait la peau cuite après avoir passé une journée au grand air à se bagarrer avec les broussailles, mais elle avait pris le temps de passer sous la douche et de se changer. Son jean était fraîchement repassé, son chemisier blanc amidonné, et une casquette de base-ball emprisonnait ses cheveux encore humides. Daisy avait opté pour un cardigan rouge en coton sur une robe imprimée rouge et blanc. Ses cheveux blonds étaient ramenés en arrière et maintenus par une pince en plastique rouge.

Jake se leva quand elles s'approchèrent. Tannie fit un bisou à son père sur la joue.

— Salut, papa ! Je vois que Kinsey et toi avez fait connaissance, dit-elle en se glissant sur une chaise à côté de moi.

Il en tira une autre pour Daisy.

— Comment ça va, Daisy ? Tu m'as l'air en forme.

— Très bien, merci. Ça sent divinement bon !

— Je t'ai réservé trois cents grammes dans le filet avec ton nom dessus.

Tannie baissa les yeux, mais sa remarque s'adressait à moi.

— Ne regardez pas tout de suite, mais Chet Cramer vient d'entrer avec Caroleena, le clone de Violet Sullivan.

Naturellement, je levai aussitôt les yeux, accrochant le regard de Chet Cramer. Son sourire était amical, mais il s'empressa d'orienter sa femme vers une autre partie du bar. Pour le peu que j'en vis, elle paraissait trop âgée pour se teindre les cheveux dans un roux si agressif. Sa peau claire était plus redevable au fond de teint qu'à l'authentique carnation d'Irlandaise qu'elle espérait simuler. Robe moulante, gros nichons, tour de taille en voie d'empâtement.

— Elle ressemble vraiment à Violet ?

— Certainement pas ! lança Daisy d'un ton railleur.

Elle a la grâce d'une vache. Ma mère était une beauté pas trafiquée. Pauvre Kathy Cramer. Je ne saurais plus où me mettre si mon père s'affichait avec ce genre de créature.

Comme les clients arrivaient de plus en plus nombreux pour dîner, Jake s'excusa et partit vaquer à ses occupations, nous laissant toutes les trois avec notre verre et plongées dans l'étude du menu. Notre choix se porta d'un commun accord sur le filet mignon, cuit à point, accompagné d'une salade sur le devant de l'assiette et d'une pomme de terre en robe de chambre sur le côté. Nous terminions quand le sujet de Kathy Cramer revint sur le tapis. Forte de mon immunité contre toute accusation de commérages, je transmis ce qui m'était revenu sur la débandade du couple Cramer-Smith.

— Tant mieux pour lui ! C'est une telle garce… Je suis ravie d'apprendre qu'il se barre enfin, dit Tannie.

— Entièrement d'accord, renchérit Daisy. Il a trop longtemps joué les chiffes molles.

— Je ne crois pas qu'on puisse parler de se « barrer » alors que c'est elle qui le flanque dehors, leur fis-je remarquer.

Tannie parut peinée.

— Dire qu'il était si mignon ! s'exclama-t-elle. Et puis ce nom… Winston. À mourir ! N'empêche, quelqu'un devrait lui dire de perdre quelques kilos. Même dix suffiraient. S'il revient sur le marché, je connais une demi-douzaine de nanas qui vont se l'arracher !

— Dont moi, dit Daisy, vexée que Tannie puisse le mettre sur le marché sans la consulter.

— C'est ça. Juste ce qu'il te faut, un autre bonhomme qui ne voit l'heure qu'à sa pendule ! Attends donc que Kathy lui réclame une pension alimentaire pour elle et les enfants. Il ne s'en relèvera jamais.

— Ce n'est pas dit.

— Comme s'il avait le choix, lui fit remarquer Tannie. Près de trente ans de mariage ! Elle était folle de lui depuis la quatrième. Tu te rappelles ? Non, sûrement pas, tu étais encore à l'école élémentaire. Mais crois-moi, même quand j'avais dix ans, je la voyais traîner son ennui. Pa-thé-tique ! Elle s'arrangeait pour tomber sur lui, et ensuite, elle te roucoulait : « Ça a-lors ! Win-ston !!! Jamais je n'aurais imaginé que tu serais là ! » À l'église, elle s'asseyait derrière lui et ne le lâchait pas des yeux, comme prête à le dévorer. Elle ne lui a pas laissé une chance !

— J'ai vu la photo de mariage qu'il garde dans son bureau, glissai-je. Svelte en diable…

— Exact, dit Tannie. Et elle, un vrai tank.

— Comment a-t-elle perdu ses kilos ?

— À votre avis ? Elle se gave de pilules comme si c'étaient des chocolats à la menthe d'après-dîner.

— Vous blaguez ?

— Pas du tout ! Amphés au marché noir. Elle a un tuyau, à ce qu'on m'a dit.

— Maintenant que j'y repense, dis-je, elle m'a paru survoltée, et pas qu'un peu.

Le garçon de salle nous enleva nos assiettes et la serveuse refit une apparition pour nous proposer des desserts, que nous refusâmes en chœur.

J'avisai un homme qui s'éloignait du bar et faisait un détour en direction de notre table. De là où nous étions, je lui donnai le milieu de la quarantaine, mais le temps qu'il approche, je lui avais rajouté trente ans de plus. Des cheveux ondulés et d'un noir de jais, mais d'une nuance qui devait beaucoup, à mon avis, à Grecian Formula. Ses yeux bleus se cachaient derrière d'épaisses lunettes à monture noire et équipées d'aides auditives dans les branches. À peu près de la même taille que moi, un mètre soixante-huit, mais les talons de ses boots lui ajoutaient cinq bons centimètres. Il était en jean et chemise rouge à carreaux avec cravate-cordelière, sur laquelle il avait boutonné une veste de style western bleu pastel, cintrée à la taille.

Il salua Daisy et Tannie en vieilles copines, leur prenant la main à l'une et à l'autre. La séance de bisous dans le vide terminée, Tannie fit les présentations.

— Kinsey Millhone… Tom Padgett. Le propriétaire de Padgett Constructions et du dépôt A-Okay-Engins de chantier à Santa Maria. C'est à lui que Daisy a acheté sa maison.

— Ravie de faire votre connaissance, dis-je.

Nous échangeâmes les politesses de circonstance, puis Tannie et lui se mirent à bavarder tandis que Daisy allait se refaire une beauté.

Tannie tendit la main vers la chaise libre.

— Prends un verre avec nous.

— Je ne veux pas vous déranger.

— Ne dis pas de bêtises. De toute façon j'avais l'intention de t'appeler pour activer un peu tes méninges.

— Ou ce qu'il en reste !

Il nous offrit une tournée de digestifs et la conversation passa des considérations générales aux points spécifiques, à savoir la maison des Tanner et les questions de rénovation. Padgett avait l'air chagrin.

— La maison est inhabitée depuis 1948. Tu oublies que j'ai fait beaucoup de travaux pour Hairl Tanner, et il m'a montré les lieux. La plomberie et l'électricité étaient dans un état lamentable, déjà à l'époque. Même sans parler des traces de l'incendie récent, la maison paraît en bon état de l'extérieur, mais tu entres et c'est la catastrophe ! Bon, ce n'est pas moi qui vais te l'apprendre. Tu sais à quoi t'en tenir.

— Pour ça oui !

— Tu laisses une maison comme ça à l'abandon, les

ratons laveurs rappliquent. Puis les termites, et enfin les clodos. Elle en jetait autrefois, mais essaie de lui rendre sa splendeur passée, tu cours à la ruine. Compte un bon million de dollars au bas mot.

— Bref, tu es contre, dit-elle, sur quoi elle se mit à rire. Je sais que ça se présente mal, mais c'est un morceau de mon enfance. Je ne me vois pas la démolir. En plus, entre les baux de pétrole et de gaz, le terrain nous rapporte un petit quelque chose.

— Tu m'as posé la question, je te donne mon opinion. Tu es au courant du projet de rezonage. Si tu veux préserver la maison, vends plutôt aux promoteurs et laisse-les faire le boulot. Ils pourraient la reconvertir en bureaux ou en espace de réceptions au milieu d'un lotissement.

— On croirait entendre Steve ! Ne me dis pas que vous êtes de mèche…

— Moi, je n'ai aucun intérêt dans l'affaire, ni d'un côté ni de l'autre. Tu devrais y amener un entrepreneur… pour qu'il y jette un œil.

— Pourquoi pas toi ?

— Mon opinion, tu la connais. Un autre avis pourrait te convaincre. Tu aurais l'esprit plus libre. Je t'arrange un rendez-vous avec qui tu veux et je viendrai aussi.

— Tu empoisonnerais le puits !

— Je n'ouvrirai pas la bouche tant que tu n'auras pas pris son avis.

— Qui me recommandes-tu ?

— Billy Boynton ou Dade Ray. Les deux sont fiables.

— L'idée me paraît bonne. D'accord, c'est reculer pour mieux sauter. Je me dis toujours chaque chose en son temps, mais je ne me fais pas d'illusions. C'est comme d'avoir à faire piquer son chien. On sait que l'animal est trop malade pour tenir le coup, simplement on ne veut pas le faire le jour même.

— Vu. Tu ne veux pas qu'on te bouscule.

— On change de sujet. J'ai pigé, et merci de m'avoir aidée.

— À ta disposition, lui dit-il.

Il reporta son attention sur moi.

— Pardonnez-moi mon manque de savoir-vivre. Jake vient de me parler de vous… Vous avez du pain sur la planche, dites-moi !

— En tout cas, c'est un défi. Au début, l'idée m'a paru absurde, mais maintenant je m'amuse. Moi contre Violet. Un vrai jeu de cache-cache.

— Alors, votre hypothèse ?

— Je n'en ai aucune. Pour l'instant j'interroge n'importe qui et tout le monde, et je remplis les vides. Les questions ne changent pas, mais j'obtiens parfois une réponse que je n'attendais pas. Je finirai bien par trouver un fil et voir où il me mène. D'après le portrait qu'on m'en a fait, Violet était peut-être cachottière, mais elle gardait mal les secrets. Quelqu'un sait où elle est.

— Vous le croyez vraiment ?

— Vraiment. Ou le type avec qui elle s'est enfuie, ou celui qui l'a supprimée.

Il hocha la tête sans cacher son scepticisme.

— Je dois le reconnaître, vous êtes optimiste.

— Sinon, je ne ferais pas ce métier ! Et vous ? Où vous situez-vous dans le débat ?

— Savoir si elle est morte ou vivante ? Personnellement, je pense qu'elle s'est tirée et je l'ai dit dès le début. J'ai passé plus d'un soir à l'écouter râler. Croyez-moi, c'était juste une affaire de temps, à la première occasion elle filait.

— Mais pour aller où ? Vous êtes-vous posé la question ?

— Sûr que j'y ai réfléchi. Elle était jeune, et naïve à sa façon. Une fille venue de sa province. Elle avait connu des hommes, mais elle ignorait tout du vaste monde. Je ne la vois pas dans une ville comme San Francisco ou L.A. Ni même dans l'État. La Californie est aussi chère maintenant qu'à l'époque, je parle du prix de la vie. Et vu ses liquidités, sûrement pas le pactole, elle se sera installée dans un coin où elle pouvait subsister. Le Middle West, le Sud… quelque chose du genre.

— Vous l'aviez entendue parler de son argent ?

— Plus d'une fois. Elle se mettait à pleurer et menaçait de partir si Foley ne s'amendait pas.

— Autant dire la semaine des quatre jeudis ! lança Tannie.

La conversation dévia. La pénurie d'informations laissait le champ à toutes les hypothèses. À 10 h 30, Padgett prit congé et partit vers la porte.

En attendant, Daisy ne semblait pas autrement affligée. Elle avait assez bu pour lâcher la bride à un côté plus joyeux de sa personnalité, plus bavard. Elle flirtait avec un type, riant trop fort. De loin, elle semblait s'amuser. De près, j'aurais parié qu'elle ne se contrôlait plus. Pour la première fois, j'entrevoyais le genre de guêpier où elle pouvait se fourrer. Tannie suivit mon regard et nos yeux se rencontrèrent brièvement.

— Une fois qu'elle a sa dose, on ne la retient plus, m'expliqua-t-elle. Il finira dans son lit et la situation ne cessera pas de se dégrader.

— Nous ne pouvons pas intervenir ?

— Cette fois, oui, mais elle remettra ça demain soir et le soir d'après. Vous voulez la prendre en charge ? Parce que ne comptez pas sur moi. Après ce round, en tout cas. La brave Tannie à la rescousse ! L'idiote de service, oui… Souhaitez-moi bonne chance !

Elle quitta la table et rejoignit Daisy qui dansait avec son cow-boy. Il fallut le temps de la convaincre, mais elle finit par regagner la table sans son nouveau meilleur ami. Le temps que nous soyons prêtes à nous séparer, il était 23 heures et j'avais bu un verre de trop. Parfait pour un porte à porte, mais refaire tout le trajet jusqu'à la maison ne m'emballait pas.

— Vous savez quoi, les filles ? Ça ne me paraît pas recommandé de conduire. Vous connaissez un motel dans le coin, ou une chambre d'hôte ?

17

Le Sun Bonnet Motel était planté au milieu de nulle part, un bâtiment d'un seul niveau, banal et décati sur les bords, mais propre, à ce qu'on m'assura. Ma chambre était de celles qu'il vaut mieux ne pas inspecter à la lumière noire la nuit tombée, car les taches éclairées – literie, tapis, mobilier et murs – auraient évoqué des activités qu'on préfère ignorer. C'était une affaire de famille, les propriétaires, M. et Mme Bonnet, occupant les lieux depuis quarante ans. Son unique vertu tenait au fait que Mme Bonnet, *alias* Maxi, possédait et gérait le Maxi's Coffee Shop attenant à une extrémité. *Oh, happy day!* J'aurais tout loisir le lendemain matin de cueillir BW à moins de cent mètres de mon lit.

Daisy s'était confondue en excuses : elle ne pouvait pas m'accueillir chez elle parce qu'elle hébergeait Tannie et n'avait qu'une chambre d'amis.

— Navrée, mais je passe avant ! m'avait glissé Tannie, visiblement contente d'elle-même.

— Vous pourriez dormir sur le canapé, m'avait suggéré Daisy.

— Oh non, pas moi ! Je suis trop vieille pour ce genre de plaisanterie. Peut-être une autre fois.

Après avoir rempli ma fiche, je sortis du bureau de la réception et regagnai ma voiture. Mme Bonnet m'avait mise dans la 109 qui se trouvait tout au bout, l'avant-dernière des dix chambres. L'obscurité régnait, mais il y avait une voiture garée de chaque côté de l'emplacement réservé à la mienne. Je laissai ma Volkswagen devant ma porte, juste un peu contrariée de voir que des anneaux manquaient au double rideau de la fenêtre. J'ouvris la porte, entrai et allumai. La pièce était petite et la palette de la décoration déclinait le melon et le rose pêche. Un lit double était centré sur le milieu du mur à droite. Les coussins me parurent plats, et le matelas formait une dépression médiane juste à la mesure de mon corps, ce qui m'éviterait de me retourner et de gigoter inutilement. Les tables de chevet et la commode étaient en bois stratifié recouvert d'une couche de vernis. La chauffeuse ne me parut pas spécialement chaleureuse, mais je ne prévoyais pas d'y musarder.

Je gagnai la salle de bains, le plancher craquant sous mes pas, et sortis ma brosse à dents et dentifrice, plus un slip de rechange, que je garde toujours en réserve dans mon sac pour ce genre d'imprévus. Je regrettais surtout de ne pas avoir pris de livre, mais je pensais faire l'aller-retour sans avoir le temps de l'ouvrir. L'inspection des tiroirs au grand complet ne révéla même pas de Bible mise à ma disposition avec les compliments de la Gideon Society ni de livre de poche en perdition. J'ôtai mon jean et mon soutien-gorge et dormis dans le T-shirt que j'avais porté toute la journée. Durant la nuit j'entendis, comme si un train passait, le fracas des chasses d'eau que les hôtes des chambres contiguës à la mienne actionnaient à intervalles aléatoires. Mon jeté de lit sentait le moisi, et j'eus la chance de lire un article sur les mites seulement la semaine suivante.

Le lendemain matin, à 6 heures pile, je me réveillai en sursaut. Pendant une minute, impossible de savoir où j'étais, et quand cela me revint enfin, je m'en voulus d'avoir ouvert l'œil si tôt. Inutile d'envisager une petite course matinale en l'absence de survêtement et de chaussures de jogging : je refermai les yeux. En vain. À 6 h 15, je rejetai les couvertures, passai à la salle de bains, me brossai les dents et pris une douche, faute d'autres options. Je remis mes vêtements et m'assis au bord du lit défait. Je ne voulais pas aller au Maxi's Coffee Shop avant 7 heures, où j'aurais des chances de rencontrer BW.

Je sortis mon jeu de fiches et relus mes notes, dont l'insignifiance m'excédait déjà. Pas le moindre indice digne de ce nom. Depuis deux jours que je posais six à huit questions identiques, rien de foncièrement nouveau n'avait surgi, mais je devais tout de même reconnaître que j'en savais plus. Je commençai par travailler sur la chronologie des jours qui avaient culminé avec la disparition de Violet. Le témoignage auquel je revenais sans cesse était celui de Winston et sa découverte de la Bel Air dans New Cut Road, là où se terminaient les travaux. Que fichait-elle à cet endroit ? L'hypothèse de Winston se défendait, à savoir que Violet avait rendez-vous sur le chantier avec quelqu'un… homme, femme, amant, parent ou relation de passage, impossible à dire. Le terrain était rigoureusement plat et les phares de Winston auraient été visibles à deux bons kilomètres de là. Elle aurait eu le temps de déplacer la voiture, mais impossible de la cacher, sauf à rouler jusqu'à l'extrémité de la maison des Tanner, ou alors à travers champs. Mieux valait se cacher (seule ou avec le compagnon hypothétique) en espérant que le conducteur à l'approche ferait demi-tour sans chercher à en savoir plus. Si elle avait été en panne et eu besoin d'aide, pourquoi ne pas être sortie de l'ombre et lui avoir fait signe de s'arrêter ? Et Bébé, le loulou jappant ? Ce n'était pas un scénario à la Sherlock Holmes, où le silence permettait de déduire que le chien et l'autre personne se connaissaient. L'animal aboyait après n'importe qui, du moins d'après les témoignages. Que Violet ait choisi cet endroit restait une énigme, mais pour l'instant je n'avais pas d'éléments de réponse.

À 6 h 58, je rangeai mes affaires de toilette dans mon sac et sortis de ma chambre. Cette fois, les voitures se pressaient sur le parking du motel. Je ne bougeai pas la mienne et partis à pied vers le café, qui était situé sur le devant. À la seconde où j'entrai, le bruit m'agressa : conversations, musique du juke-box, rires, cliquetis de vaisselle. On se serait cru au début d'une réception, et la camaraderie ambiante indiquait que la réunion faisait partie des rites quotidiens. Garçons de ferme, ouvriers des chantiers de construction ou des derricks, chefs d'équipe, maris, épouses, nourrissons et enfants d'âge scolaire : tout le monde était sur le pont et faisait apparemment le trajet depuis les agglomérations alentours pour prendre son petit déjeuner au café. L'endroit embaumait le bacon, la saucisse, le jambon frit et le sirop d'érable.

J'eus la chance de mettre la main sur le dernier tabouret vide au comptoir. Les plats du jour étaient affichés sur un tableau noir au-dessus du passe-plat qui communiquait avec la cuisine. Le menu ne sortait pas du classique : œufs, charcuteries de petit déjeuner, toasts, muffins, crêpes en sauce, gaufres, pancakes, plus l'assortiment habituel de thés, cafés et jus de fruits. Deux serveuses s'affairaient au comptoir, et quatre autres servaient sans discontinuer les box et les tables de la salle. Je dis à Darva, la serveuse qui prit ma commande, que je cherchais BW. J'avais moi-même inspecté les lieux et n'avais vu personne qui corresponde, même de loin, à son signalement, mais j'avais pu le rater dans la cohue. Elle procéda, comme moi, à une enquête visuelle et fit non de la tête.

— Je me demande ce qui le retient ! Normalement, il est déjà là à cette heure-ci. Je vous l'envoie dès qu'il se pointe.

— Merci.

Elle remplit ma tasse, posa le pichet de crème à proximité et continua sur toute la longueur du bar, proposant de remplir de nouveau les tasses ou de les réchauffer avant de transmettre ma commande. Mon petit déjeuner arriva et je reportai toute mon attention sur mon jus d'orange, ma tartine grillée de pain de seigle, mon bacon frit et mes œufs brouillés. C'était mon repas préféré et je m'empressai de lui faire un sort. Darva glissa la note sous mon assiette.

— C'est lui, me glissa-t-elle en me resservant du café.

Je jetai un regard par-dessus mon épaule vers le type qui se tenait dans l'encadrement de la porte. Il correspondait à la description que Jake Ottweiler m'en avait faite, encore que je lui aurais donné volontiers dix kilos de plus que les cent trente accordés par Jake. Il avait la tête rasée, mais un duvet neigeux et clairsemé y repoussait déjà. Ses sourcils étaient noirs et ses traits semblaient amenuisés par le poids qu'il véhiculait. Il avait une encolure de taureau et un boudin de graisse lui épaississait la nuque, au-dessus de son col de chemise. Il était en jean et chemise de golf. Je l'observai pendant qu'il traversait la salle, s'arrêtant pour bavarder avec la moitié des gens au passage. Deux hommes libérèrent un box dans lequel il se glissa sans se formaliser de leur vaisselle sale. J'attendis que le garçon de salle ait débarrassé la table et lui laissai le temps de commander avant de régler ma note et de m'approcher.

— Bonjour. Êtes-vous BW ?

— Lui-même.

Il se souleva à demi de la banquette et tendit sa main, que je serrai.

— Kinsey ? Jake m'a appelé hier soir pour me prévenir que vous passeriez. Vous avez pris un petit déjeuner ?

— Je viens de le terminer.

Il se rassit.

— Dans ce cas, vous boirez bien un café. Glissez-vous là.

Je m'installai en face de lui.

— Mes félicitations pour le Moon, lui dis-je. C'est un restaurant de premier ordre, et quelle foule !

— Les week-ends sont encore plus chargés. Évidemment, les gens ne peuvent se rabattre que sur nous et ça aide. La première chose qu'on a faite après nous être portés acquéreurs, ç'a été d'acheter une licence de vente d'alcool. Nous avons remanié les lieux et agrandi à la fin des années cinquante, puis de nouveau cinq ans après. Avant, le Moon était juste un troquet… bière et vin, plus quelques casse-croûte préemballés, bretzels et chips, ce genre de broutilles. La clientèle était surtout locale. Il nous arrivait d'avoir un paroissien d'Orcutt ou de Cromwell, des fois plusieurs de Santa Maria, mais ça s'arrêtait là. Votre dîner vous a plu ?

— Et comment ! La viande était fabuleuse !

La serveuse s'approcha avec un pichet de café et des tasses. Elle échangea quelques menus propos avec BW pendant qu'elle versait le café.

— Votre commande arrive tout de suite, lui dit-elle, puis elle s'éloigna.

Il sourit.

— J'ai mes petites habitudes. Même menu tous les jours. Même heure, même lieu.

Il ajouta de la crème à son café, puis saisit trois

sachets d'édulcorant et les tassa avant d'en déchirer le haut. Je regardai cinq secondes de produits chimiques se dissoudre dans sa tasse.

— Comme ça, vous arpentez le secteur en vous enquérant de Violet ? Ça doit être frustrant.

— Monotone serait plus exact. Les gens sont pleins de bonne volonté, mais ils ont peu d'informations et l'histoire ne varie guère. Violet avait mauvaise réputation et Foley la battait. Débrouillez-vous !

— Je n'ai pas grand-chose à ajouter. Je les voyais trois ou quatre soirs par semaine, tantôt ensemble, tantôt pas, mais en général à moitié ronds.

— Donc, si Violet avait levé un inconnu, vous l'auriez su ?

— Forcément, et tout le monde aussi. Les gens fréquentaient le Moon parce qu'ils connaissaient l'endroit. Nous étions trop petits et trop à l'écart pour attirer des touristes ou des représentants de commerce.

— Vous travailliez tous les soirs ?

— Je prenais un jour par-ci, par-là, mais la plupart du temps j'étais de service. Le type qui me relayait si j'étais malade ou en déplacement est mort depuis longtemps. Qui d'autre avez-vous interrogé ?

Je lui dévidai la liste des noms et le vis acquiescer.

— Ça me paraît bon. Et personne n'a pu vous dépanner ?

— Ça reste à vérifier. Je rassemble des bribes et des fragments, mais sans savoir s'ils méritent d'être retenus. Vous souvenez-vous de votre réaction quand vous avez appris sa disparition ?

— Elle ne m'a pas étonné. Ça, je peux vous le garantir.

— Avez-vous soupçonné quelqu'un ?

— À part Foley ? Non.

— Vous ne voyez personne avec qui elle aurait pu s'enfuir ?

Il fit signe que non.

— Le sergent Schaefer me dit que les habitants du coin étaient tous présents et que toutes leurs activités ont pu être vérifiées. D'après lui, les rumeurs imputant à Violet un amant émanaient toutes de Foley, et s'il lui a fait quelque chose, il a dressé un écran de fumée efficace.

La serveuse revint avec son petit déjeuner : gaufres, œufs frits, saucisse de Francfort, une assiette de pommes de terre sautées, une autre de gruau de maïs coiffé d'une noix de beurre à demi fondu.

— Ça peut se défendre, en supposant que Foley ait été assez malin, ce dont je doute fort.

— À l'époque, avez-vous pensé qu'il aurait pu la tuer ?

— L'idée m'a traversé l'esprit. Je sais qu'il l'avait envoyée plus d'une fois au tapis, mais le plus souvent, c'était dans l'intimité. Aucun d'entre nous n'aurait toléré qu'il la maltraite en public.

— On me dit qu'ils ne cessaient pas de se bagarrer au Moon.

— Juste le temps que je sorte de derrière le bar avec ma batte de base-ball. J'aurais volontiers assommé Foley s'il m'avait opposé de la résistance. En général, il se montrait coopératif si je lui mettais les points sur les *i*.

— Elle le frappait aussi ?

— Parfois elle s'y risquait, mais c'était une miniature et elle ne pouvait guère lui faire de mal. Quand ça les prenait, on aurait dit deux chiens qui se montraient les dents en essayant de se mordre. J'allais les séparer, la mettant elle à un bout de la salle et lui à l'autre.

— L'avez-vous jamais entendue le menacer de le quitter ?

— De temps en temps, répondit-il. Vous savez, elle pleurait et se plaignait, elle s'apitoyait sur son sort. Mais, comme je lui disais, je suis barman, moi, pas conseiller conjugal ! Je faisais de mon mieux, mais ce n'était pas grand-chose. Le problème, c'était qu'ils avaient tellement l'habitude de s'empoigner que, dès que ça retombait, ils vaquaient à leurs affaires comme si de rien n'était. Et ils remettaient ça à la première occasion. Je les aurais volontiers vidés pour de bon, mais au moins, tant qu'ils étaient au Moon, je pouvais les surveiller et intervenir au besoin.

— Se disputaient-ils toujours pour le même motif ou en changeaient-ils pour un oui ou pour un non ?

— En général, c'était le même. Elle avait flirté avec un bonhomme et Foley avait vu rouge.

— Avec qui, par exemple ?

— Qui ? N'importe quel gars à portée de main !

— Jake Ottweiler ?

— Là, je rectifie. Pas lui. Le bonhomme était marié, et sa femme était en train de mourir.

— Pardonnez-moi. Je ne m'imaginais pas Violet très tatillonne sur le plan de la morale.

— Non, en effet. Je l'ai vue se jeter à la tête de Tom Padgett, et il était marié. Il y avait aussi un type qui dirigeait une petite affaire de plomberie. Un soir, Violet lui a fait du rentre-dedans. Il a dû avoir la peur de sa vie, car on ne l'a jamais revu !

— Elle flirtait avec vous ?

— Bien sûr, s'il ne restait que moi dans le bar.

— Inutile, je pense, de vous demander si vous avez succombé à ses charmes.

— Ça ne me tentait pas. Peut-être que j'en avais trop vu et que l'idée avait perdu de son attrait. Elle me plaisait, mais pas sous cet angle. Elle était trop barjo, je n'y pouvais rien. Il fallait la prendre comme elle était, et Foley aussi. En tout cas, je peux vous dire que, lui, il n'a jamais remis les pieds au Moon depuis le jour oit elle a disparu.

— Quand, exactement, avez-vous acheté l'établissement ?

— À l'automne 1953. Avant, il appartenait à deux types de Santa Maria. Moi, je gérais tout… la comptabilité, les commandes, la propreté des toilettes…

— Comment avez-vous fini par l'acheter ?

— Après la mort de Mary en août de cette année-là, Jake ne savait pas trop vers quoi se tourner. Il avait fait plusieurs boulots dans la vie, mais rien qui l'ait vraiment satisfait. Il a jugé que c'était le moment de voir ailleurs, et quand il a appris que le Moon était en vente, il m'a demandé si j'étais partant pour m'associer avec lui et acquérir le commerce. J'avais dans les deux mille dollars à la banque, je les ai mis dans la corbeille. Je comptais des années de métier, et il savait qu'il pouvait me faire confiance pour ne pas piocher dans la caisse.

— Ç'a été une bonne affaire pour vous deux ?

— Une affaire en or.

— Désolée de revenir une fois de plus sur ce point, mais voyez-vous avec qui Violet aurait pu avoir une liaison ? Je n'ai pas l'ombre d'une piste.

— Probable que je vous en ai déjà trop dit. Vu ma profession, je ne vois rien, je ne pose pas de questions et je ne veux pas savoir. Et ce que je sais, je ne le répète pas.

— Même au bout de trente-quatre ans ?

— Surtout au bout de trente-quatre ans ! Ça servirait à quoi ?

— À rien, je suppose.

— Je peux vous donner un conseil ?

— Pourquoi pas ? Je ne vous promets pas de le suivre, mais je suis toujours prête à écouter.

— N'oubliez pas une chose : ici, c'est une petite communauté. Nous réglons nos problèmes entre nous. Quelqu'un comme vous qui vient poser des questions et fourrer son nez dans nos affaires, c'est mal vu.

— Jusqu'à maintenant, personne ne m'a opposé de refus.

— Pas en pleine figure. Nous sommes trop polis pour ça, mais j'ai entendu des remarques.

— De quel ordre ?

— Comprenons-nous bien : elles ne viennent pas de moi. Je répète ce que j'ai entendu.

— Je ne vous en tiendrai pas rigueur. Alors, quoi ?

— Si Violet n'a pas été retrouvée jusqu'ici, qu'est-ce qui vous fait croire que vous serez plus maligne ? Pour certains, c'est du culot.

— Il en faut une certaine dose pour agir, dans la vie, dis-je. Disons qu'il s'agit d'une partie de pêche. Si ça ne mord pas, je repars.

— Vous croyez que si l'un de nous savait où elle est, nous vous le dirions au bout de tout ce temps ?

— Tout dépendrait des raisons de son départ et de votre désir de vous protéger. Liza Mellincamp est convaincue qu'elle est quelque part dans la nature. Elle affirme ne pas savoir où, mais une chose est sûre : elle ne fera rien qui puisse nuire à Violet.

— Mettons que ce soit vrai, dit-il. Qu'elle ait quitté la ville comme beaucoup de gens le croient. Qu'elle ait refait sa vie ailleurs. Pourquoi la localiser ? Croyez-moi, elle a assez souffert. Si elle a réussi à se faire la belle, alors mes vœux l'accompagnent.

— Daisy a fait appel à mes services. Si ça contrarie les gens, dites-leur de s'adresser à elle. Mon opinion personnelle ? Elle est en droit de disposer de toutes les informations que je pourrai trouver.

— En supposant que vous ne serez pas bredouille.

— Exact, mais vous savez quoi ? Le temps nous travaille tous. Les secrets pèsent lourd. Si quelqu'un est prêt à lâcher le morceau, une petite poussée suffit, et je suis là pour ça.

Il écarta son assiette et sortit un paquet de cigarettes. Je le regardai en allumer une et éteindre l'allumette d'une bouffée de fumée. Il colla sa cigarette dans un coin de sa bouche et plissa les paupières pour se protéger de la fumée tandis qu'il se penchait sur la fesse gauche pour sortir un porte-billets de sa poche de pantalon. Il en tira une coupure de dix dollars et la posa près de son assiette.

— Ma foi, je vous souhaite bonne chance. En attendant, j'ai à faire.

— Une petite question encore. Vous croyez qu'elle est morte ou vivante ?

— Je ne me risquerais certainement pas à le dire. Bonne journée !

— Merci.

Dès qu'il eut passé la porte, je sortis mes fiches et notai tout ce que je me rappelai de cet entretien au débotté. Je jetai un regard à ma montre : 7 h 45. Avec un peu de chance, je pourrais passer un coup de fil à Daisy et l'attraper avant qu'elle parte travailler. Je saisis mon sac et traversai la salle qui se vidait.

Je repartis à pied jusqu'à ma chambre, amorçant un semblant de marche rapide avant de récupérer ma clé. Je ralentis en approchant. Ma porte bâillait… Je pilai net. L'employée du motel faisait ma chambre ? Je m'avançai avec précaution et utilisai le bout de mon doigt pour ouvrir grand la porte. Je procédai à un examen visuel, prenant tout mon temps, puis j'entrai. Tout était exactement à sa place, au moins à première vue. Je n'avais pas de bagages, et si quelqu'un était entré par effraction, il n'y avait rien à chercher. Le lit était toujours défait, draps et couverture rejetés sur le côté. Dans la salle de bains, ma serviette humide se trouvait à l'endroit où je l'avais laissée, sur le bord de la baignoire.

Je m'immobilisai dans l'encadrement de la porte entre les deux pièces, mon regard effectuant le travelling de rigueur. D'un objet à l'autre, d'une surface à l'autre. Rien ne semblait avoir bougé. Pourtant, je savais que j'avais fermé la porte correctement, car j'avais vérifié le bouton juste après l'avoir tirée. J'allais au bureau de devant, ma clé de chambre à la main. Le parking s'était vidé de moitié, mais personne ne semblait s'intéresser à moi.

Mme Bonnet était à la réception. Je lui annonçai que je partais.

— Personne ne m'a demandée ce matin ?

— Non, madame. Nous ne donnons aucune information sur nos hôtes payants. Vous attendiez une visite ?

— Non. Mais quand je suis rentrée de mon petit déjeuner, ma porte était ouverte, et je me posais la question.

Elle fit signe que non et haussa les épaules, incapable de m'éclairer.

Je signai la note. Elle me tendit le double, que je mis dans mon sac. Je revins à ma voiture, toujours garée à l'emplacement devant ma chambre. J'ouvris la portière et m'installai au volant en expédiant mon sac sur le siège du passager. Je mis la clé de contact et me demandai l'espace d'une seconde de paranoïa si j'allais être éjectée dans la stratosphère. Dieu merci, je me trompais. Je reculai, puis je passai de marche arrière en première. La voiture parut tanguer quand j'accélérai. Même avec ma connaissance limitée des problèmes de mécanique, j'y vis un signe de mauvais augure. Je fis deux mètres de plus en me disant que j'avais dû rouler sur un objet quelconque et qu'il s'accrochait à mes roues. Le tangage n'avait pas cédé. Intriguée, je mis le pied sur le frein et ouvris la portière en me penchant sur la gauche. Puis je coupai le moteur et sortis.

Mes quatre pneus étaient crevés.

18

CHET

vendredi 3 juillet 1953

Assis au volant de sa berline Bel Air quatre portes, Chet Cramer fumait une cigarette, un plaisir qu'il se réservait en fin de journée. Il avait ouvert les vitres, y compris les deux déflecteurs, et les avait positionnés de façon à faire entrer le maximum d'air pur. Il adorait cette voiture. La série Bel Air, le haut de gamme, se déclinait en quatre modèles : le coupé sport deux portes, la décapotable deux portes et les berlines quatre portes. Toutes avec transmission automatique, radio et chauffage en option standard. Sa berline associait deux nuances : le haut Vert forêt, la section inférieure Soleil d'or. Les couleurs lui rappelaient le vert et or de l'ancien conditionnement des Lucky Strike. Quand la Seconde Guerre mondiale s'était profilée à l'horizon, le gouvernement avait eu besoin du titane de l'encre verte et du bronze du doré, et Lucky Strike avait abandonné cette palette au profit d'un paquet blanc à cible rouge. Lorsqu'il avait commencé à fumer, il avait été attiré par la marque à cause de son slogan – Be Happy, Go Lucky –, ce qui, avec le recul, ne manquait pas d'ironie. *Happy-go-lucky*[1], il ne l'avait pas été depuis la mort de son père en 1925. Ces derniers temps, il avait changé de marque afin d'évacuer les notions de bonheur et de chance. La nouvelle Kent à filtre Micronite se targuait de présenter « le risque le plus infime pour la santé depuis que la cigarette existe ». Il ne savait pas trop s'il se souciait de préserver sa santé, mais freiner sur le goudron et la nicotine ne pouvait faire de mal à personne.

Il ouvrit la boîte à gants et en sortit la flasque en argent qu'il avait héritée de son père. Il veillait à toujours la remplir de vodka provenant de sa réserve au bureau et y puisait tous les jours la force d'âme nécessaire pour rentrer chez lui. Il préférait le whisky, mais impossible d'embrasser Livia avec une haleine fleurant le pain de seigle. Il dévissa le bouchon et but une rasade. Il sentit la chaleur de l'alcool parcourir son organisme, mais elle n'atténua pas la douleur qui lui prenait la poitrine dans un étau. Son regard s'arrêta sur l'horloge digitale du tableau de bord. 17:22… À 18:15, il serait en train de dîner avec sa femme et sa fille, après quoi rien ne l'empêchait de retourner travailler. Il avait profité du week-end du 4 Juillet pour afficher des « Rabais fulgurants ». Lors de ce genre de ventes promotionnelles, il consacrait de longues heures à son garage, et maintenant qu'il avait viré Winston, il devrait assumer, en plus, la charge de travail du gamin, aussi minime soit-elle. Il considérait le travail comme une bénédiction, une manière de s'investir totalement dans l'instant présent. Car, à ce moment précis, il se laissait seulement porter par les événements, sachant qu'il était plus

1. Soit : insouciant.

facile de coller à sa routine personnelle que d'essayer de comprendre ce qui lui était arrivé.

Il s'était garé au sud de New Cut Road, à mi-distance entre l'A 166 et le point où la construction de la route s'arrêtait. La maison des Tanner se dressait exactement au centre de sa ligne de vision. Une route gravillonnée partait derrière lui à gauche, en direction de l'ancienne usine d'emballage Aldrich. Le bras mobile qui en barrait l'entrée était abaissé et cadenassé, et cela depuis des années, un endroit idéal pour décompresser. L'air de la mi-été était chargé d'humidité. Dans son rétroviseur, il voyait les champs onduler sous l'effet d'un petit vent qui froissait les feuilles sombres des betteraves à sucre. Un semi-remorque tractait un bulldozer sur un plateau bas, l'unique véhicule qu'il avait aperçu en une heure. Comme il l'observait, le conducteur effectua un quart de tour poussif et positionna son plateau pour décharger. Chet avala une nouvelle gorgée de vodka, s'attardant sur des futilités tout en essayant d'assimiler un cataclysme.

Le mercredi semblait remonter à l'éternité, alors que deux jours seulement s'étaient écoulés depuis. Il avait fallu l'irruption foudroyante de Violet dans son existence pour lui faire comprendre à quel point il était déprimé. Elle avait été un éblouissement, et pour la première fois de sa vie, le désir l'avait submergé. Comme si elle l'avait aspergé d'essence et avait craqué une allumette… À la minute où elle lui avait proposé un verre, il avait percé son jeu. Dans un état second, il l'avait suivie dehors jusqu'à sa berline, lançant une explication à Kathy au passage. Quoi, il n'en avait aucun souvenir… un prétexte à la noix qu'elle avait accueilli en haussant les épaules. Pour une fois, il avait béni le ciel d'avoir engendré une telle gourde. Malgré ses entichements de demeurée pour les vedettes de cinéma, l'oie blanche qu'elle était n'avait pas identifié le courant qui était passé avec une telle soudaineté entre Violet et lui.

Après avoir quitté le garage, Violet n'avait plus parlé d'aller prendre un pot. Ils étaient montés dans la berline et elle l'avait guidé vers le Sandman Motel, à deux rues de là. Il n'avait jamais remarqué jusque-là l'existence de ce motel, mais visiblement Violet connaissait bien les lieux. Elle lui avait dit de prendre une chambre simple, sous un faux nom. Elle avait attendu dehors pendant qu'il remplissait la fiche sous le nom de William Durant, le nom du type qui avait fondé General Motors en 1908, carrément ! Il avait craint que la réceptionniste croie à une blague, mais elle n'avait pas sourcillé. Fort de l'avoir abusée, il avait inventé une fausse adresse de domicile et longuement expliqué pourquoi il cherchait une chambre. Jamais il ne se serait cru tant d'imagination. Il avait continué à mentir comme un arracheur de dents, flirtant avec la fille jusqu'à la faire rougir – la couleur lui seyait. Il avait payé la chambre, pris la clé et regagné sa voiture.

Violet n'était plus là, mais il l'avait repérée à l'autre extrémité du parking, appuyée contre le grillage qui entourait la piscine. Elle avait attendu qu'il se gare devant la chambre, puis écrasé sa cigarette du pied, et s'était dirigée vers lui sans se presser, prenant tout son temps. Elle avait sûrement conscience de son image… le soleil illuminant ses cheveux roux, ses formes entièrement dévoilées par la robe bain de soleil violette qui la gainait. Il tremblait à l'idée de la posséder.

En le rejoignant, elle avait tendu la main. Il avait lâché la clé dans sa paume et l'avait regardée ouvrir la porte. Était entré derrière elle, s'émerveillant de se sentir si calme. Ignorant totalement ce qu'elle attendait de lui. Elle avait posé la clé sur la table de chevet et s'était retournée.

— Je t'avais acheté une bouteille de vodka, mais

ça m'est sorti de l'esprit et je l'ai laissée à la maison. Désolée. Je m'étais dit que tu aurais peut-être besoin d'une gorgée ou deux pour te calmer les nerfs.

— Tu avais prévu le coup ?

— Mon chou, ai-je l'air d'une idiote ? J'ai vu ta façon de me reluquer. Tu crois que je ne sais pas à quoi tu pensais ?

— On ne se croise presque jamais.

— La faute à qui ? Si tu n'étais pas si coincé, il y a beau temps que je l'aurais fait. J'en ai eu assez d'attendre que tu bouges. Alors voilà... je t'ai fait une surprise...

— Mais pourquoi ?

Elle avait ri.

— Ne te sous-estime pas. Tu es beau gosse et sexy comme tout. Et tu veux que je te dise aussi ? Tu te tues au boulot. Je le vois à ta figure. Tu peux me dire la dernière fois que tu as décroché et profité de la vie ?

— Je suis... je ne sais pas quoi dire.

— Qui t'a demandé de parler? Donne plutôt ta langue au chat, Chet !

Elle jouait avec son nom, mais il s'était aperçu qu'il s'en moquait. Elle s'était assise sur le lit, le tapotant d'un geste d'invite.

— Non mais regarde-toi ! Complètement crispé... Viens là, que je t'aide à te détendre.

Il s'était avancé vers le lit, se déplaçant comme s'il était drogué. Lorsqu'il s'était approché, elle avait frotté la paume d'une main contre le devant de son pantalon.

— Dis donc ! Mmm... ça va être bon.

Elle avait été douce et adorable, le guidant dans une expérience si intense et si nouvelle qu'il avait cru que son cœur allait s'arrêter. Rien avec Livia ne l'avait préparé à une telle ardeur. Violet trouvait sa timidité hilarante après toutes les conneries qu'il lui avait débitées un peu plus tôt. Elle l'avait traité de « gros dur » sur un ton qui l'avait fait éclater de rire. Elle se moquait de lui et pourtant il se sentait si bien en même temps…

Plus tard, elle l'avait accompagné de ses instructions patientes, murmurant : « Oui, là, juste là, mon trésor… Oh, c'est bon… Continue… »

Elle avait paru prendre plaisir à le régenter, lui infligeant çà et là une petite douleur qui exacerbait son plaisir, faisant monter sa jouissance jusqu'à des hauteurs sidérales. Elle prenait l'initiative et le faisait gémir à l'aide de certaines petites techniques dont elle avait le secret. Ils avaient fait l'amour une heure durant, et à la fin elle s'était déprise de lui en riant, à bout de souffle.

— On arrête, Superman !

— Qu'est-ce qui ne va pas ?

— Rien. Je dois filer, c'est tout. J'ai déposé Daisy chez une voisine et je dois la reprendre à l'heure dite. Foley est complètement parano quand il s'agit de savoir à quoi j'occupe mon temps. En plus, ma voisine est une vraie garce et elle serait capable de lui en parler sinon. Comment vas-tu ?

Il s'était mis à rire.

— Bien. Complètement moulu !

— Bravo ! Ça prouve que je me suis bien occupée de toi.

Il était resté allongé, nu, sur le lit, pendant qu'elle enfilait ses sous-vêtements et faisait glisser sa robe pardessus sa tête. Elle s'était approchée de lui et assise sur le bord du lit, elle avait relevé ses cheveux pour dégager son cou et lui permettre de remonter la fermeture Éclair dans son dos… Puis elle n'avait plus bougé et avait continué de lui tourner le dos.

— Je sais que les gens ne donnent pas cher de moi, mais il ne s'agit pas de ça. Ce qui s'est passé cet après-midi est juste entre nous, de notre plein gré à tous les deux. Je sais que j'aurais pu m'y prendre autrement, mais tu n'aurais pas été d'accord. Tu te serais fait du souci à cause de Livia, à cause de Foley, tu aurais eu peur qu'on nous surprenne. Je ne veux pas que tu aies mauvaise opinion de moi. Je savais que, si je ne te bousculais pas, nous n'aurions jamais mis les pieds ici.

Elle s'était retournée pour le regarder, et il aurait juré qu'elle était au bord des larmes. Il avait tendu la main, effleuré son visage. Elle avait eu un rire embarrassé, essuyant vivement ses joues. Remontant le drap sur lui.

— Cache-toi sinon tu vas me tenter.

Il avait fait mine de se lever, mais elle avait posé sa main sur sa poitrine.

— Non, non, tu restes là. Tu me plais avec les cheveux en bataille et les mèches qui pointent. C'est mignon comme tout ! Tu devrais te coiffer tout le temps comme ça.

— Ne pars pas.

— Il le faut.

— Donne-moi dix minutes de plus. Une heure. Mieux encore : on reste ensemble ici toute la vie.

Elle s'était accordé un bref temps de réflexion.

— Trente secondes, mais pas plus, avait-elle dit en se rasseyant.

Elle avait sorti une cigarette et l'avait allumée, puis la lui avait passée.

— Tu es plutôt inattendu, tu sais ?

Il avait caressé son bras nu, émerveillé par la douceur soyeuse de sa peau.

— Tu es belle.

— Je me sens belle avec toi.

— Quand puis-je te revoir ?

— Ce n'est pas une idée géniale. Tu sais que c'est dangereux.

— J'aime le risque. Je ne le savais pas avant que tu arrives dans ma vie.

— Assez de mots doux, Superman. Je suis déjà partie.

Elle avait embrassé son index et l'avait appuyé sur les lèvres de Chet. Puis elle avait enfilé ses sandales et s'était levée, coinçant son sac sous son bras.

— Demain midi, ça t'irait ? J'aurai moins d'une heure, impossible de faire mieux.

— Tu ne veux pas que je te raccompagne jusqu'à ton pick-up ?

— Je peux faire le trajet à pied. Ce n'est pas loin et c'est préférable.

Elle était sortie et avait refermé la porte derrière elle. Il avait entendu le bruit de ses pas décroître sur le trottoir. S'était demandé comment il allait survivre le temps de la revoir.

Quand il était rentré chez lui tard dans la journée – après sa période de décompression habituelle dans New Cut Road –, il s'était attendu à crouler sous le poids de la culpabilité, or cela avait été exactement l'inverse. Il était heureux. Un sentiment proche de l'affection avait refait surface, et ce fut rayonnant de bonnes intentions qu'il avait pris place à table. Livia avait fait du saumon en gelée pour le dîner, peut-être la pire abomination qu'il ait jamais ingurgitée hormis ses foies de poulet. N'empêche qu'il s'était surpris à la regarder avec une tendresse assez exceptionnelle chez lui ces derniers temps. Où avait-elle disparu ? Il se prenait pour un brave type, mais il s'était rendu compte qu'aussi loin que ses souvenirs remontaient, il s'était montré teigneux et rabat-joie. Or tout cela s'était effacé. Même Kathy ne semblait plus aussi assommante. Il avait éprouvé en son for intérieur un sentiment jubilatoire à l'idée qu'elle n'aurait jamais imaginé les ébats de son vieux père. Lui-même n'en revenait pas… pareil passage de la mort totale aux limbes et à la renaissance ! Si jamais elle faisait allusion à son escapade avec Violet, il inventerait un prétexte sur le tas et savait qu'il passerait comme une lettre à la poste. Il venait d'aborder à un nouveau monde. Qui sous-entendait le mensonge, l'adultère et certaines pratiques strictement interdites par la Bible, ce qui ne les rendait que plus émoustillantes. Il avait demandé à se resservir de gros haricots blancs en boîte en croisant les doigts pour ne pas éclater de rire devant les images qui s'attardaient dans son esprit.

La matinée du jeudi avait été un supplice qu'il avait enduré l'œil vissé sur la pendule. À 11 h 50 il avait quitté le garage en disant qu'il allait déjeuner. Quand Kathy lui avait demandé où, il lui avait répondu qu'il ne savait pas encore, mais qu'il rentrerait dans un petit moment. Ç'avait été en homme d'expérience qu'il avait pris la même chambre au Sandman. Tout lui paraissait très simple maintenant. Violet était arrivée, et quelques minutes après, dans une tornade de vêtements ôtés à la hâte, de baisers enfiévrés, de gémissements de damnés et d'enlacements farouches, ils s'étaient retrouvés nus, allongés sur le lit. L'haleine de Violette sentait le vin rouge et le tabac, mais il s'était gardé de lui demander ce qu'elle fichait au Moon si tôt dans la journée. Ça changeait quoi, hein ?

Leur étreinte avait même été plus émouvante que la veille, ce qu'il n'aurait jamais cru possible. Il se sentait déjà bien dans sa peau, sûr de lui. Ça n'avait pas été la brève rencontre de deux inconnus, mais l'intimité profonde de deux adultes. Violet pouvait se montrer perverse et éveiller la lubricité qui sommeillait en lui. Salace aussi, usant d'un langage de charretier qui agressait parfois sa pudeur. Mais elle avait aussi des façons de faire si tendres qu'il se sentait au bord des larmes.

Après, ils avaient fumé la même cigarette, comme les amants dans les films. Il n'avait pu réfréner un sentiment de puissance nouveau pour lui. Violet était blottie dans son bras, la tête reposant sur son épaule, le visage légèrement décalé pour pouvoir le regarder. Il avait abaissé les yeux vers elle.

— Oui ?

Elle avait ri.

— Comment savais-tu que je pensais à quelque chose ?

— Tu n'es pas la seule à avoir des pouvoirs télépathiques.

— C'est bien. J'aime…

Elle s'était tue, son sourire effacé.

Il lui avait secoué l'épaule.

— Vas-y. Accouche.

— Je pensais à ce que tu m'avais dit hier. Tu sais… passer le reste de notre vie dans cette chambre. C'était adorable. J'ai eu l'impression d'être quelqu'un de spécial pour toi, pas juste une fille à baiser.

— Hé ! arrête ! Ne dis pas d'horreurs pareilles sur toi.

— Mais c'est la vérité. Tu connais ma réputation. Je suis infréquentable. Je couche avec le premier venu… Mais tu veux que je te dise ? Même si je parle à tort et à travers et mène une vie de bâton de chaise, je me sens complètement anesthésiée, comme si j'étais déjà morte en dedans. Alors au moins, quand je suis complètement pétée et que j'explose, j'ai l'impression d'être vivante. Tu comprends ce que je veux dire ?

— Seigneur ! Tu viens de décrire ma vie ! Je ne l'extériorise pas comme tu le fais, mais c'est exactement pareil. Tu crois que je suis heureux parce que je gagne des masses de fric et que je vis dans une belle maison ? Détrompe-toi. J'ai passé ma vie à m'occuper des autres. Là, c'est la première fois que je fais quelque chose pour moi. Quand je t'ai parlé de passer le reste de mes jours avec toi, j'étais sérieux.

— Merci. Ça me fait du bien de le savoir…

Elle avait paru hésiter.

— Ce qui s'est passé, hier, avec la voiture… Je regrette vraiment. Je n'aurais pas dû la prendre. Je sais que j'ai mal agi en lui mettant tous ces kilomètres au compteur, mais ç'a été plus fort que moi. Comme si je venais de sortir de prison et que le monde m'appartenait. Le soleil et l'océan. C'était d'une telle beauté… foncer si vite sur la route. J'avais baissé toutes les vitres et mes cheveux me fouettaient la figure. J'ai roulé tout le temps à soixante-dix…

— Arrête, Violet. Ne me dis pas des choses pareilles. Tu vas me donner une crise cardiaque !

— En tout cas, c'était une sensation fantastique, et je te dois des remerciements.

— Et pour ça.

— Oui, pour ça aussi.

Il avait gardé le silence un moment.

— Tu sais que je peux réaliser ton vœu.

— Quel vœu ?

— La voiture. Je peux m'arranger pour qu'elle soit à toi.

Elle se mit à rire.

— Arrête de dire des conneries. Comme si tu pouvais… Tu es dingue ou quoi ?

— Je suis sérieux. Dis à Foley de venir me voir. S'il passe demain matin, je peux lui proposer un marché.

— Foley n'a pas un sou.

— Je sais, mais nous trouverons une solution.

— Tu ferais ça pour moi ?

— Oui.

— Tu me mènes en bateau, hein ?

— Je ferais n'importe quoi pour toi. Sans blaguer. Tu me rends fou…

— Tu n'es pas obligé de me dire ça parce qu'on a fini dans un lit.

— Tu ne sauras jamais ce que tu as fait pour moi. Tout est différent maintenant. J'ai changé.

— Pas le moins du monde. Tu es enfin toi.

— Dis-moi qu'on se voit demain, insista-t-il. Sinon, je ne tiendrai jamais jusqu'à la semaine prochaine.

Elle avait de nouveau gardé le silence, étudiant le visage de Chet avant de formuler sa réponse.

— D'accord. Demain à quatre heures. Comme j'ai un truc à faire avant, promets-moi de ne pas bouffer ton slip si j'arrive en retard.

À 15 h 45 le vendredi il avait pris une chambre au Sandman. Le mercredi après-midi, lorsqu'il avait rempli la fiche pour la première fois, il avait raconté à la réceptionniste qu'une canalisation s'était rompue dans sa maison, causant une véritable inondation au rez-de-chaussée. Il avait exploité le thème jusqu'à plus soif, ne soupçonnant pas une minute qu'il reviendrait le lendemain même. Le jeudi, il lui avait expliqué que les réparations devaient commencer, mais que l'entreprise de plomberie lui avait fait faux bond. Elle l'avait écouté d'une oreille compatissante le premier jour, sceptique le deuxième. Là, elle s'était montrée à peine aimable. S'il pensait reprendre une chambre, lui avait-elle dit, pourquoi ne pas tout simplement la garder, au lieu de la réserver pour une heure, la rendre et revenir le lendemain ? L'idée qu'elle conservait la trace des clients ne lui était pas venue. Il s'était cru obligé de fignoler, brodant sur l'odeur de moisi qui l'avait obligé à mettre tout son mobilier au garde-meuble. La sonnerie du téléphone l'avait interrompu au beau milieu de sa narration. Elle avait décroché, lui tournant le dos. Et avait continué à bavasser avec Dieu sait qui, jusqu'au moment où il avait compris qu'elle se désintéressait complètement de son histoire. Il avait pris sa clé et tourné les talons. La garce ! Il était un homme d'affaires respectable. Ce qu'il faisait ou pas et avec qui ne la regardait pas. Et pourquoi diable s'être échiné à s'expliquer ! Des motels, on n'en manquait pas. La prochaine fois, Violet et lui iraient ailleurs.

Il avait regagné sa voiture et longé tout le parking pour se garer devant sa chambre. Pendant le trajet, il s'était arrêté chez le fleuriste et avait acheté une brassée de fleurs, pour que ce soit la première chose que Violet voie en arrivant. Il avait pris le bouquet avec lui et était entré dans la chambre. Ils avaient eu deux fois la 14. Celle-ci était la 12, et il avait remarqué qu'elle était nettement plus bas de gamme. N'importe, elle ne s'en formaliserait pas. La voiture était déjà en sa possession, car Foley l'avait prise sur le parc d'exposition à 10 h 30 ce matin-là. Il était arrivé au garage à 8 h 45 et Chet lui avait fait une offre dont il n'aurait jamais rêvé. Chet s'était montré d'humeur joviale tout du long, sachant qu'il coucherait avec la femme du bonhomme à 16 h 15. Il méprisait Foley, mais maintenant le gars lui inspirait aussi de la pitié. Trop ballot et trop mal dégrossi pour apprécier la femme exceptionnelle, le trésor qu'il avait. Elle le dépassait de cent coudées… jeune, sensuelle, belle, pleine de fougue. Foley avait essayé de la mater avec ses poings, avec pour seul résultat de l'éloigner de lui. Chet savait traiter les dames, et il avait les moyens de le faire en grand seigneur. Il avait déjà mis sur pied une demi-douzaine de plans pour la sortir de la tanière de Foley et la garder en lieu sûr dans le voisinage. Au début, il s'était dit qu'il devrait quitter Livia… aucun problème. Divorcer serait compliqué et pénible, mais il avait quarante-sept ans et droit au bonheur. Évidemment, le divorce perturberait sa fille, mais les enfants ont la faculté de rebondir, tout le monde l'affirmait. Ils sentaient quand leurs parents étaient malheureux, et on ne leur rendait pas service en dissimulant les problèmes et en prétendant que tout allait bien dans le meilleur des mondes. Autant s'expliquer franchement.

Après plus mûre réflexion, il s'était interrogé sur le bien-fondé de sa première impulsion. Plus il y songeait, plus il voyait la cruauté d'infliger à Livia une telle épreuve – l'humiliation sur la place publique, les échanges d'invectives à qui crierait le plus fort –, sans parler de la réduction du train de vie. Au bout de quinze ans de mariage, elle serait anéantie. Autant y mettre le prix et lui épargner d'être marquée au fer rouge par le divorce et l'abandon. C'était à lui d'assumer le poids de sa liaison avec Violet, et de le faire en homme.

Il avait consulté les petites annonces immobilières à Santa Teresa et repéré une location qui lui paraissait faire l'affaire. « Bon état et plein de charme, avec vue sur l'océan », précisait-on. Il pourrait s'y rendre d'un coup de voiture et voir Violet chaque fois qu'il en aurait la possibilité. Il la comblerait de douceurs… vêtements, voyages, tout ce qu'elle voudrait. Elle se montrerait peut-être rétive au début, refusant de lui devoir quoi que ce soit, mais maintenant qu'elle possédait la Bel Air, elle comprendrait jusqu'où il était prêt à aller.

Il avait rempli d'eau le seau à glace et arrangé les fleurs, imaginant déjà la suite. Comparé à Violet, il manquait d'expérience et cela l'humiliait. Au garage, il était toujours en position supérieure – au sens figuré, s'entend –, mais là, il s'inclinait, la laissant faire de lui ce qu'elle voulait. Violet était aux commandes et il lui donnait tout pouvoir. C'était un changement reposant, une possibilité qui ne lui était jamais venue à l'esprit. Avec Livia, il devait parfois se raisonner pour faire l'amour. Il avait des besoins physiques, mais autant les satisfaire lui-même. Avec Violet, il était chargé à bloc, presque fou à l'idée de ce qu'elle lui réservait.

Le plus drôle, c'est qu'il l'avait aperçue un peu plus

tôt dans la journée. Peu après midi, il avait fait un saut en ville pour ses opérations bancaires de fin de semaine, oubliant que la banque serait fermée en raison du 4 Juillet. Il s'était garé à proximité de l'hôtel Savoy, et en passant devant la devanture du salon de thé, il avait jeté par hasard un regard à l'intérieur. Et vu Violet avec sa petite fille, Daisy, et Liza Mellincamp, qui prenaient toutes les trois du bon temps. Il avait souri de la voir si heureuse, sans doute parce que maintenant, la voiture lui appartenait. Il avait failli taper un petit coup sur la vitre et lui faire signe de la main, puis avait jugé plus sage de s'abstenir. Désormais, en public, il se comporterait comme s'il ne la connaissait pas.

16h20. Elle était en retard, mais elle l'avait prévenu. 16h26, il consulta de nouveau sa montre. Avait-elle eu un grave empêchement ? Si un imprévu impossible à éviter l'avait retenue, elle ne pouvait pas l'appeler, car elle ignorait sous quel nom il prenait la chambre. Mettons que Foley soit rentré à l'improviste, elle pouvait difficilement s'isoler pour aller téléphoner. Parano comme il l'était… Entre deux étreintes torrides, elle lui avait livré quelques aperçus des sévices qu'il lui avait infligés, les menaces, les promesses de représailles si jamais il découvrait qu'elle l'avait de nouveau trompé. Chet avait été effaré, mais elle avait haussé les épaules comme s'il n'y avait pas de quoi en faire toute une histoire. « Mais crois-moi, lui avait-elle dit. La prochaine fois qu'il me tombe dessus, c'est fini. Je pars. »

16h29. Chet avait senti l'anxiété lui tordre les boyaux. Et si Foley avait eu vent de leur rendez-vous ? Il n'osait pas partir. Si elle finissait par se montrer, elle serait furieuse.

À 16h36, on avait frappé un coup discret à la porte. Il avait écarté le rideau, déjà prêt à voir Foley une arme à la main. C'était Violet, merci mon Dieu ! Il avait ouvert la porte et elle était entrée d'un pas décidé, sans un mot d'explication. Il avait attendu, certain qu'elle allait avancer une excuse… des courses, Daisy, la circulation sur la route…

— Bon sang, que s'est-il passé ? Tu avais dit quatre heures !

Il avait eu conscience de son ton accusateur, mais il était si soulagé de la voir qu'il n'avait pu se retenir.

— C'est tout ce que tu trouves à me dire ? Je risque ma vie et mes abattis pour venir ici et tu fais la gueule parce que je suis en retard ? Je t'avais dit de ne pas bouffer ton slip.

— Bien sûr que non, je ne fais pas la gueule. Je m'inquiétais, c'est tout. Désolé d'avoir réagi comme un imbécile.

— D'où viennent ces fleurs ? Tu les as achetées pour moi ?

— Elles te plaisent ?

— Évidemment, mais c'est cher payé pour trente minutes chrono.

Elle avait jeté son sac sur la chaise et ôté ses chaussures, les envoyant bouler du même côté.

— C'est tout le temps que tu as ? Je croyais que tu avais dit une heure !

— Exact. J'avais une heure, la moitié s'est écoulée, alors arrête de me tanner. On a mieux à faire.

Elle avait commencé à ôter ses vêtements. Robe. Culotte. Dégrafé son soutien-gorge, laissant ses seins bouger à leur gré. Il n'arrivait pas à définir son humeur. Ses manières désinvoltes cachaient une irritation qui ne lui disait rien de bon. Il avait espéré une remarque sur la voiture, mais non, pas un mot. Sans doute gênée d'exprimer sa gratitude… Elle le dévisageait.

— Tu te déshabilles ou tu restes toute la journée à me regarder ?

Il avait vite quitté ses vêtements tandis que Violet rabattait le drap et les couvertures et se mettait au lit. Ils avaient fait l'amour, mais pas vraiment avec la brûlante ardeur de la veille. Sa prestation n'avait pas été non plus à la hauteur de ses espérances, même si Violet avait pris la chose avec gentillesse, lui disant : « Oh, arrête de t'en faire. Tout le monde a des jours sans. Tu es un bon coup. »

Sur ce, elle avait repoussé le drap d'un geste vif et s'était assise. Malgré ses assurances, il se méfiait, désireux de se rattraper. Il l'avait enlacée, fourrant le nez dans ses cheveux, embrassant la peau soyeuse du milieu de son dos. Se sentant revenir à la vie là où cela comptait.

— Tâte un peu, lui avait-il dit.

— Cesse de t'extasier. Tu m'agaces.

D'un geste taquin il lui avait tiré une mèche de cheveux.

— Alors, ça te fait quoi d'avoir ta Bel Air à toi ?

Là, il avait récolté un sourire.

— C'est bon, lui avait-elle dit. Génial ! En revenant ce matin, Foley l'avait garée devant la maison et il m'a dit de regarder par la fenêtre. Je n'en croyais pas mes yeux !

À l'entendre, tout le mérite revenait à Foley ! Chet l'aurait volontiers taquinée à ce sujet, mais sous le plaisir qu'elle affichait, il l'avait sentie déprimée.

— Hé, Henny Penny[1], qu'est-ce qui ne va pas ? Le ciel t'est tombé sur la tête ?

— Tout va bien.

— Je te connais mieux que ça. Qu'y a-t-il ?

— Simplement que je ne vois pas comment continuer. Foley m'a fait une scène hallucinante hier soir, et ce

1. Héroïne d'un conte de fées anglais.

connard a tout cassé dans la maison. On dirait qu'il se doute de quelque chose. Il ne sait pas encore quoi, mais ça ne traînera pas. Une fois qu'il a flairé un truc, c'est un vrai limier.

— Il a dit quelque chose ?

— Non, mais je le lis dans ses yeux et ça me terrifie. Je suis sur un terrain glissant. Il suffit d'un faux pas et…

— Et quoi ?

— Je ne sais pas, mais rien de bon.

— Oh, allez… Pas à ce point-là !

— Parle pour toi.

Il avait éprouvé un brin d'inquiétude.

— Alors marquons une pause, le temps qu'il se calme. Demain est férié. N'importe comment, j'ai du travail, impossible de se voir. Pendant le week-end, sois gentille avec lui. Va au feu d'artifice, emporte un dîner sur le pouce, fais ce que tu juges bon… Il viendra te manger dans la main.

— C'est ça. Inutile d'en faire une histoire. Cette bonne vieille Violet… Traîne avec lui, fais-lui du charme, baise-lui le cul, suce-lui la bite, tout ce qui peut détendre le mec, qui est cinglé de naissance.

— Je parlais sérieusement.

— On voit que ce n'est pas toi qui vis avec lui ! Tu n'imagines pas ce type. Ce n'est pas toi qui prends un coup dans les côtes un jour sur deux. Regarde plutôt, j'ai encore la marque de quand il m'a balancé une foutue cafetière à la figure !

— Alors pourquoi ne pas partir ?

— Et où ça ? Tu crois que j'irais loin ?

— Aussi loin que tu veux. Si c'est une question d'argent, je peux te dépanner.

— L'argent n'a rien à voir là-dedans, Chet. Tu ne penses jamais à autre chose ?

— À quoi, par exemple ?

— Mais bon Dieu, tu refuses de comprendre ou quoi ? C'est juste l'idée que j'en ai…, que je suis seule dans ce guêpier. Parce que qui tient à moi, tu veux bien me le dire ? Dans cette ville, on me traite comme un chien, comme la dernière des dernières !

— Moi, je tiens à toi.

— Mais oui…

— Je suis sérieux. Je tiens profondément à toi.

— Je sais à quoi tu tiens. À ce qu'on te baise.

— Hé, minute…

— Je te faisais marcher, d'accord ? J'essayais de faire de l'humour. À quoi ça me sert de pleurnicher sur mon sort…

— Violet, je suis de ton côté. C'est ce que j'essaie de te faire comprendre. J'ai réfléchi au problème et je ne juge pas prudent que tu vives sous le même toit que lui. Du coup, j'ai pensé que j'allais te trouver un autre endroit où habiter…

— Mmm… Inutile de t'inquiéter. Je me débrouillerai.

— Mais pourquoi ne pas me laisser t'aider alors que je suis sérieusement inquiet ?

— Allez, Chet… « Sérieusement inquiet » ? Tu crois que je ne vois pas clair dans ton jeu ? Tu n'es pas inquiet pour moi. Mais pour toi et pour ton plaisir. Les deux jours qui viennent de passer, tu ne m'as pas demandé une seule chose sur moi, sauf si je prenais la pilule. C'est ça qui t'intéresse ? Comme si tu étais un tel étalon que je risque de me faire engrosser et de foutre en l'air le reste de ta vie ?

Il avait senti son visage se figer.

Elle avait vu son expression et s'était adoucie.

— Excuse-moi. Je ne voulais pas dire ça. Je ne sais même pas ce que je raconte. C'est parce que je vais être indisposée…

— C'est à cause de ça ? Pourquoi tu ne l'as pas dit ? Viens là…

— Arrête de prendre cette voix de faux cul. Ce n'est pas ça qui résoudra mon problème. Tu es bouché ou quoi ?

Elle s'était levée et avait traversé la chambre d'un pas agacé avant de revenir s'asseoir. Elle s'était penchée, les coudes sur les genoux, la tête entre les mains.

— Tu ne m'écoutes pas, mais c'est ma faute. Je suis la seule à blâmer. J'aurais dû m'expliquer clairement. Ce qui va me mettre en sécurité, Chet, c'est de garder le maximum de distance avec toi. Tu es un type sympa et un brave mec, mais côté rendez-vous clandestins un amateur. Si je suis en danger… et je le suis…, c'est à cause de toi.

— Mais c'est ce que je me tue à te dire ! Je peux te sortir de là.

— Non, tu ne peux pas. Regarde-toi, complètement niais et en manque d'amour ! Tu crois que je suis la réponse à tes prières, mais je te conduirais tout droit en enfer… Je sais que tu ne veux rien entendre, mais crois-moi. Tu n'es pas fait pour cette vie ni toutes ces cachotteries. Ce n'est pas dans ta nature. Dans le fin fond, tu es un type honnête… en clair, tu te prendras les pieds dans le tapis. Tu feras une bourde et je serai dans la merde. J'ai tout intérêt à ce qu'on s'en tienne là.

— Tu plaisantes !

— Tu vois ? Exactement ce que je t'explique : tu ne m'écoutes pas ! Non seulement tu me mets en travers de la voie ferrée, mais tu m'attaches aux rails. Si tu tiens à moi… si tu m'aimes tant que ça… donne-moi plutôt une chance de me battre et ne t'en mêle pas. Je peux gérer Foley, mais à condition que tu ne me tournes pas autour. Parce que je vais te dire ce qui va se passer. Un soir tu vas te ramener au Moon avec un grand sourire d'extase.

Foley n'aura qu'à te regarder pour tout savoir. Et qui il refroidit ? D'abord moi, puis toi, et lui après.

— Ça n'arrivera pas. Il ne le saura jamais, Violet, je lui ai parlé ce matin. Il était assis devant mon bureau, même pas à cette distance. Je te jure qu'il n'a pas l'ombre d'un soupçon.

— Tu veux que je te dise ? Parce qu'il s'agissait de fric et qu'il voulait obtenir quelque chose de toi. Et aussi parce que toi et moi, il n'y a que trois jours qu'on se voit et que tu n'as pas encore eu l'occasion de tout foutre en l'air, mais ça viendra.

— Attends, attends… Réfléchissons. Inutile de rien précipiter. J'ai une idée. Je peux louer un appartement pour toi à Santa Teresa… sous un faux nom. Si cette solution ne te plaît pas, on met les voiles et on part vivre ailleurs. Je te jure que pour toi je le ferais !

Elle sourit et fit signe que non.

— C'est ça, ta solution ? Tu as des trésors d'imagination. Je dois le reconnaître.

Elle avait trouvé son soutien-gorge et l'avait agrafé dans son dos. S'était penchée et avait pris ses seins l'un après l'autre pour les ajuster dans leurs bonnets respectifs. Avait récupéré et enfilé sa culotte. Passé sa robe par-dessus sa tête et remonté la fermeture Éclair sans l'aide de personne. Un spectacle de strip-tease à l'envers… De retour à la table de chevet, elle avait pris une cigarette dans son paquet à lui et l'avait tapotée sur l'ongle de son pouce.

— Regarde cette piaule. Même pas fichus de te fournir une putain de boîte d'allumettes. Tu peux me donner du feu ?

Anesthésié, il avait allumé son briquet, la regardant se pencher vers la flamme en retenant ses cheveux. Elle avait aspiré une bouffée de cigarette et soufflé un ruban de fumée en direction du plafond.

— Merci.

Elle avait pris le cendrier et son sac, et gagné la salle de bains. Dans l'encadrement de la porte ouverte, il l'avait vue se refaire une beauté.

Il l'avait suivie, mais s'était arrêté à la porte, emprisonnant son reflet dans le miroir.

— Tu me dis que c'est fini.

— Oui… Ne le prends pas mal, mais sortons de cette histoire pendant qu'il en est temps.

Il avait gardé le silence pendant près d'une bonne minute, alors qu'il repensait aux trois derniers jours.

— Tu l'as fait pour la voiture, c'est ça ?

La bouche ouverte, elle s'était retournée.

— Hein ?! Qu'est-ce que tu racontes ?

— C'était juste pour avoir la voiture et maintenant que tu l'as, tu me plaques.

— Tu veux dire que je t'ai baisé pour avoir une bagnole ?! Mille mercis ! Tu me prends pour une pute ? C'est toi qui me serines de ne pas dire du mal de moi, mais écoute donc les saloperies que tu m'envoies !

— Je suis désolé. Désolé…

— Si tu es si désolé, alors arrête de me sortir des vacheries !

Elle était aussitôt revenue à son rouge à lèvres, suivant la ligne de sa bouche.

— Si tu veux jouer les brutes, prends un numéro et fais la queue. Côté insultes, tu n'arrives pas à la cheville de Foley.

— Tu es folle ou quoi ? Carrément cinglée ! Remballe tes conneries sur la façon dont ce type te traite. Je suis venu ici prêt à t'offrir une vie digne de ce nom.

— Écoute, mon mignon, une vie, j'en ai déjà une. Peut-être que c'est pas grand-chose à tes yeux, mais je fais de mon mieux, alors garde tes grands airs pour toi.

— Violet… arrête.

Il avait voulu parler, mais sa gorge s'était nouée, et sa voix cassée.

— Bon Dieu, Chet… Sois un grand garçon ! Ç'a été très chouette, mais regardons les choses en face. Là maintenant, ça pourrait être la folle passion, mais pour combien de temps ? Dans deux mois on n'en parlera plus, alors inutile d'en faire un plat. Comme si tu allais te barrer avec moi… Tu racontes des conneries !

Chet tira la dernière bouffée de sa cigarette et la jeta par la fenêtre. Il but une autre gorgée à sa flasque et la rangea. Le tracteur le dépassa de nouveau, sa remorque vide à présent, revenant vers la 166. Sur le terrain des Tanner, le bulldozer jaune vif était positionné à côté de deux autres engins ; un vrai tank. Chet n'était pas monté sur un tracteur depuis ses dix-huit ans, l'été éreintant avant que son père se fasse tuer. Il avait travaillé dans le bâtiment en pensant mettre un peu d'argent de côté pour sa première année de fac. Aujourd'hui le syndicat formait les hommes à manier les équipements lourds, mais, à l'époque, on montait sur le bulldozer, on mettait le contact et on croisait les doigts en espérant ne pas se planter dans une tranchée.

Il tourna la clé de contact et relâcha le frein à main. Il fit demi-tour sur la route à deux voies déserte. Ce qu'il avait vécu avec Violet, c'était l'équivalent d'une liaison de trois ans comprimée en trois jours. Début, milieu, fin. Liquidé. Il ne pouvait s'empêcher de penser qu'elle l'avait ridiculisé comme personne. Piégé, berné. Elle voulait la voiture. Maintenant c'était clair, mais elle avait bien joué sa main, et pour un peu il aurait admiré son savoir-faire. Elle avait agité son petit doigt et il avait trottiné gentiment derrière elle, aussi guilleret qu'un chiot ! La honte ne le submergeait pas encore, mais il ne perdait sûrement rien pour attendre… une fois que l'effet de l'alcool se serait dissipé. Certes, le souvenir du plaisir intense viendrait tempérer l'humiliation, mais ce plaisir avait été éphémère tandis que la fureur flamberait en lui comme le feu dans les entrailles d'un haut-fourneau, pendant des années. Ce qui le blessait, c'était de se savoir seul à souffrir. Maintenant, chaque fois qu'il apercevrait la voiture, chaque fois que Foley réglerait une traite, il aurait envie de disparaître sous terre, anéanti par le sentiment de son impuissance, de sa médiocrité... Il allait rentrer au foyer et retrouver Livia, point final. Sa vie avait été à peine supportable avant, mais que serait-elle maintenant qu'il connaissait la différence...

Arrivé chez lui, il remonta l'allée et rangea sa voiture au garage. Il se secoua mentalement, décidé à se reprendre. Il avait un rôle à jouer. Il n'allait pas laisser Violet saccager sa vie familiale comme elle avait compromis son entreprise. Il entra dans la maison. Le vestibule empestait le chou qui avait mijoté la moitié de la journée. Il en aurait pleuré. Ne même pas pouvoir compter sur un repas convenable chez soi... Livia, avec sa main toujours trop lourde et ses tristes notions de gastronomie, s'obstinait à cuisiner des plats immangeables : pain de maquereau, poulet à la crème sur gaufres, pudding de tapioca qui ressemblait à des grumeaux de frai contaminé lâché par un poisson. Il avait tout avalé, toutes les variations sur le thème, parfois trop effrayé pour demander ce que c'était.

— Papa, c'est toi ?

— Oui.

Il glissa un regard dans le séjour. Kathy était vautrée sur le canapé, ses jambes comme des poteaux posées sur un des accoudoirs. Elle portait un short et un T-shirt blancs peu faits pour son gabarit. Elle avait une mèche de cheveux dans la bouche et en suçait l'extrémité tout en regardant la télévision. *The Howdy Doody Show*. Perdre son temps devant une telle ineptie… Une marionnette de cow-boy avec des taches de rousseur et une bouche d'égout ! On voyait même les ficelles qui l'animaient tandis qu'il faisait des pointes sur l'écran, bottes branlantes et pendouillantes !

Chet quitta sa veste de sport et l'accrocha à une patère dans le vestibule. Parfait pour déformer l'épaule ? Il s'en foutait ! Il défit son bouton de col et relâcha sa cravate. Il devait se ressaisir… Mais un quart d'heure plus tard, alors qu'il était assis à table pour le dîner, Livia fit une remarque débile sur l'attitude grotesque du président de la Corée du Sud, Syngman Rhee, qui avait appelé chrétiens et non-chrétiens à prier pour la paix.

Il la dévisagea, révolté, réagissant au quart de tour.

— Tu trouves grotesque que la guerre puisse finir ? Après que nous avons perdu trente-trois mille de nos soldats ? Tu deviens folle ou quoi ? Rhee est le bonhomme qui a libéré vingt-sept mille prisonniers de guerre nord-coréens il y a moins de quinze jours, sabotant les discussions sur l'armistice. Et maintenant qu'il lâche du lest, tu es là, à l'accabler de ton mépris ?

Les lèvres de Livia se coincèrent si serré qu'il fut étonné de l'entendre parler.

— Ce que je dis, c'est qu'il n'y a pas lieu que des non-chrétiens prient pour la paix s'ils ne croient pas en Dieu.

— Parce que les non-chrétiens ne croient pas en Dieu ? C'est ce que tu penses ? Ceux qui ne fréquentent pas ta paroisse et n'adorent pas ton Dieu sont des païens ? Livia, tu n'es quand même pas idiote à ce point !

Il savait qu'elle était ulcérée, mais franchement, il n'en avait rien à cirer. Les joues marbrées d'indignation, elle posa l'assiette de Chet devant lui sur la table avec tant de violence qu'elle faillit se briser. Il jeta un coup d'œil au menu, qui consistait en un plat principal avec, en accompagnement, du chou trop bouilli qui avait perdu toute couleur. Il tendit le doigt vers le plat d'entrée.

— C'est quoi ?

Livia s'assit et étala sa serviette sur ses genoux.

— Nous avons « soirée cuisines du monde ». Le premier vendredi de chaque mois. C'est l'œuvre de Kathy et ça me paraît très réussi.

— C'est du Welch Rabbit[1], lança Kitty tout heureuse, portant déjà une fourchette pleine à sa bouche.

— Welch ? Il n'existe aucun pays de ce nom. Vous deux, vous perdez la tête ou quoi ? Ce n'est pas du lapin. C'est du fromage fondu sur un toast.

— Aurais-tu la bonté de goûter une bouchée avant de juger, ou est-ce trop demander après tout le mal que Kathy s'est donné ?

— Vous vous foutez de moi ? Je ne vais quand même pas m'échiner au travail toute la journée pour bouffer une saloperie pareille ! J'ai besoin de viande.

— Je te prierai de surveiller ton langage. Nous avons une jeune dame à table.

Il repoussa son assiette.

— Excusez-moi.

Il quitta la table et se réfugia dans les toilettes du rez-de-chaussée, où il sortit sa flasque et liquida le reste de vodka en six gorgées. Il était loin du compte, mais il réussirait peut-être à survivre pendant le prochain quart d'heure sans péter les plombs.

Il revint à table et commença à manger, essayant d'imaginer comment les individus normaux se comportaient.

1. Ou plutôt « *Welsh rarebit* », sorte de croque-monsieur au cheddar et à la bière, une spécialité galloise dans laquelle le lapin (*rabbit*) n'est pour rien.

Sûr qu'aux quatre coins de l'Amérique des maris étaient assis devant des dîners du même tonneau, affligés d'épouses et de filles comme celles qu'il avait en face de lui. Comment tenaient-ils le coup ? En parlant pour ne rien dire ? C'était dans ses cordes. Inutile d'évoquer la paix dans le monde. Il jeta un coup d'œil à Kathy, sans trop s'attarder car elle avait tendance à manger la bouche ouverte.

— J'ai vu ton amie aujourd'hui.

— Qui ?

— Liza.

— Oh…

Elle était si soucieuse de s'empiffrer qu'il se demanda si elle avait entendu.

— Une mouche l'a piquée ?

Kathy lui jeta un regard rapide.

— Non. Pourquoi dis-tu ça ?

— Il y a six mois, vous étiez comme deux sœurs siamoises attachées à la hanche. Elle t'a plaquée ou quoi ?

— Non, papa. Elle ne m'a pas « plaquée ».

— Alors comment se fait-il que vous ne vous voyiez plus ?

— Pas du tout ! Nous nous voyons tout le temps. Elle était occupée aujourd'hui. C'est défendu par la loi ?

— Elle ne m'a pas paru si occupée que ça. Sauf si un déjeuner en ville compte pour une occupation.

— Liza n'a pas déjeuné en ville.

— Je croyais que c'était son anniversaire aujourd'hui. Tu n'as rien dit là-dessus au dîner hier soir ?

— Et alors ?

— Alors rien. Je croyais que vous passeriez la journée ensemble.

— On s'est parlé au téléphone. Elle m'a dit que sa mère était malade, peut-être un truc contagieux sinon elle serait venue le fêter ici.

— Je vois, dit-il d'un ton entendu. Eh bien, ça expliquerait tout.

— Tout quoi ?

— Ce qu'elle faisait tirée à quatre épingles avec Violet Sullivan. Penchées toutes les deux sur des cocktails de crevettes.

Kathy posa sa fourchette et le fixa d'un air sidéré.

— Ce n'est pas vrai.

— Si, comme je te le dis. Hum… Sans contestation possible.

— Où ça ?

— À l'hôtel Savoy. Le salon de thé est au rez-de-chaussée. Je les ai vues derrière la vitre.

— Chet ! dit Livia.

— Très drôle. Je ris… Et où était Daisy pendant ce temps-là ? Tu as oublié qu'elle existait ?

— Assise à côté d'elles, devant un grand bol de nouilles au beurre qu'elle aspirait une à une.

— Tu dis ça pour m'embêter parce que tu es de mauvaise humeur. Liza est peut-être sortie, mais ça n'avait rien à voir avec Mme Sullivan.

— Pose-lui la question et vois ce qu'elle te répond.

— Chet, ça suffit !

— Je ne peux pas la rappeler, je viens de l'avoir au téléphone. Elle s'occupe de sa mère qui ne se sent pas bien du tout.

— D'accord. Je n'insiste pas. Si tu as décidé de le prendre ainsi… Je serais navré que vous soyez fâchées. C'est juste ce qui m'inquiétait.

Kathy se réfugia dans le silence. Pendant ce temps, Livia adressait à Chet des regards noirs et lourds de sous-entendus, qui annonçaient une sérieuse algarade. Chet n'avait aucune intention de s'incruster pour se faire sermonner. Il s'essuya la bouche et jeta sa serviette sur son assiette. Se leva, réprimant le réflexe de partir en courant. Il sentit la bile refluer dans sa gorge. Bon Dieu, qu'est-ce qui lui prenait ? Ce n'était pas en foutant le bordel ailleurs qu'il ferait revenir Violet… Quel besoin de fâcher sa fille avec sa meilleure amie ? La mesquinerie de ce qu'il venait de faire ne fit qu'attiser sa fureur. Il se dit qu'il frôlait la folie, la conduite irrationnelle, aberrante, incontrôlée…

Il prit sa veste à la patère et l'enfila. Livia l'avait suivi dans le vestibule.

— Ne me dis pas que tu sors ?

— Si.

— Mais j'attends du monde ! C'est ma soirée canasta ! Les filles arrivent à huit heures. Tu avais dit que tu prendrais Kathy et que vous iriez quelque part !

Il franchit la porte d'entrée et la claqua derrière lui, incapable d'articuler un mot tant la rage l'étouffait.

19

Je regagnai le bureau du motel et empruntai le téléphone de Mme Bonnet. Je contactai le bureau du shérif pour lui signaler l'incident et m'entendis répondre qu'ils envoyaient quelqu'un. J'appelai ensuite l'Automobile Club de Californie du Sud et demandai à être dépannée. En attendant, j'appelai Daisy à son domicile, et ce fut Tannie qui décrocha : Daisy était déjà partie à son travail. Quand je lui parlai de mes pneus lacérés, elle manifesta l'indignation de rigueur.

— Ma pauvre chérie ! Comment a-t-on pu vous faire une saleté pareille ! Je n'en reviens pas !

— Personnellement, je suis excitée comme une puce. Je veux dire… je râle sec, d'un côté. Je déteste me trouver sans moyen de transport, et acheter quatre pneus neufs ne m'enchante guère. En revanche, c'est comme récolter les trois cerises d'un coup au bandit manchot. Trois jours d'enquête, et on a déjà un quidam aussi inquiet qu'un chat.

— Vous ne croyez pas à un acte de vandalisme ?

— Non mais, vous plaisantez ? D'accord, ma voiture ne passe pas inaperçue dans un parking plein de pick-up, mais on ne l'a pas choisie au hasard. C'est censé être un avertissement, voire une sanction, et moi j'y vois un signe de bon augure.

— Alors là, chapeau ! J'aurais fait un boucan de tous les diables si on m'avait tailladé mes pneus.

— Ça prouve que je suis sur la bonne piste.

— Qui est… ?

— Aucune idée, mais mon ange exterminateur doit penser que je suis à deux doigts de découvrir le pot aux roses.

— Quel que soit le pot en question.

— Exact. En attendant, j'ai besoin du nom d'un garage, si vous pouvez me recommander quelqu'un de bien.

— Vous oubliez que mon frère est de la partie ? Réparations d'automobiles Ottweiler, à Santa Maria. Au moins, il ne gonflera pas la facture.

— Génial, je l'appelle. Parlez-moi de vous. Comment s'annonce votre journée ?

— À la propriété avec deux gars. Si l'envie me prenait, je pourrais passer le restant de mes jours à débroussailler ! J'ai rendez-vous avec un entrepreneur à onze heures et demie, mais n'hésitez pas à faire un saut.

— Tout dépend du temps qu'il faudra pour changer mes pneus. Sauf imprévu, je passerai prendre des sandwichs et on peut déjeuner ensemble ?

— Dites à Steve que vous venez de ma part. Il n'en reviendra pas, c'est sûr. Non, mieux, c'est moi qui l'appelle et je lui dis que vous l'attendez.

— Merci.

Un adjoint du shérif arriva au Sun Bonnet moins d'une demi-heure après et passa quinze minutes de plus à prendre des photos et à remplir le constat. Je pourrais passer en prendre un exemplaire pour l'envoyer à ma compagnie d'assurance, me dit-il. Impossible de me rappeler le montant de ma franchise, mais je serais sûrement bonne pour régler la facture. Peu après son départ, la dépanneuse arriva, et le conducteur chargea ma voiture sur le plateau. Je sautai dans la cabine à côté de lui et nous couvrîmes les vingt-cinq kilomètres qui nous séparaient de Santa Maria sans nous dire grand-chose.

Pendant qu'on déchargeait la voiture, Steve Ottweiler fit son apparition et se présenta. Il avait sept ans de plus que Tannie, une différence d'âge qui semblait à son avantage. Aux termes de critères sociaux autres que les miens, un homme, à cinquante ans, commence tout juste à retenir le regard, alors que la femme de cinquante ans devient comme transparente. En Californie, la chirurgie esthétique permet aux intéressées d'immobiliser l'aiguille de la pendule avant de glisser sur la mauvaise pente. Ces derniers temps, les travaux de réfection démarrent de plus en plus tôt – à trente ans si vous êtes actrice – pour devancer la débandade. Je notai un puissant air de famille entre le frère de Tannie et leur père, Jake, que j'avais rencontré la veille au soir. Steve avait la même stature et le même physique, mince et musclé. Le visage était plus large que celui de son père, mais du même brun tavelé par le soleil.

Je fis l'acquisition de quatre pneus neufs, le laissant me conseiller sur la marque à choisir impérativement… celle-là même qu'il avait en stock. Nous nous installâmes dans son bureau, tandis que le mécanicien plaçait ma voiture sur un pont et commençait à desserrer les boulons de fixation. Pour l'instant, Steve Ottweiler était la seule personne du coin que je ne soupçonnais pas d'avoir crevé mes pneus, surtout parce que je n'avais pas encore eu l'occasion de le mettre à cran. Ces deux derniers jours, j'avais écrasé quelques orteils, mais pas les siens, en tout cas pas à ma connaissance.

— Vous aviez, voyons voir… seize ans à l'époque de Violet Sullivan ?

— J'étais en première au lycée.

— Connaissiez-vous le petit ami de Liza Mellincamp ?

— Ty Eddings ? Bien sûr, mais surtout de réputation. Je voyais surtout son cousin, Kyle. Ils étaient une classe au-dessus de la mienne et on n'avait pas tellement l'occasion de se fréquenter. D'ailleurs, je ne crois pas que quelqu'un connaissait vraiment Ty. On l'avait transféré du lycée d'East Bakersfield en mars de cette année-là. Le temps qu'on arrive en juillet, il était déjà reparti.

— La même semaine que Violet, à ce qu'on m'a dit.

— Aucun rapport, à ma connaissance. Tous deux semaient la pagaille, mais c'est tout. Il s'était fait éjecter d'East Bakersfield et on l'avait envoyé chez sa tante en espérant qu'il s'amenderait. Sans doute qu'on s'était fait des illusions.

— C'est-à-dire ?

— Le bruit courait qu'il s'était entiché de Liza Mellincamp, une gamine de treize ans. L'année d'avant, il avait mis en cloque une fille de quinze ans qui était morte à la suite d'une tentative d'avortement. Ty faisait figure de hors-la-loi. Ça vous posait un mec, à l'époque.

— Il n'inspirait pas d'aversion ? On ne le tenait pas à l'écart ?

— Pas le moins du monde ! Nous étions d'un romantisme échevelé à l'époque. Ty passait pour un héros : nous pensions tous que la malheureuse était follement éprise de lui et que ses parents les avaient séparés de force. Il était le Roméo de sa Juliette, sauf qu'il s'en est sorti nettement mieux qu'elle.

— Mais ne peut-on envisager que Violet et lui aient eu des affinités ? Entre parias ?

— Ma foi, c'est toujours possible, mais guère vraisemblable à première vue. Violet avait largement dépassé vingt ans, et en plus elle était mariée. Si bien qu'elle ne nous fréquentait pas tellement. Nous vivions dans un monde à part. Vous savez comment c'est ; pour nous, le fait marquant c'était deux camarades de classe qui s'étaient tués dans un accident de voiture. Violet appartenait au monde des adultes. Elle ne nous intéressait pas. C'est pour Liza que ça m'a fait de la peine.

— Ça ne m'étonne pas, dis-je. Je lui ai parlé hier et elle m'a dit que le départ de Ty l'a anéantie. Vous en connaissez la raison ?

— À ce qu'on m'a raconté, la tante de Ty a reçu un coup de téléphone de quelqu'un qui lui a dit que Ty avait une histoire avec une autre mineure, à savoir Liza. C'était le vendredi soir. La tante a réagi au quart de tour et a appelé la mère, qui avait pris l'avion pour un mariage à Chicago. Elle est rentrée à Bakersfield tard dans la nuit du samedi et elle est venue le chercher séance tenante le dimanche matin.

— Il aurait quand même pu prévenir Liza. Simple question de savoir-vivre.

— Je ne crois pas que la politesse ait été son fort.

— Qu'est-il arrivé ensuite ? Je lui ai posé la question, mais comme elle n'a pas eu l'air d'apprécier, je n'ai pas insisté.

— C'est allé de mal en pis. Ses parents avaient divorcé quand elle avait huit ans. Elle vivait avec sa mère… essentiellement livrée à elle-même parce que celle-ci buvait. Quand son père a eu vent de sa liaison avec Ty, il a sauté dans un avion, a dit à sa fille de faire sa valise et l'a ramenée vivre avec lui dans le Colorado. Naturellement, ça n'a servi à rien. Les deux ne s'entendaient pas ; elle détestait sa nouvelle famille et, l'année suivante, elle était de retour. Étonnez-vous ! Vous prenez une gamine comme elle, libre comme l'air : elle va mal réagir au contrôle parental.

— Qui lui avait parlé de Ty s'il vivait dans le Colorado ?

— Il avait gardé des contacts en ville.

— Elle est donc revenue vivre auprès de sa mère.

— Pas pour longtemps. Sally Mellincamp est morte dans l'incendie de sa maison l'année suivante, et une famille de l'endroit s'est chargée de Liza. Charlie Clements était un brave type, et il n'a pas voulu la voir broyée dans le circuit des familles d'accueil. Il avait un atelier de réparation d'automobiles à Serena Station qu'il avait acheté en prenant sa retraite en 1962. Liza a épousé son fils.

— Bref, on reste en vase clos.

— Plus ou moins… sûr que c'est l'impression que ça donne.

On réclama Steve sur l'aire de services, mais il me pria de ne pas bouger avant que ma voiture soit prête. Son bureau était petit et fonctionnel : table de travail métallique, chaises métalliques, classeurs métalliques, plus l'odeur d'essence. Des manuels de pièces détachées et des bordereaux de réparations s'empilaient partout. J'en profitai pour passer mes fiches en revue, tournant et retournant les informations sous tous les angles. Le moment viendrait où le puzzle se mettrait en place (se dit-elle avec courage). Pour l'instant, je me trouvais devant un fouillis de pièces et de morceaux, sans vraiment voir où les insérer.

Je revenais sans cesse à l'aveu de Winston. Pendant des années, il n'avait soufflé mot du fait qu'il avait repéré la voiture de Violet. J'avais eu la chance inespérée, je m'en rendais compte, que sa femme ait décidé de l'éjecter. Dans sa rogne, il n'avait rien à perdre et n'éprouvait aucun scrupule à lâcher le morceau. Si je l'avais interrogé un jour plus tôt, peut-être qu'il n'en aurait pas dit un mot. Une leçon à garder en mémoire : les gens changent, les circonstances aussi, et ce qui paraît décisif un jour devient une bagatelle le lendemain. L'inverse étant également vrai.

Ma Volkswagen me fut restituée en moins d'une heure, mes pneus aussi impeccables que des chaussures neuves. Je constatai qu'on m'avait offert un lavage en sus. L'intérieur avait perdu son odeur d'origine grâce à une plaquette de désodorisant qui pendouillait au rétroviseur. J'aperçus Steve Ottweiler en démarrant et lui adressai un grand geste de la main.

Comme je roulais plein ouest dans l'artère principale, je m'aperçus que je n'étais pas très loin du secteur où habitait le sergent Schaefer. Je pris le premier virage à droite et fis demi-tour, me garant devant sa maison comme lors de ma première visite. Comme il ne réagissait pas lorsque je frappai à sa porte, je suivis la petite allée qui conduisait à l'arrière de la maison et l'appelai. Il se trouvait dans son atelier et, en entendant ma voix, il passa une tête par la porte ouverte et me fit signe d'entrer.

Je le découvris planté sur un tabouret, avec une boîte à onglets et des pinces sur son établi. Il avait découpé plusieurs longueurs d'encadrement qu'il collait. Ce jour-là, il portait une salopette en jean, et ses cheveux blancs dépassaient comme une frange d'écume de sa casquette de base-ball.

— Je m'attendais à vous voir travailler sur un siège.

— J'ai fini cette commande et ne me suis pas encore attaqué à la suivante. En ce moment, je suis si absorbé par mes passe-temps que je bénis le ciel de ne pas travailler, sinon je n'en aurais jamais fini. Quel bon vent vous amène ?

— L'envie de vous faire le point.

Je lui parlai de mes pneus, de mon appel au bureau du shérif, et de ma visite à l'atelier de Steve Ottweiler.

— On dirait que vous donnez des sueurs froides à quelqu'un.

— C'est mon opinion. Reste à savoir à qui et pourquoi.

— Décrivez-moi vos activités, ça éclairera peut-être notre lanterne.

Je lui parlai de mes entretiens, en commençant par Foley Sullivan.

— Il faut reconnaître que l'argumentation de Foley se tient, lui dis-je.

— On lui donnerait le bon Dieu sans confession, c'est sa spécialité. Qui d'autre ?

— Disons que les gens que j'ai interrogés se répartissent en deux catégories : ceux qui pensent que Violet est morte, vous, moi et son frère, Calvin, et ceux qui la croient toujours en vie, à savoir Foley, Liza et peut-être Daisy. Je ne sais pas très bien où Chet Cramer se situe sur ce point, j'ai oublié de lui poser la question.

— Dommage de ne pas pouvoir la mettre aux voix, me lança-t-il. À ce que je vois, Liza et Daisy sont dans le même bateau. Aucune des deux ne veut admettre que Violet ait disparu pour de bon.

— C'est peut-être nous qui sommes cyniques en posant qu'elle est morte, alors qu'elle pourrait être tout ce qu'il y a de plus vivante et fixée à New York.

— Impossible de l'exclure.

Je dévidai ma liste et lui révélai que Winston m'avait avoué avoir vu la voiture de Violet.

— J'ai réfléchi à cette bagnole, me dit Schaefer. On est plusieurs vieux briscards à se réunir une fois par mois pour dîner ensemble et évoquer le bon vieux temps. Je leur ai parlé de vous et de votre enquête. Un des gars travaillait au Vol de véhicules, et il m'a dit que si la Bel Air avait fini à la casse, le numéro de série avait pu être arraché et fixé sur un autre véhicule. Quand on veut supprimer toute trace d'une voiture volée, c'est la méthode. Le comble, c'est qu'on peut alors faire enregistrer une voiture volée comme véhicule de récupération.

Vous prétendez l'avoir achetée à un vieux ferrailleur et l'avoir rafistolée, et qui va vous dire le contraire ? C'est ce qu'on appelle les « voitures fantômes ». N'importe, le lendemain j'ai téléphoné au Règlement intérieur et j'ai demandé à un de leurs adjoints de me communiquer la fiche signalétique de la Bel Air de Violet.

— Vous l'avez eue ?

— Sans problème. Chet Cramer nous l'avait donnée lors des premiers interrogatoires. J'ai appelé le Service des immatriculations à Sacramento pour demander de lancer une recherche dans les fichiers. Pas trace du numéro de série. Rien de rien ! L'espace d'une minute j'avais espéré un résultat, mais la voiture n'a jamais refait surface, d'où mon idée qu'elle a été expédiée à l'étranger.

— Vous êtes parti du principe que Cramer vous avait donné le bon numéro, lui fis-je observer. Il lui suffisait de modifier un chiffre pour que l'ordinateur le recrache comme inconnu.

— C'est une possibilité troublante… Pas d'imprudence, hein ?

— Promis.

— Et tenez-moi informé.

Je l'assurai que, ça aussi, j'y veillerais.

Je m'arrêtai chez un traiteur, y fis provision de sandwichs et de Coca, et pris ensuite l'A 166 à la sortie de Santa Maria jusqu'au croisement avec New Cut Road. Le trajet m'était désormais familier, et je n'appliquais que la moitié de mon attention à la route. Le restant de mon énergie intellectuelle passait au crible les données collectées au cours des deux derniers jours. Je n'étais guère plus avancée, mais au moins la distribution des rôles se précisait.

Je ralliai la propriété des Ottweiler à 11 h 15. L'entrepreneur de Tannie, qui était arrivé aux aurores, se gara dans l'allée en même temps que moi. Tannie me le présenta : Bill Boynton, un des deux que Padgett lui avait indiqués la veille. Je lui dis que j'avais apporté des sandwichs, puis la laissai bavarder avec lui en profitant de l'occasion pour visiter l'intérieur de la maison. Depuis la véranda, je vis deux gars qui travaillaient à la limite de la propriété, occupés eux aussi à éclaircir l'épais fouillis de broussailles. Une partie de terrain était à présent dégagée ; elle partait de la maison et se continuait dans les profondeurs de la cour. Dépouillé de ses herbes hautes, ronces et vieux buissons, le périmètre paraissait honteux de sa nudité.

Même au premier abord, je me rangeai à l'avis de Padgett qui excluait toute réhabilitation des lieux. Pas étonnant que le frère de Tannie la presse de vendre. Le rez-de-chaussée avait tout le charme d'un taudis des quartiers insalubres. Je distinguais des traces de sa gloire passée – des moulures de vingt-cinq centimètres en haut des murs –, des plafonds de plâtre joliment ouvragés et chargés de corniches et médaillons compliqués aussi délicats qu'un glaçage de gâteau… mais, dans la majorité des pièces, des décennies d'étanchéité défaillante et d'abandon avaient exigé leur dû.

Quand j'atteignis l'escalier, une odeur âcre de bois carbonisé trahissait que les étages avaient pâti non seulement du feu, mais de l'eau des lances d'incendie. Je montai les marches, guidée par une rampe de chêne dont la beauté d'antan avait été dégradée par la suie et les années. Une mince couche de verre brisé crissait sous mes pas, rendant ma progression audible. Les branchements étaient à nu. Dans la plus grande des chambres de devant, j'eus un bref coup au cœur en distinguant comme la forme d'un vagabond roulé en boule dans un coin. En m'approchant, je vis que le « corps » était un vieux sac de couchage, probablement abandonné par un routard qui s'était abrité là sans y être invité. Dans le grand placard à linge de plain-pied, les bords des étagères portaient encore des étiquettes libellées au crayon – DRAPS LIT SIMPLE, DRAPS LIT DOUBLE, TAIES D'OREILLER – aux endroits où les bonnes avaient l'instruction de ranger le linge frais repassé.

Le deuxième étage était inaccessible. Du ruban gommé jaune et marqué de l'inscription – DANGER – barrait ce qui restait des marches. Des trous béants dans la cage de l'escalier révélaient le parcours dévorant des flammes à mesure qu'elles s'étaient propagées dans les chambres du haut. Il se dégageait de ce saccage omniprésent une impression d'angoisse insupportable. Je revins au premier étage et l'explorai systématiquement, m'arrêtant aux nombreuses fenêtres pour regarder la vue. À part le champ de l'autre côté de la route, peu de choses s'offraient au regard. Dans le champ suivant, une nouvelle récolte indéfinissable pointait à travers les couches de feuilles de plastique qui la protégeaient des mauvaises herbes. Elles donnaient l'illusion d'une nappe de glace. Plus près de la maison, la bataille livrée par Tannie aux broussailles avait mis au jour un lacis de petites allées en brique et un potager étouffé par la végétation. Pendant l'été, un plan de tomate s'était porté volontaire pour renaître de ses cendres, et il s'étalait profusément sur un banc de bois, ses tomates cerises bien en évidence telles de petites guirlandes rouges sur un sapin de Noël. Je vis les contours d'anciennes plates-bandes, et des arbres rabougris par l'absence de soleil dans cette forêt vierge.

À gauche, en biais, mon regard s'arrêta sur une vague dépression, peut-être une piscine encastrée, ou encore les vestiges d'une ancienne fosse septique. Le tout-à-l'égout n'existait probablement pas au début des années 1900, lorsque la maison avait été construite. On apercevait sur un bord un tumulus de buissons de viorne récemment arrachés. Les plants déracinés exhibaient des boules bleu vif et grosses comme des têtes de chou. Le sacrifice de buissons d'une telle beauté, inexplicables sur ce terrain, me fit mal au cœur.

Dans le carré de jardin attenant à la parcelle où stationnait notre caravane, ma tante avait planté des hydrangeas d'une couleur très proche, bien que moins prolifiques. Ceux de la voisine affichaient un rose fadasse alors que ma tante Gin se délectait de la beauté des siens, qui les battaient à plates coutures. Le secret, disait-elle, consistait à enterrer des clous dans le sol, ce qui favorisait, Dieu sait à la suite de quelle réaction chimique, la transformation du rose en un bleu violacé intense.

Après coup, je me sentis d'une stupidité hallucinante pour avoir mis si longtemps à effectuer ce rapprochement élémentaire. Je fixai le rectangle en contrebas, crevassé et légèrement affaissé, et la lumière se fit : des faits qui me paraissaient sans liens brusquement s'assemblaient. C'était là que Winston avait vu la voiture pour la dernière fois. Au milieu de monticules de terre, d'engins de chantier et de cônes orange en plastique, m'avait-il dit. On avait barré provisoirement la route, bloquant toute circulation. Aucune trace de Violet, pas de jappement du chien, mais depuis cette nuit-là, on n'avait jamais revu la Bel Air.

Peut-être parce qu'elle était enterrée à cet endroit précis. Parce que durant toutes ces années les viornes au bleu intense s'étaient nourries de rouille.

20

Je roulai jusqu'à la station-service proche de Tullis et appelai Schaefer de la cabine téléphonique. Je lui parlai de ce qui m'était venu à l'idée et lui demandai comment nous pourrions confirmer ou infirmer mon intuition sur la dépression rectangulaire du terrain. Schaefer ne cacha pas son scepticisme, mais me dit qu'un de ses amis possédait un détecteur de métaux. Il accepta de l'appeler. S'il pouvait nous dépanner, tous deux me retrouveraient à la propriété dès que possible. Sinon, lui-même viendrait d'un coup de voiture se faire une idée de la situation. Je n'avais encore rien dit à Tannie, mais maintenant que j'avais enclenché l'affaire, je craignais de m'être ridiculisée. Dans des proportions abyssales. Oh, et puis, inutile d'en faire un drame ! Il y a de pires situations dans la vie, et le plus souvent je ne peux m'en prendre qu'à moi.

Le temps que je me gare une fois de plus dans l'allée, elle en avait fini avec Bill Boynton et il était reparti.

— Où étiez-vous passée ? Je croyais qu'on déjeunait ensemble ?

— Oui, ça tient toujours, mais j'ai aperçu quelque chose. J'aimerais que vous y jetiez un coup d'œil.

— On ne peut pas déjeuner d'abord et voir ensuite ?

— Ce ne sera pas long.

Elle me suivit dans la cour latérale, où je lui montrai le rectangle irrégulier qui avait attiré mon attention. Au niveau du sol, la dépression était moins nette que vue d'en haut, surtout avec les branches à demi mortes de viornes, entassées sur un côté. De près, on aurait plutôt dit qu'une taupe avait creusé des tunnels sous la cour. Le sol était inégal, mais il fallait plisser les yeux pour distinguer un affaissement par rapport à la pelouse qui l'entourait. Cela me rappela les nuits où l'on scrute le ciel pour identifier le Taureau, en visualisant des lignes entre les étoiles. Je n'ai jamais vu la moindre ressemblance, même lointaine, avec un bovin, attribuant cette lacune à ma piètre imagination. Or là j'étais comme un chien d'arrêt signalant le gibier.

— Vous savez ce que c'est ?

— De la terre ?

— Mieux que ça. Je pense que c'est la tombe de Violet Sullivan.

Tannie fixa ses pieds.

— Vous vous foutez de moi.

— Je ne crois pas, mais on va le savoir.

Nous nous assîmes sur les marches de la véranda en attendant Tim Schaefer. Tannie n'avait plus faim, et ni l'une ni l'autre n'étions d'humeur loquace.

— Prem' pour la braunschweiger quand on attaquera les sandwichs ! me lança-t-elle.

À 13 h 10, Schaefer arriva dans sa Toyota 1982 et se gara dans l'allée de Tannie, accompagné de son copain amateur de métaux. Tous deux descendirent de voiture dans un même claquement de portières et gagnèrent la véranda. Schaefer portait une pelle et une longue pique d'acier, un peu comme une canne de marche, mais avec une pointe au bout. Il nous présenta son compagnon, un certain Ken Rice, et ajouta une notice biographique pour que nous sachions à qui nous avions affaire. Comme Schaefer, c'était un octogénaire récent, en retraite après trente-huit ans de loyaux services dans la police de Santa Maria, où il avait commencé motard, puis était passé îlotier, avant d'intégrer la brigade des stupéfiants et de terminer à la première unité cynophile créée au département. Depuis vingt ans, il s'était pris de passion pour la localisation et l'exhumation de vestiges enfouis dans le sol, caches de pièces de monnaie et autres trésors. Tout le monde se serra la main, puis Rice passa à son détecteur, qui ressemblait aux deux moitiés d'une boîte à outils reliées par une tige de métal.

— Voyons voir de quoi il s'agit, dit-il.

Nous gagnâmes d'un même pas la cour latérale, moi collant aux talons de Rice comme un bambin.

— Comment ça marche ?

— L'instrument comporte un émetteur et un récepteur directionnels encastrés dans ces logements solidaires. Une fois branché, le détecteur crée un champ électromagnétique qui pénètre dans le sol. C'est le matériel qu'utilisent les employés de la voirie pour localiser des canalisations souterraines. En présence de métal, le signal s'interrompt, ce qui engendre une réponse audio.

— Jusqu'à quelle profondeur ?

— Le Fisher est capable de détecter une cible enfouie à six mètres. Suivant la minéralisation du sol et l'état du terrain, il est possible de repérer un objet enterré encore plus profond.

Quand nous fûmes sur place, Rice passa le terrain au détecteur sous nos yeux attentifs. Il avait mis des écouteurs, et je compris que l'instrument émettait un son continu qui s'amplifiait en cas de découverte. Au premier balayage qu'il effectua, je vis l'aiguille du compteur faire un brusque saut à droite et s'immobiliser, comme collée à la glu. Rice porta une main à son oreille, fronçant les sourcils sans autres explications, tandis qu'il continuait à explorer la zone.

— Vous avez là-dessous un truc de la dimension d'un wagon de marchandises, nous annonça-t-il quand il en eut fini.

J'éclatai de rire.

— Vraiment ?

— Schaefer me dit que vous recherchiez une voiture, mais ça pourrait être autre chose.

— Comme quoi ?

— Une benne, un conteneur enterré, un morceau de tôle de toiture.

— Et, maintenant, on fait quoi ? lui demandai-je.

— C'est ce que j'essaie de déterminer.

Schaefer et lui se concertèrent, puis Schaefer partit vers sa voiture et ouvrit le coffre. Il revint avec un rouleau de ficelle et un sac en plastique rempli des tees de golf dont il se servait pour rempailler les sièges. Tandis que Rice ratissait le terrain avec sa boîte, Schaefer le suivait à la trace et piquait des tees dans le sol, se conformant en gros aux signaux que captait Rice. Tannie et moi écoutâmes à notre tour en nous passant le casque. Si Rice éloignait trop son appareil à droite ou à gauche, l'intensité faiblissait. Schaefer fit passer la ficelle d'un tee à l'autre. Lorsqu'ils eurent fini leur relevé de terrain, la ficelle délimitait une rectangle de cinq mètres et demi de long sur environ deux mètres et demi de large. Je sentis la peau de mes bras se rétracter à l'idée qu'un objet de cette dimension gisait sous nos pieds. Ce devait être comme naviguer sur l'océan et se rendre compte qu'une baleine s'apprête à faire surface sous le voilier. Sa seule proximité paraissait dangereuse. Il se dégageait de cet objet invisible et non identifié une énergie maligne qui m'obligea à reculer.

Schaefer s'empara de la barre de métal qui lui servait

de sonde. Il choisit un point et la piqua dans le sol en pesant de tout son poids sur elle. Elle s'enfonça de vingt centimètres, mais avec difficulté. Le sol, dans cette partie de l'État, est très riche en argile et lardé de grosses pierres et de rochers de grès d'une taille appréciable. Quelles que soient les circonstances, creuser manque de charme. Quand la lame de la pelle bute sur une roche, le choc se répercute jusque dans le haut des bras.

Rice ajouta son poids au manche de la pelle, qui s'enfonça de quarante-cinq centimètres de plus et s'en tint là.

— À ton avis ? demanda-t-il à Schaefer.

— On voit si c'est de la pierre ou autre chose.

Schaefer prit sa pelle et se mit au travail, entamant la couche superficielle du sol tassé à mort. Je crus qu'il en aurait raison, mais la couche mit du temps à céder. Vingt minutes d'efforts continus aboutirent à une tranchée de cinq mètres et demi de large et de près d'un mètre de long. Des racines fragiles qu'elle avait mises à nu pendaient des parois rectilignes comme une frange vivante. À côté du trou, le monticule de terre grandissait.

À soixante-cinq centimètres de profondeur, il rencontra un objet, ou une portion d'objet. Nous nous figeâmes, pétrifiés.

— J'ai un déplantoir si vous voulez creuser à la main, lui proposa Tannie.

— Ça serait sans doute plus malin, répondit Rice.

En revenant, elle demanda :

— Je peux ?

— Je vous en prie, lui dit Schaefer. Vous êtes chez vous.

Tannie se mit à quatre pattes et commença à gratter la terre. L'objet avait peut-être été en chrome en d'autres temps, mais la rouille ne permettait pas de l'affirmer. Je penchai la tête pour mieux voir.

— Bon sang, c'est quoi ?

Le temps de creuser encore et de dégager treize centimètres de plus, elle avait mis au jour quelque chose avec une bordure de métal qui épousait une courbe de verre peu accentuée.

Elle leva la tête.

— C'est un phare. Non ?

Schaefer posa les mains sur ses genoux et se pencha.

— Je crois bien que vous avez raison.

Tannie creusa un autre petit sillon dans la terre, révélant ce qui semblait être l'arrondi en métal rouillé d'une aile avant droite de voiture.

— L'un de nous ferait mieux d'appeler le poste pour demander du renfort.

À 15 heures, huit policiers étaient présents sur le site : un inspecteur de l'identité judiciaire et un jeune adjoint du bureau du shérif de Santa Maria, plus deux inspecteurs des Homicides et deux bleus non assermentés de Santa Teresa. S'y ajoutait un enquêteur de la police technique et scientifique de l'État, qui a ses laboratoires à Colgate, non loin de l'aéroport de Santa Teresa. On avait délimité une aire de stationnement provisoire pour les véhicules officiels, parmi lesquels la camionnette de la police scientifique.

Le premier policier arrivé sur les lieux, le jeune adjoint de Santa Maria, avait sécurisé le périmètre, nous reléguant, Schaefer, Ken Rice, Tannie et moi, à vingt-cinq mètres de là. Toute personne présente sur une scène de crime sécurisée a le statut de témoin principal et peut se voir demander de témoigner au tribunal, d'où notre mise à l'écart. Qui plus est, si l'affaire tournait à une enquête pour homicide, il fallait compter avec le risque de contamination du site par une personne n'y ayant pas officiellement accès.

L'enquêteur principal, l'inspecteur Nichols, s'approcha et se présenta, puis nous exposa comment on allait procéder à l'exhumation. Bel homme, la quarantaine, il portait une chemise de ville, une cravate et un coupe-vent, mais pas de surveste. Il était mince et avait des cheveux châtain clair coupés très court. Il me lança un regard rapide.

— Mademoiselle Millhone ?

— Oui.

— Pourrais-je vous dire deux mots ?

— Bien sûr.

Nous nous écartâmes pour nous entretenir en privé.

— Si j'ai bien compris, Daisy Sullivan a fait appel à vos services pour retrouver sa mère. Voudriez-vous me dire comment vous avez abouti à ceci ? me demanda-t-il en désignant l'emplacement.

Je revins en arrière, lui parlant de ma conversation avec Winston et de l'indice qu'il m'avait fourni en me confiant qu'il avait aperçu la voiture. Le fait que personne n'avait jamais revu le coupé par la suite, lui précisai-je, avait éveillé ma curiosité.

— Je visitais la maison, et en regardant par une fenêtre du premier étage, j'ai remarqué un creux dans le terrain. J'ai d'abord cru qu'il s'agissait d'une ancienne parcelle cultivée, puis j'ai brusquement visualisé la voiture. J'ai téléphoné au sergent Schaefer, qui nous a rejointes avec Ken Rice.

— Aucune information ne vous était revenue jusque-là ?

— Aucune. À dire vrai, je ne gardais qu'un souvenir extrêmement vague de la disparition de Violet Sullivan. J'avais lu un article ici ou là dans la presse, mais sans y prêter attention, jusqu'à ce que Daisy me contacte lundi dernier. C'est Tannie qui nous a présentées l'une à l'autre, et voilà comment j'ai atterri ici.

Il posa sur moi un regard amical, certes, mais laissant entendre qu'il n'était pas homme à plaisanter.

— Si vous découvrez quoi que ce soit, je souhaite en être le premier informé.

— Comptez sur moi.

Nous rejoignîmes les autres. Tous les cinq, nous observâmes les techniciens de l'identité judiciaire qui photographiaient le périmètre, tandis que ceux de la police scientifique le mesuraient et en effectuaient un relevé sommaire, traçant ce qu'ils pensaient être la position et l'orientation de la voiture. Au vu de ce que révélaient les premiers stades de dégagement, l'hypothèse était la suivante : la personne qui avait procédé à l'enfouissement devait avoir utilisé un bulldozer pourvu d'une pelle de deux mètres cinquante et creusé une rampe de vingt à trente degrés de pente. La voiture avait été introduite dans le trou en marche arrière, puis recouverte de terre. D'après les calculs, il avait fallu approximativement quinze mètres de rampe à une profondeur maximale de quatre mètres et demi pour enterrer la totalité de la voiture, l'avant étant suffisamment enfoncé pour empêcher toute possibilité de découverte. L'utilité du cours mortellement ennuyeux de géométrie au lycée m'apparaissait enfin. Pourquoi s'échiner, en effet, à enterrer une voiture si à la première chute de pluie torrentielle le bouchon de radiateur surgissait fraîchement lavé ! Du travail bâclé, et la voiture se dévoilerait petit à petit, jusqu'au jour où elle ressemblerait à un îlot au milieu de la pelouse… cela en partant du principe que le véhicule gisait bien là et dans son intégralité. Peut-être avions-nous sous les yeux un avant sectionné sans rien derrière. L'inspecteur Nichols s'excusa et regagna l'excavation.

Si le calcul de l'angle et de la profondeur se révélait exact, la voiture était inclinée sous la surface à la façon d'un sous-marin coulé, accroché à un écueil sous l'eau. Et, dans ce cas, le toit du véhicule et le bord supérieur du pare-brise se trouvaient à peu près à deux pas en arrière et quelque soixante-quinze centimètres de profondeur. Désireux de vérifier sa théorie, Nichols siffla pour appeler le jeune adjoint, lui tendit la pelle et lui dit de creuser. Celui-ci se mit au travail en veillant à ne pas aller trop profond. Au bout d'un quart d'heure, la lame de sa pelle grinça sur la surface du toit.

Il y eut un long débat pour savoir s'il fallait recourir à une pelleteuse, motion qui fut ratifiée sans délai. Il était hors de question de dégager le véhicule à la main. L'inspecteur de l'identité judiciaire envoya un message radio, et un adjoint fut dépêché à A-Okay-Engins de chantier pour demander à Padgett s'il en avait une de disponible. Ce qui entraîna un nouveau délai, le temps de localiser la pelleteuse, de la charger sur un semi-remorque et de l'amener sur les lieux.

Je battis en retraite avec Tannie dans sa voiture, maintenant garée une centaine de mètres plus bas sur la route. Nous baissâmes les vitres et avalâmes nos sandwichs traiteur en guise de déjeuner, bien qu'il fût déjà 16 heures. J'ignore comment la nouvelle filtra, mais peu à peu un petit défilé continu de curieux apparut, et en un rien de temps des véhicules s'alignèrent au bord de la route. Deux adjoints filtraient l'accès à la scène de crime qu'un ruban de sécurité protégeait. Steve Ottweiler arriva et nous rejoignit.

— Papa est au courant ? lui demanda Tannie par la vitre ouverte de sa voiture.

— Je l'ai appelé et il m'a dit qu'il venait tout de suite. Je pars voir si Tim Schaefer a du nouveau. Il en sait sûrement plus que nous.

Steve traversa la route. Schaefer se tenait au milieu d'un petit groupe d'hommes. Pendant qu'ils discutaient, le semi-remorque arriva. Tom Padgett l'avait suivi dans sa voiture, et il surveilla le déchargement de la pelleteuse compacte, après quoi le conducteur de la John Deere fut le seul à être admis dans le cercle magique. Padgett se vit relégué en touche comme nous autres, ce qui parut l'exaspérer au-delà de toute mesure. Durant l'heure qui suivit, nous gardâmes les yeux vissés sur le conducteur qui maniait son engin avec la délicatesse d'un chirurgien. Guidé dans ses manœuvres par des coups de sifflet et des gestes de la main, il opérait avec un tel savoir-faire qu'il pouvait vous pelleter deux ou trente centimètres de terre à la demande.

Ken Rice trouva une voiture pour le raccompagner chez lui, tandis que Schaefer restait sur place. Même à la retraite, l'intensité du drame qui se déroulait sous nos yeux l'empêchait de partir. Jake Ottweiler fit son apparition et gara sa voiture plus bas sur la route. Son fils se porta à sa rencontre et tous deux rejoignirent Tim Schaefer. Ayant travaillé pour le bureau du shérif pendant trente années et quelques, il se posait en expert civil. J'avisai BW McPhee à proximité, dont la présence m'avait échappé. J'aperçus aussi Winston, mais il s'éclipsa avant que j'aie eu la possibilité de croiser son regard. Une station de télévision locale avait envoyé un plateau et l'inspecteur Nichols fit une déclaration courte et circonspecte, se contentant pour l'essentiel de renvoyer le reporter vers le shérif pour de plus amples commentaires.

À 17 h 45, Daisy arriva sur les lieux. Je sortis de voiture avec Tannie et nous lui fîmes signe. Elle nous rejoignit, le teint blême et l'expression figée. Elle était encore en tenue de travail… pantalon marine, sweater de coton et chaussures classiques à talons plats. Elle se rongeait l'ongle du pouce une fois de plus, mais abaissa sa main d'un air gêné en m'apercevant. Comme elle ignorait qu'on avait crevé mes pneus, nous nous étendîmes sur l'incident pour détourner son attention.

— Ça fait un peu mélo, mais j'y ai vu un signe de bon augure, dis-je.

— Vous avez des projets pour ce soir ?

— Je pensais rentrer chez moi, mais je vais sans doute attendre de savoir ce qu'il y a au fond.

— Pas question que vous retourniez au Sun Bonnet.

— Non, mais il y a d'autres motels.

— Venez dormir à la maison. Tannie part aux aurores demain matin. Vous survivrez à une nuit sur le canapé. Je l'ai déjà fait. Pendant ce temps-là, on mettra votre voiture sous clé au garage. Inutile de la laisser dehors au cas où l'enfant de salaud s'y intéresserait.

— Si je reste, il faudra que je fasse une lessive ou que je vous emprunte des sous-vêtements.

— Pas de problème.

— C'est vraiment une histoire de mecs. J'adore ça ! lança Tannie en promenant son regard sur les divers groupes de mâles.

L'inspecteur Nichols s'approcha de Tim Schaefer au bout de la route et se présenta à Jake et à Steve Ottweiler. Après quelques minutes supplémentaires de discussion, il revint vers nous. Il savait maintenant que les Ottweiler étaient les propriétaires de l'endroit, et Daisy l'unique enfant de la disparue, Violet Sullivan. Il se présenta à Daisy, et je la vis le jauger… lunettes, rasé de près, sourire sympathique. Sa posture se modifia : nul doute qu'elle le trouvait séduisant.

Il jeta un coup d'œil aux petits groupes de spectateurs plantés au bord de la route. Malgré le peu qu'ils en voyaient, l'opération les fascinait.

— Je vais demander aux adjoints de les disperser. Ce n'est pas une manifestation de sport. Si nous avons besoin de faire venir du matériel ou des hommes en renfort, pas question de slalomer entre tous ces badauds et véhicules en stationnement. Je vous demanderai de donner à l'adjoint les numéros auxquels vous contacter en cas de besoin. Je vous serais reconnaissant de garder le silence sur ce que vous avez vu ou entendu. Nous ne voulons pas que des détails s'ébruitent. Moins il circulera d'informations, mieux nous nous porterons.

— Sommes-nous autorisées à rester ? demanda Daisy.

— Du moment que vous vous conformez aux instructions et gardez vos distances.

— L'opération prendra combien de temps ? Je sais que ça vous est difficile à dire…

— Probablement deux jours. Inutile de se bousculer et d'infliger plus de dégâts à la voiture que la nature ne l'a déjà fait.

— Mais vous n'avez rien trouvé ?

— Pas encore. Je comprends votre anxiété au sujet de votre mère et je vous tiendrai au courant. Dès que nous aurons dégagé la voiture, nous l'emmènerons au dépôt. Nous avons des locaux où entreposer le véhicule pendant qu'on l'examinera. Pour l'instant, il est impossible de dire quels éléments de preuve vont apparaître, s'il y en a encore, au bout de tout ce temps. Avez-vous parlé à votre père ?

Daisy fit signe que non.

— Je suis arrivée directement de mon bureau. On a dû lui téléphoner à l'heure qu'il est, mais ce n'est pas sûr. Autrement il serait là.

— Je voudrais lui demander une précision… à moins que vous ne puissiez me répondre vous-même. Vous rappelez-vous ce que portait votre mère le jour de sa disparition ?

— Une robe bain de soleil. En coton imprimé lavande à pois blancs. Des sandales de cuir et de minces bracelets d'argent, il y en avait six. En réalité, je ne me rappelle rien. Ça figurait dans la déclaration que mon père a remplie à l'époque.

Elle paraissait si tendue que je m'attendais à l'entendre claquer des dents.

— Vous me le direz si elle est au fond ?

— Bien entendu, comptez sur moi. Vous avez le droit de savoir.

— Merci. Je vous en suis reconnaissante.

Comme il s'éloignait, elle le suivit d'un œil appréciateur.

— Pas mal, le mec. Marié, à coup sûr.

Tannie se mit à rire.

— Exactement ton type d'homme ! Pas de pot, il bosse. Il t'irait comme un gant !

Quelques minutes après, nous vîmes les adjoints encourager les badauds à circuler. Les gens commencèrent à s'éloigner. Des portières de voitures claquèrent, des moteurs toussèrent, et le petit attroupement se dispersa sans hâte excessive. Honnêtement, à cette distance, il n'y avait pas grand-chose à voir. L'excavation était menée comme une fouille archéologique, avec esquisses, diagrammes, mesures, photographies et documents filmés au Caméscope. Les hommes furent répartis par équipe de deux, chaque pelletée de terre dégagée étant versée dans un des deux tamis, puis secouée et triée dans le but de rechercher des preuves matérielles.

Comme le soir tombait, des générateurs portables furent apportés sur les lieux tandis qu'on installait des projecteurs puissants. Daisy frissonnait.

Je l'entourai d'un bras.

— Partons. Ils ne vont rien trouver ce soir. Vous gelez, et moi, je meurs de faim. En plus j'ai tellement envie de faire pipi que je vais mouiller ma petite culotte.

— Moi aussi, dit Tannie.

21

JAKE

jeudi 2 juillet 1953

Jake Ottweiler prit sa voiture, se rendit à Santa Maria pour la coupe de cheveux qu'il s'offrait tous les deux mois et s'arrêta devant la boutique du coiffeur pour insérer une pièce de cinq cents dans le distributeur et en sortir un exemplaire du *Chronicle*. Il avait découvert les chemises de nuit tachées de Mary Hairl dans un paquet sur le siège avant du pick-up, où il les avait oubliées par inadvertance la nuit précédente. À son retour, il ferait une machine et lui apporterait son linge propre en allant la voir le lendemain. D'habitude, il lui rendait visite l'après-midi ou le soir, sans jamais y manquer, mais elle l'avait pressé de prendre un jour pour souffler. Il avait d'abord refusé, plus pour cacher son soulagement que pour avoir le dernier mot.

Quant au linge sale, elle lui avait dit et répété que les chemises de nuit de l'hôpital faisaient l'affaire ; elle ne voulait pas lui ajouter une corvée de plus alors qu'il courait déjà après le temps, mais il avait vu qu'elle se sentait beaucoup mieux dans sa chemise de nuit et son peignoir à elle. De temps à autre elle réussissait même à enfiler ses pantoufles et à s'aventurer jusqu'au bout du couloir pour une petite visite à la mère du pasteur, qu'une fracture de la hanche retenait alitée.

Rudy le héla quand il entra dans la boutique. Il finissait de raser le client arrivé avant lui. Son tour venu, Jake s'assit dans le fauteuil de barbier. Rudy lui entoura le cou d'un bandeau de papier et ajusta une petite cape sur ses épaules. Tous deux échangèrent à peine un mot. Depuis vingt-cinq ans qu'il lui coupait les cheveux, Rudy connaissait son affaire. Jake ouvrit le journal et le parcourut en diagonale, cherchant le programme du week-end de trois jours qui s'annonçait. Les réjouissances du 4 Juillet ne l'intéressaient guère, mais Mary Hairl voulait que les enfants s'amusent. Steve était assez grand pour se distraire tout seul, ce qu'il aimait autant. Tannie, c'était une autre paire de manches. Pourquoi ne pas l'emmener à la parade du rodéo du 4 Juillet à Lompoc, où le club de monte et de capture de bétail au lasso devait se produire ? Pour le feu d'artifice, il avait le choix entre les Elk Fields à 20 h 30 le samedi soir et le petit parc de Silas, plus proche de chez eux. Il préparerait un dîner pique-nique. Il ne savait pas faire la cuisine, mais pensait acheter des petits pains à hot dog et des saucisses viennoises qu'il ferait rôtir sur un des barbecues au charbon disséminés dans le parc. Il pourrait acheter aussi de la salade de pommes de terre et des haricots blancs tout prêts au marché, voire des barres chocolatées comme dessert.

Comme il feuilletait les pages société, le nom de Livia Cramer accrocha son œil. Mme Livia Cramer avait organisé chez elle un concours de cuisine dans lequel s'étaient distinguées Mlle Juanita Chalmers, Mlle Miriam Berkeley, Mme R.H. Hudson et Mme P.T. York. On avait servi des rafraîchissements accompagnés de pizzas et de gâteaux. Que le journal juge utile de publier ce genre d'information le dépassait, mais cette attention comblerait la vanité de Livia. Comme si elle n'était pas déjà assez bouffie de prétention… Il fut tenté d'apporter l'article à l'hôpital pour en faire profiter Mary Hairl, mais à la moindre pique contre cette idiote, Mary Hairl volerait à son secours. Livia rêvait du jour où elle réussirait à refiler son mastodonte de fille à un pauvre ballot. Vu les échos et papotages que déclencheraient les fiançailles, l'exposition des cadeaux, la cérémonie de mariage, la réception, la robe de la mariée, les fleurs et les détails sur la lune de miel, on était bon pour voir le nom de Livia et tout le saint-frusquin s'étaler dans les pages société pendant un an et demi… à supposer qu'un taré veuille bien de la fille.

Il lut les bandes dessinées – *Nancy, Freckles, Gordo* et *Alley Oop* – qu'il n'avait jamais trouvées très drôles, mais n'aurait manquées pour rien au monde. Puis il s'intéressa aux résultats de baseball et aux informations agricoles, tandis que Rudy passait sa nuque à la tondeuse. Quand il remonta en voiture pour rentrer, il empestait le talc. Malgré toutes les précautions de Rudy, son dos et son cou le grattaient déjà à cause des bouts de cheveux fraîchement coupés qui s'étaient insinués dans son col de chemise.

Une fois chez lui, il ôta ses grosses chaussures de travail, sa chemise de chez Sears et sa salopette, et fit couler la douche. En attendant que l'eau devienne chaude, il mit ses vêtements dans le panier à linge et, en passant devant la glace de la salle de bains, jeta un bref coup d'œil aux traces de griffures, maintenant coagulées, que Violet Sullivan avait laissées sur son dos même pas deux jours avant. Il entra dans la douche, se sentant à la fois honteux de sa conduite et excité. Si quelqu'un d'autre voyait les marques, il était cuit. Il n'en revenait toujours pas des dégâts qu'elle réussissait à infliger ! C'était un petit format, pas plus grande qu'une gamine, mais une vraie boule d'énergie et de culot, avec ses cheveux roux qui lui arrivaient au milieu du dos et des ondulations qui dessinaient des crans quand il les lui relevait pour dégager son cou. Il aimait entrelacer ses doigts dans leur épaisseur, en saisir une poignée et tirer sa tête en arrière si violemment que sa bouche s'ouvrait sous l'effet de la surprise. Il parcourait ses seins de sa paume calleuse, et suivait sa colonne vertébrale jusqu'à la chute des reins pendant qu'elle frissonnait de désir. Il n'avait jamais connu une femme pareille, si sauvage, si insatiable. Elle mettait un délicat parfum de violette, sa marque de fabrique, disait-elle. Elle s'habillait en violet et en bleu lavande, quelquefois en vert foncé éclatant, ce qui faisait flamber le vert de ses yeux… Des étoffes souples qui collaient sur le devant de ses jambes et crissaient quand il remontait sa jupe au-dessus de ses cuisses.

Il n'avait jamais raffolé des violettes. De la mauvaise herbe, à son avis, qui envahissait la pelouse. Mary Hairl les adorait, surtout les blanches, et elle le houspillait chaque fois qu'il menaçait de passer du désherbant. Il ne voyait pas l'intérêt de laisser une herbacée sauvage et incontrôlable empiéter sur le gazon. Ce printemps-là, qu'il savait être le dernier de Mary Hairl, il s'était couché à plat ventre dans les violettes, laissant le parfum léger et sucré saturer sa peau. Il avait passé la main dans les feuilles vert sombre, s'emparant des fleurs avec la même violence que lorsqu'il avait pénétré Violet à leur dernière rencontre. La moquette du motel dégageait une curieuse odeur métallique qu'il avait associée à leur étreinte.

À l'hôpital, la veille au soir, il s'était surpris à tourner et retourner dans sa tête les différences entre les deux femmes. Ces derniers temps, les yeux de Mary Hairl s'étaient creusés dans leurs orbites, marquées de cernes noirs, et il s'était senti aussi coupable que s'il l'avait frappée. Il avait déployé des trésors de patience et de tendresse, attentif aux soins qu'il lui dispensait, mais son cerveau s'était déconnecté, revenant à Violet en dépit de ses meilleures intentions. Tandis qu'il tamponnait le visage de Mary Hairl avec un linge mouillé, il avait pensé à Violet, à la dernière fois où ils avaient couché ensemble, à la sauvagerie avec laquelle elle l'avait mordu et sucé, s'accrochant à lui comme une femme en train de se noyer au milieu de la literie en désordre. Elle savait aguicher, se refuser, laissant ses cheveux roux se répandre sur ses cuisses à lui tandis qu'il luttait pour la dominer, se portant vers elle d'un mouvement de hanches. Violet se dérobait, souriante, les yeux pétillants. Elle le léchait tout du long, et il savait qu'il n'apprendrait jamais à étouffer son gémissement quand elle le prenait enfin dans sa bouche.

Il baissa les yeux. Mary Hairl avait demandé de l'eau glacée ; il était allé lui en chercher et lui avait rempli son verre. Elle mourait de soif, confiante comme une enfant, suçant la pipette en verre transparente qu'il approchait de ses lèvres. Elle murmura un merci et se laissa aller contre les oreillers. Il savait qu'il ne pouvait pas continuer avec Violet. Un jour sur deux, il décidait de rompre, mais chaque fois que l'occasion s'en présentait, il pensait encore une fois… juste une fois, après quoi il espérait trouver la force nécessaire pour couper court à cette liaison.

Il avait un poids sur la poitrine, comme une masse, qui lui rappelait tout ce qu'il avait trahi. Parfois il ressentait une anxiété si intense qu'il se sentait au bord de la nausée. Il était reconnaissant à Violet. Il lui serait toujours reconnaissant de ce qu'il avait appris. Elle l'avait ramené à la vie après des années accaparées par la maladie de Mary Hairl et par ses souffrances. Si Mary Hairl disparaissait – si seulement elle se dépêchait –, il savait que son sentiment étouffant de désespoir se serait dissipé. En même temps, même s'il refusait de l'admettre, il entretenait le fantasme qu'une fois sa femme disparue, Violet pourrait faire définitivement partie de sa vie, comblant le vide laissé par le départ de Mary Hairl.

Il ferma les robinets dans un grincement, sortit de la douche et s'essuya dehors. Puis il s'habilla, enfilant le jean qu'il avait accroché à une patère derrière la porte de sa penderie. Il récupéra le paquet des vêtements de nuit tachés de Mary Hairl et gagna la souillarde, où il avait installé le lave-linge et le séchoir. Quand il ouvrit le couvercle du lave-linge, son regard tomba sur la boule de vêtements humides tassés qu'il avait négligés de sortir. Il ne se rappelait pas avoir fait une machine, mais en retirant le premier article, il s'aperçut que c'était la lessive de Mary de la semaine précédente. Les vêtements étaient restés humides et avaient à présent l'odeur de moisi du linge qui a croupi trop longtemps. Comment avait-il pu oublier ? Il s'était fait un devoir d'apporter des vêtements propres à Mary pour lui prouver qu'il ne la délaissait pas, qu'il se souciait d'elle. Elle n'avait jamais mentionné le fait qu'il ne lui avait pas rapporté ses chemises de nuit et ses slips. Qu'avait-elle mis durant toute la semaine ?

Le visage brûlant, il remit les vêtements dans la machine et y ajouta ceux qu'il venait d'apporter, espérant qu'une forte dose de lessive en poudre éliminerait l'odeur fétide de coton mouillé ayant viré au rance. Gagnant la chambre, il ouvrit le tiroir de commode de Mary Hairl et constata avec soulagement qu'elle avait toute une réserve de chemises de nuit. Tout était plié avec soin et d'un blanc virginal. Il sortit quatre chemises et empila six slips au-dessus. Il hésita, puis posa la pile sur la commode.

Il explora les autres tiroirs, fouillant dans les affaires de sa femme, une chose qu'il ne lui serait jamais venue à l'idée de faire avant cet instant précis. Il ne savait pas au juste ce qui le poussait à y fourrager. Peut-être une curiosité morbide pour des objets personnels qu'il devrait bientôt empaqueter et donner. Qu'espérait-il trouver ? Un godemiché, la preuve d'un vice caché… alcoolisme, kleptomanie, pornographie ? Il savait, sans avoir à le vérifier, que les robes accrochées dans sa penderie n'avaient plus de couleur à force d'être lavées, amidonnées et repassées avec un soin maniaque. Pourquoi cet accès de colère qui l'envahissait ? Pourquoi sa vie à lui se chargeait-elle d'ignominie alors que celle de Mary Hairl n'était plus qu'un vide stérile dont elle ne cessait de s'excuser ?

Dans le deuxième tiroir en partant du bas, caché sous ses slips de coton, il aperçut le coin d'une boîte jaune vif. Il écarta les slips. Le tiroir était rempli de coffrets non ouverts de Lotion Après Bain et Eau de Cologne Jean Naté. Il était incapable de se rappeler la dernière fois où il avait pensé à lui offrir autre chose. À quoi bon ? Pour son anniversaire, elle demandait toujours du Jean Naté. Il croyait qu'elle en raffolait. En ouvrant son paquet cadeau, dont la confection incombait invariablement à la vendeuse, elle paraissait ravie et étonnée, et le remerciait de si grand cœur qu'il n'avait jamais songé à douter de sa sincérité. Noël n'avait aucun sens pour lui. Tous deux faisaient des cadeaux aux enfants, mais ils se sentaient si peu à leur affaire à en échanger eux-mêmes qu'ils omettaient désormais ce rite d'un commun accord. Enfin, croyait-il.

En voyant les Jean Naté, il ressentit une honte profonde. Il avait fait preuve de suffisance à son égard, s'était montré si négligent qu'il ne lui était jamais venu à l'idée de lui faire un cadeau plus personnel, plus somptueux ou plus spontané. Qu'elle n'ait jamais osé lui dire la vérité, qu'elle ait eu si piètre opinion d'elle-même, au point d'être incapable de dire ce qu'elle voulait, le plongea dans un profond désarroi. Probable d'ailleurs qu'elle ne le savait même pas, ce qu'elle voulait. À son anniversaire, qui tombait le 12 septembre, elle ne serait plus là, et il comprit, l'espace d'un éclair, que s'il avait trahi leur union, elle aussi. À cette différence qu'elle mourrait considérée comme une sainte femme, irréprochable, et que lui serait forcé de vivre, avec le poids de sa fureur, de sa dépravation, de sa culpabilité. Il manquait peut-être de rectitude, mais elle manquait de courage. Des deux, lequel était le pire ?

Une fois la lessive faite, il quitta la maison et roula jusqu'à Serena Station. Il n'était que 10 h 35 du matin, mais BW ouvrait le Blue Moon à 9 heures. Une absurdité inexplicable. L'établissement restait vide la plus grande partie de la journée, plongé dans la pénombre, la porte ouverte, aussi glacial et accueillant qu'une église. Il se gara et entra. Winston Smith était assis à une table sur le côté, tournant le dos au bar, le visage fermé. Il avait une Miller devant lui, alors qu'il n'avait pas l'âge légal pour consommer de l'alcool, Jake ne l'ignorait pas. En voyant son humeur sombre, BW avait dû avoir pitié du gamin, bravant le risque d'une visite impromptue de l'agent des ABC[1] qui s'était pointé la semaine précédente.

Jake s'installa au bar et BW posa une Blatz devant lui. Jake savait que Violet faisait un saut deux ou trois fois par semaine après que Foley était parti au travail. Il ne l'avait pas revue depuis le dimanche, mais il avait besoin de lui parler avant que sa résolution ne faiblisse. Et, comme de bien entendu, elle fit son entrée vingt minutes

1. *Alcoholic Beverage Control* : Bureau des boissons alcoolisées.

plus tard. Winston, qui commandait une autre bière, se retourna et la fixa d'un œil morose.

— Il faut que je vous parle, lui dit-il.

Violet s'arrêta à sa table.

— Allez-y.

— Je vous offre un verre.

Il articulait avec soin, mais Jake nota une certaine mollesse dans ses intonations. Violet s'assit. Quoi qu'il ait eu à lui dire, Winston parlait à voix basse et l'expression de Violet ne trahit rien d'autre que de la stupéfaction. Finalement, elle se pencha. Sa réponse fut inaudible, mais en tout cas Winston parut abasourdi. Elle se leva et partit à l'autre bout du comptoir.

« Salope ! » marmonna Winston à lui-même.

Jake reporta son attention sur BW.

— Il a un problème ?

BW coula un regard vers Winston.

— Le gamin a perdu son boulot.

BW s'approcha de Violet, au bout du comptoir. Elle commanda et Jake vit BW lui servir un verre de vin rouge. Prenant sa bière, il fit toute la longueur du bar et prit le tabouret voisin de celui de Violet. Il attendit que BW ait posé le verre devant elle.

— C'est pour moi, lui dit Jake.

BW repartit vers la caisse et tapa le montant, l'ajoutant à l'addition de Jake, puis il disparut dans la salle du fond pour les laisser seuls. Jake avait cru qu'il se sentirait anxieux à l'idée de lui parler, mais il s'aperçut qu'il la regardait avec tendresse.

— Je pensais te voir hier après-midi, lui dit-il.

— J'ai eu un empêchement. Une affaire à régler.

— Je ne me plaignais pas.

— Je l'ai pourtant cru à t'entendre. Si tu es là pour pleurnicher, n'hésite pas. Winston s'est déjà largement apitoyé sur lui-même.

— Pourquoi râle-t-il ?

— Parce qu'il est con. Tu sais ce qu'il m'a dit ? Qu'il voulait que je lui prête du fric pour s'inscrire en fac. Non mais, tu imagines ? Ce culot ! Je lui ai dit : « Pourquoi je ferais ça ? De quoi j'ai l'air ? D'un connard de banquier ? Je ne te prêterais pas un cent même si ma vie en dépendait, pauvre andouille ! »

— Tu parles toujours de ton argent. Il aura cru que tu accepterais de l'aider.

— Eh bien, si j'ai de l'argent, il est à moi, et pas question que je le donne. Dis-moi plutôt ce que tu fabriques ici ?

— Il faut qu'on se parle.

— Juste comme il m'a dit ! À propos de quoi ?

Jake baissa la voix.

— Je sais que tu as pris tes distances. Ça fait des semaines et c'est très bien comme ça. Je ne veux pas que tu te fasses des reproches. C'est tout ce que j'avais à te dire. C'est sûrement mieux, inutile de revenir là-dessus.

— Je ne vois absolument pas de quoi tu parles, dit Violet d'un ton neutre.

— J'ai l'impression que tu as trouvé quelqu'un d'autre.

— Et alors ? Comme si je pouvais compter sur toi… Tu as Mary Hairl et, moi, je reste en plan à essayer de prendre soin de moi. J'ai besoin de me tailler sans traîner et qu'est-ce que tu as à m'offrir ? Rien. Le zéro absolu.

— Je ne te reproche rien, je te le jure. Je sais que je n'ai rien à t'offrir, et je le regrette, sinon je t'aiderais. Mais au moins nous ne nous sommes jamais rien promis.

Elle se tourna, lui jetant un regard incrédule.

— Attends une minute, ça veut dire quoi ? Que tu arrêtes ?

Il agita sa paume dans le vide pour lui intimer de baisser la voix.

— Je voudrais juste être un bon époux pour Mary Hairl pendant le temps qui lui reste à vivre. Tu crois que j'ai envie d'arrêter ? Tu as tellement compté…

— Tellement compté ?! Sûrement pas trop si tu me vires comme une ordure ! C'est quoi, le problème ? Je ne faisais pas l'affaire ? Je te rappelle que tu en as profité le jour où ça t'a pris, pauvre baiseur…

— Arrête. Tu sais très bien à quoi t'en tenir. On prenait tellement de coups qu'on s'est accrochés l'un à l'autre pour s'entraider. Je t'en suis reconnaissant, mais tu mérites mieux et on dirait que tu as trouvé. Je veux simplement que tu saches que je suis heureux pour toi et que je te souhaite tout le bonheur possible.

— Dis donc, quelle grandeur d'âme ! Tu me souhaites tout le bonheur possible… Je me demande ce que tu souhaiteras quand Foley le saura.

Il sentit son cœur faire un bond et se vider de toute tendresse.

— Espérons que ça n'arrivera jamais, pour toi comme pour moi.

— Inutile de se faire d'illusions. Tu sais comment je le sais ?

Elle jeta un coup d'œil à sa montre.

— Parce qu'à six heures ce soir, à la seconde où il arrivera à la maison, j'aurai une crise de conscience et j'avouerai séance tenante. Je lui dirai à quel point j'ai été scandalisée et abasourdie quand tu m'as forcée à accepter tes avances sexuelles et que la malheureuse Mary Hairl n'imaginait certainement pas que tu te pavanes en bandant comme un cerf et en te frottant à la première femme qui passe.

— Non, je t'en prie…

Sa voix avait un ton plaintif, même à ses propres oreilles.

— Pourquoi pas ? Il faut bien que je me protège.

— Il ne te croira pas. Comme s'il allait t'écouter ! Dieu seul sait combien de types tu t'es farcis…

Violet saisit son verre de vin et lui en jeta le contenu à la figure, puis repoussa le verre avec violence. Il tomba par terre, rebondit et se brisa. Elle prit son sac et sortit sans un regard en arrière. Winston tourna la tête, observant son départ, puis son regard ébahi revint au bar, où Jake semblait avoir reçu une décharge, le cœur cognant sous l'effet du choc. Le jet de vin tiède lui avait inondé le visage et imbibait le devant de sa chemise. BW sortit de la pièce du fond. Il avisa Jake, attrapa un torchon et le lui fit glisser sur le bar. Jake pressa le torchon sur sa figure ; il aurait donné n'importe quoi pour disparaître. Dieu merci, seuls BW et Winston avaient été témoins de l'incident.

Dehors, le moteur du vieux tacot de Foley tournait avec un bruit de casserole. Violet démarra dans un grincement aigu, projetant une pétarade de gravier sous le châssis. Jake sentit la panique monter le long de sa carcasse. Elle n'aurait quand même pas l'imprudence démente de parler de lui à Foley… Elle était furieuse, d'accord, mais elle n'avait rien compris. Il ne la rejetait pas : il la libérait.

Il leva les yeux au moment où Tom Padgett s'encadrait dans la porte. Tom avait le visage tourné, la lumière se réfléchissant dans ses lunettes. Il reporta son attention sur la scène qui s'offrait à lui : la chemise souillée de Jake, Winston dans les vaps, BW derrière le bar, tous vissés sur place.

— C'est quoi, ce cirque ?

Jake essaya par deux fois d'appeler Violet le jeudi après-midi, mais le téléphone sonna indéfiniment, apparemment dans une maison déserte. La troisième fois, Foley Sullivan décrocha et Jake remit le combiné en place sans un mot. Il passa la soirée du jeudi à l'hôpital en compagnie de Mary Hairl, ce qui n'était pas dans ses intentions, mais elle parut si contente et si reconnaissante de le voir qu'il se persuada du contraire. En réalité, il était trop anxieux pour rester à la maison. Il avait la peur au ventre ; enfin, un soupçon de peur. Violet était imprévisible, et tout à fait capable d'exploser si elle y voyait le moyen de lui rendre la monnaie de sa pièce. Il se sentait en sécurité auprès de Mary Hairl, comme si, en lui consacrant tous ses soins, il se mettait à l'abri. Ou plus exactement comme si en restant à son chevet il espérait différer la catastrophe qui s'annonçait.

Il téléphona le vendredi à l'heure du déjeuner, mais là encore sans obtenir de réponse. Il roula en long et en large dans Serena Station en espérant l'apercevoir. Il fit une course à Silas, puis il rebroussa chemin, fit demi-tour et repartit en ville, et finit par se garer en face de la poste pour prendre son courrier. Par miracle, il la repéra, au volant du coupé neuf qu'il avait vu dans la salle d'exposition de Chet Cramer. Il traversait la rue quand elle ralentit et s'arrêta. Elle se pencha à la vitre et attendit qu'il arrive à la hauteur de la fenêtre ouverte.

— Alors, qu'en dis-tu ?

Elle rayonnait. La colère noire avait fait place à une Violet Sullivan aussi excitée qu'une gamine étrennant une bicyclette neuve et étincelante. Il ne put s'empêcher de sourire.

— D'où le sors-tu ? Rudement racé !

— C'est à moi. Un cadeau de Foley.

— Un cadeau ? Je le croyais fauché ?

— Oh, il a ses petites combines. Il a dû embobiner Chet vite fait bien fait, car il est parti ce matin avant neuf heures, est rentré une heure après et a garé cette petite beauté le long du trottoir.

— Pour fêter quoi ?

— Comme si on avait besoin de fêter quoi que ce soit ! Il est dingue de moi. Évidemment, ça aide qu'il ait pété les plombs hier soir et saccagé la maison. Mes rideaux de dentelle tout neufs ont fini à la poubelle ! Tu vas où ? Tu veux que je te fasse faire le tour du pâté de maisons ?

— Non, j'ai des trucs à régler. Une autre fois, lui dit-il.

Il remarqua une paire de lunettes en carton blanc sur le siège avant.

— Ce sont tes lunettes de soleil ?

Elle leur jeta un coup d'œil.

— Non… Qu'en dis-tu ?

Elle s'en empara et les mit.

— J'ai emmené Daisy et Liza Millincamp au ciné en relief cet après-midi. *Bwana le Diable*. Daisy est bonne pour un mois de cauchemars !

— Ah, les enfants, dit-il sans conviction.

— N'importe, il faut que j'y aille. Je te laisse. À tout' !

Elle appuya sur l'accélérateur et démarra.

Il ne l'avait jamais vue si joyeuse ni si pleine de bonne volonté. Il regagna sa voiture avec un intense sentiment de soulagement. Peut-être que tout baignait et qu'il pouvait de nouveau respirer.

Il retourna à l'hôpital en fin d'après-midi, se sentant plus léger qu'il ne l'avait été depuis des mois. Il n'était pas tout à fait 17 heures, mais les chariots du dîner s'alignaient déjà dans le couloir. Il tiendrait compagnie à sa femme pendant le repas et passerait la soirée avec elle jusqu'à ce qu'on la prépare pour la nuit. Il lui avait apporté une petite plante d'intérieur pour sa table de chevet. La fille, à la boutique du fleuriste, l'avait enveloppée dans un grand cône de papier de soie vert coiffé d'un nœud écarlate. Mary Hairl se réjouirait d'avoir un peu de couleur vive sous les yeux. Il prit l'ascenseur et monta au premier. Les portes s'ouvrirent, il sortit et pila net. Le père de Mary Hairl se tenait dans le couloir, le visage de marbre. Il était arrivé quelque chose à Mary Hairl. Son état s'était peut-être aggravé ; peut-être était-elle morte. Le froid jaillit du sol, le glaça jusqu'aux os.

Hairl tenait une Bible dans une main, l'autre se crispait sur un morceau de papier rose, couvert d'une écriture penchée à l'encre noire.

— Espèce d'enfant de putain ! Jure-moi sur cette Bible que ton cœur ignore la luxure. Que tu n'as jamais couché avec Violet Sullivan, et ne mens pas ! Ma malheureuse enfant, ma fille unique, elle agonise pendant que nous parlons. Il ne lui reste probablement pas plus d'une semaine à vivre. Alors jure-moi que tu n'as pas mis ta saloperie de bite dans la bouche de cette putain immonde ! Jure-le sur les Écritures ! Et ce n'est pas une première, fils. Tu crois que je l'ignore ? Les gens parlent et je sais tout de toutes tes aventures. Tu te croyais malin, mais tu ne m'as jamais berné. C'est à peine si je supportais de te regarder dans les yeux, mais je me suis tu, pour le bien de Mary Hairl. Il y a des années que j'aurais dû parler, mais elle te vénérait. Elle vénérait la terre que foulaient tes pieds ! Tu es un raté. Un moins que rien. Même pas capable de gagner correctement ta vie. Sans moi, tu vivrais de l'aide sociale. Et tu ne trouves rien de mieux que de te produire en public, dans un bar…

Les forces d'Hairl le trahirent. Sa voix se brisa et le bout de papier rose frémit dans sa main tremblante. Il eut un sanglot, puis se reprit.

— Si j'en avais la force, je t'étranglerais de mes propres mains. Ma fille, ma belle enfant… Elle est l'incarnation même du bien. Et vous, monsieur ? Vous êtes un être vil, une merde puante. Vous avez fait d'elle un objet de pitié dans la ville entière, et elle rejoindra sa tombe en passant pour une sombre idiote, mais pour vous le pire est à venir. Je vous en fais la promesse !

Jake eut un passage à vide. L'horreur le laissait sans voix. Qu'avait-elle fait ? Au nom du ciel, qu'avait fait Violet Sullivan ?

22

Nous repartîmes chez Daisy à trois voitures, à la façon d'une très modeste escorte officielle. Comme je les en avais prévenues, je les quittai à Broadway pour m'arrêter au JC Penney, où je m'achetai une chemise de nuit en coton, deux T-shirts et des sous-vêtements très ordinaires. Je fis une deuxième halte à un drugstore voisin et acquis trois romans en édition de poche, du shampooing, du démêlant après-shampooing et du déodorant. Si je devais rester quelque temps sur les lieux, autant sentir bon. Même si la Bel Air surgissait comme par magie et si je rentrais le lendemain, j'en aurais toujours l'usage. Les slips n'ont pas de date de péremption, n'est-ce pas ?

J'arrivai chez Daisy à 20 heures ; la nuit d'automne faisait valoir ses droits et l'éclairage urbain était allumé. J'entrai dans le garage qu'elle avait laissé ouvert, verrouillai ma portière et actionnai la fermeture automatique de la porte en ressortant. Dans la maison, je découvris Tannie allongée de tout son long sur le sol du séjour, à essayer de se dénouer le dos après une matinée passée à débroussailler et un après-midi à regarder les flics extraire une voiture de sa pelouse. Daisy était dans la cuisine, où elle faisait du thé. Elle avait troqué sa tenue de femme active contre un survêtement, mais paraissait tout aussi stressée que sur le site. Son visage avait l'expression pincée que vous donne une migraine, même si elle affirmait se porter comme un charme. La découverte de la voiture nous avait mises dans un état de tension que nous combattions chacune à notre manière. Daisy n'aspirait qu'à prendre un bain, et Tannie à boire un verre. Moi, j'aurais donné n'importe quoi pour être seule, vœu irréalisable à ce stade des événements. Je ne pouvais même pas me mettre au lit parce que Daisy avait apporté sa tasse de thé dans le séjour et s'était assise sur le canapé où je devrais dormir.

— Dites donc, les filles, nous lança Tannie depuis sa position basse. Je ne me rappelle pas avoir dîné, ou alors j'ai manqué un épisode. Quelqu'un a faim ? Pour un peu je me mangerais le bras !

Après de brefs pourparlers, Daisy s'empara du téléphone et commanda une pizza grand format, qui nous fut livrée une demi-heure après. Nous l'attaquâmes avec entrain, encore que Tannie refusât toute portion jouxtant les anchois que Daisy et moi avions obtenus aux voix. Au moment précis où j'estimais que nous en avions fini pour la journée et que nous étions enfin libres de nous plonger dans un livre ou de regarder la télévision sans penser à rien, le téléphone sonna. Daisy décrocha.

— Oh… bonsoir, BW. Que se passe-t-il ?

Tandis qu'elle l'écoutait, je la vis changer d'expression. Une onde de rose lui monta aux joues, comme commandée par un variateur de lumière. « Comment est-ce arrivé ? » Elle ferma les yeux, démentant d'un signe de tête la réponse qu'on lui donnait. « Je vois. Non, non. Ce n'est pas ta faute. Je comprends. J'arrive. »

Elle raccrocha.

— Que se passe-t-il ? lui demandai-je.

— Mon père est au Blue Moon. Il est assis au bar,

complètement beurré, et impossible de le déloger. BW me demande de venir le chercher avant qu'il y ait de la bagarre.

— Beurré ? Foley ?

— C'est ce qu'il dit. Je m'en occupe. Vous deux, vous ne bougez pas.

— Ne dites pas de bêtises. Je vous accompagne. Vous n'y arriverez pas toute seule s'il est dans cet état.

Daisy se tourna vers Tannie.

— Et toi ? C'est entièrement facultatif.

— Ne me compte pas dans l'expédition. J'y vais si tu as besoin de moi, mais je suis vannée. Je dois reprendre la route demain à la première heure. Si nous allons au Moon, je finirai par boire un verre et tu me connais. Ça me tenterait, mais j'essaie d'être sage.

— Ne t'en fais pas. Nous serons de retour dès que nous saurons quoi faire de lui.

Daisy prit son sac et ses clés de voiture. Elle m'assura qu'elle aurait assez chaud avec son survêtement, mais elle me trouva une veste. La soirée avait fraîchi et nous ne savions ni l'une ni l'autre pour combien de temps nous en aurions. Pendant les vingt-cinq kilomètres de trajet de Santa Maria à Serena Station, elle ne cessa pas de hocher la tête d'incrédulité.

— Je n'arrive pas à le croire. Pas une goutte depuis trente-quatre ans, et on est repartis pour un tour !

— Il aura entendu parler de la voiture.

— C'est ce que dit BW.

— Mais pourquoi cette réaction ?

— Ça me dépasse. Je ne veux même pas me poser de questions.

On s'écrasait au Blue Moon, en ce vendredi soir. Le *happy hour* avait pris fin à 19 heures, mais la consommation ne faiblissait pas. Il régnait une effervescence démente, qui traduisait la joie qu'on avait d'en avoir fini avec la semaine de travail. Cette fois, l'établissement empestait carrément la bière et la fumée de cigarette. Entre les discussions bruyantes, le juke-box et les rires imbibés d'alcool, le vacarme était assourdissant.

Foley Sullivan était assis au bar, indifférent à tout, comme immergé dans un caisson de privation sensorielle. Le whisky et lui avaient connu plus de trente ans de séparation. Maintenant, tels de vieux amants, ils fêtaient leurs retrouvailles, et il s'employait activement à renouer leur liaison sans laisser rien ni personne se glisser entre eux. Il se tenait raide comme un piquet. Son visage était toujours émacié, mais ses yeux profondément enfoncés brillaient à présent de soulagement. Vu son degré d'ébriété, il était à deux gorgées de l'explosion de fureur aveugle.

Daisy s'approcha, veillant à se faire reconnaître avant de poser une main sur son dos. Elle se pencha plus près afin de pouvoir se faire entendre.

— Bonsoir, papa. Comment vas-tu ? On m'a dit que tu étais là.

Il ne prit pas la peine de la regarder ; en revanche, il éleva la voix.

— Je vois que tu as rappliqué aussi sec pour t'occuper de moi. Ma foi, je vais bien, petite. Te fatigue pas. Je sais me débrouiller seul. Je suis sensible au souci que tu te fais, mais je le juge déplacé.

— Qu'est-ce qui a tout déclenché ?

— Probable que je suis né avec une attirance pour le soufre. Tu devrais t'en commander aussi. Le bourbon brûle les chagrins de l'âme.

Le type assis à côté de Foley n'avait rien perdu de cet échange. Je ne savais pas s'il connaissait Daisy et son père, ou s'il avait simplement compris qu'il ne souhaitait pas entendre ce genre de conversation. Il libéra sa place et Daisy se glissa sur le tabouret.

Foley s'était replongé dans sa contemplation, fixant le fond de son verre comme s'il y découvrait le sombre cœur de l'humanité. Quand Daisy lui toucha le bras, il parut étonné de la voir encore là. Le sourire qu'il lui adressa était plein de tendresse.

— Salut, ma douce.

— Salut, papa… Si nous sortions pour discuter ? J'ai besoin de m'aérer, pas toi ?

— Il n'y a rien à discuter. La voiture était le dernier lien.

Sa main trancha l'air.

— Coupé ! Juste comme ça. Elle savait que ça me démolirait si elle refaisait surface.

— Si quoi refusait surface ?

— La voiture. Elle l'a enterrée avant de partir. J'ai payé, et j'ai payé parce que je l'aimais et que je croyais qu'elle reviendrait. Grand Dieu, je voulais qu'elle sache qu'elle ne me devait rien.

— De quoi parles-tu ?

Il la dévisagea, accommodant son regard.

— On a retrouvé sa Bel Air. Je pensais que tu le savais.

— Évidemment que je le sais. Le bureau du shérif m'a appelée cet après-midi.

— D'accord, c'est de bonne guerre. On doit accepter la réalité. Ta mère l'a enterrée, après quoi elle s'est tirée. On doit accepter qu'elle nous a abandonnés et en prendre notre parti.

— Elle ne l'a pas enterrée ! Tu ne crois quand même pas un truc pareil ! Comment aurait-elle fait ?

— Visiblement, on l'a aidée. Le type avec qui elle s'est barrée l'a sûrement aidée à creuser le trou.

— C'est absurde. Si elle partait, pourquoi ne pas prendre la voiture ? Si elle n'en avait pas besoin, elle pouvait toujours la vendre.

— C'était sa façon de se moquer de moi. La voiture était mon dernier cadeau et elle l'a refusé.

— Papa, s'il te plaît, arrête. Tu sais très bien de quoi il s'agit. Il y a de fortes chances qu'elle soit enterrée dedans. C'est pour cette raison qu'ils prennent tout leur temps, afin de ne pas détruire de preuves.

Il hocha la tête, faisant la lippe comme s'il regrettait d'avoir à la mettre au courant. Il était capable d'articuler clairement, mais son cerveau travaillant à une vitesse réduite de moitié exigeait, par la force des choses, une concentration intense. Il se martela la poitrine.

— Elle n'est pas morte. Je le sentirais là-dedans sinon.

— On ne va pas se disputer. Peut-on juste sortir d'ici ?

— Ma douce enfant, tu n'es pas responsable de l'état dans lequel je suis. Je bois par respect pour ta mère avec qui j'ai trinqué pendant de nombreuses années. Je bois en guise d'adieu. Je renonce à faire valoir mes droits. Violet Sullivan est libre !

Il fit un grand geste avec son bourbon et leva son verre à la santé de sa femme avant de le vider.

Je ne savais pas trop comment interpréter sa grandiloquence, et impossible de jauger son état d'esprit. Il paraissait dangereux, à cran et imprévisible malgré son discours empesé. Daisy me glissa un coup d'œil rapide. Notre pacte tacite consistait à l'amadouer pour le convaincre de sortir avant qu'il ne pète les plombs. Je mis la main sur l'épaule de Foley et me rapprochai.

Quand il comprit qui j'étais, il eut un léger mouvement de recul.

— Ah, elle vous a rameutée aussi…

— Nous étions inquiètes. Il est tard, et nous avons pensé que vous boiriez un dernier verre chez vous.

Ses yeux étaient incapables d'accommoder, ce qui lui donnait l'air de loucher.

— Je n'ai pas de bourbon chez moi. Le pasteur ne serait pas d'accord. Je vis dans une cellule à l'église, comme il sied à un moine.

— Pourquoi ne pas aller chez Daisy ? Nous pouvons vous emmener manger un morceau, puis nous arrêter chez elle ou vous déposer chez vous.

— Vous n'avez jamais assisté à une réunion des Anonymes, pas vrai ?

— Non, en effet.

— Ce n'est pas votre boulot. Vous n'avez rien à voir là-dedans. Je n'ai pas besoin d'être sauvé. Je veux rester là et prendre mon plaisir, alors laissez-moi vivre. Je vous dégage de toute responsabilité.

Il agita une main d'un air désinvolte et me donna l'absolution.

Du coin de l'œil je vis BW qui s'approchait, et je me rappelle avoir pensé : merci, Seigneur. Il avait des années d'expérience et savait s'y prendre avec Foley en état d'ivresse. Même s'il n'avait rien dans les mains, il était visiblement résolu à jouer les videurs. Jake Ottweiler le suivait à deux pas.

— Foley, tu dégages immédiatement, dit BW.

Le regard de Foley se posa sur BW, puis s'arrêta sur Jake et ce fut suffisant. Ses démons se déchaînèrent, même s'il souriait en crachant sa bile.

— Tiens donc ! Le fumier qui baisait ma femme !

— Papa ! Je t'en prie, parle moins fort.

Jake s'était figé. Foley descendit de son tabouret et chercha son équilibre. BW réagit prestement et le coinça dans ses bras comme dans un étau, l'immobilisant. La voix de Foley monta de plusieurs octaves.

— Espèce de fils de pute ! hurla-t-il. Avoue ! Tu t'es servi de ma femme et ensuite tu l'as balancée comme une vraie merde ! Tu n'as jamais eu l'honnêteté de le reconnaître !

— Assez, dit BW.

Il souleva Foley et l'obligea à traverser le bar.

— Si jamais tu remets les pieds ici, ce sera la dernière chose que tu feras, lui lança-t-il. Je te préviens.

Dans la prise en étau de BW, les pieds de Foley touchaient à peine le sol. On aurait dit une ballerine qui faisait des pointes, exécutant un jeté battu délicat et aérien avec une remarquable grâce et vélocité.

— Tu me préviens, moi ? Pourquoi pas lui ? Pourquoi pas tous les mecs de la ville qui ont une femme aussi belle que la mienne ! Je te dis la vérité, et lui le sait sacrément bien…

Daisy agrippa le bras de BW et se vit entraînée dans la mêlée.

— Arrête ! Lâche-le ! Il ne peut pas s'en empêcher !

— Peut-être que je peux lui filer un coup de main. Tiens, essaie ça !

BW ouvrit la porte d'un coup de pied et propulsa Foley dehors. Foley atterrit sur une hanche et se retrouva à quatre pattes, emporté par son élan. Avant qu'on ait pu s'interposer, BW projetait vivement le pied et Foley prit sa botte en pleine figure. Le cartilage de son nez s'écrasa avec un bruit de melon heurtant le béton. Le sang jaillit de ses narines et sa bouche s'emplit de rouge. Une rangée de fausses dents blanches avait giclé et gisait intacte, mais les autres étaient esquintées et sa langue semblait enflée, comme s'il se l'était mordue tout seul. Ses yeux chavirèrent, jusqu'à ce qu'il n'y ait plus que deux fentes blanches de visibles. Puis il ne bougea plus. Daisy hurla.

Mon cœur battait avec une telle violence que je m'attendais à avoir des bleus sur la poitrine le lendemain. Daisy se laissa tomber à côté de son père, qui gémit et roula sur le dos. Elle leva des yeux horrifiés vers BW et nous nous apprêtâmes à voir atterrir un deuxième coup de pied. BW tourna les talons. Il saisit la porte. Le dégoût lui déformait la voix.

— Bordel… J'appelle une ambulance et j'envoie chercher de la glace pour sa figure.

23

L'ambulance arriva et trois auxiliaires médicaux mirent pied à terre avec la détermination de pompiers envoyés au feu. Foley s'était relevé tant bien que mal, prêt à dérouiller l'enfant de putain qui lui avait esquinté la figure. Il était d'humeur combative, allongeant des coups dans le vide, repoussant l'infirmier qui lui proposait les premiers secours. Avec le sang qui lui pissait du nez et s'accumulait au-dessus de sa lèvre inférieure, il avait tout d'un vampire dérangé au cours d'un festin bien saignant. La serveuse lui apporta un sac en plastique bourré de glaçons et enveloppé dans un torchon. Elle le lui donna du bout des doigts et regagna le restaurant sans demander son reste. Comme le bridge supérieur de Foley avait volé, ses dents du bas lui avaient percé la lèvre. Il appuya le sac sur sa bouche, ensanglantant aussitôt le torchon. Il refusa tous soins médicaux et les auxiliaires n'eurent d'autre choix que de remonter dans l'ambulance et de repartir.

Foley s'affala sur les marches de bois et appuya sa tête contre la balustrade en marmonnant dans sa barbe.

Daisy se pencha sur lui.

— Papa, écoute-moi. Tu m'écoutes, oui ? Il faut que tu voies un médecin.

— Pas besoin de médecin. Fous-moi la paix.

Il jeta un regard autour de lui, les yeux dans le vague.

— Où est mon bridge ? Je peux pas parler sans mes dents.

— Ne t'inquiète pas, je l'ai. J'ai besoin de tes clés.

Il se pencha de côté et faillit perdre l'équilibre en fouillant dans sa poche de pantalon, où il récupéra ses clés.

Daisy les lui arracha et me les donna avant de s'intéresser de nouveau à lui.

— Je veux que tu montes dans la voiture. Je t'emmène aux Urgences. Kinsey va nous suivre dans ton pick-up. Et inutile de discuter.

— Je discutais pas, lui renvoya-t-il d'un ton fâché et sermonneur.

Nous l'aidâmes à se remettre debout. L'alcool et le coup au visage lui brouillaient l'esprit. Nous le guidâmes, tout flageolant, jusqu'à la voiture de Daisy, qui était garée dans la rue, et par bonheur à proximité. Elle déverrouilla la portière du côté passager et l'ouvrit. Foley se dégagea, refusant qu'on l'aide : il pouvait se débrouiller ! Il s'accrocha à l'encadrement de la portière, s'enfila à demi sur le siège, puis s'y laissa choir en poussant un gémissement à la réception.

— Tu l'as cherché ! lui lança-t-elle d'un ton sec. Enlève ta main.

Il réussit à lâcher l'encadrement trente secondes avant qu'elle claque la portière. Ouvrant le coffre, elle prit une serviette de toilette dans son sac de gym. D'un air dégoûté, elle rouvrit la portière et la lui jeta.

— Ne tache pas le siège !

Elle me montra son pick-up sur le parking, puis elle contourna l'arrière de la voiture et rabattit le coffre avec violence. Je m'approchai du pick-up et m'installai au volant pendant qu'elle démarrait. Elle attendit de me voir sortir avec prudence du parking, avant d'embrayer et de passer devant moi.

Elle le conduisit aux Urgences de l'hôpital où elle travaillait. Le temps d'arriver, Foley s'était calmé, conscient peut-être d'avoir gravement péché. Même la douleur d'un nez cassé ne suffirait pas à le racheter aux yeux de Daisy. Elle signa pour son père la fiche d'admission, et quand on l'appela, elle l'accompagna pour l'auscultation. Je m'installai dans la salle d'attente et feuilletai un magazine pendant qu'on raccommodait Foley. Elle ressortit au bout de quarante minutes et se laissa tomber dans le fauteuil voisin du mien.

— Comment va-t-il ? lui demandai-je.

— Il s'en tirera. Ils ont appelé un oto-rhino pour lui remettre le nez en place. Le médecin a aussi demandé qu'on lui fasse un scanner parce qu'il a subi une brève perte de conscience. Ils m'ont dit qu'ils me rappelleraient quand il sera sorti de radiologie.

— Ils vont le garder jusqu'à demain ?

— Ça paraît mal parti, dit-elle en se levant. Je vais chercher une cabine pour appeler le pasteur. Il n'est pas question que je le ramène chez moi.

Elle prit son sac et passa dans le couloir. Moins de cinq minutes plus tard, elle était de retour.

— Dieu bénisse ce saint homme ! Il a posé quelques questions, puis a dit qu'il l'attendrait, quelle que soit l'heure à laquelle on le laisserait partir. La maison paroissiale est attenante à l'église ; il y sera accueilli en invité tant qu'il aura besoin d'aide. Dieu sait ce qu'il serait devenu s'il n'y avait pas eu cet homme !

Le vendredi soir semblait une soirée très courue dans le monde des Urgences : accidents et mésaventures, douleurs, souffrances, états comateux… On amena un gamin qui s'était enfilé un haricot dans le nez. Il y avait une femme torturée par la toux et fiévreuse à cause d'une mauvaise grippe, et un homme dont la cheville foulée prenait des proportions éléphantesques. Un ado arriva en maintenant son pouce brisé en plusieurs endroits par une portière de voiture, les chairs tellement en bouillie que je faillis tourner de l'œil.

Sans broncher, Daisy dégrafa sa barrette et rassembla ses cheveux en bon ordre avant de la remettre. Les accusations de Foley sur la liaison de Jake avec Violet semblaient planer dans l'espace qui nous séparait.

— Tout ce que je peux dire, c'est merci mon Dieu que Tannie ne soit pas venue.

— Elle l'apprendra forcément.

— Ça, c'est sûr ! Sinon mon téléphone sonnerait à s'en décrocher tout seul si on savait qu'elle y était !

Je refermai le magazine.

— Impossible de ne pas se poser la question. Y a-t-il vraiment eu une liaison ou votre père a-t-il imaginé toute cette histoire ?

— Il n'est pas réputé pour son imagination. La mère de Tannie a été malade pendant deux bonnes années. Et comme elle souffrait de « problèmes féminins », il y a de fortes chances qu'ils n'aient eu aucune vie sexuelle.

Elle hocha la tête et poussa un grand soupir. Elle étendit les jambes et se laissa glisser sur son siège de façon à appuyer sa tête contre le dossier.

— Je me demande avec qui elle n'a pas couché… Ma mère devait être complètement cinglée.

— Ma foi, comme disait l'autre, vous n'êtes pas responsable de ses actes.

— Mais je le suis d'avoir remué tout ça. J'aurais mieux fait de ne toucher à rien.

La grosse pendule digitale affichait 22:06. Je me

levai, incapable de rester une minute de plus sans bouger au milieu du chaos ambiant.

— Je vais voir si je peux me trouver un café. Vous en voulez ?

— Non. Je suis assez énervée comme ça !

L'éclairage fluorescent des couloirs ouverts au public éclairait sans pitié les sols recouverts de dalles de vinyle luisant. Je longeai des services, déserts pour la plupart : administration, antenne cardiovasculaire, électrocardiographie et encéphalographie. J'obliquai et suivis le couloir jusqu'au hall principal. Un panneau situait la cafétéria à l'étage inférieur, mais quand je sortis de l'ascenseur au sous-sol, elle était plongée dans le noir, porte verrouillée. À en croire la pancarte, la cafétéria était ouverte de 7 heures à 19 h 15 les jours de semaine. J'étais loin du compte. Un homme de ménage fit son apparition, armé d'une serpillière et d'un seau de format industriel. Nous attendîmes ensemble l'ascenseur, qui était arrêté au rez-de-chaussée.

— Il y a un distributeur quelque part ?

Il fit non de la tête.

— Et c'est franchement dommage ! me confia-t-il. Là, maintenant, je ne refuserais pas une barre chocolatée.

Les portes de l'ascenseur s'ouvrirent et nous remontâmes. Quand nous sortîmes au rez-de-chaussée, je jetai un regard à gauche et aperçus Liza Clements assise dans le hall. Son visage n'avait plus de couleur, et son jean et son T-shirt étaient froissés. Je l'appelai et me dirigeai vers elle.

— Qu'est-ce que vous faites là ? lui demandai-je.

— Ma petite-fille est née il y a quelques minutes. Je prends mes distances le temps qu'on la bichonne. Kevin est en haut avec Marcy, et ses parents à elle sont là tous les deux… Trois kilos deux cent cinquante. Elle est absolument ravissante.

— Superbe ! Toutes mes félicitations.

— Merci. C'est une expérience intense, croyez-moi. Et vous ? Je ne m'attendais pas à voir une figure connue.

Je lui narrai brièvement les mésaventures nasales de Foley, passant soigneusement sous silence les propos qui lui avaient valu de se faire vider du Moon.

— Y a-t-il moyen d'avoir une tasse de café à cette heure-ci ? me demanda-t-elle.

— Inutile d'y songer, j'ai essayé. On doit pouvoir dénicher une fontaine à eau, mais c'est tout.

Nous finîmes par nous installer dans le hall principal, faute de mieux. Il se résumait à un petit périmètre sans joie, certainement pas destiné à servir de salle d'attente. Les Urgences, elles, offraient au moins un poste de télévision et quelques plantes vertes non artificielles.

— Vous êtes au courant pour la voiture ?

— On ne parle que de ça ! Je suppose qu'il n'y a pas de doute et que c'est bien la sienne.

— J'en mettrais ma main au feu. Je veux dire, par quelle coïncidence une autre voiture serait-elle enterrée à l'endroit où la sienne a été vue pour la dernière fois ?

Elle changea de position.

— Je vais vous faire un aveu. Mais vous me promettez de ne pas hurler, d'accord ?

— Parole de scout.

— Il se trouve que j'ai aperçu Foley dans la propriété des Tanner ce vendredi soir-là.

— Occupé à quoi ?

— À tripoter un bulldozer qui était garé au bord de la route. Je l'ai entendu le mettre en marche.

— Vous êtes sûre que c'était Foley ?

— Je ne pourrais pas l'affirmer sous serment, mais qui d'autre sinon ?

— À peu près n'importe qui, lui dis-je. Et puisqu'on en parle, que faisiez-vous là-bas ?

— Ty et moi étions allés jusqu'à la maison. Nous n'étions pas censés sortir ensemble, et impossible de trouver un endroit où personne ne nous verrait. Nous étions dans la chambre du premier, celle qui donne sur le devant, quand nous l'avons entendu venir dans cette direction.

— Et vous étiez en train de… quoi ? De fumer un joint ? De vous peloter ?

Elle leva les yeux au ciel et coinça une mèche blonde derrière son oreille.

— Oh, je vous en prie. Personne de nous ne fumait, à l'époque. Je vous rappelle qu'il s'agit des années cinquante. Nous étions tout ce qu'il y a de plus réglo !

— Alors vous faisiez quoi ?

— D'accord, on se pelotait puisque vous y tenez. Quand la voiture s'est arrêtée, nous avons cru que c'était un vigile chargé de surveiller la maison et nous avons filé à l'arrière et attendu, jusqu'au moment où nous avons entendu le bulldozer se mettre en marche. Ty s'est dit qu'il couvrirait le bruit du pick-up.

— Donc vous n'avez pas vu, de vos yeux vu, le visage de Foley ?

— Je viens de vous dire que non. Simplement, si c'était lui, il avait largement le temps de creuser un trou.

— Une voiture de quel modèle ? J'imagine que vous auriez identifié la Bel Air ?

— Bien sûr. En général, je suis incapable de faire la différence entre deux voitures, mais je sais que ce n'était pas Violet. Son coupé était de couleur claire, et il serait ressorti dans la nuit. Avec le clair de lune, on n'aurait pas pu se tromper.

— Que vous rappelez-vous de la voiture ? Deux portes ? Quatre ? Claire ? Foncée ?

Elle fit une grimace et hocha la tête d'un geste négatif.

— Je l'ai vue, mais sans vraiment la regarder. J'étais terrifiée à l'idée qu'on nous surprenne et rien d'autre ne comptait. Et avant que vous me posiez la question : non, je n'en ai pas parlé aux gars du bureau du shérif.

— Parce que vous ne vouliez pas reconnaître que vous aviez enfreint l'interdiction d'entrer ?

— Parce que, à l'époque, ça n'avait aucun sens. Violet n'était même pas portée disparue. Quand nous avons vu le bonhomme, Foley ou autre, il ne me serait jamais venu à l'idée qu'il faisait une chose pareille ! Qu'il creusait une tombe ! Seigneur, j'en ai la chair de poule. Si je vous en parle maintenant, c'est que nous savons que la voiture est enterrée à cet endroit.

— Vous ne vous rappelez rien d'autre ?

— Non. Ah, si… Le type fumait. Je m'en souviens parce que nous sentions l'odeur par la fenêtre ouverte, jusque-là-haut.

— Taille ? Poids ? Rien du genre ?

— Rien de rien. Il faisait sombre et je n'ai fait que l'entrevoir. D'après vous, j'aurais dû en parler à l'inspecteur ?

— Sans doute aucun, lui dis-je.

— Même au risque d'enfoncer Foley ?

— Vous ne pouvez même pas affirmer que c'était lui ! Tout ce que vous savez, c'est qu'il y avait là-bas un type qui actionnait un bulldozer. L'inspecteur s'appelle Nichols. Il faut le mettre au courant.

Quand je regagnai les Urgences, Foley avait été autorisé à quitter l'hôpital. Il sortit de la salle d'examen, la main crispée sur une feuille de précautions à prendre en cas de traumatisme crânien et sur les analgésiques qu'on lui avait donnés à emporter chez lui. Des meurtrissures lui bleuissaient déjà les yeux, et le lendemain elles auraient sûrement viré au violet intense. Une attelle fixée avec un sparadrap maintenait en place l'arête de son nez, lui donnant le regard bigleux du collie. Des bandes de gaze blanche de deux centimètres de large lui matelassaient les narines, et son menton portait des points de suture. Probable qu'il y en avait d'autres à l'intérieur de la bouche. Heureusement pour lui, les analgésiques annulaient les effets désagréables de ses excès alcoolisés. Il semblait dompté. Ses yeux restaient fixés sur ceux de Daisy avec le regard muet et implorant d'un chiot qui guette des miettes.

Daisy le conduisit à Cromwell, moi la suivant au volant du pick-up de Foley, comme à l'aller. Lorsqu'elle s'arrêta dans l'allée de la maison paroissiale, la lumière de la véranda s'alluma. Le pasteur écarta un rideau et jeta un coup d'œil dehors, puis ouvrit la porte d'entrée ; il était en pantoufles et avait enfilé sur son pyjama une robe de chambre en flanelle souple. Je me garai devant la maison, verrouillai le pick-up et rejoignis la voiture de Daisy, où je tendis ses clés à Foley. Il évitait mon regard et je le sentais suer de honte. Le pasteur lui tint la porte-moustiquaire et il disparut à l'intérieur. Daisy échangea quelques mots avec le brave homme, puis regagna sa voiture.

Nous montâmes. Elle resta un moment à contempler le pare-brise, les mains sur le volant.

— Un problème ?

— Je vais vous dire ce qui est dingue. Vous savez, quand on va au cinéma, les bandes-annonces des prochains films ? J'ai l'impression de voir l'annonce d'un film connu. Je ne me rappelle pas avoir vu mon père ivre, mais ce soir, ça devait ressembler à ce qu'il était quand il était marié avec ma mère. Pas franchement reluisant.

— Non, et il a sûrement la tête qu'elle avait quand il la tabassait.

Elle mit le contact.

— Au moins vous savez maintenant pourquoi je suis tellement détraquée.

— Vous voulez que je vous dise, Daisy ? Vous ne l'êtes pas tant que ça. J'ai vu bien pire.

— Trop aimable. Je me sens nettement mieux !

Nous regagnâmes Santa Maria en silence. La route à deux voies était déserte à cette heure-là et des champs obscurs s'étiraient de part et d'autre à perte de vue. Nous longeâmes une construction de tôle rouillée, perdue dans une mer d'asphalte et entourée d'une clôture grillagée. Le secteur baignait dans une lumière froide et argentée, mais on ne voyait aucun signe de vie. À l'ouest, un moutonnement de collines basses se découpait en noir sur le ciel nocturne et cachait l'océan. Daisy regarda son rétroviseur quand une paire de phares apparut soudain. Je jetai un coup d'œil par-dessus mon épaule, m'attendant à voir la voiture accélérer et nous doubler. Daisy avait bloqué son compteur à cent à l'heure, mais sur les routes de campagne les conducteurs s'énervent vite.

La voiture derrière nous maintint le même intervalle pendant près de deux kilomètres, puis commença à se rapprocher. Daisy jeta un nouveau regard dans le rétroviseur.

— Putain ! Je reconnais la Mercedes ! C'est Jake.

— Comment a-t-il su où nous étions ? Vous croyez qu'il a attendu au parking des Urgences ?

— En tout cas, je ne l'ai pas vu.

Nous entrâmes dans Santa Maria et tournâmes dans la rue de Daisy, Jake juste derrière nous. Il ne nous provoquait pas et ne faisait aucun effort pour se cacher. Après cette flambée de violence, le revoir ne m'emballait guère. BW avait porté le coup, mais Jake avait joué le rôle de catalyseur. Daisy s'arrêta dans son allée et éteignit ses phares. J'inspectai la maison. Un plafonnier était allumé dans la cuisine ; le séjour et la chambre d'amis sur le devant étaient plongés dans l'obscurité. Jake s'engagea derrière nous dans l'allée et éteignit ses phares. Comme Daisy, il coupa le moteur, puis il descendit de voiture et remonta dans notre direction.

— Vous croyez qu'on devrait sortir ? me demanda-t-elle.

Je posai la main sur la poignée de la portière.

— Allons-y. Ça ne me plaît pas qu'il nous domine de toute sa hauteur.

Elle sortit de son côté, j'en fis autant du mien, contournant l'avant de la voiture pour faire bloc avec elle. Il faisait noir, la nuit était aussi glaciale que prévu, et je ne regrettais pas d'avoir accepté la veste. Je croisai les bras, sentant moins le froid que la tension résiduelle. Les maisons voisines étaient fermées à double tour pour la nuit, barres de protection en place. Jake ne m'inquiétait pas autrement, mais enfin… si l'une ou l'autre de nous deux hurlait, personne n'entendrait ni ne réagirait.

— Salut, Jake, dit Daisy. Tu as besoin de quelque chose ?

— Désolé de te déranger. Je me suis arrêté pour prendre des nouvelles de ton père. Il va bien ?

— Bien, je n'irais pas jusque-là, mais le toubib l'a soigné et renvoyé chez lui, donc ça te donne une idée… Tu ne crois pas que tu aurais pu appeler au lieu de nous suivre jusqu'ici comme tu l'as fait ?

— Il y a autre chose dont je voulais te parler, et je pensais devoir le faire sans tarder. Je te promets de ne pas te retenir longtemps…

— Tant mieux car nous venons de passer deux heures aux Urgences et je suis vannée. Tannie est allée se coucher, au cas où tu aurais espéré la voir.

— C'est à toi que je voulais parler. À vous aussi, ajouta-t-il avec un bref signe de tête à mon intention.

— Alors, viens à la cuisine et on fermera la porte. Je ne pense pas que tu souhaites que Tannie t'entende ?

— Dehors, c'est aussi bien. J'ai l'intention de lui en parler moi-même dès que possible. À mon fils, Steve, aussi.

— Astucieux, dit-elle.

Jake ne releva pas la pique.

— Je suis venu m'excuser pour ce qui est arrivé à Foley ce soir. Nous sommes entièrement disposés à assumer les frais médicaux. Tu peux m'envoyer directement les factures et je m'en occuperai. BW n'avait pas le droit d'agir comme il l'a fait.

— Tiens donc ! Expédier son pied à la figure d'un type et lui exploser le nez ?

— Daisy, j'ai dit que je regrettais et je suis sincère. BW a dépassé les bornes, et je lui ai dit son fait. Pas qu'il ait eu tort de vider ton père. Foley savait à quoi s'en tenir ; mais la violence, non. BW a le sang chaud. Il a tendance à agir d'abord et réfléchir après. Je comprendrais que Foley porte plainte.

— Laisse tomber. Ce n'est pas son genre… Bon alors, quoi d'autre ? Je suis sûre que tu ne nous as pas filées pour t'enquérir de sa santé.

— Je pense que je te dois une explication.

Daisy faillit lui lâcher une vanne, mais parut revenir sur son idée. Autant le laisser se dépatouiller sans lui tendre de perche.

Jake gardait les yeux fixés à une petite distance, mais il en vint droit au fait.

— Ce n'est pas vrai, ce dont il m'a accusé, mais je crois savoir pourquoi il a eu cette impression, même s'il se trompe. Tu m'écoutes, j'espère.

— Vas-y. Je suis tout ouïe.

— Il y a eu un incident au Moon… à peu près un mois et demi avant la disparition de ta mère. J'étais allé à l'hôpital voir Mary Hairl, et je me suis arrêté pour boire un dernier verre. Tes parents étaient au bar, et depuis un bout de temps. Je crois pouvoir affirmer qu'ils avaient déjà bien picolé. Quand je suis arrivé, ton père faisait la gueule. Violet s'est mise à flirter avec moi, surtout pour le faire râler encore plus, à mon avis. Ma femme était malade. Je me sentais seul, et j'ai peut-être donné une fausse impression à ta mère. On s'est mis à danser, ce qui m'a paru sans conséquence, mais au bout d'un moment elle s'est comportée avec moi d'une façon qui m'a posé un problème. Ici, c'est un village. Tu connais les gens. Tout le monde est au courant de tout. Je ne pouvais pas la laisser se frotter contre moi ou me mettre les mains sur les fesses… N'importe, je te passe les détails par respect pour elle. Je ne voulais pas la froisser, mais je savais que je devais la rappeler à l'ordre.

« Sauf que Violet était habituée à n'en faire qu'à sa tête, et pas du genre à obtempérer. Elle s'est mise dans une colère noire et m'a dit que je l'avais insultée. Elle a quitté la piste et je l'ai suivie. Je n'avais rien fait de pareil. J'ai essayé de lui dire que ce n'était pas mon intention. Ta mère me plaisait, comprends-moi bien, mais là, elle m'avait estomaqué. Pour faire court, disons qu'elle a fini par me jeter un verre de vin à la figure.

— C'était toi ? J'en avais entendu parler, mais sans me douter de rien. Ton nom n'a jamais été mentionné.

— Eh bien oui, c'était moi… Malheureusement, ça ne s'est pas arrêté là. Elle s'est mise à crier et à me traiter de tous les noms. D'abord elle avait du tempérament, et elle ne supportait pas de se sentir humiliée. Elle m'a menacé de dire à Foley qu'on avait couché ensemble, que je lui avais fait du rentre-dedans et que quand elle m'avait repoussé, je l'avais contrainte. Rien n'aurait pu être plus éloigné de la vérité, mais que faire ? BW voyait bien qu'il y avait un problème, et il a éjecté Foley sous un prétexte quelconque.

« Lui parti, j'ai tenté de la raisonner. Je n'avais pas voulu l'offenser et je m'excusais s'il y avait eu un malentendu. Elle a paru se calmer. J'espérais qu'on s'en tiendrait là, mais je me méfiais. J'étais dans une situation délicate. Impossible d'aller voir Foley et de lui répéter ce qu'elle m'avait dit. Si elle ne lui en avait pas soufflé mot, je me fourrais dans un guêpier. Il m'aurait reproché de l'avoir traitée de haut, ou l'aurait accusée de coucher à tort et à travers, sur quoi elle aurait tout nié en bloc et soutenu que je l'avais violée. Et moi, j'aurais eu l'air de vouloir me protéger à tout prix. N'importe, j'ai jugé qu'il valait mieux ne pas faire de vagues et je n'en ai plus entendu parler jusqu'à ce soir… Et visiblement elle a mis sa menace à exécution. Elle lui aura dit que je l'avais obligée à agir contre son gré et il l'aura cru.

Daisy gardait le silence. Je la voyais soupeser, comme moi, cette version des faits.

— Je ne sais pas quoi dire… Papa et moi n'en avons pas parlé. Pour le moment, il est dans un sale état et je suis certaine qu'il s'en veut à mort de s'être soûlé. Je comprends bien ton désir de mettre les choses au clair. Si tu veux, je lui rapporterai ce que tu m'as dit.

— À toi de juger. Au moins, tu connais maintenant ma version de l'histoire. Libre à toi d'y croire ou non. Ton père, quand il aura les idées claires, pourra en faire ce qui lui plaît. Je ne veux pas manquer de respect au souvenir de Violet, mais il sait comme elle était capable de renverser les situations. S'il prend le temps d'y réfléchir, il m'accordera peut-être ce point. Quant à moi, navré si j'ai joué un rôle dans cette histoire. Je n'ai jamais eu l'intention de lui faire de la peine.

— Tu m'y vois sensible, Jake. Autre chose ?

— Non, c'est tout. J'ai dit ce que j'avais à dire. Je sais qu'il est tard et je ne te retiendrai pas plus longtemps.

Tous deux échangèrent encore quelques remarques anodines, puis Jake prit définitivement congé et regagna sa voiture.

Après son départ, j'attendis une demi-minute, puis je lançai :

— À votre avis ? lui demandai-je.

— Je n'ai aucune preuve, mais, là, je dirais que ce type est un sacré putain de menteur.

24

TOM

jeudi 2 juillet 1953

Le matin qui suivit le départ de Cora à Walnut Creek, Tom fit la grasse matinée, étalé en travers du lit dans une débauche de draps fins. Parmi leurs nombreux sujets de désaccord figurait la température de la chambre, la nuit ; il aimait l'air frais et les fenêtres grandes ouvertes, Cora les fenêtres fermées et le chauffage monté au maximum. Ils se chamaillaient aussi pour les couvertures, la fermeté du matelas et le garnissage des oreillers. Seul, il pouvait régler tout à son gré, exactement comme il l'entendait. Cora hors circuit, il devenait un autre homme. Comme s'il avait eu une personnalité à part, qu'il convoquait et endossait à la façon d'une veste d'intérieur une fois qu'elle était partie. Des personnalités, il en avait deux, d'ailleurs. Quand il buvait, en particulier au Blue Moon, il se détendait et devenait l'incarnation de la classe ouvrière dont il était issu. Il était un gars simple, au fond. Il se plaisait en boots et en jean, quitte à ajouter une veste sport quand il voulait s'habiller un peu. Ici, dans la maison de Cora, à jeun et sans personne pour l'observer, il cultivait un autre côté de son personnage et jouait le seigneur des lieux. Frimeur et dandy. Il utilisait un fume-cigarette pour en griller une et prenait un accent snob pour se parler tout seul.

Il se leva à 10 heures, prit une douche, s'habilla et fila au Maxi's Coffee Shop pour un petit déjeuner. Il jeta un coup d'œil à deux engins qu'il avait sur des chantiers, et quand il revint chez lui, il aperçut le camion de la poste qui s'éloignait. Il immobilisa la voiture devant la boîte aux lettres et récupéra la pile d'enveloppes et deux magazines de Cora. Laissant la voiture dans l'allée, il entra et lança un « Hou-hou ! Je suis là ! » pour le pur plaisir de savoir qu'il n'y avait personne.

Il porta le courrier dans le bureau de Cora et le posa sur le coin de sa table, avec l'intention de l'examiner tout à loisir un peu plus tard. Puis il s'assit dans le fauteuil de bureau de la belle et entreprit une fouille systématique. Elle était cachottière dès qu'il s'agissait de ses papiers personnels, verrouillant tout... tiroirs de bureau, classeurs de rangement, jusqu'à la penderie où elle rangeait ses bijoux et ses fourrures. Sauf qu'il avait deviné depuis longtemps où elle cachait les clés. Cela le faisait doucement rire qu'elle se croie à l'abri alors qu'il surveillait le moindre de ses gestes. Pas question de se servir sur ses comptes en banque, elle pouvait se montrer une vraie garce sur ce terrain-là... mais il n'hésitait pas à imiter sa signature pour endosser à l'occasion un paiement de dividendes. Il en était arrivé un la veille, qu'il avait subtilisé dans le tas avant de lui donner le courrier. Dans sa salle de bains à lui, le verrou tiré, il avait ouvert l'enveloppe pour voir combien lui rapportait son petit larcin. Ah... 356,47 dollars provenant d'un portefeuille d'actions qu'elle possédait. Il aimait bien se faire un peu d'argent de poche, juste quelques dollars glanés par-ci, par-là. Elle n'avait jamais paru le remarquer. Des paiements de dividendes tombaient périodiquement, et comme la valeur nominale variait, elle ne comptait pas dessus à un rythme régulier. Il n'était pas fier de lui, mais prenait plaisir à ces petites incursions dans les affaires privées de sa femme. Elle l'avait bien cherché, non ?

Il ouvrit le tiroir du bureau de Cora et trouva la chemise dans laquelle elle rangeait ses chèques annulés. Il en choisit un, qui lui fournissait un échantillon satisfaisant de sa signature. Cora A. Padgett, avec une petite boucle sur le *t* final. Il disposait d'une sympathique réserve de papier calque et pouvait torcher quelque chose de décent en un rien de temps. Il endossa le chèque… enfin, « Cora A. Padgett » l'endossa ; puis il écarta son matériel et saisit la pile de courrier. Il le tria rapidement, négligeant les factures, sauf celles qu'il ne voulait pas voir tomber sous les yeux de sa femme. La dernière enveloppe de la pile était une lettre adressée à Loden Galsworthy par une banque domiciliée hors de l'État. Il tendit la main vers le coupe-papier, fendit l'enveloppe et lut la missive signée d'une certain « Lawrence Freiberg », un des deux présidents de l'établissement. M. Freiberg, ou « Larry » comme Tom se plaisait déjà à l'appeler, s'enquérait du compte référencé ci-dessus, sur lequel quasiment aucun mouvement n'avait été relevé depuis bientôt cinq années. Les intérêts s'étaient accumulés et avaient été dûment crédités, bien entendu, mais la banque se demandait si elle ne pouvait pas le faire fructifier. Elle avait créé récemment une branche de placements pour ses fidèles clients. Loden Galsworthy figurant parmi les meilleurs, M. Freiberg suggérait que la banque pourrait peut-être le mettre en contact avec un de ses experts financiers pour une analyse de son portefeuille. Tom relut deux fois la lettre. Il s'agissait forcément d'un compte de Loden que Cora avait négligé, ou dont elle ignorait totalement l'existence. M. Freiberg n'avait sans doute jamais rencontré son fidèle client et ne s'imaginait manifestement pas qu'il écrivait au défunt – pardon, au regretté Loden Galsworthy. Quand il passa au second feuillet et que son œil s'arrêta sur le solde du compte, Tom rugit de rire : 65 490,66 dollars !

Il n'en revenait pas de sa bonne fortune. Depuis des semaines il se promenait avec un nœud coulant autour du cou, et soudain il était libre ! Il savait exactement quoi faire. Il se leva du bureau et s'approcha du placard où Cora avait dressé l'équivalent d'un autel à la mémoire de son mari. Cette gourde sentimentale s'était cramponnée à plusieurs articles ayant appartenu au défunt, notamment son papier à lettres à en-tête et son stylo Mont-Blanc. Tom sortit une enveloppe, plusieurs feuilles de papier à en-tête et quelques feuilles vierges. Puis il s'assit devant la machine à écrire de Cora (celle de Loden avant son trépas) et s'assouplit les doigts, comme s'il se préparait à un récital de piano. Usant du papier vierge et d'un peu d'ingéniosité, il composa une lettre pour remercier le vice-président de sa sollicitude. Il lui confia qu'il venait de rentrer aux États-Unis après quatre ans d'absence. Le fait que le directeur ait attiré son attention sur ce compte venait à point nommé, car il songeait à une possibilité de placement que les fonds référencés ci-dessus permettraient de concrétiser dans les plus brefs délais. Aussi demandait-il à la banque de fermer le compte et de lui adresser le montant en question à la boîte postale qu'il avait conservée durant son absence. Il s'agissait en réalité d'une boîte postale que Tom avait ouverte quelque temps auparavant pour éviter que ses affaires privées tombent sous le nez de Cora. Il inséra une feuille du papier de Loden dans le rouleau de la machine à écrire et se mit à l'ouvrage. Malgré sa frappe déficiente, il réussit à sortir une version impeccable au bout de trois essais. Si elle avait conservé quelque courrier antérieur de Loden Galsworthy dans ses archives, la banque constaterait que la police de caractères, le papier à lettres et la plume du stylo étaient bien les mêmes. Ne manquait plus que la signature de Loden.

Sur le mur du bureau de Cora, un diplôme attestait le travail qu'elle avait accompli en qualité de bénévole de la Croix-Rouge en 1918, alors qu'elle avait vingt ans. C'était un de ces documents passe-partout qu'on avait dû délivrer par centaines aux femmes qui avaient fait don de milliers d'heures de travail gratuit, mais elle l'avait encadré et accroché comme si elle avait été la seule à le recevoir. Loden Galsworthy figurait parmi les trois signataires. Loden et elle, avait-elle raconté à Tom, évoquaient souvent l'extraordinaire coïncidence qui les avait rapprochés avant même de se connaître.

Il décrocha l'attestation encadrée et passa vingt bonnes minutes à peaufiner la signature de Loden. Puis il signa la lettre, la plia, la glissa dans l'enveloppe et ajouta un timbre. La routine, quoi ! Il la posterait avec le courrier en allant à la banque. C'était vraiment un cadeau des dieux, une réponse à ses prières. Il se sentait incroyablement léger, libre. Maintenant que la crise était passée, il mesurait son anxiété. Inutile désormais de se faire un sang d'encre à cause de la radinerie de Cora. Plus besoin de la cajoler ni de finasser. D'un coup d'un seul, tous ses problèmes se trouvaient résolus ! Et, cerise sur le gâteau, son déjeuner de la veille avec Chet Cramer lui avait permis d'avancer ses pions. D'accord, Chet avait écouté sa proposition pour la seule raison que Livia et lui briguaient l'affiliation au country-club des Padgett, mais Tom n'était pas mécontent de son exposé. Non seulement Chet avait paru intéressé, mais il lui avait demandé de lui mettre par écrit un avant-projet à l'intention de son comptable. Tom prévoyait de s'y atteler tout de suite après le déjeuner.

Il roula jusqu'à la banque et remplit un bordereau de dépôt, glissant le chèque faussement endossé au milieu d'autres chèques divers et variés. Avec les 65 490,66 dollars qui grossiraient bientôt son compte, il n'avait plus besoin des 356,45 dollars, une broutille, mais puisqu'il avait déjà imité la signature de Cora, autant y aller. Il avait appris à ne jamais gaspiller ses efforts. Une fois qu'il lançait un projet, il l'exécutait – principe qui s'était toujours révélé payant, et pas qu'un peu.

Il bavarda avec le caissier et boucla son affaire, et il prenait déjà la direction de la porte quand il tomba sur le gestionnaire de crédit, Herbert Greer, qui s'était visiblement fait un devoir de l'intercepter. Ces derniers temps, Tom l'avait évité, sachant que le bonhomme allait l'asticoter sur son passif. Mais là, avec de l'argent frais bientôt sur son compte, il accueillit Greer comme un ami de toujours, lui serrant la main avec une cordialité sincère.

— Herb ! Comment va ? Je suis ravi de tomber sur vous !

De toute évidence, Herb ne s'attendait pas à ces démonstrations d'amitié après des semaines de dérobades et autres manœuvres dilatoires.

— Je vous croyais en déplacement, lui dit Herb. J'ai laissé deux messages à Cora en début de semaine, et comme vous ne donniez pas signe de vie, je vous croyais en train de courir le guilledou.

— Non, pas moi. C'est Cora qui est en goguette ! Elle est partie ce matin rendre visite à sa sœur à Walnut Creek. Cette coquine a mangé la commission. Je n'étais pas au courant.

— Ça lui sera sorti de l'esprit.

— Sûrement. En général, on peut lui faire confiance,

mais elle était pressée de faire ses bagages et de prendre la route. N'importe, je voulais m'arrêter à votre bureau tout à l'heure, mais j'ai vu que vous étiez au téléphone.

Herb accueillit cette précision avec une satisfaction prudente, s'imaginant sans doute qu'il lui faudrait coincer Tom et l'amener au tapis avant de fixer ou verrouiller un rendez-vous.

— Si vous veniez vous asseoir dans mon bureau, qu'on règle l'affaire maintenant ?

Tom consulta sa montre, son expression teintée de regret.

— Pas possible, je dois filer ! Je déjeune au country-club avec Chet Cramer et je suis déjà en retard.

— Je croyais vous avoir aperçu au club avec lui hier ?

— Exact. Je n'ai pas vu que vous étiez là. Vous auriez dû passer à notre table pour nous dire bonjour ! Je crois vous avoir mentionné que nous étudions les possibilités d'une association. Il s'y connaît en gestion d'équipements lourds, pas si différente d'après lui d'une entreprise de concessionnaire.

— J'ignorais que vous aviez un projet en route. Bravo.

— Bof, il nous reste encore à régler quelques points de détail, mais vous le connaissez. Notre homme prend son temps. Inutile de le bousculer. Il aime s'entourer du maximum de précautions avant de se jeter à l'eau.

— Nous travaillons avec Chet depuis des années. C'est du sérieux.

— Je vais vous dire. Si nous parvenons à un accord, je vous l'amène et nous discuterons du montage financier.

— À votre disposition. Transmettez-lui mon meilleur souvenir.

— Je n'y manquerai pas.

— On dit lundi ? Dix heures ?

— Parfait. À lundi, donc.

Et pour la première fois de sa vie, Tom quitta la banque avec un sentiment d'optimisme. Dès que les dollars de Loder. Galsworthy lui seraient crédités, il pourrait s'agrandir. Ne lui manquait plus désormais qu'une autre rentrée de liquidités afin de rembourser son emprunt auprès de la banque avant le lundi.

25

Le temps que Daisy émerge de sa chambre à 8 heures le samedi matin, Tannie était déjà repartie chez elle. Depuis mon grabat de fortune sur le canapé, je l'avais entendue sortir de la chambre d'amis, se faufiler dans la salle de bains et refermer doucement la porte. J'avais dû somnoler, car je me rappelais ensuite l'avoir vue traverser le séjour sur la pointe des pieds, un sac de week-end à la main. J'avais entendu sa voiture démarrer dans la rue, puis le silence avait repris ses droits jusqu'à ce que Daisy se lève.

Tannie avait défait son lit et déposé les draps par terre avec sa serviette humide sur le dessus. Daisy fourra le tout dans le lave-linge, puis me prêta un pantalon de survêtement pour me permettre d'ajouter mon jean dans le tambour. Nous occupâmes la salle de bains à tour de rôle. Je pris une douche rapide tandis qu'elle faisait une cafetière, puis j'avalai un bol de céréales le temps qu'elle me succède dans la salle de bains. À 8 h 35, habillées et sustentées, nous filions vers la propriété des Tanner pour voir où en étaient les travaux d'excavation. Nous avions pris sa voiture, laissant la mienne dans son garage. C'était une journée sans nuages et ensoleillée, et la température se radoucit rapidement le temps du trajet.

La route restait interdite à la circulation, mais l'adjoint nous fit signe de passer quand Daisy se fut identifiée. Apparemment, je bénéficiais d'une dispense pour l'accompagner. Nous nous garâmes à vingt-cinq mètres du trou comme requis et descendîmes de notre voiture. Le ruban jaune de la scène de crime s'était détendu et frémissait dans le vent avec un petit bruit sec. Je reconnus les visages de la veille : les deux techniciens de la police scientifique, l'inspecteur Nichols et le jeune adjoint, plus Tim Schaefer qui faisait désormais partie du décor, bien que relégué comme nous autres à la périphérie. Malgré tout, nous restâmes à proximité, comme retenues par un aimant. Les conversations s'étiolaient et je m'aperçus qu'on n'entendait aucun rire, fait inhabituel dans une situation qui créait une tension à vous donner des frissons.

À en juger par l'amas de terre dégagée, le trou s'était considérablement agrandi, et on avait abandonné le creusement mécanique pour revenir au pelletage à la main. D'où nous étions, le véhicule restait invisible, mais à ce que je compris, on avait creusé une tranchée étroite de part et d'autre à mesure que de nouveaux pans du véhicule étaient mis au jour. Tom Padgett se tenait aussi près de la fosse qu'il le pouvait sans risquer de se faire rappeler à l'ordre. On avait réquisitionné son bulldozer, ainsi qu'un semi-remorque amené de son dépôt, et il se comportait en propriétaire bénéficiant d'un passe-droit, ce qui était peut-être le cas. Quand il ne centrait pas son attention sur les travaux, il bavardait avec l'inspecteur Nichols comme avec un vieux copain.

Calvin Cox s'était garé derrière Daisy, à une soixantaine de mètres plus bas sur la route. Il était arrivé peu après nous et attendait dans un pick-up noir arborant le nom de sa société sur les côtés. Il fumait une cigarette, le bras appuyé au rebord de sa vitre ouverte. Sa radio montée à plein volume braillait de la musique country. Comme Daisy, sa parenté avec Violet lui donnait accès au site. Tous deux s'ignoraient, ce qui me parut bizarre. Calvin, à ma connaissance, était le seul oncle de Daisy, et on aurait pu penser que des liens se seraient créés entre eux au fil des années. Erreur, à en juger par leur indifférence manifeste. Même pas un signe de tête ou un geste de la main pour reconnaître la présence de l'autre.

— Quel est le problème entre vous et votre oncle Calvin ?

— Aucun. On s'entend bien. Mais nous ne sommes pas portés sur les effusions ni les démonstrations d'affection. Quand j'étais petite, ma tante et lui n'ont pas fait grand-chose pour maintenir le contact. Je n'ai pas vu mes cousins depuis une éternité, et je ne les reconnaîtrais probablement pas.

— Ça vous ennuie que j'aille lui parler ?

— De quoi ?

— Juste quelques questions à lui poser.

— Ne vous gênez pas.

Calvin Wilcox me regarda venir, le visage sans expression. Je le vis expédier son mégot d'une chiquenaude, puis se pencher pour éteindre la radio. De près, je constatai qu'il ne s'était pas rasé ce matin-là, et une barbe de baroudeur mi-gris, mi-roux délavé dessinait la ligne de la mâchoire. Avec son teint rougeaud, sa chemise verte en coton faisait ressortir la couleur de ses yeux. Comme un peu plus tôt, j'eus le sentiment de voir une version de Violet… carnation identique, sexe opposé, mais néanmoins électrique.

— On dirait que vous avez sorti un lapin d'un chapeau, me dit-il quand j'arrivai à sa vitre ouverte. D'où ça vous est venu, cette idée ?

La question semblait teintée d'un soupçon d'hostilité, mais je souris en brave fille que j'étais.

— Je dirais un « coup de pot », mais je ne veux pas être accusée de fausse modestie.

— Je parle sérieusement.

— Moi aussi.

J'enchaînai sur mon explication type, mais en risquant une variante juste pour garder un peu de piquant à l'histoire.

— Quelqu'un a vu la voiture de Violet qui stationnait à cet endroit-là, la nuit où elle a disparu. Comme après ça on n'a jamais revu la Bel Air, je me suis dit soudain qu'elle n'avait peut-être pas bougé. Avec le recul, ça paraît idiot de ne pas avoir compris plus tôt.

— Qui a vu la voiture ?

Je me consultai prestement et conclus qu'il aurait été très fâcheux de donner le nom de Wilson. D'ailleurs l'inspecteur Nichols l'avait dit : moins l'information circule, mieux on se porte. J'éludai la question d'un geste.

— Juste là, je ne m'en souviens pas. Une phrase saisie au passage. Et vous, qui vous a mis au courant ?

— J'écoutais la radio en rentrant du boulot quand ils en ont parlé aux informations. J'ai appelé le bureau du shérif dès que je suis arrivé chez moi.

— Vous étiez ici hier soir ?

— Un petit moment. Je voulais voir par moi-même, mais pas question que l'adjoint me laisse approcher. Ils ont levé le siège à dix heures en disant qu'ils reprendraient ce matin à six heures.

— Vous avez une idée du temps qu'il faudrait pour creuser un trou pareil ? Je veux dire… à l'époque ?

— Je ne connais pas les détails. Affranchissez-moi.

— Hier, le bruit courait que le type avait creusé une longue rampe peu profonde, de deux mètres et demi de large et quatre mètres, quatre mètres et demi au point le plus bas. L'arrière de la voiture repose au fond, l'avant étant relevé à peu près selon cet angle.

Je tendis mon bras à trente degrés environ.

Calvin Wilcox resta calé sur son siège et, cligna des yeux tandis qu'il faisait défiler les chiffres dans sa tête.

— Il faudrait que je fasse les calculs pour vous donner une réponse exacte. En 1953, le gars aura utilisé un bulldozer. Si vous me dites qu'il a entré la voiture en marche arrière, alors il aura creusé le trou en oblique et pelleté la terre jusqu'à ce qu'il soit assez profond pour que la voiture s'enfonce complètement. Je dirais… deux jours, peut-être un et demi. Ça n'aura pas été long à refermer. Quelqu'un l'a vu faire, forcément, mais le gars a dû inventer une histoire.

— Comme le 4 Juillet tombait un samedi cette année-là, la plupart des gens avaient eu leur vendredi aussi. Si l'équipe du chantier a bénéficié d'un week-end de trois jours, on aura pu creuser la fosse sans être dérangé.

— Possible, me dit-il. Comme la route n'était pas finie, il n'y avait pas de circulation.

— Et la terre en excédent ? Il en restait sûrement une bonne quantité une fois le trou comblé ?

Il fixa ses yeux verts sur les miens.

— Ça, oui. La voiture a dû l'obliger à pelleter dans les deux cents mètres cubes de terre. En gros.

— Il l'aura évacuée en totalité ?

— Probable que non. La plus grande benne à l'époque avait une capacité de cinq mètres cubes. Ça lui aurait pris trop de temps, surtout s'il transportait la charge assez loin. Le plus simple revenait à la pousser jusqu'à la route et à l'aplanir sur place.

— Mais personne n'aurait remarqué la présence subite d'un tel volume de terre fraîche ?

— Pas nécessairement. Si je me souviens bien, dans

ce temps-là le champ que vous voyez ici appartenait à une coopérative qui ne le cultivait que par intermittence. À cause de la route en construction, le terrain était déjà complètement retourné et personne n'aurait fait attention à un peu de terre en plus.

— Nous aurions donc affaire à un professionnel de la construction, vous ne croyez pas ? Ce n'est pas le premier venu qui peut sauter dans un bulldozer pour creuser un trou pareil. Il était forcément de la partie, non ?

— Exact, mais ça ne va pas vous aider à réduire le champ. Après la guerre, beaucoup de gars du coin ont travaillé dans le bâtiment. À commencer par Foley. Le secteur était en pleine expansion et c'était ça, ou alors l'agriculture, les puits de pétrole ou l'usine d'emballage.

— Je vois. À mon avis, inutile de se tracasser. L'inspecteur Nichols tirera sûrement l'affaire au clair.

À midi, je pris la voiture de Daisy pour faire un saut chez le traiteur où je m'étais fournie la veille. Tannie avait commandé une braunschweiger au pain de seigle, je l'imitai. Daisy m'ayant dit que n'importe quoi ferait l'affaire, je demandai au serveur de me composer un sandwich de tranches de dinde et pain au levain. Je lui en demandai un second, puis j'ajoutai un paquet de chips, des sodas et un sachet de cookies. Puisque nous étions coincées là, autant prendre les choses du bon côté.

Nous déjeunâmes dans la voiture en regardant les travaux de creusement comme si nous étions dans un cinéma en plein air. Une dépanneuse fit son apparition, l'événement le plus marquant des trois heures qui venaient de s'écouler. Tom Padgett devait commencer à s'ennuyer ferme, car je le vis battre en retraite et venir dans notre direction. Il avait ses lunettes à grosse monture à la main et nettoyait un des verres avec un mouchoir blanc. Son jean, ses bottes de cow-boy, sa chemise de style western, et jusqu'à ses jambes légèrement arquées, lui donnaient l'air d'un mordu de rodéo.

— Attendez, dis-je.

J'ouvris la portière et descendis de voiture.

— Bonjour, Tom ! La faim se fait sentir ?

— Vous dites ?

Il chaussa ses lunettes et mit la main en cornet à une oreille.

— Je me demandais si vous partiez déjeuner.

— Oui, madame. Je me suis dit que j'irais bien manger un morceau.

— Il nous reste un sandwich à la dinde, si ça vous tente.

— Avec plaisir, si vous êtes sûre que ça ne vous prive pas.

— Si vous ne le mangez pas, nous serons obligées de le jeter.

Il utilisa l'aile avant de la voiture de Daisy en guise de table de pique-nique improvisée. Je décapsulai le soda restant et le lui tendis. Il refusa d'un signe de tête ma proposition de chips, mais accepta un cookie qu'il avala avec entrain.

— Où en est-on ? lui demandai-je. Vous avez réussi à vous faufiler nettement plus près que nous.

Il vida sa bouche et s'essuya les lèvres avec une serviette en papier en hochant la tête ce faisant.

— Ils ont bien avancé. On dirait qu'ils vont essayer de treuiller la voiture hors du trou.

— Déjà ?

Il fit une boule des emballages de son sandwich.

— C'est pour ça qu'ils ont demandé la dépanneuse. Il n'est pas dit que ça marche, mais sûr que c'est plus facile que ce qu'ils ont fait jusqu'ici.

— Vous êtes resté tard, hier soir ?

— Aussi longtemps que j'ai pu. Comme j'avais de la

paperasse en souffrance, je suis parti avant qu'ils bouclent. J'ai été sidéré par le travail qu'ils avaient fait. Des tonnes de terre !

— C'est avec vos engins qu'on a construit la route ?

— Et comment ! À l'époque, on n'était que deux. Moi et un dénommé Bob Ziegler. Pour la construction routière, le comté faisait appel à des entreprises privées comme nous, si bien qu'on avait sauté sur l'occasion. On était concurrents, mais aucun de nous deux n'avait assez d'équipements pour assurer la totalité des travaux. Moi, je faisais surtout les tracteurs, et lui manquait déjà de matériel vu le nombre de lotissements en chantier.

— Qu'est-ce qui vous a attiré dans ce métier ?

— J'y ai vu un créneau et j'ai décidé de tenter le coup. J'ai fait un emprunt au banquier juif du coin et j'ai tapé la famille au maximum. J'ai débuté avec deux véhicules agricoles d'occasion. Je n'avais ni bureau ni dépôt. Je travaillais depuis un camion garé près d'un téléphone public et je me chargeais moi-même du travail d'atelier. L'équipement lourd, c'est des faibles marges et un gros volant d'affaires, et chaque cent que je gagnais retournait droit chez John Deere pour renouveler le stock. Petit à petit, le rythme s'est accéléré. Par ici, avec le réseau de vieux copains, il était toujours possible de glisser quelques billets à un entrepreneur privé et on pouvait voir venir. Au moins pour un temps.

— Vous avez une idée de ce que le type a utilisé pour creuser le trou ? Calvin Wilcox parle d'un bulldozer.

— Sûrement. En 1953, le bulldozer ou une chargeuse étaient les seuls équipements mobiles sur le marché. La chargeuse venait de faire son apparition, une nouveauté sur le plan de la technologie. Je crois que Caterpillar en a sorti un modèle en 1950, mais ce n'était pas dans mes prix, et si Ziegler en avait eu une en stock, je l'aurais su. Donc, forcément un bulldozer.

— Un à vous ?

— Ou à moi ou à lui. Il n'y avait que nous dans le secteur.

— Vous n'auriez pas, par hasard, gardé des dossiers qui remonteraient à cette période ?

— Là, je ne peux pas vous dépanner. Vous aimeriez que je vous dise qui a loué cet engin, mais ne comptez pas là-dessus ! Je garde les dossiers aussi longtemps que l'IRS[1] le stipule, après quoi, au panier ! La période est de sept ans.

— Dommage.

— Ça m'étonne que l'inspecteur Nichols vous laisse fureter comme vous faites. Il me paraît pas du genre à plaisanter sur la discipline.

— Jusqu'à maintenant, nous ne savons même pas de quoi il retourne.

— Probable... Tout ce que je sais, c'est qu'aucune loi n'interdit d'enterrer un véhicule. Et puisqu'on en parle, le bureau du shérif peut se mettre dans une foutue rogne quand on tripatouille dans ses affaires.

— Rassurez-vous, je ne « tripatouille » pas dans ses affaires. L'inspecteur Nichols sait que la moindre information que je peux recueillir lui reviendra directement. Je le lui ai promis.

Nous entendîmes le bip-bip-bip obstiné d'un véhicule qui reculait. Le conducteur de la dépanneuse avait sa portière ouverte et se penchait pour voir où il allait. La majorité des personnels de police s'était regroupée à proximité du trou, inspecteurs, adjoints du shérif et techniciens de la scène de crime. Daisy semblait avoir pris racine, mais Padgett et moi traversâmes la route pour nous poster le plus près possible. Il y eut quelques avis divergents pendant qu'on fixait le câble à l'essieu

1. *Internal Revenue Service* : le Trésor public.

avant de la voiture. J'entendis le gémissement aigu du vérin hydraulique et le câble se tendit. Dans un grondement sourd, la voiture fut arrachée à la terre et hissée sur toute la longueur du plan incliné, cliquetant et bringuebalant. Lorsque le véhicule apparut enfin, le conducteur de la dépanneuse mit son frein à main et descendit pour jeter un coup d'œil.

La triste dépouille de la Bel Air faisait une bosse dans la lumière, comme une bête sauvage en hibernation qu'on aurait tirée de son repos. L'humidité avait rongé le caoutchouc des quatre pneus maintenant à plat. Le métal était trop rouillé pour qu'on puisse discerner la couleur de la peinture extérieure. Le siège arrière du côté passager manquait. Sous le poids de l'humus, du même côté, le toit avait cédé en partie et paraissait aussi flapi qu'un melon en train de pourrir. La terre avait dû s'infiltrer à l'intérieur, créant le creux que j'avais aperçu du premier étage de la maison. Nous ne pouvions rien voir d'où nous étions, mais on nous dit plus tard que, du fait de la condensation, la garniture des sièges s'étaient désagrégée jusqu'aux ressorts. Le pare-brise et le capot étaient intacts, mais le réservoir d'essence s'était troué sous l'effet de la rouille et toute l'essence avait fui, laissant une tache sombre au fond du trou. Même à cette distance, des effluves me parvenaient, aussi subtils mais reconnaissables qu'une bouffée de puanteur lâchée par une mouffette… rouille, garnitures pourries, chairs en décomposition.

Un des hommes de la police technique souffla sur le pare-brise et parvint à dégager une petite surface de verre. Il dirigea le rayon d'une torche de chantier à l'intérieur. Puis s'approcha de ce qui avait été la fenêtre arrière pour scruter la banquette. Daisy se détourna en se rongeant l'ongle du pouce. Le type appela d'un geste l'inspecteur, qui regarda à son tour. Tandis que l'autre technicien prenait des photographies, Nichols rejoignit Daisy et l'emmena à l'écart. Il lui parla pendant quelques minutes, avec une attitude empreinte de gravité. Je savais que les nouvelles n'étaient pas bonnes. Je la voyais hocher la tête, mais elle ne fit que très peu de commentaires, avec une expression impossible à déchiffrer sur le visage. Il attendit, s'assurant qu'elle ne flanchait pas, puis il repartit vers la dépanneuse. À un signal, la voiture fut chargée sur la plate-forme et fixée avec une grosse chaîne de sécurité.

Daisy revint. Les traits tirés, ses yeux ayant le regard vide de qui n'a pas encore compris la réalité du monde.

— Les restes du chien sont sur le plancher. On procède à l'identification de fragments de squelette sur la banquette arrière. Le corps est enveloppé dans une sorte de linceul, mais la plus grande partie du tissu a été rongée par la pourriture. Nichols dit qu'on ne connaîtra la cause du décès qu'après l'examen du médecin légiste.

— Je suis désolée.

— Ce n'est pas tout. Il dit que le linceul ressemble à de la dentelle en décomposition, probablement un rideau, à en juger par les débris d'anneaux de plastique visibles sur un des bords.

26

Nous regagnâmes la maison de Daisy. Je pensais qu'elle me déposerait, le temps de récupérer ma Volkswagen et de rentrer chez moi, mais elle me demanda de l'accompagner prévenir son père qu'on avait découvert le corps de Violet. Elle ne me paraissait pas avoir pleinement assimilé le choc de la mort de sa mère. Son calme apparent cachait à n'en pas douter une grande fragilité émotionnelle. Refermer le dossier avait été son vœu le plus cher, mais assurément pas de cette façon-là. Même si elle ne l'avait pas dit, elle avait mis tous ses espoirs dans l'idée que Violet était toujours vivante, ce qui leur aurait offert la possibilité de se réconcilier. Connaître le sort de Violet suscitait plus de questions que de réponses, et aucune option ne paraissait satisfaisante.

En attendant, incurablement terre à terre que je suis, je fis un saut chez elle pour vider le lave-linge et transvaser la lessive dans le sèche-linge afin de récupérer mon jean avant de reprendre la route. Nous repartîmes à Cromwell dans la voiture de Daisy, et quand nous nous garâmes devant le presbytère, nous vîmes Foley assis sur la véranda dans un rocking-chair en bois, les mains sur les genoux. Au lendemain de voies de fait caractérisées, son visage enflé faisait peine à voir. Ses joues et ses orbites ressemblaient à un ballon de baudruche, et le bleu foncé des ecchymoses s'était intensifié et propagé. Il avait pris une douche et s'était changé, mais la gaze dans ses narines et l'attelle qu'il avait au nez l'avaient empêché de se laver les cheveux. Des résidus de sang coagulé collaient ses mèches rares. En nous voyant venir, il comprit sûrement que nous n'apportions pas de bonnes nouvelles… de la même façon que vous ressentez un choc en voyant un gendarme à la mine lugubre venir frapper à la porte.

Daisy s'arrêta à un mètre de la véranda.

— On t'a prévenu ?

— Non. Le pasteur m'a dit que j'avais un appel, mais j'ai refusé de prendre le téléphone tant que, toi, tu ne m'aurais rien dit.

— Ils l'ont trouvée enterrée dans la voiture. L'identité n'a pas encore été confirmée, mais le chien était avec elle, et pour ma part, je n'ai aucun doute.

— Comment a-t-elle été tuée ?

— On ne le saura qu'après l'autopsie demain, voire après-demain.

— Au moins elle ne nous a pas abandonnés. Pour moi, c'est une consolation.

— Pas dans le sens où nous l'envisagions.

— Tu penses que c'est moi qui lui ai fait du mal ?

— Je ne sais pas quoi penser.

— Je l'aimais. Je sais que tu ne me crois pas, mais je l'aimais de tout mon cœur.

Une larme glissa de chaque côté de son visage, mais en produisant un effet incongru, comme si elles s'échappaient de trous gros comme une tête d'épingle. Personnellement, je jugeais le moment malvenu pour essayer de se défendre. Daisy semblait peu disposée à l'entendre et ne tenait sûrement pas à le voir se poser en victime. Nous savions tous qui était la victime, dans cette affaire.

— Ce n'est pas une façon d'aimer, papa. En cognant ? Seigneur, si c'est ça l'amour, je peux aussi bien m'en passer.

— Ce n'était pas comme ça.

— C'est toi qui le dis. Tout ce dont je me souviens, c'est que tu la frappais.

— Je ne peux pas argumenter… Il m'est arrivé de la frapper. Je ne le nie pas. Mais il ne suffit pas de voir la partie pour croire qu'on comprend le tout… Le mariage est une affaire plus compliquée.

— Trouve-toi un autre avocat, papa, parce que, moi, je vais te dire ce qui est compliqué. Elle était enveloppée dans un rideau de dentelle et le chien avait le crâne fracassé.

Dans la voiture qui nous ramenait chez elle, j'optai pour le silence, me méfiant de ses réactions.

— Je vous jure que, s'il l'a tuée, je veux que vous le coinciez…

— J'aimerais que ce soit aussi simple, mais ce n'est pas à moi d'en décider. Il s'agit d'une enquête pour homicide et, croyez-moi, le bureau du shérif n'a aucun besoin de mon concours ni de mon intervention. J'ai beau être détective privé certifié, la police locale n'en a rien à faire. La plus sûre façon de se mettre les flics à dos est de piétiner leurs plates-bandes.

Daisy garda un visage de marbre.

— Vous me devez un jour. Je vous ai versé une avance de deux mille cinq cents dollars. Cinq cents par jour pendant cinq jours et vous n'en avez fait que quatre.

— C'est exact.

— Un jour. C'est tout ce que je vous demande.

— Pour faire quoi ?

— Je suis sûre qu'une idée vous viendra. Je comprends votre point de vue sur le bureau du shérif, mais à ce stade vous en savez plus qu'eux.

— Encore exact, reconnus-je.

Moi aussi, j'étais curieuse, et j'imaginais déjà comment m'y prendre pour ne pas leur marcher sur les pieds. En d'autres temps, j'aurais peut-être éprouvé un brin de culpabilité à franchir la ligne rouge, mais cette fois, je me sentais au-dessus de tout reproche. Du moins pour l'instant.

Arrivée chez elle, j'enfilai mon jean encore chaud du sèche-linge, rassemblai mes affaires de toilette et les quelques articles vestimentaires en sus, et fourrai le tout dans un sac en plastique. Je pris mon sac à bandoulière, expédiai les deux sur la banquette de ma voiture, et sortis du garage en marche arrière. On était le samedi après-midi. Les bureaux de l'administration étaient fermés, à la différence de la bibliothèque publique de Santa Maria qui méritait peut-être le détour. Je pris la direction du centre-ville et roulai plein nord jusqu'au 400 de Broadway, ou je laissai ma voiture au parking.

La bibliothèque occupe une construction de style hispanique à deux niveaux, coiffée de l'inévitable toiture de tuiles rouges. L'architecture de Santa Teresa présente certains points communs avec celle de Santa Maria, à ceci près que Santa Maria semble en général avoir moins de vingt-cinq ans d'âge. Je n'avais pas entrevu de « vieille ville » ni rien de comparable au mélange de maisons de style hispanique, victorien, postvictorien, *craftsman* et contemporain dont s'enorgueillit Santa Teresa. De nombreux quartiers, comme celui de Tim Schaefer, datent des années cinquante, soixante et soixante-dix, époque à laquelle les pavillons individuels manquaient singulièrement de charme.

Une fois à l'intérieur, je m'enquis du département des

ouvrages de référence et fus dirigée vers un ascenseur qui me déposa au premier étage. Ma première tâche consista à sortir la bobine de microfilm du *Santa Maria Chronicle*, allant du 1er juin au 31 août 1953. Je chargeai la bobine dans l'appareil et la déroulai jour par jour, en quête d'informations significatives.

À l'échelon national, le 19 juin Julius et Ethel Rosenberg avaient été exécutés à Sing Sing. Pendant la même période, le prix du timbre-poste était passé de trois cents à cinq cents. Un nouvel espoir de trêve se dessinait en Corée. Sur la scène locale, à en croire les encarts publicitaires, l'essence coûtait vingt-deux cents le gallon, le pain en tranches seize cents, et un pot de cinq cents grammes de Kraft Cheez Whiz cinquante-sept cents. Livia Kramer avait organisé un concours à son domicile – sans autre précision – et on donnait les noms des lauréates. Le cinéma local proposait *Cléopâtre* de Cecil B. DeMille, avec Claudette Colbert et Warren William, ainsi qu'un film en 3D, *Bwana le Diable*. En approchant du week-end du 4 Juillet, je vis que les Santa Maria Indians rencontreraient les San Luis Obispo Blues à 20 h 30 à l'Elk Field, et que le 144e bataillon d'artillerie de campagne se retrouverait autour d'un barbecue à l'occasion de la fête nationale. Comme je m'en doutais, alors que de nombreux commerces et entreprises resteraient ouverts le vendredi, les banques et les bureaux administratifs fermaient. Finalement, je tombai sur l'article signalant la disparition de Violet, dont Daisy avait glissé une photocopie dans son dossier. Je commençai à sortir des pages sur l'imprimante, partant du 30 juin et continuant la semaine suivante.

Je gagnai ensuite une salle consacrée à la généalogie et à l'histoire locale. Passant en revue les volumes du mur de gauche, je mis la main sur l'annuaire du comté de 1952. L'édition de 1953 manquait, mais n'importe, les données de 1952 me parurent plus utiles. Je posai mon sac par terre et m'assis à une table de consultation.

En révisant mes notes, j'étais tombée sur le plan que j'avais esquissé lors de ma première expédition à Serena Station. J'avais rencontré beaucoup de gens qui avaient eu des liens intimes avec Violet, mais je n'avais pas interrogé ceux qui se situaient à la périphérie. Dans une enquête pour meurtre, quiconque ayant quelque chose à cacher peut mentir, ou vous lancer sur une fausse piste ou un faux coupable. Rien ne vaut un observateur neutre comme source d'informations.

Serena Station se voyait accorder deux pages dans l'annuaire : une soixantaine de familles figurant avec leurs nom, domicile et profession. Je dénombrai quarante-sept épouses, onze ouvriers pétroliers, une infirmière, un barman (BW McPhee), un ouvrier agricole, quatre cheminots, huit manœuvres, un receveur des postes (femme) et un instituteur. Foley, à cette époque, se qualifiait d'ouvrier du bâtiment, et je remarquai que Violet était recensée comme femme au foyer et non comme épouse. Seuls partenariats de l'endroit : le Blue Moon, un Lavomatic et l'atelier de réparations d'automobiles. Les voisins de gauche des Sullivan étaient Jon et Bernadette Ericksen et, dans la rue derrière eux, mitoyenne avec leur maison en location, on trouvait celle d'un couple, Arnold et Sarah Treadwell. Une famille du nom d'Hernandez habitait à une maison des Ericksen. Je pris des notes, sans savoir à ce stade quelle piste méritait d'être explorée. Je dénichai les noms de Livia et de Chet Cramer, mais aucune famille du nom de Wilcox ou Ottweiler. Je passai ensuite aux cinq pages consacrées à la bourgade de Cromwell, où je repérai une série des deux derniers noms. On dénombrait plus d'entreprises, mais elles ne couvraient que huit colonnes de plus. Je photocopiai toutes les pages, à tout hasard. Autant ne pas avoir à revenir.

Je remis le volume en place, et pris l'annuaire de la ville de 1956 et y cherchai ces trois mêmes noms : Ericksen, Treadwell et Hernandez. Deux des trois familles avaient disparu... décès, divorce ou simple déménagement. Je notai qu'après 1956 l'annuaire du comté était devenu un annuaire municipal regroupant Santa Maria et Lompoc, sans aucune mention de Serena Station. Je pris l'annuaire des téléphones de 1986 et effectuai une nouvelle recherche dans l'espoir de trouver une indication. Les Hernandez pullulaient et, au vu de leur nombre, inutile d'espérer tomber sur le bon. J'eus un peu plus de chance avec Ericksen. Je ne trouvai pas de « J » ni de « B », mais il y avait un « A. Ericksen » à Santa Maria... un rejeton de Jon et Bernadette ? Une famille Treadwell vivait à Orcutt ; le prénom du mari ne correspondait pas, mais allez savoir. Je relevai les numéros de téléphone et adresses des deux.

À l'accueil où je payai mes photocopies, j'expliquai à l'un des bibliothécaires ce que je cherchais.

— Où pourrais-je trouver d'autres renseignements sur Serena Station pour l'année 1953 ? J'ai fait tous les vieux annuaires.

— Consultez donc l'*Index des circonscriptions électorales du comté de Santa Teresa*. Je crois que nous avons ceux de 51 et de 54.

— Génial !

Grossière erreur, comme il s'avéra. Nous repartîmes vers les rayons et il trouva le volume de 1951. Je revins à ma table et me penchai sur la communauté de Serena Station. Les listes donnaient les nom, adresse, profession et appartenance politique (plus de républicains que de démocrates, information capitale !), mais toutes les adresses indiquées renvoyaient à des boîtes postales, ce qui ne m'avançait guère. Je revins à la section concernant Santa Maria, mon doigt courant sur les listes de résidents, page après page. Je renonçai au bout de dix minutes en raison du nombre ; sans parler du fait que j'espérais avoir déjà harponné ce qu'il me fallait. Je rassemblai mes notes, et pris l'ascenseur jusqu'au rez-de-chaussée et cherchai un taxiphone.

J'essayai d'abord le numéro des Treadwell et fis chou blanc. La Mme Treadwell qui décrocha n'avait jamais vécu à Serena Station, jamais connu les Sullivan, et ne pouvait m'être d'aucun secours pour retrouver les Treadwell de Serena Station. Comme elle me soupçonnait de vouloir lui vendre quelque chose, elle refusa de répondre à d'autres questions.

Je tentai ma chance avec A. Ericksen et tombai sur un répondeur, auquel je laissai le message suivant : « Bonjour. Je m'appelle Kinsey Millhone. Je suis détective privé à Santa Teresa et j'aimerais savoir si vous êtes les Ericksen qui habitaient à Serena Station en 1953. Je vous serais reconnaissante de me rappeler quand vous aurez pris connaissance de ce message. » Je donnai mon numéro de téléphone à Santa Teresa et répétai mon nom. Puis je quittai les lieux, récupérai ma voiture et mis le cap sur la 101.

À 17 h 15 j'introduisais ma clé dans la serrure de mon appartement. J'étais restée absente depuis le jeudi matin, et on étouffait dans le séjour qui sentait les produits de nettoyage rances et la poussière chaude. Je posai ma machine à écrire portative sur le bureau. Deux messages de Cheney me priaient de le rappeler dès mon retour. Je composai son numéro : occupé. Je n'avais pas de sac de voyage, mais mes nouvelles acquisitions vestimentaires étaient pliées et rangées dans un élégant sac en plastique de couleur. Je gravis quatre à quatre l'escalier en colimaçon et défis mon bagage.

Je mis une bouilloire à chauffer et me fis une tasse de thé, que je bus à petites gorgées, assise au comptoir de la cuisine en triant mes notes. À mon avis, il était fort possible que j'aie déjà parlé à l'assassin de Violet. Pour le mobile, on avait le choix – jalousie, haine, cupidité, vengeance –, mais le meurtre avait été commis de sang-froid, car le trou avait été creusé bien avant l'enfouissement. Le tueur n'avait l'assurance de trouver sur place le matériel nécessaire que s'il avait pris ses dispositions. Quand Violet avait disparu, son argent s'était volatilisé aussi. Elle était censée être en possession des cinquante mille dollars de son coffre. Elle en avait aussi emprunté deux mille à son frère et cinq cents à sa mère, en plus des bijoux subtilisés. Or qu'étaient devenus tout cet argent et les bijoux ? On trouverait peut-être le magot dans la voiture, mais si le tueur savait qu'elle l'avait avec elle, pourquoi ne pas l'empocher avant de combler le trou au bulldozer ?

C'était forcément quelqu'un de sa connaissance… et probablement du coin, car assez familiarisé avec la propriété des Tanner et le chantier de New Cut Road pour savoir qu'il pourrait opérer en toute tranquillité… et avec un alibi pour le temps qu'il avait passé à creuser le trou. En clair : ou il était son propre patron, auquel cas il pouvait prendre tout son temps, ou, s'il faisait la journée de huit heures, il était en congé ou s'était fait porter pâle. Avec le week-end férié, cela ne tirait pas à conséquence.

Foley Sullivan s'incrustait en tête de ma liste. D'accord, le bonhomme m'avait inspiré de la compassion, mais il avait eu des années pour peaufiner ses protestations d'innocence. Je le croyais quand il évoquait son amour pour Violet, mais cela ne signifiait pas qu'il ne l'avait pas tuée.

Je revins aux notes que j'avais prises après mon entretien avec Chet Cramer. Je ne voyais pas ce qu'il avait à y gagner, mais je ne l'écartai pas de la liste pour autant. Il ne m'avait pas semblé particulièrement versé dans le maniement d'engins, mais j'avais relevé une remarque désinvolte qu'il avait émise. À savoir qu'on peut toujours engager quelqu'un pour faire le sale boulot à votre place.

Winston Smith… viré à cause de Violet. Cramer l'avait réengagé la semaine suivante, mais il l'ignorait encore au moment où elle avait disparu. L'individu me laissait dubitative. Il était convaincu qu'elle lui avait gâché la vie, ce qui n'était pas entièrement faux d'ailleurs. S'il avait fait les études qu'il envisageait, il ne se serait pas retrouvé à vendre des voitures et n'aurait peut-être pas épousé la femme qui se proposait maintenant de l'éjecter.

Tom Padgett, je n'en savais pas grand-chose, mais il méritait d'être examiné de plus près. Steve Ottweiler ? Non. Je cochai son nom, mais seulement par souci d'équité. Si j'avais des doutes sur les autres, autant l'inclure. Il avait dans les seize ans à l'époque, et, du point de vue de Violet, représentait probablement une proie rêvée. Cependant, s'ils vivaient une liaison torride, pourquoi tuer la poule aux œufs d'or ? J'ajoutai les noms de BW et de Jake à la liste.

Je continuais de croire qu'une évidence m'avait échappé, mais impossible de dire quoi.

Je marquai une pause et me fis un sandwich au beurre de cacahuètes et cornichons pour dîner. Remplaçant l'assiette par une serviette en papier, je réduisis la vaisselle sale au strict minimum. Comme je lavais mon couteau, le téléphone sonna.

— Ici Anna Ericksen, dit la femme à l'autre bout du fil. Je crois que vous avez laissé un message sur mon répondeur.

— Est-ce vous qui habitiez autrefois au 3906 Land's End Road à Serena Station ?

Il y eut un silence prudent.

— Que voulez-vous savoir ?

— Excusez-moi. J'aurais dû être plus explicite. Je cherche à contacter la famille qui habitait la maison voisine de celle de Foley et Violet Sullivan en 1953.

— C'était la maison de mes parents, là où j'ai grandi.

— Vraiment ? C'est génial ! Heureusement que vous ne vous êtes pas mariée, sinon je ne vous aurais jamais retrouvée !

— Ma belle, je suis gay. Il faudrait me payer pour me marier. J'ai assez d'ennuis comme ça.

— Vous souvenez-vous de Violet ?

— Pas directement. J'étais une mioche à l'époque, mais les gens ont parlé d'elle pendant des années. Nous étions les voisins immédiats des Sullivan quand j'étais petite. Vous devez savoir qu'on l'a retrouvée enterrée dans sa voiture ?

— J'ai appris la nouvelle, répondis-je. Écoutez, je sais que ça remonte loin, mais pouvez-vous me parler de Violet ?

— Non. Désolée de vous dire que je ne me souviens pas d'elle. En revanche, je me souviens de ce fichu 4 Juillet.

— Vous plaisantez ! Ce 4 Juillet précis ?

— Et comment ! Nous étions allés au feu d'artifice et ensuite l'amie de Daisy, Tannie, a passé la nuit avec moi. Je ne vous dis pas comment j'étais excitée ! J'avais cinq ans et elle neuf, et j'étais pétrie d'admiration pour elle. Elle m'a entraînée à sauter sur le lit dans ma chambre, ce qui était strictement interdit. Nous sautions comme des folles, jamais on ne s'était autant amusées ! Elle m'est rentrée dedans, et je suis tombée du lit et me suis cassé le bras. L'os s'est mal ressoudé et j'ai une bosse depuis ce jour-là. C'est un de mes premiers souvenirs personnels.

Je me sentis tiquer. Cette femme se trompait ou quoi ?

— On m'a dit que Tannie était allée au feu d'artifice avec son père.

— En effet, mais nous les avons rencontrés au parc et le père de Tannie a demandé à ma mère si nous pouvions la garder à coucher. Il a dit qu'il avait un truc à faire et qu'il ne savait pas à quelle heure il rentrerait.

— A-t-il dit où il allait ?

— S'il l'a dit, je ne l'ai pas retenu. Il l'aura précisé à ma mère, mais elle est morte depuis belle lurette. Pourquoi ne pas poser la question à Tannie ? Elle devrait savoir.

— J'y vais de ce pas. Merci ! Je vous suis infiniment reconnaissante de votre aide.

— Tout le plaisir était pour moi.

27

LIZA

samedi 4 juillet 1953

Liza Mellincamp pensait souvent à son quatorzième anniversaire, qui tombait le 3 juillet 1953, la veille du jour où Violet Sullivan avait quitté Serena Station. Des années après, elle avait encore du mal à comprendre qu'un tel bouleversement soit survenu en quarante-huit heures. Elle avait passé la matinée de son anniversaire à ranger sa chambre. Violet l'emmenait déjeuner en ville et elle voulait avoir tout le temps de se préparer. Elle n'était jamais allée dans un vrai restaurant et elle pouvait à peine contenir son excitation. Un jour, elle avait pris un sandwich avec sa mère au comptoir d'un drugstore, mais ce n'était pas pareil.

À 9h30 elle alluma son radio-réveil et écouta *The Romance of Helen Trent* et *Our Gal Sunday*, le temps de faire son lit, de vider la corbeille et de mettre ses vêtements sales dans la panière à linge. Le lundi suivant, elle porterait le tout au Lavomatic comme elle le faisait toutes les semaines. D'ailleurs, elle finissait par assumer le plus gros des tâches ménagères parce que la plupart du temps sa mère était trop ivre pour faire grand-chose, sinon restée allongée sur le canapé dans le séjour, à fumer des cigarettes et à faire des trous sur le bord de la table basse en bois. Elle rangea et épousseta le dessus de son bureau, de sa table de nuit et de sa bibliothèque. Secoua les descentes de lit par-dessus la balustrade de la véranda et les laissa s'aérer. Passa la serpillière sur le linoléum de sa chambre à coucher, puis une couche de Johnson's Jubilee, et fut contente de le voir briller, humide et satiné, tout en sachant qu'il perdrait son éclat une fois sec. Dans la salle de bains, elle récura la baignoire, la cuvette des toilettes et le lavabo au Babbo. La porcelaine était trop abîmée et tachée pour que cela se voie vraiment, mais elle se sentit l'âme plus légère en sachant que c'était fait.

À 11 heures, elle repassa son plus beau chemisier blanc Ship'n Shore, celui à col Peter Pan et manches ballon. Puis elle prit une douche et s'habilla. Violet lui avait téléphoné en lui promettant une grosse surprise, et, à 11 h 45, quand elle passa la prendre avec Daisy, elle était au volant d'une Chevrolet toute neuve ! En voyant la mine de Liza, elle éclata de rire. Liza ne se rappelait même pas être jamais montée dans une voiture neuve, et tout l'émerveillait : les pneus à flancs blancs, le tableau de bord, la garniture intérieure, les manivelles des vitres en chrome étincelant !

Violet entra dans Santa Maria, et les trois filles déjeunèrent au salon de thé de l'hôtel Savoy. Liza et Violet prirent toutes les deux un cocktail de crevettes en entrée, puis un amour de petit bol de potage au poulet et une assiette de mini-sandwichs : pain bis au fromage blanc et cerneaux de noix pilés, œufs durs en salade, chiffonnade de jambon, et même un au cresson et lamelles de radis ! Violet et elle mangeaient le petit doigt en l'air pour faire chic. Daisy avait eu des pâtes au beurre, la seule chose sur laquelle elle ne chipotait pas, hormis la gelée de raisin Welch sur une tartine. Elles prirent un gâteau fourré au dessert, et celui de Liza arriva avec une bougie plantée au milieu, bougie qu'elle souffla en rougissant de plaisir tandis que les serveurs et les serveuses l'entouraient en chantant *Happy Birthday* rien que pour elle. Et juste au moment où elle pensait que rien ne pouvait lui arriver de plus merveilleux, Violet lui avait tendu une petite boîte enveloppée d'un beau papier lavande. Les doigts tremblants, Liza ouvrit son cadeau. Elle découvrit un médaillon en argent en forme de cœur, à peu près de la taille d'une pièce de cinquante cents. À l'intérieur, il y avait une photo minuscule de Violet.

— Et attends ! lui dit Violet.

Elle écarta la photo pour révéler un deuxième compartiment en cœur sous le premier.

— Lui, c'est pour l'amour de ta vie, lui dit-elle en montrant le logement vide. Je te prédis qu'avant un an, tu sauras exactement qui c'est…

— Oh… merci !

— Mon amour, ne pleure pas ! C'est ton anniversaire !

— C'est le plus beau jour de ma vie !

— Tu en auras de bien meilleurs, mais profite de celui-ci. Viens là qu'on l'accroche.

Liza se retourna et releva ses cheveux pendant que Violet fixait le fermoir. Liza posa la main sur le médaillon qui s'était niché au creux de son cou. L'argent était déjà tiède au contact de sa peau. Son porte-bonheur. Elle n'arrêtait pas de le caresser.

Violet régla le déjeuner avec des billets qu'elle préleva sur une grosse liasse, veillant bien à ce que tout le monde la voie. Elle paraissait aux anges, répétant à tout bout de champ qu'elle allait pouvoir enfin profiter de la vie. À cent pour cent ! Liza se dit que, si c'était vrai, elle n'avait pas besoin de le répéter cent fois pendant le déjeuner, mais on ne changerait pas Violet.

— Mon Dieu, Louise ! Pour un peu j'oubliais, s'exclama-t-elle. J'ai besoin d'une baby-sitter pour demain soir. Tu es libre ?

Le sourire de Liza s'effaça.

— Pas vraiment. Je vais avec Kathy au feu d'artifice.

Violet la regarda d'un air consterné, sûre qu'elle aurait accepté.

— Tu ne peux pas lui faire faux bond ? Juste pour cette fois ?

— Je ne sais pas. Je lui ai dit que je l'accompagnerais et je ne veux pas annuler une sortie.

— Crois-moi, si c'est avec une fille, tu ne « sors » pas. Tu passes le temps.

— Il n'y a personne d'autre ?

— Pour l'amour du ciel, Lye ! En m'y prenant aussi tard ? Aucune chance. En plus, Kathy est un éteignoir ! J'ai vu la façon qu'elle a de te commander. Quand est-ce que tu vas réagir ?

— Je pourrais peut-être faire un saut ? Jusqu'à neuf heures moins le quart ? Nous pourrions aller au parc un peu plus tard…

Violet fixa Liza de son regard vert et limpide.

— Si tu viens, tu pourrais dire à Ty de passer. Tu sais que je n'en ferai pas toute une histoire. Rater le feu d'artifice, ce n'est pas l'affaire de ta vie ! Tu pourras toujours remettre ça l'année prochaine.

Liza en resta sans voix. Quoi lui dire ? Elle avait vécu une journée de rêve, et tout ça grâce à Violet qui lui demandait juste un tout petit service.

Violet la regarda d'un air suppliant.

— S'il te plaît, je t'en prie ! Tu ne peux pas laisser Kathy t'accaparer ! J'ai vraiment besoin de toi.

Liza ne voyait pas comment refuser. Elle passait son

temps à baby-sitter pour Violet… Violet avait dû compter sur elle, même si elle avait oublié de lui en parler. Et Kathy avait été tellement casse-pieds ces derniers temps…

— D'accord, je pense. Je pourrai peut-être faire quelque chose avec elle dimanche à la place.

— Merci, mon chou. Tu es un véritable amour !

— C'est entendu, dit Liza en rougissant de plaisir.

Les compliments lui faisaient toujours chaud au cœur.

Après le déjeuner, en guise d'apothéose, Violet emmena Liza et Daisy voir un film en 3-D, *Bwana le Diable*, avec Robert Stack et Barbara Britton. Il était sorti il y avait sept mois, mais on ne le donnait à Santa Maria que depuis peu. Elles s'installèrent toutes les trois au premier rang avec leurs lunettes en carton, affublées de *wax lips*[1] pour rire, et se gavèrent de pop-corn et de Milk Duds au chocolat et caramel. Violet lui raconta que pour voir les premiers films en relief, on vous donnait des lunettes jetables bicolores, avec un œil vert et l'autre rouge. Là, c'était des Polaroïd, une nouvelle technique, avec les deux yeux de la même couleur, mais Violet ne savait pas au juste comment cela marchait. Mais qu'on obtienne un effet de relief avec un œil vert et l'autre rouge, ça la dépassait. Le générique commença et elles se calèrent dans leur siège. Malheureusement, la première fois qu'un lion bondit de l'écran droit sur elles, Daisy eut la peur de sa vie et pleura si fort que Liza dut la faire sortir et l'emmener dans le lobby où elle resta une heure à la garder. N'empêche, jamais Liza n'avait eu de meilleur anniversaire, et elle aurait voulu que la journée ne finisse jamais.

Après leur retour à la maison des Sullivan, Liza garda Daisy pendant une heure, le temps que Violet fasse une course. Heureusement Foley ne rentrait pas avant six

1. Sorte de chewing-gum sucré en forme de lèvres.

heures et elle n'eut pas affaire à lui. Comme toujours, Violet resta absente plus longtemps qu'elle ne l'avait dit, et il était presque six heures moins le quart quand Liza arriva enfin chez elle. Sa mère l'entendit rentrer et l'appela depuis le séjour. Liza resta dans l'embrasure de la porte tandis que sa mère essayait de se remettre en position assise. Elle avait le regard flou qui donnait à Liza envie de hurler.

— Quoi ? dit-elle.

Elle ne voulait pas gâcher sa bonne humeur, mais autant ne pas contrarier sa mère.

— Juste pour te prévenir. Kathy Kramer est passée avec ton cadeau d'anniversaire, et quand elle a su que tu n'étais pas là, elle a fait une drôle de tête.

La voix de sa mère était presque normale, traînant juste un peu sur les consonnes. À sa manière à elle, bizarrement, elle avait conscience de ce qui se passait.

Liza sentit son cœur chavirer. Il ne manquait plus que Kathy découvre qu'elle avait déjeuné avec Violet et était allée ensuite voir *Bwana le Diable*. Il y avait des semaines que Kathy la bassinait avec *Bwana le Diable*, tannant son père pour qu'il les conduise en ville d'un coup de voiture et les dépose au cinéma. Liza ne se sentait aucune obligation d'attendre pour y aller avec elle, mais sûr que Kathy verrait les choses autrement.

— Qu'est-ce que tu lui as dit ?

— Je ne sais plus. Je t'ai trouvé une excuse. Je dormais profondément quand elle m'a réveillée. Elle était plantée dans la véranda et cognait à la porte d'entrée comme s'il y avait le feu. Je lui ai hurlé de se calmer, mais le temps que j'arrive, elle se comportait déjà comme si on lui collait un revolver au bas du dos ! Quand je lui ai dit que je ne savais absolument pas où tu étais, elle a pris son air coincé et larmoyant. Franchement,

Liza, qu'est-ce que tu lui trouves ? Elle est enchaînée à toi comme une pierre et elle t'emmène par le fond !

— Tu n'as pas parlé de Violet ?

— Pourquoi l'aurais-je fait ?

— Où as-tu mis le cadeau ?

— Elle l'a apporté dans ta chambre et a dit qu'elle le posait sur ton bureau.

Liza fila droit dans sa chambre, craignant soudain que Kathy en ait profité pour fouiller dans ses affaires. Rien ne semblait avoir bougé, mais quand elle alla vérifier son journal intime, caché derrière la bibliothèque, elle fut incapable de savoir si on y avait touché ou pas. Elle s'assit sur le lit et feuilleta les pages, envahie par des ondes d'anxiété. Elle y avait consigné tous les détails de son idylle avec Ty Eddings, et si Kathy avait lu les dernières entrées, Liza était perdue. De l'avis de Kathy, même l'emploi de Tampax Junior contrevenait gravement au principe de Pureté absolue.

Liza trouva une nouvelle cachette pour son journal, puis s'assit sur son lit et ouvrit le cadeau de Kathy, joliment empaqueté dans du papier à fleurs roses avec un joli nœud rose sur le dessus. Kathy ne jurait que par le rose. Liza préférait le mauve et ses variantes. Violet aussi, d'ailleurs.

En voyant ce que Kathy lui avait offert, elle n'en crut pas ses yeux. La boîte de talc parfumé au muguet était celle qu'elle-même avait donnée à Kathy pour son anniversaire en mars de l'année d'avant ! Elle vérifia le dessous de la boîte, et, bien sûr, découvrit l'étiquette du drugstore qu'elle avait à moitié déchirée en essayant de l'enlever. Il était clair que Kathy n'avait pas utilisé le talc et ne s'était pas rappelé qui le lui avait donné. Bon, et maintenant ?

Liza n'éprouvait aucune envie de l'appeler. D'un autre côté, autant liquider le problème. Kathy, si elle avait lu son journal, ne raterait pas l'occasion de la sermonner et de la réprimander du haut de sa grandeur, comme toujours.

Liza alla jusqu'au téléphone dans le couloir et composa le numéro de Kathy. Ce fut Mme Cramer qui décrocha.

— Bonjour, madame Cramer, Liza à l'appareil. Kathy est-elle là ?

— Un instant.

Elle posa sa main sur le récepteur et Liza l'entendit brailler en direction de l'étage.

— Kathy ? Liza au téléphone !

Il y eut une longue pause tandis que Kathy descendait les marches avec une légèreté d'éléphant.

— J'espère que tu as passé un bon anniversaire, dit Mme Cramer tandis qu'elles attendaient.

— Oh, oui. Merci.

— La voilà.

Kathy prit l'appareil.

— Bonjour, dit-elle d'une voix dénuée d'intonation et distante.

— Bonjour. Je t'appelais pour te remercier pour le talc. C'est vraiment gentil.

— De rien.

Même ces deux mots semblaient secs et réprobateurs.

— Qu'est-ce qui ne va pas ?

— Pourquoi cette question ?

— Kathy, si quelque chose te tracasse, dis-le-moi.

— Eh bien… où étais-tu ? Parce que c'est ça qui me tracasse. Nous avions rendez-vous.

— Ah bon ?

— Oui. Cet après-midi. Ma mère devait nous emmener au *five-and-dime*[1].

1. Magasin à prix unique.

Liza sentit le froid l'envelopper tandis que Kathy poursuivait de son ton de martyre, accusateur.

— Nous étions censées choisir un patron et du tissu pour nous faire une jupe et un boléro assorti pour notre nouvelle garde-robe d'automne. Tu ne t'en souviens pas ?

— Je me souviens que tu en as parlé, mais il y a des semaines de ça et tu n'as jamais dit quel jour.

— Parce que ça tombait sous le sens. C'était pour ton anniversaire, Liza. Je ne pensais pas devoir te faire un dessin. Nous sommes passées en voiture te prendre pour déjeuner et tu étais sortie. Ta mère ne savait même pas où tu étais !

— Je suis désolée. J'ai oublié…

— Comment ça, « oublié » ? Nous passons toujours nos anniversaires ensemble. C'est un rite.

— On l'a fait deux fois, lui renvoya Liza.

Elle savait que Kathy lui ferait payer son culot, mais elle n'avait pas pu s'en empêcher.

— Alors c'est que j'y attache plus d'importance que toi, dit Kathy.

Liza ne sut que répondre et garda le silence.

— Et tu es allée où ? demanda Kathy.

— Nulle part en particulier. Je suis juste sortie.

— Je le sais que tu étais sortie. Je te demande où.

— Ça te regarde ?

Liza n'en revint pas d'être si peste, mais elle en avait ras-le-bol de ménager les états d'âme de Kathy.

— Ça me regarde, Liza. Parce que je veux savoir ce que tu avais de si important à faire pour me poser un lapin.

— Je ne t'ai pas posé de lapin. J'ai oublié, d'accord ?

— Je sais que tu as oublié. Tu me l'as déjà répété cent fois. Inutile de remuer le couteau dans la plaie.

— Mais pourquoi le prends-tu si mal ? Je ne l'ai pas fait exprès !

— Je ne le prends pas mal. Parce que je devrais ? Je te demande une explication. Puisque tu as eu le manque de délicatesse de violer notre accord, je pense y avoir droit.

Liza sentit sa colère monter, d'autant plus que Kathy l'avait nettement manœuvrée pour la mettre au pied du mur. Si elle lui racontait sa journée, Kathy allait lui faire toute une scène ou alors bouder des jours durant, ou les deux, mais elle ne lâcherait jamais le sujet. Liza le savait par expérience. Une fois qu'on la contrariait, Kathy s'accrochait comme une teigne.

— J'avais à faire.

— À faire quoi ? lui lança Kathy d'un ton exaspéré.

— Ça change quelque chose ?

— Autrement dit, tu ne veux pas en parler. Mille mercis. Je ne t'ai jamais rien fait d'aussi odieux…

— Oh, arrête d'exagérer. Ce n'est pas « odieux ».

— Je croyais que tu étais ma meilleure amie.

— Je ne t'ai jamais dit le contraire.

— Mais ce n'est pas une façon de traiter sa meilleure amie… de lui faire des cachotteries et d'être méchante comme ça !

— Je ne suis pas méchante.

— Tu sais quoi ? C'est toute la différence entre nous, ce que tu viens de dire. Tu es incapable d'admettre la vérité. Le Réarmement moral m'a rendue meilleure, mais pour toi la Générosité absolue n'a strictement aucun sens. C'est quand tu veux, ce que tu veux, et après tu mens…

— Je dois y aller, maman m'appelle, la coupa Liza.

Et voilà que la voix de Kathy tremblait !

— Tu sais quoi ? La Franchise absolue ? Tu me blesses. Profondément. Toute la semaine, je mourais d'impatience de te voir. Tu allais être le soleil de ma journée. Mets-toi à ma place et imagine ce que j'ai ressenti quand j'ai su que tu ne m'avais même pas laissé un mot…

— Kathy, ce n'est pas comme si je l'avais fait exprès ! Je me suis trompée.

— Alors pourquoi ne m'as-tu pas appelée en rentrant ?

— C'est ce que je fais, non ? Je suis au téléphone, je t'appelle. Je ne peux pas faire mieux.

— C'est ça, après des heures.

— Je viens de franchir la porte !

— Tu es restée sortie toute la journée ?!

— Pourquoi en fais-tu une telle histoire ?

— Moi ? J'en fais une histoire ? Parce que, maintenant, c'est ma faute !

— Je n'ai pas dit que c'était ta faute, mais tu n'as pas besoin d'en faire tout un plat. Tu fais des choses sans moi. Et moi je ne pourrais pas faire une toute petite chose sans toi ?

— Parfait. Libre à toi. Je regrette d'en avoir parlé.

Liza se sentait partir en mille morceaux. Ça continuerait la vie entière si elle ne trouvait pas une issue.

— Écoute. Je suis vraiment désolée, d'accord ? Je m'excuse.

Il y eut un silence momentané. Kathy ne renonçait pas volontiers à la position de pouvoir.

— Tu le penses vraiment ?

— Oui. Sincèrement. Je ne voulais pas dire où j'étais parce que c'était lié à ma mère et je… tu sais bien… son problème.

— Oh, ma pauvre chérie ! Pourquoi ne le disais-tu pas ?

— J'étais gênée. J'espère que tu me pardonneras.

— Naturellement ! Je comprends tout à fait. Mais vois-tu, si tu t'étais confiée à moi, nous aurions évité ce malentendu.

— Je le ferai la prochaine fois. Je suis désolée de ne pas avoir été tout à fait franche avec toi.

— C'est oublié. Liza, ce n'est pas ta faute si elle est comme ça.

— Merci d'être si compréhensive.

Ayant capitulé, pourquoi ne pas s'aplatir aussi !

— Alors, à quelle heure veux-tu qu'on aille au parc demain soir ? Six heures, c'est trop tôt à ton avis ? Je vais faire des œufs à la diable. On pourrait emporter un pique-nique ?

Liza en resta coite.

— Liza ?

— Je suis là. Le problème, c'est que je ne peux pas y aller. C'est aussi pour ça que je t'appelais. Ma mère ne se sent pas bien et je dois rester à la maison pour m'en occuper.

— Mais elle ira mieux demain, non ?

— Ce n'est pas dit. Je ne pense pas. Elle n'a pas l'air bien.

— Tu ne peux même pas la laisser une heure ?

— Il vaut mieux pas.

— De quoi souffre-t-elle ?

— Je ne sais pas. J'appelle le docteur dès que nous aurons raccroché. Elle a eu mal au cœur toute la journée et c'est peut-être grave.

— Tu veux que je vienne te tenir compagnie ? Ça m'est égal de rater le feu d'artifice. On se ferait du popcorn ?

— Non, il vaut mieux pas. Au cas où elle serait contagieuse. Attends, elle m'appelle, il faut que j'y aille. Je te rappelle demain, d'accord ?

— Bien sûr. J'espère qu'elle ira mieux.

— Moi aussi.

Quand elle reposa le combiné, Liza avait le creux des reins humide. Elle se passa et repassa leur conversation en esprit, reconstituant le ton de Kathy, s'en voulant de son manque de repartie quand Kathy avait essayé de la descendre en flammes. Elle n'aurait pas dû mentir à propos de sa mère, mais que faire sinon ? Jamais Kathy ne l'apprendrait. Kathy débordait de pitié pour elle parce que sa mère buvait et elle lui disait prier souvent pour elle à l'église au nom de l'Amour absolu. Liza se faisait une autre idée de l'amour, mais qu'en savait-elle ?

Elle décida de faire tôt à dîner pour sa mère, puisqu'elle sortait avec Ty ce soir-là. Elle mourait d'impatience de lui raconter toutes les idioties que Kathy lui avait sorties. Il n'aimait pas Kathy, et d'un, et il serait ravi d'apprendre qu'elle lui avait enfin tenu tête... Toutes proportions gardées, d'accord. Mais on ne peut pas réagir au quart de tour.

Elle mit de l'eau à bouillir pour le Minute Rice, puis elle ouvrit une boîte de maïs Libby's et une autre de haricots verts. Elle veillait à ce que sa mère ait des repas équilibrés, mais, de toute façon, la moitié du temps elle refusait de manger. Comme elle avait fait du porc en boîte l'avant-veille, Liza sortit le morceau qui restait au réfrigérateur et en coupa une tranche fraîche qu'elle mit à frire dans de la margarine. Quand le repas fut prêt, elle disposa le tout sur un plateau, y ajouta une serviette en papier et des couverts, et l'apporta dans le séjour. Sa mère n'était plus là pour personne, sa cigarette continuant à se consumer dans le cendrier. Liza l'éteignit et remporta le plateau du dîner à la cuisine. Elle le posa sur le plan de travail, où sa mère le trouverait plus tard. Puis elle lava la poêle et les casseroles et les rangea.

Ty passa la prendre à 21 heures dans le pick-up de son oncle, comme il le faisait chaque fois qu'on le lui laissait. Quand elle fut montée, il lui tendit un paquet noué n'importe comment.

— Qu'est-ce que c'est ? lui demanda-t-elle en retirant une bouteille qui ressemblait à du champagne.

— Du Cold Duck. Je l'ai pris à la supérette pour qu'on fasse la fête. Joyeux anniversaire !

— Tu as acheté de l'alcool ?

— J'ai l'air d'être majeur et je le fais tout le temps. Le type ne m'a même jamais demandé une pièce d'identité.

— Tu as intérêt à ce que ta tante ne l'apprenne pas.

Il lui lança un sourire ravageur, révélant ses dents blanches et ses fossettes.

— J'ai aussi autre chose pour toi, mais c'est pour tout à l'heure.

Liza sourit, le feu aux joues. Elle n'avait jamais reçu de cadeau d'un garçon. Sur le moment elle imagina une gourmette gravée avec leurs deux noms, quelque chose pour commémorer leur amour.

Ils prirent la direction de la propriété des Tanner comme ils l'avaient déjà fait en deux occasions. C'était risqué de rouler en ville. Si on les voyait, il aurait des ennuis avec sa tante.

La nouvelle route avait été nivelée, mais pavée en partie seulement. On avait creusé une tranchée pour des canalisations, et une grue avait déposé des tronçons de tuyaux ondulés. Comme Ty tournait pour prendre la contre-allée, ils virent qu'un panneau « Déviation » en interdisait l'accès. Une rangée de cônes orange traversait la route pour mieux décourager toute circulation, à quoi s'ajoutait un panneau « Entrée interdite ». On ne plaisantait pas. Comme le 4 Juillet tombait un samedi, les bureaux de l'administration avaient fermé le vendredi. Palais de justice, poste, bibliothèque, banques : personne ne travaillait. L'équipe de construction du comté avait dû elle aussi bénéficier d'un week-end de trois jours.

Ty contourna la barrière, longeant les tumulus de terre et les engins de chantier. Un bulldozer semblait étinceler dans la lumière déclinante. Ty avait inspecté la maison et les lieux en prévision de leur première visite et découvert le hangar ouvert sous lequel il dissimulait maintenant son pick-up. Il aida Liza à descendre du siège côté passager, la conduisant par la main jusqu'à la grande véranda de bois qui longeait l'arrière de la maison. On entendait au loin le bruit assourdi des voitures qui filaient sur la 101.

— Attends une minute, lui dit-il.

Il retourna au pick-up et revint l'instant d'après avec un paquet sous le bras.

— Sac de couchage, lui souffla-t-il.

Il laissa sa main sur le dos de Liza, la guidant tandis qu'ils traversaient la cuisine obscure et prenaient l'escalier de service. On étouffait dans la maison qui n'avait pas été aérée depuis une éternité. Quand ils entrèrent dans la chambre de maître qui donnait sur le devant, Ty ouvrit toutes les fenêtres pour évacuer la chaleur. Le petit vent qui entra dans la pièce était chaud, mais créait au moins un courant d'air. Ty déplia le sac de couchage épais et tendit une main, l'attirant à côté de lui.

Il ouvrit la bouteille de Cold Duck et lui laissa le soin de l'étrenner. Elle ne s'attendait pas à ce que ce soit si bon, et l'impression de chaleur et de léger vertige qu'elle éprouva lui plut. Ils se repassèrent la bouteille, la vidant à moitié. Liza était allongée sur le côté, la tête sur la main tandis qu'ils se parlaient à mi-voix. Elle voulut lui dire, pour Kathy, mais il ne cessait de l'interrompre par des baisers et par des regards intenses et éloquents.

— Ton cadeau. Pour un peu, j'oubliais…

Il prit un petit pot de Vaseline qu'il lui tendit avec un sourire.

— Ça sert à quoi ?

— Tu sais bien. Juste au cas où…

Liza sentit son estomac se nouer et se redressa.

— Non, il ne faut pas. Ce n'est pas une bonne idée.

— Ne t'inquiète pas. Tu n'as pas à choisir maintenant. C'est toi qui décideras, dit-il.

Il l'attira de nouveau contre lui et se remit à l'embrasser. Là, ils avaient quitté les caresses innocentes de leurs premiers rendez-vous pour s'engager sur un terrain plus dangereux, et Ty partait du principe que, chaque fois qu'ils étaient ensemble, il reprenait là où ils en étaient restés. Il s'occupait déjà activement de la déshabiller. Liza n'était pas entièrement consentante, mais elle savait qu'elle ne pouvait pas refuser. C'était à mourir, tous ces baisers, et elle avait la chance d'être l'heureuse élue alors que n'importe quelle fille de l'école aurait rêvé d'être à sa place. Elle avait l'impression de flotter, attentive au seul instant présent, portée par sa détermination à lui et son impuissance à elle. À l'arrière de son esprit, une petite voix lui chuchotait qu'il n'y avait pas tant de différence entre l'insistance de Ty et la tyrannie de Kathy, mais le Cold Duck la rendait somnolente et trop détendue pour s'en soucier. Autant céder plutôt que de soulever de nouvelles objections. Et puis, c'était bon. Il embrassait son sein dénudé quand elle vit l'éclat de phares décrire une courbe au plafond. En bas, le gravier crissa, le véhicule si proche de la maison qu'ils entendirent le conducteur lever le frein à main. Le souffle coupé, Liza se dégagea, se mettant à quatre pattes tant bien que mal tandis que la portière claquait.

— Seigneur… Il y a quelqu'un !

Ty rampa jusqu'à la fenêtre et jeta un coup d'œil dehors.

— Pas de panique, tout va bien. Il ne vient pas par ici.

Liza se glissa près de lui, les yeux juste au-dessus du rebord de la fenêtre. Le conducteur se trouvait à l'autre extrémité du véhicule, garé à dix mètres de là. Elle perçut l'odeur du tabac avant de distinguer le bout rougeoyant de sa cigarette.

— Qui est-ce ? demanda-t-elle.

— Sans doute le gardien. On dirait qu'il vérifie les engins.

— On ne peut pas rester là.

Elle revint à quatre pattes jusqu'au sac de couchage, attrapa ses vêtements et posa ses chaussures sur le tout. Ty enfila son jean et ils se faufilèrent prestement à l'autre bout de la pièce, jusqu'au placard à linge de plain-pied dans lequel ils s'enfermèrent. Ils finirent de se vêtir en hâte, Liza si anxieuse qu'elle faillit en mouiller sa petite culotte. Ty lui jeta un regard.

— Ça va ?

— Et s'il voit le pick-up ? Il saura qu'on est là.

Ty ouvrit la porte du placard et jeta un coup d'œil alentour. Seigneur qu'il était beau ! Il lui fit signe et tous deux sortirent de leur cachette. Liza tendit l'oreille, mais ne saisit aucun bruit d'activité à l'intérieur de la maison. Ty la prit par la main, ils s'approchèrent de la fenêtre et scrutèrent de nouveau l'obscurité. Liza vit le rayon mouvant d'une torche tandis que l'inconnu traversait la route et déplaçait des cônes au passage.

— Filons, dit Ty. On doit avoir le temps d'arriver au pick-up avant qu'il fasse demi-tour.

Ils trouvèrent la porte, suivirent le corridor sur la pointe des pieds jusqu'à l'escalier de service et commencèrent à descendre. Liza faillit tomber sur Ty, qui s'était arrêté pour écouter. Rien. Liza s'accrocha à son T-shirt tandis qu'ils longeaient l'office, puis traversaient les profondeurs de la cuisine baignée d'une lumière grise et veloutée. La lune, à son dernier quartier, s'encadrait dans une des fenêtres.

Ils traversèrent l'herbe, mi-marchant, mi-courant, jusqu'au hangar. Ty suivit de la main le pick-up jusqu'au moment où il trouva la portière du côté conducteur. Liza monta la première et se glissa au bout de la banquette pour lui laisser de la place. Ty monta derrière elle et se mit au volant. Il referma la portière sans la claquer, veillant à ne faire aucun bruit. Tous deux restèrent immobiles, osant à peine respirer. Ty se contorsionna et scruta la cour obscure par la vitre arrière. La masse de la maison, en biais par rapport à eux, bloquait la vue sur le devant, mais on avait l'illusion de mieux entendre en regardant d'où pourrait venir le bruit.

— Tu crois qu'on devrait y aller ? chuchota Liza.

— Pas encore.

Prise d'une idée subite, Liza posa la main sur le bras de Ty.

— On a oublié le sac de couchage !

— Ne t'inquiète pas. On le récupérera la prochaine fois.

— Mais s'il tombe dessus ?

Ty porta un doigt à ses lèvres et de nouveau ils se turent. Dix minutes interminables s'écoulèrent, puis ils entendirent le grondement d'un engin de chantier dont le moteur reprenait vie, brisant le silence. Comme le tapage continuait, Ty profita du bruit pour couvrir celui de son moteur. Il sortit du hangar en marche arrière et prit la voie de service, tous feux éteints.

Quand ils s'éloignèrent de la maison, ils distinguèrent une forme massive, un vrai tank, qui arrivait lentement en sens inverse. Ty continua de rouler sur la voie de service tandis que Liza croisait les doigts pour qu'il ne les mène pas droit dans un arbre. Finalement, il se sentit assez en sécurité pour allumer ses feux de brouillard, qui suffirent à éclairer leur fuite d'une lenteur à hurler.

Le samedi matin, le 4 Juillet, Liza téléphona chez les Cramer. Elle espérait glisser à Kathy pendant la conversation une allusion à l'indisposition de sa mère pour renforcer son histoire. Répéter le même mensonge le fait paraître plus vrai. Mme Cramer décrocha et lui dit que Kathy était dans l'impossibilité de venir au téléphone. Au ton réfrigérant de sa voix, Liza sut que Kathy lui avait raconté leur prise de bec.

— Pouvez-vous lui dire que j'ai appelé ?

— Naturellement.

Liza ne voyait vraiment pas comment Kathy aurait appris qu'elle baby-sittait chez Violet au lieu de rester à la maison auprès de sa mère comme elle l'avait prétendu. Ty l'avait suppliée de le laisser venir lui tenir compagnie chez les Sullivan et, bien entendu, elle avait accepté. Au début de l'après-midi, elle fit un tour chez Violet. Foley traînait Dieu sait où, et Liza espérait pouvoir parler cœur à cœur avec Violet. Malheureusement, Daisy jouait avec ses poupées en carton dans la chambre, et, vu le sujet, elle préféra s'abstenir. Elle était restée un moment, puis avait regagné sa maison. Elle s'assit sur la véranda dans un vieux transat en aluminium, en espérant que Kathy passerait devant la maison et l'apercevrait.

À 18 h 15 elle était de retour chez les Sullivan, et elle surveillait Daisy dans la salle de bains quand Violet et le loulou jappant partirent. Elle vérifia que Daisy s'était bien essuyée et avait enfilé son pyjama. Elles s'assirent à la table de cuisine et mangèrent de la glace à la vanille jusqu'à 20 h 15. Comme Daisy ne savait pas bien lire l'heure, Liza lui dit qu'il était plus tard et la mit au lit. Elle lui donna le comprimé que Violet avait laissé et s'assura que Daisy l'avalait correctement avec un demi-verre de lait. Vingt minutes après, elle était bien bordée dans son lit, tout alanguie de sommeil.

Liza passa sur la véranda de derrière et s'installa dans l'un des deux transats qui surplombaient une plaque d'herbe mitée. La clôture de bois faisait un mètre cinquante de haut tout au plus, mais un épais buisson de chèvrefeuille retombait sur le dessus, lui cachant la rue.

Il faisait chaud, et son T-shirt collait à son dos. Elle rentra et s'assit dans le séjour, où elle alluma le plafonnier et laissa le ventilateur de table lui souffler dans la figure.

À 21 heures, elle entendit Ty gratter à la porte-moustiquaire de derrière. Il se tenait de l'autre côté de la porte et la fixait d'un regard affamé et patient de renard. Elle le fit entrer et il l'embrassa, se pressant contre elle. Pour une fois, elle eut la présence d'esprit d'échapper à son étreinte.

— Ty, il n'est pas question qu'on s'embrasse ici. Tu imagines si Daisy se réveillait ou si les Sullivan rentraient ?

— Allez… Foley est au parc et j'ai vu Violet foncer sur la route au volant de son bolide. Ils ne reviendront pas d'ici des heures.

— Ça m'est égal. Je ne veux pas.

— Et si on allait dans mon pick-up ? Je suis garé dans l'allée de derrière. J'étalerai des couvertures sur le plateau pour qu'on puisse s'allonger et regarder les étoiles.

— Tu es fou ! Je ne peux pas m'en aller et laisser Daisy toute seule !

— Qui te parle de partir ? C'est juste un coin tranquille où on pourra discuter sans la réveiller.

— Non, ce n'est pas bien. Je suis censée ne pas bouger de la maison.

— Violet te l'a dit ?

— Non, mais c'est pour ça qu'elle me paie.

— Une demi-heure, une heure… Personne ne le saura.

Il avait insisté, l'avait cajolée, tout semblait simple et sans conséquences. Elle avait fini par céder et avait traversé le jardin à sa suite jusqu'à son pick-up. Bien entendu, à la seconde où ils avaient été allongés à l'arrière, il avait remis ça. La nuit était chaude, mais Liza s'aperçut qu'elle frissonnait. Elle avait les doigts si glacés qu'elle dut fourrer ses mains sous ses bras. Ty se montrait plein d'attentions. Il avait apporté deux gobelets de papier et une deuxième bouteille de Cold Duck. Liza but plus que sa part en espérant se calmer les nerfs. Tandis qu'ils bavardaient, le feu d'artifice commença à Silas. Ils entendaient les détonations, puis des gerbes d'étincelles vertes et bleues fusaient, des averses de rouge se répandant dans le ciel comme des para pluies avant de retomber en pluie. Pendant une demi-heure ils regardèrent le spectacle, paralysés par l'émerveillement. C'était comme un film que Liza avait vu, où un homme et une femme s'embrassaient encore et encore, et le vent avait écarté les rideaux de la fenêtre et le ciel s'était embrasé.

Au bout d'un moment, elle perdit la notion du temps, ne se soucia même plus de savoir depuis quand ils étaient là. Elle se sentait si proche de lui. Il l'enveloppa de ses bras.

— Tu es bien, Liz ? murmura-t-il dans son cou. Je vais bien m'occuper de toi pour que tu ne prennes pas froid.

Il glissa la main sous son T-shirt.

— Non, pas ça.

— Je ne fais rien.

Il déboutonna le short de Liza et sa main descendit sur son ventre.

— On devrait arrêter.

— Arrêter quoi ?

— On ne peut pas continuer.

— Tu n'aimes pas ?

— Si, mais je ne veux pas aller trop loin, d'accord ?

— Laisse-moi te caresser, juste une fois.

Il réussit à glisser un doigt entre ses jambes.

Elle saisit sa main et la retint.

— Attends. Je ne peux pas. Il faut que je rentre. S'ils revenaient ?

— Ils ne le feront pas. Ils ne rentrent jamais avant la fermeture du Moon. Tu les connais. Ils offrent des coups à boire et s'amusent, et nous, on est là tout contre. Violet ne dirait rien. Elle m'a à la bonne.

— Je sais, mais nous devons faire attention.

— Je ferai attention, je te le promets. Tiens… encore une petite gorgée de vin. Je suis fou de toi, Liza. Tu ne m'aimes pas juste un tout petit peu ? Je sais que tu m'aimes.

Il lui ôta le gobelet vide de la main et chuchota dans ses cheveux, embrassant son cou et ses seins jusqu'à ce qu'elle brûle.

— Sois gentille. Je t'en prie, sois gentille avec moi, juste cette fois.

Elle aurait dû le repousser, mais elle se sentait comme en suspens, passive, comme incapable de maîtriser ce qui allait suivre. Et lui continuait, il lui disait qu'il l'aimait, que c'était un supplice qu'elle ne soit pas à lui alors qu'il l'aimait tant. Et là, il lui avait enlevé son short.

— Laisse-moi entrer, chuchota-t-il. Juste une fois… Je t'en prie.

Elle avait dit non d'abord, mais il était si excité, si obstiné, qu'elle céda. Où était le mal alors qu'elle le désirait aussi.

— Tu promets de te retirer à temps ?

— Bien sûr. Je te le jure… Mon ange, je te désire tant que j'en perds la tête.

Elle se sentait à la fois fière et apeurée, mais il était si beau, il n'avait peur de rien. Personne ne lui avait jamais dit des choses aussi incroyables. Il paraissait si doux et si ardent. Elle avait les yeux fermés, mais elle l'entendit quitter ses vêtements. Elle laissa échapper un gémissement, tellement saisie de sentir son corps nu contre le sien. Il était lisse, tout en muscles. Sa peau brûlante… et il sentait le savon. Impossible de savoir d'où avait surgi le pot de Vaseline, mais il était là. Et lui se pressait contre elle, et conduisait sa main sur lui, et bougeait contre elle, et voulait qu'elle s'ouvre pour lui, et elle l'accueillit. Sachant qu'il était allé trop loin, mais il alla encore plus loin. Puis il bougea en elle et ne parut pas entendre sa faible protestation. Il bougeait, et il bougeait toujours quand il émit une plainte étrange, comme s'il soulevait quelque chose de lourd. Il gémit, hors d'haleine, et puis il s'affaissa sur elle, toute tension dissipée.

— Oh, Liz… oh, seigneur… c'était fantastique… tellement beau…

Cela avait duré moins d'une minute. Elle remua les hanches et il glissa hors d'elle, la laissant poisseuse et humide.

— Qu'est-ce qui te prends ? Tu vas bien ?

— Non, je ne vais pas bien ! Tu avais promis de te retirer !

— Je suis désolé. Je voulais vraiment, mais ç'a été plus fort que moi. Mon bébé, c'était si bon… J'ai perdu la tête une minute, et ensuite tout ce que je sais, c'est que ça y était.

— Et merde ! Il est quelle heure ? Il faut que j'y aille.

— Pas encore. Il est à peine minuit. Ne me laisse pas. Tiens, sens-le…

Il lui prit la main et la plaqua contre lui.

Elle était restée là, à demi sous lui, chaude seulement là où le corps de Ty couvrait le sien. Le reste d'elle était glacé, ses membres immobilisés par le poids du garçon sur la couverture.

— Je dois rentrer. Tu imagines qu'ils arrivent et que je ne sois pas là ?

— Tu leur diras que tu étais sortie prendre l'air.

— Laisse-moi partir. S'il te plaît, chuchota-t-elle, mais de nouveau il l'embrassait.

— Tu es fantastique. Merveilleuse… Je t'aime, murmura-t-il.

— Moi aussi, je t'aime, dit-elle. Ty, il faut que je rentre.

Elle s'arracha à son étreinte et chercha sa culotte à tâtons. Elle l'enfila, puis récupéra son short et son T-shirt.

— Écoute, on se voit demain matin, d'accord ?

— Peut-être.

— Toute la journée. On passera la journée ensemble.

— Je ne peux pas.

— Mais si, tu peux. Retrouve-moi dans Porter Road. Je demanderai le pick-up à mon oncle et nous ferons un tour. Huit heures.

Elle sentit qu'elle avait mis sa culotte à l'envers. Elle souleva une fesse pour l'enlever.

— Zut ! Maintenant ça dégouline le long de ma jambe ! Passe-moi un mouchoir ou ce que tu veux, que je m'essuie.

Il lui tendit son T-shirt à lui, qu'il avait roulé en boule et jeté sur le côté. Elle le fourra entre ses jambes et se nettoya du mieux qu'elle put. Elle renfila sa culotte et remit son soutien-gorge. Tira sur son T-shirt et son short et se passa les doigts dans les cheveux pour les démêler. Une fois rhabillée, elle escalada le hayon.

— Huit heures demain matin, dit Ty. Si tu n'es pas là, je frappe à ta porte et je m'en fous qu'on me voie.

Elle lui donna un baiser hâtif, lui dit qu'elle l'aimait, puis se précipita vers la maison et se faufila par la porte de derrière. La porte-moustiquaire émit un grincement assourdi. La lumière de la cuisine était éteinte, mais elle vit les aiguilles lumineuses à la pendule murale. 1 h 35. Comme Violet et Foley ne rentraient pas en général avant 2 heures, elle fut soulagée. Tout allait bien. La même lampe brillait dans la pénombre du séjour. Le ventilateur tournait à une allure régulière, déplaçant l'air chaud. Dans les deux chambres à coucher, l'obscurité régnait. Elle s'arrêta devant la chambre de Daisy, écoutant la respiration lente, profonde et régulière de l'enfant. Tout allait bien.

Liza se glissa sans bruit dans la salle de bains. Éclairée par la veilleuse, elle baissa son short et inspecta sa culotte. L'entrejambe était humide de sperme et taché de sang. Il fallait absolument qu'elle parle à Violet. Elle savait qu'elle aurait dû obliger Ty à mettre une capote, mais il avait promis de se retirer. Et maintenant, on faisait quoi ? Violet saurait. Violet savait tout ce qu'il fallait savoir sur les rapports sexuels. Liza regagna le séjour, où elle s'allongea sur le canapé, les bras étroitement serrés autour d'elle. Ce qui était fait était fait. Il lui avait dit qu'il l'aimait – il le lui avait vraiment dit – et c'était lui qui avait parlé de la revoir, donc ce n'était pas comme si elle lui courait après ni rien de pareil. Pourtant, elle regrettait de l'avoir fait. Elle sentit ses yeux la brûler tandis que les larmes s'échappaient. Dès que Violet rentrerait, elles parleraient toutes les deux, et tout irait bien.

28

Je passai un coup de fil au Sneaky Pete's. La musique du juke-box me parvenait en bruit de fond, ainsi qu'un bourdonnement de voix en continu. On était samedi soir, mais tout juste 18 h 45, et il n'y aurait pas vraiment d'ambiance avant 21 heures largement passées. Tannie décrocha.

— Bonsoir, Tannie. Kinsey à l'appareil. Vous avez une minute ?

— Bien sûr, mais on risque d'être interrompues. Je tiens le bar et la fille de service ce soir a appelé il y a une heure pour dire qu'elle était malade.

— Je vais essayer d'être brève. Vous êtes au courant pour Violet ?

— Oui. Qu'est-il arrivé à la malheureuse ? Je sais qu'elle a été tuée, mais personne ne m'a dit comment.

— Je ne sais rien sur la cause de la mort. On en saura sûrement plus après l'autopsie.

— L'autopsie ? Quelqu'un m'a dit qu'elle n'était plus qu'un tas d'ossements ficelés comme une momie et qu'on ne voyait même pas sa figure.

— Ce n'est pas tout à fait exact. À ce que je comprends, elle était enveloppée dans un pan de tissu, mais qui tombait en poussière. Rien à voir avec une momie, lui expliquai-je.

— Vous l'avez vue ?

— Moi, non, et Daisy non plus. L'inspecteur Nichols l'a mise au courant, mais il ne voulait personne près de la voiture.

— Comment le prend-elle ?

— Ça va. Je ne crois pas qu'elle ait encore assimilé.

— Je voulais l'appeler, mais j'ai calé. Demain peut-être… Alors, je vous écoute ?

— J'ai commencé à établir une chronologie du week-end du 4 Juillet afin de définir les allées et venues des uns et des autres. Vous étiez au parc avec votre père ?

— On en a déjà parlé, non ? Je devais y aller avec mon frère, mais il est parti avec ses copains et, pour finir, c'est finalement papa qui m'a emmenée.

— Y êtes-vous restée pendant toute la durée du spectacle ?

— Je ne peux pas le jurer, mais je ne vois pas pourquoi je ne l'aurais pas fait.

— Je vous explique ma question. J'ai réussi à mettre la main sur la femme qui habitait la maison voisine de celle des Sullivan à l'époque. Anna Ericksen. Vous vous souvenez d'elle ? Elle avait cinq ans à l'époque.

— Vaguement.

— Nous avons juste bavardé, et d'après ses souvenirs, sa mère et elle sont tombées sur vous au parc. Elle dit que votre père a demandé à sa mère si elle pouvait vous garder parce qu'il avait une affaire à régler et du coup vous êtes restée dormir chez elle.

— Non, je ne crois pas… ça ne me rappelle rien. Vous êtes sûre qu'elle ne me confond pas avec quelqu'un d'autre ?

— Vous rappelez-vous avoir joué à sauter sur le lit ?

Elle dit que vous lui êtes rentrée dedans et qu'elle est tombée et s'est cassé le bras.

Tannie lâcha un rire sidéré.

— Non, elle ?! Ah, mon Dieu, je me souviens de la gamine, mais j'avais oublié son nom. C'était ce fameux 4 Juillet ? Une horreur, l'os lui avait troué la peau ! Ça vous soulevait le cœur !

— Savez-vous où est allé votre père, ce soir-là ?

— Sans doute à l'hôpital voir maman. Il y passait presque tous les soirs. Pourquoi cette question ?

— Je ne sais pas vraiment. Juste un vide que je voudrais remplir.

— Je peux lui demander la prochaine fois que je le vois. On verra ce qu'il dit.

— Si je vous laissais en dehors de ça et lui posais la question moi-même ? J'y retourne lundi, sans doute en début d'après-midi.

— Vous travaillez toujours pour Daisy ? Je croyais que vous en auriez fini.

— C'est ce qu'on appelle un dernier coup de chiffon. Elle m'a payée d'avance et je lui dois un jour.

Après avoir raccroché, je me rendis compte que j'aurais dû rester encore plus dans le flou. Inutile que Jake me sache toujours sur l'affaire. Si Tannie lui en parlait et qu'il ait besoin de brouiller les pistes, il aurait le temps de se fabriquer un alibi. Il avait, peut-être, confié Tannie à Mme Ericksen pour aller voir Mary Hairl. Lors de notre unique entretien, il n'en avait pas soufflé mot. En réalité, il avait décrit le comportement de Foley au parc avec une telle abondance de détails que j'étais partie du principe qu'il s'y trouvait. Sans vouloir me vanter, je suis moi-même des plus versées dans l'art du mensonge et je peux vous décrire la technique. Comme pour un tour de magie, vous détournez l'attention de la manipulation en la concentrant sur autre chose sans aucun rapport.

Je pris le temps d'appeler Cheney Phillips et nous bavardâmes un moment. Je m'enquis de la conférence, puis l'informai de ma découverte. Il me proposa de me retrouver Chez Rosie pour m'offrir un verre, mais je me sentais d'humeur solitaire, et autant jouer franc jeu.

— Ne le prends pas mal, mais je n'ai qu'une envie : dormir dans mon lit et ne parler à personne. Ces quatre derniers jours, je n'ai pas eu une minute à moi et ça me rend dingue.

— Vu. On dirait que tu es au cœur de la mêlée, je comprends. Appelle-moi quand tu émergeras et on se fera une bouffe.

— Impec.

— Dis-moi, Kinsey… Fais attention à toi. Ce gars, quel qu'il soit, a le meurtre derrière lui depuis trente-quatre ans. Il ne va pas te laisser te pointer d'un pas vainqueur et le griller.

— Je termine juste une recherche d'archives, après quoi c'est fini. Fais-moi confiance, je laisse le boulot dangereux au bureau du shérif. C'est de son ressort.

Je raccrochai et pris le temps de réfléchir à sa mise en garde. Il avait raison. On m'avait déjà crevé les pneus, et cela avant même qu'on ait exhumé la voiture et découvert les cadavres. J'ouvris le placard où je gardais sous clé mes armes de poing. J'en possédais trois. Ma préférée, un petit semi-automatique calibre .32 que ma tante Gin m'avait donné quand j'étais gamine s'était volatilisé lors d'une explosion qui aurait dû me tuer. J'avais acquis ensuite un Davis calibre .32 parce que sa ligne me plaisait, m'attirant le mépris et les railleries de tous les maniaques des armes à feu qui le jugeaient médiocre. Par égard pour eux, j'avais acheté un P7 H & K et un

P13 H & K, deux armes avec lesquelles on ne plaisante pas. Comme je ne me sentais pas vraiment à l'aise avec le P13, je le remis dans le placard avec le Davis. Je sortis la boîte de Winchester Silvertips, chargeai le P7 et le rangeai dans mon sac.

Parée sur le plan technique, mais loin d'être rassurée… Je me sentais tout bonnement terrifiée.

Je passai le dimanche matin à recopier mes notes à la machine. Après le déjeuner, j'allai au bureau en voiture et triai le courrier qui formait un petit tas par terre. Le facteur avait tellement bourré la boîte que les enveloppes s'étalaient sur la moquette comme un paillasson de bienvenue. Je passai les factures en revue et n'eus d'autre choix que de m'installer à mon bureau et de faire des chèques. J'écoutai les messages sur mon répondeur, étonnée par leur nombre modeste ; aucun n'exigeait mon attention immédiate. Sur le chemin du retour, je passai devant la poste et glissai mes factures dûment acquittées dans la boîte au bord du trottoir. Le reste de la journée se passa à faire le ménage de l'appartement – excellente thérapie pour nous autres, férus de solitude. Quand on récure la cuvette des toilettes, on ne risque guère d'être dérangé par un importun qui brûle de s'y coller.

Le lundi matin, je chargeai ma machine à écrire et toutes mes notes dans la voiture et pris la direction du centre-ville de Santa Teresa. Je me garai sur le parking public en face du palais de justice, rangeai mon arme dans la boîte à gants et verrouillai ma voiture. Tout ce que j'avais inscrit à mon programme pouvait se faire dans un rayon de deux pâtés d'immeubles et rien n'exigeait que je sois armée. Mon premier arrêt fut pour le greffe du tribunal de commerce, au coin de la rue. Je cherchais des informations sur les transactions immobilières effectuées à Santa Maria en 1953. Les actes notariés originels sont enregistrés et renvoyés au nouveau propriétaire, mais le greffe du comté en conserve des photocopies, très probablement sans jamais les détruire. La manière la plus simple d'y avoir accès consiste à déposer une demande au guichet d'accueil du bureau des titres de propriété de l'endroit. Je travaille surtout avec celui de Santa Teresa, car il dispose d'une bibliothèque très complète et qu'il ne facture pas une simple recherche. Les titres de propriété actuels sont indexés par domiciliation du bien. Je demandai à l'employée de me sortir tout ce qu'elle pouvait trouver aux noms de Jake Ottweiler, Chet Cramer et/ou Tom Padgett. Elle me dit de repasser dans une heure.

Je traversai la rue pour gagner le bureau des hypothèques du palais de justice du comté de Santa Teresa. Depuis 1964, les successions des résidents de Santa Maria relèvent de l'annexe du tribunal, mais en 1953 les testaments étaient du ressort du palais de justice de la ville. Les testaments ne m'étaient jamais apparus comme des instruments hostiles, mais là, je révisai mes jugements hâtifs. Le testament de Cora était simple et direct. À sa mort, survenue le 2 mars 1959, elle avait légué tous ses biens à Tom, faisant de lui un homme très fortuné. L'annexe A précisait que les biens immobiliers, à savoir une maison et quatre salons funéraires, étaient estimés à près de deux millions de dollars. À quoi s'ajoutaient ses biens personnels – liquidités, actions, obligations et bijoux –, soit trois quarts d'un million supplémentaire. J'acquittai mon dû pour une copie certifiée de son certificat de décès, qui imputait ledit décès à une bronchopneumonie bilatérale. Là, rien de problématique.

Je passai aux testaments des parents de Calvin et de Violet. Roscoe Wilcox était mort le 16 mai 1951, laissant un testament signé et daté du 21 décembre 1949. La pièce avait été homologuée le 24 mai 1951, sa conformité attestée, les biens réunis et identifiés, et les dettes des créanciers honorées. Les clauses étaient limpides. Le frère de Violet, Calvin Wilcox, était nommé exécuteur testamentaire. On relevait deux legs spécifiques : le premier, une somme de dix mille dollars que Roscoe laissait à sa paroisse, le second, ainsi formulé : « À ma fille Violet, en remerciement de l'amour et de la piété filiale dont elle a fait preuve de notre vivant, la somme généreuse de un dollar, soit le double de ce qu'elle mérite. » Tous ses biens personnels et le reste de son patrimoine allaient « à mon épouse, Julia Faraday Wilcox, si elle me survit, et, dans le cas contraire, à mon fils, Calvin Edward Wilcox ».

Julia Wilcox, aux termes de son propre testament, également signé et daté du 21 décembre 1949, léguait tout à son époux ou, au cas où il décéderait avant elle, à son fils, Calvin. Les autres clauses des deux testaments réglaient les précisions notariales afférentes : évaluation de l'inventaire, règlement des dépenses funéraires, dettes, taxes fédérales de l'État de Californie, et éventuelles contestations de cette succession. Violet devait visiblement son éviction (hormis ce dollar amer) à son indifférence, son absence de compassion ou son excessive mauvaise réputation. Chet Cramer m'avait laissé entendre que Calvin avait tout à gagner de la mort de sa sœur, mais les deux testaments étant antérieurs à sa disparition, il se trouvait déjà en mesure d'hériter de tout et n'avait donc rien à gagner à la tuer. Peut-être la détestait-il, mais pourquoi aurait-il compromis sa propre vie ou sa liberté pour s'en débarrasser ? Violet était une enquiquineuse, mais rien de plus.

La révélation vint du testament d'Hairl Tanner. Il semblait en avoir fait un nouveau le 6 juillet 1953, par lequel il annulait tous les testaments et codicilles antérieurs. Il nommait un mandataire de sa banque comme exécuteur testamentaire et créait deux fonds en fidéicommis, le premier pour Steve Ottweiler et le second pour Tannie. Tous les revenus devaient être intégralement affectés à ces fidéicommis, jusqu'à ce que les intéressés atteignent leur vingt-cinquième année. Hairl Tanner spécifiait, de surcroît, que ses biens tangibles personnels devaient être eux aussi placés en fidéicommis jusqu'à ce que chacun atteigne vingt-cinq ans. Je relus deux fois cette clause. En clair, Hairl Tanner spécifiait que Steve n'aurait accès à son argent qu'en 1962 et que Tannie ne pourrait faire valoir ses droits qu'en 1969. L'estimation de ses biens personnels – objets d'art, pièces d'argenterie et antiquités – se montait à six cent mille dollars, mais aucun de ses petits-enfants ne pouvait les vendre ni les hypothéquer, ni en avoir la jouissance avant des années. À quoi cela rimait-il ? Je crus d'abord que ces dispositions visaient à sanctionner ses petits-enfants, mais je compris ensuite que c'était Jake Ottweiler, l'objet de son courroux. Le vieux Tanner voulait apparemment s'assurer que Jake ne pourrait recueillir le moindre cent de son argent, même pour faire vivre ses deux enfants. Compte tenu des clauses du testament, Jake avait été contraint de chercher dans ses propres poches de quoi couvrir les frais de subsistance de ses enfants, en plus des siens. Si Hairl l'avait nommé exécuteur ou curateur, Jake aurait pu au moins réclamer des montants raisonnables pour leur santé, bien-être et éducation. Et comment, dans ce contexte, Jake avait-il eu en sa possession sa part du prix d'achat du Blue Moon ?

Puisque je me trouvais au palais de justice, je demandai les DBA (en clair, les dossiers d'enregistrement de raisons sociales fictives) dans l'espoir de glaner une ou deux bribes d'information sur les modalités de l'acquisition. Malheureusement, le dépôt de nom expire cinq ans après la date d'enregistrement, et ces dossiers sont purgés au bout de dix ans ; 1953 était passé depuis beau temps à la déchiqueteuse. Je tentai ma chance au bureau du contrôleur des contributions directes de l'autre côté de la rue, espérant une fois de plus y trouver des informations sur le Blue Moon, mais l'employé m'apprit que le sous-sol du palais de Justice avait été victime d'une inondation et que tous les dossiers antérieurs à 1962 avaient été détruits. Y a franchement des gars à qui tout sourit… Et moi qui étais là à vouloir fourrer mon nez dans les affaires de Jake, je n'arrivais à rien !

Je quittai le palais de justice et retournai au greffe de la chambre de commerce, où je récupérai une enveloppe en papier kraft bourrée de documents photocopiés. Je regagnai ma voiture et pris le temps de feuilleter ma petite pile de trésors. Je commençai par les informations concernant Tom Padgett. Il y avait une « Attestation-décès de copropriétaire », en vertu de laquelle le nom de Cora était supprimé dans l'acte notarié relatif à la maison. Au cours des années suivantes, Tom Padgett avait acquis de nombreux biens grâce à des emprunts auprès d'une banque de Santa Maria, mais remboursés pour la plupart à en croire les « Titres de plein transfert » portés au dossier.

Je lus en diagonale les actes de donation aux noms de Calvin et de Rachel Wilcox, dans lesquels rien ne retint mon attention, puis je passai à Jake Ottweiler. BW McPhee et lui avaient acquis le terrain sur lequel était situé le Blue Moon le 12 décembre 1953, pour la somme de vingt-deux mille dollars, montant que je calculai en additionnant les timbres fiscaux collés le long de la marge gauche. BW m'avait en effet parlé des « deux mille dollars » qu'il avait mis dans l'escarcelle, autrement dit Jake était arrivé avec, en gros, vingt mille dollars. À quoi s'était ajouté un bon paquet pour couvrir la licence de débit de boissons et les travaux d'agrandissement et de remaniement auxquels ils avaient procédé.

Je réfléchis un moment à mes trouvailles, puis je mis le contact et sortis de ma place en marche arrière. Il était temps de reprendre la route.

29

Dès que j'arrivai à Santa Maria, je m'arrêtai à une station d'essence et fis un plein, puis je me garai sur un côté de l'aire de service et utilisai le Taxiphone. J'appelai l'hôpital où Daisy travaillait et demandai le bureau des dossiers médicaux. Quand je l'eus en ligne, je l'informai de mon retour.

— Pourrais-je me réfugier chez vous ? J'ai des notes à taper et quelques coups de téléphone à donner.

— Bien sûr, pas de problème. Il y a une clé de la maison sous le pot de fleurs de la véranda.

— Ce n'est pas une idée de génie, Daisy. Tout le monde cache sa clé sous un pot de fleurs. Les cambrioleurs le savent et c'est le premier endroit qu'ils inspectent.

— Tant mieux ! Je suis ravie de l'apprendre. Frustrez un cambrioleur, et vous êtes bonne pour avoir vos fenêtres en miettes ou vos serrures faussées. Oh ! pendant que vous y êtes… vous ne voudriez pas sortir la lessive de la machine et la mettre dans le sèche-linge ?

— Vous veniez d'en faire une. C'est votre seule occupation ?

— Hé ! c'est un vice qui ne fait de mal à personne, me renvoya-t-elle.

Arrivée à la maison de Daisy, j'entrai, puis je fis ce qu'elle m'avait demandé, après quoi j'installai ma machine sur la table de la cuisine et rassemblai mes notes. J'explorai mes fiches, cherchant ce qui restait en suspens. Je savais que quelque chose m'avait échappé, mais rien qui ne me saute aux yeux en les parcourant. Ou peut-être que cela les crevait-il trop pour que je le voie.

En collationnant les bribes et fragments, je tombai sur le nom de Ty Eddings. Il se trouvait dans la propriété des Tanner avec Liza le vendredi soir ; elle ne gardait aucun souvenir de la voiture qui s'était garée sur le devant, mais lui ferait peut-être un meilleur témoin.

Je passai un coup de fil à Liza.

— Bonjour, ici Kinsey à l'appareil. Je suis là à scruter mes notes et à me dire qu'il pourrait m'être utile d'interroger Ty Eddings.

— Pourquoi ?

— Pour lui poser des questions sur le type que vous aviez repéré à la propriété des Tanner ce soir-là. Vous sauriez où est Ty ?

— Non.

J'attendis, puis tentai de lui souffler une réplique.

— Même pas une idée, au hasard ?

— Je vous ai dit que je ne l'ai jamais revu, alors comment voulez-vous que je sache ? Mort ou en taule, je n'en ai rien à faire.

— Et sa tante ? Comment s'appelait-elle ?

— York. Dahlia. Elle a déménagé après la mort de son mari et je ne sais pas où elle est allée.

— Et les enfants ? On m'a dit que Ty avait un cousin prénommé Kyle. York est son nom de famille ?

— Oui.

— Liza, pourquoi me compliquer la tâche ? Vous êtes fâchée contre moi ?

Il y eut un silence. Puis elle me dit, glaciale :

— Ce n'est pas pour vous reprocher votre manque de sensibilité, Kinsey, mais il ne vous est pas venu à l'idée que je puisse être bouleversée par la mort de Violet ? C'est comme si vous disiez : « D'accord, mais… bon. Le dossier est réglé, au suivant ! »

Je me sentis tiquer.

— Je suis désolée. Je n'y avais pas pensé. Vous avez raison et je vous prie de m'excuser. Je deviens si absorbée par ce que je fais que j'en oublie la dimension affective.

Silence.

— Voulez-vous qu'on en parle ? lui demandai-je.

Question peu heureuse après ses critiques. S'il faut qu'on vous dise comment vous comporter, cela compte pour rien.

— Pas particulièrement. J'aimerais faire mon deuil en privé, si ça ne vous dérange pas.

— Bien sûr. Je ne veux surtout pas m'imposer. Écoutez, je me suis installée chez Daisy. Pourquoi ne pas m'appeler un peu plus tard si vous avez envie de parler ?

Silence. J'entendais le bruit de sa respiration.

— Kyle York habite à San Obispo, dit-elle enfin. Il est allergologue.

Elle raccrocha sèchement et mon « Merci » repentant se perdit dans le vide.

J'essayai les Renseignements et demandai le numéro de téléphone de Kyle York, docteur en médecine. Je m'attendais à un numéro de cabinet, mais à ma grande surprise, l'opératrice m'offrit le choix.

— Vous voulez son cabinet ou son domicile ?

— Autant prendre les deux.

Elle me donna les numéros, que je notai sur une fiche. Si j'appelais le cabinet, ou on me laisserait en attente, à écouter une musique immonde, ou une réceptionniste zélée me soumettrait à un interrogatoire en règle pour savoir ce que je lui voulais. Je me dis que je l'appellerais chez lui en fin de journée, mais sur une impulsion je composai le numéro. Au bout de près de cinq sonneries, une femme décrocha.

— Madame York ? dis-je.

— Elle-même, mais vous voulez sans doute parler à ma belle-fille, et elle est absente pour le moment. Elle a emmené le chien au toilettage et ne sera pas rentrée d'ici à une heure et demie. Puis-je lui dire qui a appelé ?

Sa voix tremblait légèrement, comme par manque d'exercice.

— Êtes-vous la mère du Dr York ?

— Oui, c'est moi. Puis-je vous renseigner ?

Elle semblait contente que je connaisse son existence. Elle risquait de l'être moins en apprenant la raison de mon appel.

J'eus une fraction de seconde pour décider du tour de l'entretien. La vérité n'eut pas une chance.

— À vrai dire, je suis une ancienne camarade de classe de Kyle, de l'école primaire. Nous avons perdu contact il y a des années, mais on m'a dit qu'il était médecin à San Obispo et j'ai eu envie de l'appeler.

— C'est très gentil à vous. Je n'ai pas retenu votre nom. Vous disiez… ?

— Tanner… Tannie… Ottweiler.

— Vous devez être la fille de Jake Ottweiler !

— Absolument, madame.

— Comment va votre père ?

— Très bien. Il vous adresse son meilleur souvenir.

— Oh, il a toujours été le plus adorable des hommes ! Cela fait au moins seize ou dix-sept ans que je ne l'ai pas revu. J'ai quitté Serena Station il y a deux ans seulement, quand j'ai emménagé ici avec Kyle et sa femme, me confia-t-elle en s'animant.

Elle poursuivit sur le même ton, visiblement esseulée

et terriblement en manque de contact humain. Certes, je me sentais une vraie garce, mais je ne fis rien pour la détromper. Ce n'est pas joli de mentir aux vieilles dames. Même moi je le savais.

Nous échangeâmes des souvenirs, les siens authentiques, les miens inventés. Puis je biaisai pour en venir à mon objectif.

— Qu'est devenu son cousin, ce garçon de Bakersfield ?

— Vous voulez dire Ty ?

— Tout à fait. Dans mon souvenir, il est rentré à Bakersfield sur un coup de tête et je n'en ai plus entendu parler. Comment va-t-il en ce moment ?

— Bien.

— Auriez-vous un numéro où le joindre ?

— Mon Dieu, il vit à Sacramento, mais je ne comprends pas pourquoi vous voulez lui parler alors que vous appeliez Kyle.

— J'avais pensé réunir toute la bande pendant que j'y étais, lui dis-je.

Je m'étais efforcée de prendre un ton désinvolte et plaisant, mais j'avais raté mon coup.

Je sentis un froid sur la ligne. La dame n'était plus de première jeunesse, mais son intuition gardait toute sa vivacité.

— Vous êtes Liza Mellincamp, n'est-ce pas ?

— Absolument pas.

C'était le seul moment de l'entretien où je lui disais la vérité et j'espérais qu'elle le porterait à mon crédit.

— Je ne sais pas qui vous êtes, mais, je vous ai déjà dit tout ce que je juge devoir dire. Merci d'avoir téléphoné, mais inutile de rappeler.

Elle raccrocha avec plus de violence que je ne le jugeais prudent pour une femme de son âge.

Je raccrochai, puis je m'offris une courte pause.

Mentir est parfois un travail de bagnard qui me laisse à bout de souffle. Je ne m'étais pas attendue à mordre ainsi la poussière ! J'allai plier quelques vêtements de Daisy, histoire d'accorder un répit à mes méninges.

Je repris le téléphone et appelai les Renseignements de Sacramento et demandai le numéro de : patronyme, Eddings, prénom ou initiale T, Ty ou Tyler. Je ne récoltai qu'une option cette fois : son numéro professionnel. Il s'avéra que Ty Eddings était avocat dans un cabinet d'associés dont les noms s'égrenaient avec le rythme harmonieux d'une comptine.

La réceptionniste me brancha sur sa secrétaire, qui m'apprit que M. Eddings plaidait au palais. Je lui donnai mon nom et le numéro de Daisy en lui demandant qu'il veuille bien me rappeler.

— Puis-je savoir à quel sujet ?

— Un décès.

— Oh…

— Eh oui, ainsi va la vie, lui dis-je. À propos… dans quelle branche est-il spécialisé ?

— Le droit pénal.

— Dans ce cas, dites-lui qu'il s'agit d'un meurtre et que j'ai besoin de l'entendre dans les plus brefs délais.

Je passai l'heure suivante à recopier mes notes à la machine. C'était mon dernier jour de travail et je voulais laisser à Daisy un compte rendu en bon ordre de ce que j'avais fait. Je n'étais pas entièrement contente de moi. Trop de points d'interrogation subsistaient, et les recherches sur le terrain proprement dit ne se montaient pas à grand-chose. En revanche, elle avait maintenant retrouvé sa mère, ce qui répondait à son premier désir. Parmi les nombreuses questions sans réponse, un point me taquinait : le rideau de dentelle. Foley avait arraché le premier panneau lors de la scène qu'il avait eue avec Violet le jeudi soir, 2 juillet. Folle de rage, Violet avait arraché le reste et fichu le tout à la poubelle. Foley se disait accablé de remords, au point de filer dès le lendemain lui acheter la Bel Air. S'il l'avait tuée et enterrée dans la voiture, pourquoi envelopper le corps dans le rideau ? Si le corps resurgissait un jour – ce qui était chose faite –, pourquoi laisser derrière lui un indice qui le reliait au crime ? Foley était peut-être affligé d'un manque d'imagination terrifiant, mais quand même pas idiot à ce point !

Après avoir liquidé mes dernières fiches, je tassai les feuilles de mon rapport et les glissai dans une chemise. Puis je remontai en arrière et relus les diverses sections de journal que j'avais photocopiées, antérieures et postérieures à la disparition de Violet. En arrivant à la brève sur le « concours » au domicile de Livia Kramer, concours suivi d'une réception, je m'aperçus qu'un des prix était allé à Mme York, en fait la même Mme York à qui j'avais parlé peu de temps auparavant. C'est une des petites douceurs de l'information : les faits existent à l'intérieur d'un cadre. Des données à première vue insignifiantes dans un contexte donné ouvrent parfois, par la suite, une petite lucarne sur la réalité.

Je maraudais dans le reste des journaux lorsque je tombai sur une autre brève qui m'avait échappé. Le 6 juillet, dans la deuxième section, quelques lignes faisaient état d'un certain Philemon Sullivan, vingt-sept ans, interpellé pour « état d'ébriété et trouble de l'ordre public ». L'amende se montait à cent cinquante dollars, et il avait écopé de cent vingt-cinq jours de prison avec sursis à la maison d'arrêt du comté. S'agissait-il de Foley ? L'âge correspondait et je savais, pour avoir consulté l'annuaire de la ville, que Violet et lui étaient les seuls Sullivan du coin. Je vérifiai de nouveau la date : 6 juillet. L'article ne précisait pas à quel moment l'homme avait été interpellé, mais Foley jurait n'avoir jamais retouché à l'alcool après la disparition de Violet. Jusqu'à l'autre soir, bien sûr, mais c'était une autre histoire.

Je pris l'annuaire téléphonique et cherchai le numéro de l'église presbytérienne qui employait Foley. Je décrochai, puis hésitai. Faire le trajet jusqu'à Cromwell ne m'enchantait guère, mais il ne me paraissait pas très malin de l'interroger par téléphone. Autant constater sa réaction *de visu*. On en apprend parfois beaucoup en observant le langage corporel et les expressions faciales. Et puis j'attendais l'appel de Ty Eddings et, si je bloquais la ligne, il ne pourrait pas me joindre. Je m'assurai que le répondeur était enclenché, fourrai le dossier dans mon sac, puis attrapai mes clés de voiture et me dirigeai vers la porte.

Je trouvai Foley dans la cuisine ensoleillée de l'église, où il poussait une cireuse surdimensionnée pour faire briller les dalles du sol en vinyle moucheté beige et blanc. La maladresse de ses mouvements indiquait qu'il souffrait. Il était dans un état pitoyable. L'œdème du visage avait un peu diminué, mais sans le rendre plus séduisant. Le sparadrap se décollait de l'attelle de son nez. Ses orbites avaient viré au lavande foncé, comme s'il s'était passé de l'ombre à paupière pour mettre en valeur le bleu de ses yeux. L'hématome avait migré au bas des joues, les lois de la gravité lui faisant une barbe de sang sous-cutané qui assombrissait la portion inférieure de son visage. Des fils de suture noirs pointaient de ses lèvres encore tuméfiées, aussi raides que les moustaches d'un poisson-chat.

Quand il prit conscience de ma présence dans la pièce, il éteignit sa machine et se laissa tomber avec reconnaissance sur un tabouret.

Je tirai un autre tabouret et m'assis.

— Vous ne devriez pas être au lit ?

— Je n'aime pas rester sans rien faire. J'ai intérêt à travailler pour gagner ma subsistance. Qu'est-ce qui vous amène ici ?

— Je réfléchissais au rideau de dentelle qui enveloppait le corps.

Il abaissa son regard sur ses mains.

— Si seulement je n'avais pas arraché ces rideaux… Ç'a été le déclencheur. Je sais qu'on ne peut pas refaire le monde, mais si elle n'était pas partie à ce moment-là, elle serait peut-être encore en vie.

— Ce n'est pas là où je voulais en venir, Foley. Je n'ai pas fait tout le trajet pour vous rendre malheureux, lui dis-je. Quel jour passait la benne à ordures ?

Il dut faire un effort pour se concentrer.

— Le vendredi.

— Mais elle n'est pas passée ce vendredi-là parce que c'était férié, d'accord ?

Il haussa les épaules.

— Si vous le dites, je vous crois. Ça remonte trop loin.

— Réfléchissez un peu. Les banques étaient fermées. Pas de distribution de courrier, pas de bureaux publics ouverts et pas de services municipaux, sauf peut-être les bus, à supposer que Serena Station en ait eu à l'époque.

— Ça me paraît exact.

— Autrement dit, les rideaux sont restés dans la poubelle durant deux jours entiers, tout le samedi et tout le dimanche, avant d'atterrir dans cette voiture. Où rangiez-vous les poubelles ?

— Dans l'allée derrière la maison.

— Donc, on aurait pu voler les rideaux sans se faire voir.

— Les voler ? Mais pourquoi ?

— Parce que le type savait déjà qu'il allait la tuer et

l'enterrer dans ce trou. Tout le monde était au courant de la scène et des rideaux arrachés. Violet l'avait raconté partout en ville. Donc, si par hasard quelqu'un tombait sur la voiture, le fait qu'elle soit enveloppée dans le rideau vous accusait.

Je sentais le cerveau de Foley se mettre lentement en branle. J'insistai.

— Qui est Philemon Sullivan ? C'est vous ?

— Ma mère m'a imposé ce fardeau, mais j'ai toujours détesté mon nom et je l'ai remplacé par Foley.

— N'avez-vous pas été interpellé pour état d'ébriété et trouble de l'ordre public à peu près à ce moment-là ?

— Qui vous l'a dit ?

— J'ai vu un article dans le journal sur une condamnation avec sursis et cent cinquante dollars d'amende. C'était le journal du 6 juillet, mais la date de l'interpellation n'était pas mentionnée. Quand est-ce arrivé ?

— Je ne tiens pas à en reparler. Ça remonte à loin.

— À trente-quatre ans très exactement. Alors, ça changerait quoi de vous balancer vous-même ?

Il garda le silence un moment, puis me concéda le point.

— J'ai été arrêté tard le soir du vendredi et j'ai passé la nuit au poste. Je m'étais soûlé au Moon et j'ai dû déraper. Une fois bouclé, j'ai appelé Violet pour qu'elle vienne me chercher, mais elle n'a rien voulu entendre. Elle m'a dit que ça me faisait les pieds et que je pouvais moisir au poste, elle s'en foutait. J'étais tellement cuité que j'ai bien cru y passer. Ils ont fini par me laisser sortir le lendemain.

— Le samedi 4 ?

Nouveau hochement de tête.

— Quelqu'un vous a vu ?

— Le sergent Schaefer a quitté le poste en même temps que moi et m'a proposé de me raccompagner en voiture. Tom Padgett pourrait le confirmer aussi parce qu'on l'a pris au passage. La batterie de son camion était à plat et il rentrait chez lui chercher des câbles pour la recharger.

— Vous m'avez dit que vous aviez eu « du pain sur la planche », pour reprendre votre expression, en début d'après-midi le samedi. Vous souvenez-vous de quoi il s'agissait ?

— Oui, madame ! Le sergent Schaefer m'a demandé de l'aider à monter un établi qu'il construisait dans sa resserre. La menuiserie, ça me connaît… pas les travaux de finition, mais le genre de chose qu'il voulait. Il avait déjà le bois, et à nous deux on a monté un établi pour ses outils électriques.

— Quelle est la date de votre anniversaire ?

— Le 4 août.

— Eh bien, c'est votre cadeau, avec un peu de retard. Vous êtes tiré d'affaire pour ce qui concerne le meurtre de Violet. Quelqu'un a creusé le trou entre le jeudi soir et le dimanche après-midi, mais vous êtes hors de cause. Le jeudi soir, vous étiez chez vous avec Violet, à lui saccager sa maison. Ensuite vous êtes allés tous les deux au Moon et vous vous êtes soûlés. Quelqu'un a vu un type qui actionnait un bulldozer à la propriété des Tanner la nuit du vendredi, mais vous étiez sous les verrous à ce moment-là. Donc, entre votre placement en détention et vos travaux pour le sergent Schaefer le samedi après-midi, on sait où vous vous trouviez.

Il me dévisagea, abasourdi.

— Ça alors…

— Je serais vous, j'attendrais encore un peu pour me réjouir. Vous avez intérêt à prendre tout de suite un avocat pour couvrir vos arrières. En attendant, j'annonce la bonne nouvelle à Daisy.

En regagnant Santa Maria, je m'arrêtai à l'atelier de réparations de Steve Ottweiler. Toute cette histoire du testament d'Hairl Tanner me tracassait et je ne souhaitais pas interroger Jake à ce sujet. Steve m'emmena dans son bureau, croyant que j'étais venue parler autos. J'attendis que le bavardage retombe.

— Puis-je vous poser une question ?

— Je vous en prie.

— Tannie m'a dit qu'Hairl Tanner était mort un an après votre mère.

— Si on veut.

— En clair ?

— Il s'est tiré une balle.

— Suicide ?

— Exact. C'était un vieil homme amer qui avait perdu toutes ses illusions. Ma grand-mère était morte. Ma mère venait de mourir, et il n'avait plus rien à faire de la vie, du moins dans son idée.

— Il a laissé une lettre ?

— Oui. Je l'ai toujours, au cas où vous mettriez ma parole en doute.

— S'expliquait-il sur les dispositions de son testament ?

— Où voulez-vous en venir ?

— Je me demandais pourquoi Hairl Tanner en voulait autant à votre père.

Il lâcha un rire sonore, comme amusé, mais son regard se vida de toute expression.

— Qu'est-ce qui vous fait dire ça ?

— J'ai vu le testament.

— Oh… Et vous vous y êtes pris comment ?

— Je suis allée au palais de justice et je l'ai consulté. Comme j'en ai vérifié deux autres aussi, n'allez pas croire que je m'acharnais sur votre père ! Votre grand-père l'a rédigé de façon à ce que Jake ne puisse absolument rien palper, pas le moindre cent, même pour vous deux.

— Je ne vois pas le rapport.

— C'est mon dernier jour sur cette enquête. Je laisse le soin à la police de trouver qui a tué Violet, mais je m'en voudrais de partir sans savoir pourquoi elle est morte.

— Les deux questions reviennent au même, non ?

— Je n'en suis pas sûre.

— Visiblement, vous avez une hypothèse, sinon vous ne seriez pas ici.

— Je pense qu'on l'a tuée pour l'argent qu'elle avait réuni pour s'enfuir.

— Quel rapport avec mon père ?

— Je me demandais d'où il avait tiré les fonds pour acheter le Blue Moon.

— Vous insinuez que… qu'il l'a tuée pour le fric ?

— Tout ce que je veux savoir, c'est comment il a financé l'achat du bar.

— Si vous voulez une réponse à cette question, allez donc la lui poser au Moon ! En attendant, je ne vais pas rester là à écouter vos élucubrations foireuses sur un sujet dont vous ignorez tout !

— Pourquoi ne pas me répondre et m'épargner le trajet ?

— Pour vous simplifier la vie ?

— Pour éviter d'aborder un sujet qui pourrait le gêner. Je pense que vous en savez plus que vous ne m'en avez dit jusqu'ici.

Il était furieux, mais je le sentis partagé.

— Au cas où ça concernerait votre putain d'enquête, ma mère avait une police d'assurance. Mon père a récupéré soixante mille dollars, en a mis la moitié sur des comptes d'épargne pour Tannie et pour moi, et a utilisé le solde pour acheter le Moon. Le sujet est clos et je vous conseille de foutre le camp avant que j'appelle la police.

Il se leva de son bureau et, une main sur mon coude, m'escorta sans cérémonie jusqu'à la sortie.

Le temps de rentrer chez Daisy, il était 16 heures et j'étais prête à tout plaquer. J'avais nettement atteint le stade de l'enquête où les gens commencent non seulement à voir rouge, mais n'hésitent pas à recourir à la grossièreté, au sarcasme et à l'absence de ménagements. Steve Ottweiler savait sûrement, comme moi, que rien ne confirmerait jamais ses dires sur l'assurance vie de sa mère. Inutile de compter sur Jake pour me donner le nom de la compagnie, et, au bout de trente-quatre ans, je ne voyais pas comment obtenir d'information sans passer par lui. J'aurais sûrement dû filer tout droit le voir et insister, mais à vrai dire le bonhomme m'inquiétait un peu. Après mon départ, Steve avait eu largement le temps de l'appeler et de le mettre au courant. Jake se contenterait de me répéter la même histoire que Steve et je ne serais pas plus avancée.

Je m'assis et tapai les trois derniers entretiens dans mon rapport. Mme York, Foley et Steve Ottweiler. Strictement pour m'occuper. À ce stade, il s'agissait moins de conscience professionnelle que de me donner le temps de réfléchir. Tandis que mes doigts couraient sur le clavier, mon cerveau carburait activement, absorbé par autre chose. Restait à savoir quoi… Le téléphone sonna au moment où j'en terminais, et je répondis en continuant à fixer mon attention sur la page.

— Oui ?

— Mademoiselle Millhone ?

— Elle-même.

— Ty Eddings à l'appareil. Vous m'avez laissé un message.

30

KATHY

vendredi 3 juillet 1953

Plantée derrière la porte de la salle à manger, Kathy harponnait des raviolis Chef Boyardee froids à même la boîte de conserve. Les petits coussins de pâte fondaient dans la bouche et la sauce tomate s'accrochait à leur surface comme de la crème. On ne dînerait pas avant une demi-heure et Kathy s'offrait un petit encas. Sa mère avait décrété qu'il était important de goûter la cuisine des pays étrangers et que tous les premiers vendredis du mois, elle essaierait une recette inédite. Cela pour « éduquer leurs palais », comme elle disait. Le mois dernier elle avait confectionné un plat chinois, du Chow Mein de poulet Subgum, qu'elle avait servi sur des muffins anglais avec des tonnes de sauce soja et des espèces de nouilles marron et croquantes sur le tout. En mai, elle avait fait des spaghettis à l'italienne, et en avril un plat français, du Beuhf Bou'ghienyoawn, qui, de l'avis de Kathy, était tout simplement un ragoût de bœuf. Ce soir-là, ils avaient une spécialité galloise que Kathy avait préparée elle-même sous le regard attentif de sa mère. Elle avait commencé par ouvrir un paquet de fromage américain en tranches, du Kraft Old England, qu'elle avait fait fondre au bain-marie avec une boîte de lait concentré non sucré. Puis elle avait ajouté, en remuant bien, de la sauce Worcestershire et une demi-cuiller à café de moutarde en poudre, et le tour était joué ! *Miam*... Elle mourait d'impatience. Les raviolis, c'était juste au cas où il n'y en aurait pas assez pour tout le monde.

Seulement, depuis le jour où la prof de gym, Mlle Carrico, avait fait sa remarque sur les quinze bons kilos que Kathy avait à perdre, sa mère la surveillait de près, lui servant des portions si minuscules qu'elle se levait de table avec des crampes d'estomac. La première fois, Kathy avait cru que sa mère pensait à autre chose, mais quand elle avait demandé à se resservir, ses parents avaient échangé un tel regard qu'elle avait piqué un fard. À croire qu'ils avaient discuté dans son dos et étaient tombés d'accord avec la prof sans le dire, et franchement, ce n'était pas juste !

La première fois que Kathy avait dit que Mlle Carrico la trouvait beaucoup trop grosse, sa mère avait blêmi. Elle s'était précipitée chez la directrice de l'école pour se plaindre du manque de tact du professeur et de sa façon de se mêler d'affaires qui ne la regardaient pas. La directrice avait sûrement répercuté l'algarade sur Mlle Carrico en lui passant un sérieux savon, car maintenant elle mettait un point d'honneur à ignorer Kathy, évitant carrément de la voir, comme si elle n'existait pas ! Kathy s'en fichait, bien sûr. Si Mlle Carrico essayait de lui faire des ennuis pour sa note d'éducation physique, elle ne manquerait pas de parler à sa mère du comportement de la demoiselle Carrico avec Mlle Powell, la prof d'économie ménagère. Quand elle croyait que personne ne l'observait, Mlle Carrico devenait toute drôle et tout excitée. À croire qu'elle en pinçait pour l'autre bonne femme, ce que Kathy jugeait répréhensible. Elle s'en était ouverte à son pasteur à l'issue d'une réunion du Réarmement moral, et il lui avait dit qu'il allait y regarder de plus près, mais de garder l'information « dans sa poche avec son mouchoir par-dessus » en attendant. Kathy se demandait combien de temps elle était censée attendre avant de prendre elle-même l'affaire en main.

En réalité, il se pouvait fort bien que Mlle Carrico ait été jalouse des Cramer à cause de leur position dans la communauté. Le 2 juin, par exemple, pour le couronnement de la reine Élisabeth, la directrice avait demandé spécialement à Kathy si son père accepterait d'apporter leur télévision Ardmore (le modèle qu'on posait sur une table) pour que la classe de Kathy puisse regarder les cérémonies retransmises en direct d'Angleterre. Il avait apporté le poste à l'école et l'avait installé dans la salle de classe des sixièmes. Tous les élèves s'étaient réunis pour regarder la cérémonie, et ensuite la directrice avait tenu à le remercier personnellement devant tout le monde. Mlle Carrico était restée au fond de la salle avec un sourire supérieur vissé sur sa figure, sans comprendre, c'était clair, que Kathy lisait droit dans son cœur malade de jalousie.

À ce propos, Kathy espérait que les compliments et la gratitude de la directrice n'avaient pas mortifié Liza. D'accord, Liza était plus jolie et avait de meilleures notes, mais cela ne compensait pas le fait que Kathy venait d'un meilleur milieu. Son père était un homme d'affaires important et on citait souvent sa mère dans le cahier « société » du journal local. Kathy et ses parents allaient ensemble à l'église tous les dimanches, Kathy en gants blancs courts avec la Bible reliée en cuir blanc qu'on lui avait donnée à Pâques. Elle s'habillait au rayon des filles potelées ? Et alors ? Sa mère disait que c'étaient les rondeurs de l'enfance et qu'elle se transformerait en cygne. La mère de cette pauvre Liza était divorcée et elle passait ses journées à boire. Kathy se demandait comment Liza arrivait encore à regarder les gens en face, mais Livia lui avait expliqué que les enfants de foyers désunis méritaient de la compassion, pas des reproches. Que Liza faisait du mieux qu'elle pouvait malgré sa situation et qu'il ne fallait surtout pas la regarder de haut.

Kathy comprenait ce qu'elle voulait dire. Non seulement Kathy était bien habillée, mais sa mère avait un nouveau réfrigérateur General Electric à deux portes et congélateur indépendant. Avec ce bac à glace qu'on tordait et qui vous lâchait des glaçons comme par magie ! Pour Noël, son père avait offert à sa mère un mixer Waring dernier modèle dont Kathy se servait tous les jours pour faire de vrais milk-shakes en rentrant de l'école… avant que sa mère ait cessé d'acheter des glaces. Kathy devait s'estimer heureuse, disait Livia… Naturellement qu'elle s'estimait heureuse ! Elle savait la chance qu'elle avait de faire un vrai travail, et en plus au garage de son père, alors que Liza ne pouvait gagner quelques sous qu'avec ses baby-sittings et en faisant le repassage de Violet. Comme une bonne, quoi.

Sa mère voulait lui montrer qu'il était méritoire de venir en aide aux démunis… une grande leçon de vie que Kathy avait prise à cœur. C'est elle qui avait eu ce projet de couture. Liza et elle allaient se faire tous leurs vêtements de classe en utilisant la Singer de sa mère. Liza n'avait pas paru tellement emballée. Elle avait remis deux fois leur expédition au magasin pour acheter le patron et le tissu. Chaque fois avec une excuse valable, n'empêche que Kathy en avait eu gros sur le cœur. Quand elle s'en était plainte à sa mère, Livia lui avait dit que Liza avait probablement honte d'avouer qu'elle n'avait pas assez d'argent pour payer son écot. Ce que Kathy comprenait tout à fait. Elle avait même mis de côté dix dollars sur son argent de poche hebdomadaire pour le partager avec son amie. Elle était arrivée ce matin-là chez Liza, prête (enfin !) à aller en ville, s'imaginant sa joie quand elle comprendrait que Kathy allait exaucer ses vœux ! Kathy les voyait déjà toutes les deux dans leurs ensembles assortis, pas du même tissu ni de la même couleur, bien sûr, car chacune avait besoin d'exprimer sa personnalité, comme elle l'avait lu dans *Seventeen*. Mais à l'école, à l'automne prochain, en voyant le style de leurs jupes et de leurs boléros, tout le monde saurait qu'elles étaient des amies de cœur. Elle avait été furieuse en apprenant que Liza était sortie, mais elle avait décidé de tendre l'autre joue. L'Amour absolu lui avait enseigné qu'elle avait en elle les ressources voulues pour surmonter les petites déceptions. Elle avait même laissé un adorable cadeau d'anniversaire à Liza dans sa chambre.

Au bazar, dans un grand élan de générosité, elle avait acheté deux patrons, un pour chacune. Ceci pour montrer que tout était pardonné… mais aussi parce qu'elle avait besoin d'une taille bien plus grande. Elle avait fait l'emplette de trois mètres de lainage rose pour elle et d'un charmant coupon soldé de velours côtelé gris pour Liza. Elle mourait d'impatience de lui annoncer la nouvelle, mais quand Liza l'avait appelée pour la remercier du talc de bain, elle avait oublié ses bonnes résolutions. La déception l'avait submergée, et elle avait failli fondre en larmes, jusqu'à ce que Liza s'explique enfin. La malheureuse, ce n'était pas de sa faute si sa mère était faible…

Quand elle avait entendu la voiture de son père s'arrêter dans l'allée, Kathy avait prestement caché la boîte de raviolis à moitié vide derrière la ménagère à argenterie, puis s'était faufilée en hâte dans le séjour et jetée dans un fauteuil, les jambes sur un des accoudoirs. Le *Howdy Doody Show* occupait l'écran et il croirait qu'elle avait passé la moitié de l'après-midi dans cette posture nonchalante.

— C'est toi, papa ?

— Oui.

Il avait suffi d'un seul mot pour qu'elle sache qu'il n'était pas à prendre avec des pincettes. Elle-même ne se sentait pas d'humeur à rire après sa dispute avec Liza au téléphone. Elle lui avait juste dit la vérité. Elle avait rêvé de leur expédition au magasin ! Avant que Violet ne rapplique, elles faisaient les boutiques ou allaient voir un film tous les samedis après-midi. Livia les conduisait en voiture à Santa Maria et leur offrait à déjeuner au débit de limonade, après quoi elle leur donnait un dollar à chacune pour s'acheter tout ce qu'elles voulaient. Kathy voyait encore le sandwich au thon et le bacon-laitue-tomate ! Elle s'était imaginé entrant toutes les deux bras dessus, bras dessous dans l'âge adulte, en vraies amies de cœur, loyales et sincères, toujours follement heureuses d'être ensemble, comme avant.

Il lui avait fallu la moitié de l'année scolaire pour se rendre compte que quelque chose ne tournait pas rond. Au début, Liza était juste occupée. Kathy comprenait car, quand elles se retrouvaient enfin, il n'y avait rien de changé. Elles pouffaient de rire et se bourraient de pop-corn, versaient du Dr Pepper sur des glaçons et faisaient des concours de rots. Mais petit à petit elle s'était aperçue que Liza prenait ses distances. Elle manquait de chaleur, éludait les questions… et Kathy ne voyait vraiment pas pourquoi. C'était sa mère qui lui avait ouvert les yeux : il y avait eu d'abord Violet et après Ty. Liza avait les mains pleines, inutile de s'étonner qu'il lui reste si peu de choses à donner… Et maintenant qu'elle passait son temps à baby-sitter, que faire, hein ?

Après avoir déposé son cadeau dans la chambre de Liza, Kathy avait tourné un peu dans la pièce et tripoté les affaires de son amie. Sa brosse à cheveux avait exactement son odeur, et l'ours en peluche que Kathy lui avait offert était toujours assis contre les coussins… un bon signe. Elle ne voulait pas fouiller, mais quand elle avait repéré le journal coincé dans l'interstice obscur et plein de toiles d'araignée derrière la bibliothèque, elle s'était assise sur le lit pour le feuilleter afin de sentir tout ce qui les liait. N'ignorant pas que c'était un pur prétexte, mais elle adorait cette impression de partager les secrets de Liza, même si son amie ne lui avait pas vraiment fait de confidences depuis un bon bout de temps. Elle craignait aussi, juste un peu, que Liza écrive des choses désobligeantes sur elle dans son dos. Peut-être avait-elle des critiques ou des reproches qu'elle n'osait pas lui adresser en face. En se voyant avec les yeux de Liza, peut-être pourrait-elle corriger ce qui la rendait de plus en plus distante.

Elle avait continué à lire, quand même vexée de voir qu'il n'était jamais question d'elle. Les passages sur Ty l'atteignirent au cœur. Elle comprit soudain que pendant qu'elle, Kathy, avait des préoccupations normales d'adolescente, Liza devenait femme. Les détails de sa relation avec Ty éveillaient une curieuse sensation de chaleur entre ses jambes. Elle éprouvait parfois la même réaction quand elle lisait *True Confessions* et elle savait que c'était mal. Elle n'avait pas ménagé sa peine pour écarter Liza de ces lectures vulgaires et la ramener dans le monde moins dangereux des vedettes et des magazines de cinéma. Comme elle croyait avoir réussi, elle se sentait doublement scandalisée de comprendre que Liza était empêtrée dans les conflits qui remplissaient ces publications de bas étage. Complètement avilissants… Pas étonnant qu'elle ne parvienne pas à se confier ! Kathy voyait déjà les titres : « J'ai trop honte pour en parler à ma meilleure amie ! » « Son amour me fait sortir du droit chemin, mais c'est plus fort que moi ! » « Si seulement j'avais quelqu'un vers qui me tourner ! Le combat d'une jeune fille pour rester pure. »

Kathy avait aussitôt compris qu'elle pouvait la secourir. Dans son désespoir, Liza n'oserait jamais lui avouer la situation. Ni Kathy, bien entendu, reconnaître qu'elle avait lu son journal en cachette. Normal qu'elle se soit renfermée ! Vu les hautes exigences morales de Kathy, Liza pensait sûrement qu'elle serait pour elle un objet de dégoût. Comment aspirer à la Pureté absolue si elle avait déjà transigé ? Les Tampax avaient été le premier pas. L'insertion d'un tampon pouvait même avoir déchaîné de bas instincts en sommeil. Kathy devait trouver le moyen de faire savoir à Liza que tout espoir n'était pas perdu, qu'elle ne s'était pas fourvoyée au point de ne plus pouvoir revenir en arrière. Elle était entièrement disposée à offrir à son amie toute l'aide dont elle aurait besoin. Seul problème : comment lui arracher une information qu'elle, Kathy, était censée ignorer ?

En attendant que Liza la rappelle, elle avait répété plusieurs façons d'aborder le sujet… Ce n'était pas la faute de Liza. Son père ne vivait même pas dans le même État. Liza le voyait à peine, et sinon, seulement tous les six mois, et encore… et Liza disait qu'ils ne se parlaient pas vraiment… Et elle ne pouvait compter sur rien ni personne pour l'éduquer sur le plan moral, alors étonnez-vous ! Dans la plupart de ces scénarios, Liza pleurait de gratitude et Kathy la consolait à n'en plus finir.

Les heures avaient passé et Kathy était sérieusement inquiète, quand sa mère avait fini par hurler « Kathy ! Liza au téléphone ! » du haut de l'escalier.

La terreur avait noué l'estomac de Kathy. Et si Liza avait passé la journée entière avec Ty ? S'il l'avait embrassée et si elle s'était sentie fondre à son contact ? Kathy était résolue à lui faire comprendre qu'elle pouvait se confier à elle sans la moindre réticence, mais le talc lui était complètement sorti de la tête et les remerciements de Liza pour le cadeau l'avaient déstabilisée. Avant même de savoir comment, elle lui avait déversé tout son chagrin. Elle s'était sentie ridicule, mais elle aurait tout donné pour retrouver la Liza d'avant, au lieu de cette inconnue autour de qui « un garçon qui s'était fourvoyé ! » avait refermé son étreinte. Liza n'avait affiché aucun remords. Elle avait dit être désolée, mais elle ne le paraissait pas du tout… Et puis le soulagement d'apprendre que le problème venait de la mère de Liza ! Malade et contagieuse ? Pas étonnant… Elle s'attendait à quoi, cette bonne femme, au train où elle fumait et picolait ? Kathy avait consolé son amie de son mieux, mais impossible d'orienter la conversation sur qui-vous-savez. Mais même, quand elle avait raccroché, tout allait bien. Restait à lui sortir les vers du nez, mais au moins les choses étaient redevenues normales… Pourtant, elle ne s'était pas sentie heureuse, et impossible de savoir pourquoi.

D'où la boîte de Chef Boyardee, ouverte moins par faim que par désarroi et impuissance. Sa mère l'avait appelée pour le dîner et elle se retrouvait enfin à table. Elle n'écoutait pas les petites chamailleries de ses parents, trop occupée par son assiette. Elle en rêvait, de ce Welch Rabbit, et chaque bouchée était délicieuse à souhait… du fromage fondu dégoulinant tout chaud sur son épaisse tranche brun doré de Wonder Bread. Elle avait tartiné le toast de margarine et son goût, sous la nappe de fromage succulent, était à pleurer de bonheur ! Son chagrin s'estompait et elle se sentait presque en sécurité, quand son père l'avait prise au dépourvu avec une remarque sur Liza. Kathy parvenait à peine à l'écouter. Elle mourait de faim. Elle n'avait pas fini la boîte de raviolis et elle savait que, si ses parents la voyaient se jeter sur la nourriture, ils lui enlèveraient son assiette et qu'elle devrait en faire son deuil... Les deuils, cela suffisait pour la journée.

D'abord, l'idée de Liza déjeunant avec Violet lui parut grotesque. Où avait-il pêché cette histoire ? Elle savait qu'il parlait par pure méchanceté, mais, en général, il n'insistait pas. Puis elle comprit qu'il s'était trompé.

— Très drôle. Je ris... Et où était Daisy pendant ce temps-là ? Tu as oublié qu'elle existait ?

— Assise à côté d'elles, devant un grand bol de nouilles au beurre qu'elle aspirait une à une.

Cette phrase avait été le déclencheur. Son père n'avait jamais eu affaire à Daisy. Comment aurait-il su qu'elle aspirait ses nouilles s'il ne l'avait pas vue faire, de ses propres yeux ? Elle avait refusé de le croire, discutant pied à pied, mais seulement pour lui cacher qu'il l'avait anéantie. Les timides efforts de sa mère pour intervenir n'avaient rien arrangé, bien au contraire.

Au moment où son père repartait, Kathy montait quatre à quatre dans sa chambre. Elle en claqua la porte et la ferma à clé. En pleurs, elle se jeta sur le lit. C'était la pire journée de sa vie ! Jamais elle ne s'était sentie aussi trahie ! Liza avait menti sur tout ! Son anniversaire, elle avait préféré le passer avec Violet Sullivan ! À s'empiffrer de crevettes dans un restaurant de luxe ! Kathy ne rêvait que d'être avec son amie, et maintenant son amie avait tout cassé !

Elle ne savait pas depuis quand elle pleurait lorsqu'elle entendit un petit coup frappé à sa porte et sa mère qui l'appelait. Elle savait qu'elle avait les yeux gonflés comme des balles de ping-pong, et son nez coulait comme une fontaine, à croire qu'elle couvait un rhume.

— Va-t'en !

— Kathy, je t'ai apporté quelque chose. Je peux entrer ?

— Laisse-moi tranquille !

— J'ai une petite douceur pour toi.

— Quoi ?

— Ouvre, et tu verras.

À contrecœur Kathy se moucha et s'essuya les yeux avec l'ourlet de son T-shirt. Puis elle se leva et ouvrit la porte.

Sa mère était là, avec un verre de lait et une assiette de brownies.

— Je les avais faits pour mon club de canasta, mais j'en ai plus qu'il n'en faut. Ce sont tes préférés… deux couches de chocolat aux noisettes et noix de pécan.

— Je n'ai pas envie de manger.

— Même pas un ? Tu n'as presque rien avalé au dîner et tu dois avoir un petit creux. Je peux entrer ? Juste une minute ?

— Si tu veux.

Elle regagna son lit et s'y assit. Sa mère posa le verre et l'assiette sur la table de chevet. À l'odeur de chocolat, aussi entêtante que du parfum, Kathy savait que les gâteaux étaient encore tièdes. Elle ne se rappelait même plus la dernière fois où sa mère lui avait proposé quelque chose à manger. D'habitude, c'était l'inverse. Pourtant elles étaient là, Kathy le cœur brisé, sa mère assise sur le lit jumeau, l'air inquiet.

— Tu te sens mieux ?

— Non.

Sans regarder l'assiette, Kathy prit un brownie et le garda dans sa main.

— Je vois bien que tu es bouleversée, lui dit sa mère.

— Et alors… ?

— Je comprends que tu sois en colère parce que Liza t'a menti, mais y a-t-il autre chose ?

— Comme quoi ?

Elle cassa un coin du gâteau et le posa sur sa langue. Elle sentit les larmes lui piquer les yeux.

— Je ne sais pas, mon trésor… C'est pour ça que je te pose la question. J'ai l'impression que c'est plus grave que ça en a l'air. Il n'y a rien dont tu veuilles me parler ?

Kathy se demandait où sa mère voulait en venir.

— Kathiouchette, je ne veux pas qu'il y ait de secrets entre nous. Il ne doit pas y en avoir entre une mère et une fille qui veulent se sentir proches l'une de l'autre.

Sa mère ne l'avait pas appelée « Kathiouchette » depuis ses premières règles, il y avait un an et demi. Elle avait acheté tout le matériel en prévision… une boîte de serviettes hygiéniques et cette atroce ceinture élastique à se mettre autour du ventre pour maintenir la partie rembourrée. En lui montrant comment fixer les extrémités en gaze de la serviette dans la boucle, elle avait la même expression soucieuse sur la figure, comme si Kathy avait soudain été vulnérable à des dangers qu'elle ne pouvait se résoudre à lui expliquer. Sa mère continua sur le même ton aimant :

— Je sais que tu ne me dis pas tout. Tu peux me confier de quoi il s'agit ?

— Je n'ai rien à dire.

Elle cassa en deux le reste du brownie et en fourra une moitié dans sa bouche.

— Tu sais que je t'aimerai toujours, quoi que tu aies fait.

Kathy leva les yeux vers elle, abasourdie.

— Maman !! Mais je n'ai rien fait ! Comment peux-tu penser une chose pareille alors que je ne sais même pas de quoi tu parles !

— Alors quoi ? Je veux que tu sois d'une franchise absolue. Ce que tu me diras ne quittera pas cette pièce.

Kathy garda le silence, les yeux rivés au sol. Elle n'avait pas de secret à strictement parler, en revanche un souci qui la tourmentait. Elle savait sa mère de bon conseil, mais elle ignorait jusqu'à quel point elle pouvait lui faire confiance avec… ça.

— Tu vas le dire à papa.

— Non, je ne lui dirai rien. Du moment que ta santé ou ta sécurité ne sont pas en jeu. Ça reste entre nous.

— Il ne s'agit pas de moi.

— Alors de qui ? Liza ? Elle t'a dit une horreur sur ton poids ?

— Non… on.

En deux syllabes. Une horreur sur son poids ? À quelle horreur pouvait bien penser sa mère ? Elle qui parlait de la beauté intérieure !

— Mais ça a un rapport avec elle ?

— Si on veut.

— Sa mère boit encore plus qu'avant ?

Kathy fit signe que non, évitant le regard de sa mère.

— Je me fais juste du souci, c'est tout.

— Oh… Et à quel sujet ?

Kathy s'était juré de ne jamais en dire un mot. Une fois qu'elle aurait amené Liza à avouer, elle s'était vues toutes les deux conversant à n'en plus finir, cœur à cœur, restant éveillées jusqu'au milieu de la nuit comme avant. Roulant leurs cheveux sur des bigoudis et se tartinant la figure de Noxzema pour ne pas avoir de boutons. Avec douceur, elle aurait aidé Liza à reconnaître ses erreurs et l'aurait guidée sur un terrain plus sûr.

Sa mère l'étudiait.

— Je ne comprends pas ce qui pourrait se passer avec Liza dont tu aies trop honte de me parler.

Kathy se sentit prise entre deux feux, déchirée entre

sa loyauté envers sa meilleure amie et son envie folle de se jeter dans les bras de sa mère.

— J'ai promis de ne rien dire.

— Est-ce que… Liza se toucherait ?

— Se toucherait avec quoi ?

Elle vit sa mère changer d'expression.

— Oh, Seigneur… Elle laisse Ty Eddings faire ce qu'il veut ?

Kathy sentait une petite moustache de transpiration se former sur sa lèvre.

— Réponds-moi.

Kathy marmonna une réponse, restant le plus possible dans le vague sans mentir à sa mère.

— Parle !

— Elle le laisse toucher ses doudounes et mettre sa main…

Elle s'arrangea pour escamoter la fin.

— Où ça ?

— En bas.

Livia la regarda, frappée d'horreur.

— Elle te l'a dit ?

Kathy haussa une épaule.

— Tu es absolument sûre ?

Kathy ne répondit pas, mais la grimace de sa bouche confirma qu'elle n'avait aucun doute là-dessus. Après tout, elle l'avait lu de ses propres yeux.

Sa mère la fouillait du regard.

— Tu ne mentirais pas sur un sujet aussi grave pour te venger ?

— Non.

— Jusqu'où sont-ils allés ?

— Pas très loin. Juste des caresses.

— Des caresses ?! Tu appelles ça des « caresses »… alors qu'il met la main sur son intimité ? C'est dégoûtant ! Par-dessus ses vêtements ou au-dessous ?

Elle n'avait pas prévu que sa mère entrerait dans ce genre de détails. Le journal ne précisait rien et Kathy n'aimait pas être obligée de s'engager. Dessus, dessous : pile ou face…

— Dessus.

— Comment le sais-tu ?

— Parce qu'elle me l'aurait dit, s'il avait mis sa main à l'intérieur.

— Eh bien, c'est toujours ça de gagné, remercions le ciel ! Tu ne bouges pas de ta chambre, je m'en occupe.

— Qu'est-ce que tu vas faire ? gémit Kathy. Tu ne peux pas en parler ! Tu m'avais promis !

— Ne sois pas ridicule. Ty Eddings a été envoyé ici pour se reprendre après la situation regrettable qu'il avait créée à Bakersfield. Si Dahlia York apprend que je suis au courant et ne l'ai pas prévenue sur-le-champ, elle ne m'adressera plus jamais la parole, et elle aura raison ! Je l'ai invitée dans ma propre maison, et je lui dois au moins ça.

— Mais si Liza l'apprend ?

— Elle ne l'apprendra pas, fais-moi confiance. Ton nom ne sera pas mentionné.

Avec un sentiment proche de l'horreur Kathy écouta sa mère descendre l'escalier et décrocher le téléphone du couloir du bas. Kathy n'avait pas voulu cafter, mais sa mère avait deviné tout de suite, avant même qu'elle n'ait dit un mot. Elle entendit Livia donner à l'opératrice le numéro de Dahlia York, puis il y eut un silence pendant qu'elle attendait d'être en ligne.

L'estomac de Kathy faisait des siennes, comme si elle devait aller aux toilettes pour la grosse commission. La situation lui avait échappé, mais ce n'était pas sa faute. Elle ne pouvait quand même pas mentir à sa propre mère ! Ça ne se faisait pas ! D'ailleurs, si Liza avait commencé par être franche, elle n'en aurait jamais soufflé mot, comme cela va de soi entre meilleures amies. C'était mal de se laisser caresser par un garçon. Le pasteur disait que ça induisait en tentation, que les jeunes risquaient de ne pas se maîtriser et d'aller jusqu'au bout. Après tout, c'était peut-être aussi bien d'avoir fini par lâcher le morceau. Elle n'allait quand même pas rester là sans rien faire et laisser son amie subir une horreur pareille ! Comme le disait d'ailleurs sa mère à Dahlia, sa voix montant dans la cage d'escalier… « Ce garçon arrivera sûrement à ses fins si on n'y coupe pas court. » Sa mère continua sur sa lancée, jusqu'au moment où Kathy décida de ne plus l'écouter.

Et puis, comment Liza saurait-elle jamais d'où la tante de Ty tenait l'information ?

31

Mon entretien avec Ty Eddings fut courtois et précis. Je lui fis un rapide exposé de la situation : la découverte du corps de Violet enterré dans la Bel Air, les spéculations sur le trou et sur le temps qu'il avait fallu pour le creuser. Je lui répétai aussi ce que Liza m'avait dit sur l'homme qu'ils avaient vu, Ty et elle, à la propriété des Tanner le vendredi soir.

— Vous rappelez-vous quoi que ce soit sur la marque ou le modèle de la voiture ? Liza croit qu'elle était foncée, mais ça s'arrête là. Elle dit avoir été si terrifiée qu'elle n'a pas vraiment regardé.

— Ce n'était pas une voiture. C'était un pick-up Chevrolet noir dernier modèle.

— Ah bon ? Vous me sidérez ! Comment vous rappelez-vous des détails pareils ?

— Parce que mon père en avait un du même genre, sauf qu'il était de 1948. Là, il s'agissait d'un modèle plus récent.

— Et le type ? Pouvez-vous me le décrire ?

— Lui, je ne m'en souviens pas. Vieux.

— C'est-à-dire ? Vous aviez dix-sept ans.

— Dans les trente-quarante, quelque chose d'approchant. En clair, ce n'était pas un gamin.

— Personne que vous ayez reconnu ?

— Je suis resté là-bas trois mois en tout et pour tout. Je ne connaissais personne à vrai dire, sauf mes camarades de lycée.

— Vous n'avez rien perdu !

Je lui posai une ou deux autres questions, mais il fut incapable de m'éclairer.

Comme j'amorçais les civilités de fin d'entretien, ne voulant pas gaspiller son précieux temps d'avocat, il me lança :

— Comment va Liza ?

— Très bien. Je suis vraiment heureuse que vous me posiez la question. Elle a divorcé. Elle gagne sa vie en faisant des gâteaux. Elle vient tout juste d'être grand-mère pour la première fois, mais vous ne le devineriez jamais à la voir : elle est superbe ! Dommage que vous ne soyez pas restés en contact…

— Je n'y suis pour rien. C'est elle qui l'a décidé. Je lui ai écrit six ou sept fois, mais sans jamais avoir de réponse. J'ai pensé que je ne l'intéressais pas.

— Ce n'est pas ce qu'elle dit. Vous avez disparu le même week-end que Violet. Elle a été anéantie. Encore maintenant, elle dit que vous avez été l'amour de sa vie… « Un garçon pas fréquentable, mais adorable. » Je cite…

— Dites-moi… vous jouez les entremetteuses ?

Je me mis à rire.

— Je ne sais pas. Vous êtes sur le marché ?

— Ma foi, oui. Ma femme s'est taillée avec ma secrétaire il y a dix-huit mois ! Une grande perte, croyez-moi. Je ne parle pas de l'épouse, mais de la secrétaire, la créature la plus efficace que j'aie jamais engagée !

— Le nom de femme mariée de Liza est Clements.

Elle est dans l'annuaire... Si autre chose vous revient, je vous serais reconnaissante de m'appeler.

— Sans faute, me promit-il, et il raccrocha.

J'essayai le numéro de Liza. Ou elle était sortie, ou elle filtrait ses appels. Je lui laissai un message sur son répondeur, la priant de me contacter. La raison de mon appel n'avait rien à voir avec son ami d'antan. Elle m'avait menti sur Foley, et je voulais savoir pourquoi. Je consultai ma montre. Il était 16 h 35, et je devais encore, au minimum, une heure et demie de travail à Daisy. Je ne pointais pas, mais honneur oblige. Seul problème : à quoi bon interroger qui que ce soit d'assez idiot pour me livrer la vérité ? Il aurait fallu être un âne bâté pour passer des aveux au bout de trente-quatre ans quand la plupart des allégations ne pouvaient ni être prouvées ni réfutées. Au mieux pouvais-je espérer pousser ces braves gens à débiner le voisin. Et même, la réponse n'aurait rien de probant. Un tueur malin se ferait un devoir d'impliquer un autre paroissien. En tout cas, ce n'était pas à moi de résoudre l'énigme. Le bureau du shérif menait l'enquête pour homicide en faisant appel à toute l'autorité, le savoir-faire et les progrès de la science dont il disposait. Il ne me restait plus, avec l'autorisation de Daisy, qu'à lui transmettre mon rapport, éclairant ou non.

Pourtant...

Ty Eddings m'avait donné un embryon de piste. Si quelqu'un pouvait savoir qui possédait à l'époque un pick-up Chevrolet noir, c'était bien le vendeur. J'avais rencontré Chet Cramer à deux reprises, et il m'avait paru plutôt sympathique. Il connaissait son stock et ses clients, et parlait des deux avec passion. Pourquoi ne pas lui poser la question ? Pour la deuxième fois de cet après-midi-là, je pris ma veste et mon sac et gagnai ma voiture.

Comme je l'avais prévu, Cramer se trouvait sur les lieux. Toujours soucieux d'accrocher la clientèle, le garage restait ouvert tous les soirs jusqu'à 21 heures. Chet m'avait confié qu'après une dure journée de boulot (et deux bons verres d'alcool), plus d'un homme se sentait d'humeur à jeter un œil sur une voiture neuve. Quelle meilleure récompense pour le travail bien fait que s'asseoir dans une Corvette rouge feu, bichonnée par un vendeur qui vous en dévoile les derniers gadgets en vous proposant de vous faire un prix ? On se persuade qu'on fait juste du lèche-vitrines, et parfois on rentre au logis au volant d'une voiture neuve.

Cramer s'occupait d'embobiner un couple marié quand j'entrai. À mon avis, rompu aux techniques de vente comme il l'était, les intéressés ne se rendaient même pas compte de ce qui leur arrivait. Il avait demandé à Winston d'aller chercher les clés, et il y avait une sorte de fierté paternelle dans son regard quand son gendre partit faire un essai avec le couple. Il m'aperçut et me salua avec cordialité, me croyant peut-être enfin tentée par une acquisition.

— C'est votre mémoire que je viens tester, lui dis-je. Je cherche qui possédait un pick-up Chevrolet noir dernier modèle en 1953.

Il eut un sourire.

— La moitié des gars d'ici, me répondit-il. Allons dans mon bureau, que je vérifie.

— Alléluia ! Vous avez conservé les archives de cette période lointaine ?

— J'en ai qui datent de 1925, l'année de mes débuts.

Je gravis les marches derrière lui et le suivis dans son bureau. Il ouvrit une porte et me conduisit dans une réserve qui faisait facilement la taille du bureau en question. Des meubles classeurs s'alignaient sur trois murs, chaque tiroir lisiblement étiqueté, avec les dates et les types de véhicules.

— Je n'en crois pas mes yeux ! m'exclamai-je.

— Que je vous explique pourquoi je les garde. Chaque véhicule que je vends représente une future vente. Le client vient me voir et je peux lui parler de toutes les voitures qu'il a eues et de tout le service après-vente dont il a bénéficié. Je peux comparer le modèle de l'année d'avant au modèle actuel, le modèle actuel à celui qu'il conduisait six ans plus tôt. Les bons points et les mauvais points. Lui sait qu'il peut me faire confiance parce que je connais mon sujet sur le bout des doigts, et j'ai pris le temps de me le remettre en tête avant qu'il franchisse la porte. Le type meurt, je parle à son fils, je lui rappelle des souvenirs sur son vieux père, et avec un peu de chance je lui vends aussi une voiture.

Sans mentionner Ty par son nom ni détailler les circonstances, je lui dis ce que je savais.

Cramer me regarda avec intérêt.

— Votre gars aurait reconnu le pick-up parce que son père possédait le modèle de 1948 ?

— Exactement. Et ça ne peut pas être postérieur à 1953 parce que les modèles de 54 n'étaient pas encore sortis en juillet.

— Vous avez raison. Donc, une fourchette de cinq ans. Ça ne devrait pas être sorcier. Asseyez-vous, je vais voir ce que je trouve. Vous avez une boîte de cookies aux pépites de chocolat sur mon bureau, n'hésitez pas à vous servir. C'est ma femme qui les a faits. Une cuisinière fabuleuse !

Fabuleux, les cookies l'étaient aussi et je me resservis en l'attendant. Cinq minutes après, il sortit de la réserve avec une brassée de dossiers.

— J'utilise un système de renvoi interne. Le nom du client, assorti au type de véhicule qu'il m'a déjà acheté.

Je ne vais pas jusqu'au code couleurs, mais je peux mettre la main sur tous mes contrats de vente. J'ai ici l'Advance Design Series, de 1949 à 1953.

Il me tendit un bloc, et de quoi écrire, et deux dossiers pendant qu'il prenait les trois autres. Nous les épluchâmes contrat par contrat, vérifiant la couleur du pick-up, notant les noms de toute personne en ayant acquis un de couleur noire. Vingt-cinq minutes plus tard, nous disposions chacun d'une liste, même si la mienne ne m'éclairait pas du tout. Il se leva, fit des photocopies des deux listes et me les donna.

J'examinai les noms de sa liste à lui.

— Aucun que je reconnaisse.

Il haussa les épaules.

— On avait peut-être repeint le pick-up.

— Dans ce cas, nous n'avons aucune chance de retrouver le propriétaire.

— Autre possibilité : le gars l'avait peut-être emprunté. À l'époque, personne ne verrouillait les portières, et la moitié du temps les gens laissaient leur clé sur le contact.

— On me l'a déjà dit, et d'ailleurs, ça se tient. Vous partez creuser une tombe, vous ne tenez pas à prendre votre propre véhicule avec des plaques californiennes... Bien. Pardonnez-moi de vous avoir fait perdre votre temps.

— J'imagine que les pistes que vous trouvez ne sont pas toutes payantes.

— Vous l'avez dit ! Me permettez-vous de faire appel à vos lumières sur un autre point ?

— Si je peux vous aider... Mais à part ce qui touche à ce garage, je n'ai pas une mémoire infaillible.

— Message reçu. En faisant des recherches, j'ai mis au jour quelque chose de curieux.

— À savoir ?

— Le testament d'Hairl Tanner.

Je continuai sur ma lancée et lui parlai des clauses de l'acte.

— Je n'en ai pas entendu parler. Le vieux semblait sérieusement en rogne. Je me demande à propos de quoi…

— Je pense que Jake et Violet avaient eu une aventure et qu'il l'a appris.

Son regard perdit un peu de sa supériorité.

— Ça m'étonnerait.

— Quoi ? Qu'ils aient été ensemble ou que Tanner l'ait appris ?

— Violet et Jake. Je ne peux pas croire une chose pareille.

— Pourquoi pas ? Jake a dû être beau garçon. Je veux dire, il est encore pas mal du tout et j'imagine ce qu'il a pu être à l'époque. Comme sa femme était en train de mourir d'un cancer de l'utérus, il devait avoir une vie sexuelle assez réduite. S'il a rencontré Violet au Moon, et vu la quantité d'alcool ingurgitée, que les deux se soient tombés dans les bras n'aurait rien d'étonnant. À ce qu'on m'a dit, elle courait après tous les hommes qu'elle voyait.

Dans mon désir de le convaincre, je n'avais pas fait attention à sa réaction. Là, je surpris son expression, et il m'apparut brusquement qu'il avait épousé un clone bouffi de Violet Sullivan. Il avait accès à tous les pick-up de la Création et j'ignorais complètement à quoi il passait son temps avant la mort de Violet. Mais quelle gourde, triple gourde je faisais ! Pour un peu, je lui exposais les indices que j'avais réunis, alors qu'il était, en somme, aussi capable qu'un autre de l'avoir tuée !

— Continuez, me dit-il.

Je fis marche arrière.

— Justement, je n'en ai aucune preuve. Je me demandais si le bruit vous en était revenu.

— Non, et je serais peiné d'apprendre que c'est vrai.

Mary Hairl était une femme délicieuse et, si Jake est allé voir ailleurs, il devrait avoir honte de lui.

— Bien… Je compte sur votre discrétion. C'était une pure hypothèse de ma part et je ne voudrais pas que vous ayez mauvaise opinion de lui s'il n'a rien fait.

Il se redressa brusquement, me signifiant mon congé d'un geste de la main.

— Le travail m'appelle. J'ai des choses à faire.

— Bien sûr. Désolée de vous avoir retenu. Merci pour votre concours.

Nous nous serrâmes la main par-dessus le bureau. En sortant, je jetais un coup derrière moi et vis qu'il n'avait pas bougé.

Je descendis le grand escalier jusqu'à la salle d'exposition du rez-de-chaussée. Je voulais m'entretenir avec Winston pour voir s'il avait des raisons de croire à un lien entre Violet et Jake. Il était dans son bureau, mais si absorbé dans une conversation au téléphone qu'il ne leva pas les yeux. Je sortis et regagnai le parking, oit j'ouvris ma voiture et m'installai au volant. Au moment précis où je tendais la main vers le contact, je compris ! Depuis plusieurs jours j'étais convaincue qu'une évidence m'échappait, mais plus j'essayais de mettre le doigt dessus, plus elle s'éloignait. Là, sans avertissement, je la tenais enfin.

Le chien.

La voiture de Daisy stationnait dans l'allée quand j'arrivai chez elle. J'avais remis la clé dans sa cachette sous le pot de fleurs. Au lieu d'entrer sans me faire annoncer, je sonnai poliment et attendis dans la véranda qu'elle vienne m'ouvrir. Il me suffit d'un regard pour savoir que ça n'allait pas. Elle était toujours en tenue de travail. Son teint blafard avait viré au gris de l'extrémité du spectre, et la tension lui pinçait les yeux. À mon avis, elle ne venait pas de pleurer, mais était en état de choc.

Elle porta la main à sa bouche et hocha la tête. Telle une somnambule, elle se dirigea vers un fauteuil du séjour et s'affaissa sur le bord. Je refermai la porte et m'assis sur le canapé, mes genoux touchant presque les siens.

— Pouvez-vous me dire de quoi il s'agit ?

Elle hocha de nouveau la tête, mais garda le silence. Je ne devais pas la bousculer. Quel qu'il soit, le coup l'avait assommée. Au bout d'une minute, elle lâcha un soupir. Son père ? Il était mort ?

Une autre minute s'écoula.

Lorsqu'elle parla enfin, sa voix était si peu audible que je dus me pencher tout près pour l'entendre.

— L'inspecteur Nichols est passé. Il est parti il y a quelques minutes et, quand vous avez sonné, j'ai cru qu'il revenait.

— De mauvaises nouvelles ?

Elle fit signe que oui et redevint silencieuse.

— On a trouvé dans le coffre deux sacs en papier remplis de vêtements de ma mère, dit-elle enfin. Il est clair qu'elle nous quittait, en tout cas qu'elle le croyait.

— Vous vous y attendiez sûrement, lui dis-je.

— Il ne s'agit pas de ça.

Je posai la main sur son bras.

— Prenez tout votre temps. Ne vous faites pas de souci, je ne bouge pas.

— Il m'a dit que s'il avait pu s'en dispenser, il ne m'en aurait pas parlé, mais il craignait qu'il y ait des fuites et il ne voulait pas que je l'apprenne de quelqu'un d'autre.

J'attendis.

— La police scientifique a examiné la voiture.

J'attendis encore.

Elle prit une profonde inspiration et laissa l'air s'échapper avec un bruit audible.

— Quand le légiste a dégagé le corps du rideau, ils ont constaté que ma mère avait les mains liées dans le dos. Ils pensent qu'elle n'est pas morte tout de suite. Le chien aurait été tué avec une pelle qu'ils ont trouvée au fond du trou après avoir sorti la voiture. Elle..., il se peut que le type l'ait assommée avant de la mettre dans la voiture en croyant qu'elle était morte. À un moment donné, elle a dû revenir à elle et comprendre ce qui se passait.

Elle s'interrompit, cherchant un mouchoir dans sa poche. Elle se moucha.

— Même les mains liées, elle a tenté de se dégager. Ses ongles étaient cassés et on en a retrouvé des fragments dans le tissu des garnitures. Il y avait des éclats de verre incrustés dans les montants de ses talons. Elle a réussi à briser la vitre, mais à ce moment-là il devait déjà remplir le trou...

Elle s'interrompit, refusant de se laisser aller. Je ne pouvais que la regarder, lui permettre de prendre tout le temps qu'il lui fallait. L'air semblait lourd, et je sentais le poids de l'obscurité qui avait enveloppé Violet. À quoi bon hurler à l'aide dans un silence aussi profond, avec des mètres de terre compacte qui étouffe le moindre son ? Dans le noir absolu...

Daisy poursuivit, adressant ses commentaires à son mouchoir de papier roulé en boule.

— Je lui ai demandé... J'ai demandé... ce qu'elle avait dû vivre... Comment elle était morte. Il m'a parlé d'intoxication au dioxyde de carbone. Je n'ai pas tout retenu... les noms techniques. Il m'a dit en gros que la respiration est commandée par la pression de l'oxygène dans les artères et par la tension de dioxyde de carbone, une sorte de pH qui contrôle les réflexes des poumons et de la cage thoracique. S'il n'y a pas assez d'oxygène dans le mélange, la respiration s'accélère. Comme le corps a besoin d'oxygène, on ne résiste pas… à la réaction instinctive d'aspirer de l'air. Son cœur a dû s'accélérer et la température corporelle monter en flèche. Elle aura été prise de sueurs… et commencé à éprouver des douleurs à la poitrine… des douleurs qui sont allées en empirant. Elle a respiré de plus en plus vite, mais en utilisant plus d'oxygène à chaque inspiration et en produisait plus de CO_2. Elle a été prise d'hallucinations. Il m'a dit que tout son organisme a dû cesser progressivement de fonctionner, mais qu'elle aurait éprouvé sur la fin un sentiment de paix… une fois qu'elle se serait résignée à son sort…

« Vous imaginez un peu ? Mourir comme ça ? Je peux seulement penser à sa terreur, au froid et à l'obscurité, à son sentiment d'impuissance totale…

Je m'aperçus que mon esprit se détournait des images, cherchait à se protéger. Je comprenais le dilemme de Nichols. Une fois qu'il lui aurait exposé les faits, elle en garderait les images gravées à vie dans son esprit. Mais si elle venait à l'apprendre d'une source officieuse, le coup ne s'en trouverait pas atténué. Ajouter la trahison à l'horreur aurait seulement différé la guérison qu'elle pouvait espérer au fil du temps.

Daisy se moucha de nouveau et passa à autre chose. Je perçus le changement. Son esprit se refusait à aller plus loin. Elle assimilerait l'information petit à petit, mais il lui faudrait beaucoup de temps… Elle s'empara de six cercles noirs posés sur la table.

— Il m'a donné ça.

— C'est quoi ?

— Les bracelets de ma mère. En argent fin. Je vais les nettoyer et les porter, la dernière chose que j'aurai jamais d'elle…

Elle les reposa sur la table.

— Je croyais que vous seriez partie, dit-elle.

— Moi aussi.

— Vous avez fini ?

— Pas tout à fait. Si on allait dans le jardin ? On a besoin d'espace.

J'avais failli dire « d'air », mais m'étais reprise à temps. Daisy dut entendre le mot passé sous silence car elle accusa le coup.

Nous nous assîmes dans le patio de derrière dans la lumière déclinante, et je lui exposai les raisons qui m'avaient amenée à conclure que Foley n'avait aucun lien avec la mort de sa mère.

— C'est déjà ça, dit-elle.

— Ce n'est pas grand-chose, mais c'est le mieux que je puisse faire. Le reste… ce qui est arrivé à votre mère… me glace les sangs.

— Je vous en prie, changeons de sujet. Chaque fois que j'y pense, j'ai l'impression d'étouffer moi aussi… Que vous reste-t-il ? Vous disiez que vous aviez presque terminé.

— Je me demandais où votre mère avait acheté le chien. Elle ne s'attendait pas à la question.

— C'était un cadeau.

— De qui ?

— Je ne l'ai jamais su. Ça change quoi ?

— Le chien avait-il des papiers ?

— Vous voulez dire… un pedigree ? Je crois. Pourquoi ?

— Parce qu'un loulou de Poméranie pur sang devait coûter les yeux de la tête, même à l'époque. Je pense que le type, l'amant mystérieux, le lui a acheté. C'est pour ça qu'elle était gâteuse de cette petite bête, parce qu'elle venait de lui.

Elle réfléchit.

— Oui, je vois. Vous pensez à quelqu'un de précis ?

— J'ai comme l'intuition qu'il s'agit de Jake. Nous savons qu'elle l'avait traîné devant le juge de paix parce qu'un chien à lui avait tué le sien.

— Je m'en souviens. Un caniche nain appelé Poddy. Maman l'avait sorti. Le pit-bull de Jake l'a attaqué et tué aussi sec. Ma mère était hors d'elle.

— Il aurait pu lui donner le nouveau chiot en guise de compensation.

— Vous allez lui poser la question ?

— Je ne crois pas. Rien ne l'oblige à me dire la vérité. J'aimerais retrouver la trace du chenil et découvrir qui a réglé l'achat. Rien ne dit que je vais aboutir, mais, à mon avis, ça vaut la peine de passer quelques coups de téléphone. Il y a encore une foule de gens qui faisaient partie du tableau à l'époque.

— Je vais faire à dîner. Histoire d'avaler quelque chose.

Tandis qu'elle s'affairait à la cuisine, je feuilletai mon dossier et en tirai les photocopies des listes de commerces et entreprises en activité à Serena Station et à Cromwell en 1952. Pas l'ombre d'un chenil. Bigre, rien n'est facile en ce bas monde... En revanche, je relevai deux cliniques pour animaux de compagnie, cinq vétérinaires et trois salons de toilettage. Je me saisis de l'annuaire de téléphone local et procédai à une deuxième recherche, récoltant cette fois six cliniques, quinze salons de toilettage et vingt-sept vétérinaires... et toujours pas de chenil. En comparant les adresses, je constatai qu'aucune des premières entreprises n'avait survécu jusqu'à ce jour. Sans imaginer un salon de toilettage transmis avec affection de père en fils, un commerce fleurissant aurait pu changer de mains au fil des ans tout en conservant le même nom. Eh bien non, pas ici.

Je décidai d'inclure dans le lot les boutiques d'aliments

pour animaux et commençai à passer des coups de téléphone, précisant le motif de mes recherches jusqu'à l'épuisement de mes listes. En mal de prétexte propre à justifier une demande d'information sur la vente d'un loulou de Poméranie à pedigree au printemps 1953, je fus obligée de dire la vérité. Et Dieu sait que j'ai horreur de ça ! « Le chien a été tué il y a des années et pour des raisons trop compliquées à exposer, je cherche l'éleveur. Ça devrait dater du printemps 1953. Savez-vous si quelqu'un élevait des loulous de Poméranie dans la région ? »

Les réponses allaient du laconique au profus, avec de longs témoignages sur des chiens adorés et sur leur triste fin, des histoires de chats traversant les limites de l'État pour renouer avec leurs propriétaires après des parcours incroyables. Il y eut des réponses plus succinctes :

« *Aucune idée.* »

« *J'peux pas vous dépanner.* »

« *Désolé, le patron est absent pour la journée et il y a juste trois semaines que je bosse ici.* »

« *Vous devriez essayer la Clinique pour animaux de compagnie du Dr Water dans Donovan Road.*

— Je les ai déjà interrogés, mais merci quand même. »

« *Qu'est-ce qui vous fait croire qu'il s'agissait de quelqu'un du coin ? On élève et on vend des loulous de Poméranie dans tout le pays. Le chien venait peut-être d'un autre État.*

— J'en suis bien consciente. Je pensais à un achat coup de cœur. Vous savez bien… on passe devant une boutique animalière, on jette un coup d'œil à la vitrine, et on aperçoit le plus adorable chiot de la Création ! »

Je bavardai avec des vétérinaires et leurs assistant(e)s, avec des propriétaires de boutiques d'animaux de compagnie, des employé(e)s et des toiletteur(euse)s de chien. Je me sentais bonne pour un œdème de la langue. J'en étais à mon vingt et unième appel quand la réceptionniste d'un service d'urgence ouvert vingt-quatre heures sur vingt-quatre laissa tomber la première suggestion utile que j'aie entendue jusque-là : « *Si j'étais vous, j'essaierais le Contrôle des animaux sur le territoire. Avec un peu de chance, ils auront gardé des archives datant de cette période, surtout s'il s'agit d'un chiot réduit en bouillie et qu'une plainte a été déposée.*

— Merci. Je les appelle de ce pas. »

Il s'avéra que le Contrôle des animaux sur le territoire ne conservait pas d'archives. L'individu qui me répondit semblait s'en excuser et je crus un moment qu'on s'en tiendrait là, mais il enchaîna :

— De quoi s'agit-il ?

Je lui dévidai mon explication condensée, après quoi il y eut un silence.

— Je crois savoir qui vous cherchez. Il y avait une femme qui tenait une pension à dix kilomètres d'ici sur l'A 166, juste à l'endroit où elle coupe Robinson Road. Dans mon souvenir, elle s'était lancée dans l'élevage des loulous au début des années cinquante, mais sans grand succès. Rin Tin Tin était la coqueluche à cette époque.

— Est-elle toujours en activité ?

— Non, le chenil a fermé, mais je sais qu'elle habite toujours là, car je passe devant sa maison deux ou trois fois par mois, quand je vais voir mes petits-enfants à Cromwell. La maison n'a pas changé… la même charpente bleue, et la cour de devant est une vraie décharge ! Si on la vend, j'espère que le nouveau propriétaire aura le bon goût de nettoyer et de repeindre.

— Vous avez son nom ?

— Ça, je suis sûr que non, et je savais que vous me poseriez la question. J'essayais justement de réfléchir. Je n'en jurerais pas, mais je dirais Wyatt… Wyman… quelque chose du genre.

— Vous êtes mon nouveau meilleur ami ! lui lançai-je en faisant claquer un bisou.

Je repris l'annuaire et, moins de trente secondes plus tard, j'avais en ligne Millicent Wyrick qui semblait revêche, d'un âge canonique, et pas du tout contente de m'entendre.

— Parlez plus fort, ma belle. Vous voulez quoi ?

Je haussai la voix et répétai mon argumentaire, tablant sur mon ton charmeur et sincère alors que je lui braillais dans les oreilles.

— Pourriez-vous me renseigner par hasard ?

J'écoutai un silence sans doute hérissé d'exaspération.

— Madame Wyrick ?

— Minute ! Je suis pas partie ! Je suis là à essayer de réfléchir. Votre renseignement, je sais que je l'ai. Reste à savoir où.

— Puis-je vous aider d'une façon ou d'une autre ?

— Non, sauf si vous voulez farfouiller dans ma remise. Je suis presque sûre de pouvoir mettre la main sur le registre des portées, mais pas à la seconde. Je m'installe devant mon dîner, ensuite j'ai mon émission à regarder. Rappelez à neuf heures et je vous dirai si j'ai eu de la chance.

— Je vous propose mieux. Je ferai un saut en voiture pour venir aux nouvelles !

32

Daisy et moi finîmes de dîner un peu après 19 heures… salade et pâtes accompagnées d'une sauce en boîte. Ni l'une ni l'autre n'avions un appétit dément, mais le fait de reprendre le cours normal de la vie, ne fût-ce qu'en mangeant, parut lui remonter le moral. Je la laissai lire le journal pendant que je rinçais nos assiettes et les mettais dans le lave-vaisselle. J'entendis le téléphone sonner. Daisy décrocha, puis m'appela dans la cuisine.

— Kinsey ? C'est Liza !

— Dites-lui de ne pas quitter ! J'arrive !

Je fermai la machine et m'essuyai les mains à un torchon avant de regagner le séjour. Comme Daisy et Liza bavardaient, j'attendis mon tour. Je voulais demander à Liza pourquoi elle m'avait menti au sujet de Foley, mais il me paraissait plus avisé de ne pas soulever la question avec Daisy dans la pièce. Elle avait peut-être eu une bonne raison, et il était inutile de compromettre leur bonne entente si son explication tenait. Daisy finit par libérer le téléphone.

— Bonsoir, Liza ! Merci de me rappeler.

— Je ne voulais pas être incorrecte avec vous hier. La mort de Violet a été dure à avaler. Je sais que j'aurais dû m'y attendre, mais probable que je me raccrochais à un soupçon d'espoir.

— Ne vous faites pas de souci, lui dis-je, consciente qu'elle ne connaissait que la moitié de l'histoire. Écoutez, pourriez-vous m'accorder une demi-heure ? Il y a un point que nous devons éclaircir.

— Ça paraît grave. Lequel ?

— Non, pas par téléphone. Je préfère que ce soit de vive voix.

— Quand ?

— Maintenant, si c'est possible. Ça ne devrait pas être long. J'ai un rendez-vous à neuf heures, mais je peux faire un saut dans la demi-heure qui vient.

— Ça me paraît O.K. Kathy doit passer, mais je suppose que ça devrait aller. Pouvez-vous me mettre sur la voie ?

— Dès que j'arriverai. C'est juste un détail. À tout de suite.

Je pris congé sans lui laisser le temps de se raviser.

Je m'appuyai contre le plan de travail de la cuisine de Liza et la regardai décorer un gâteau. Elle avait noué un immense tablier sur son jean et son T-shirt blanc. Un foulard emprisonnait ses cheveux pour les empêcher de lui tomber dans les yeux. L'arrondi du médaillon d'argent était visible sous la bavette du tablier.

— Comment va votre petite-fille ?

— Elle est superbe ! Je sais, tout le monde dit ça, mais c'est vraiment une beauté. Des yeux immenses, une petite bouche rose adorablement dessinée, et des amours de cheveux de bébé châtains. Je meurs d'envie de la tripoter ! Marcy m'a autorisée à l'avoir une demi-minute dans les bras, mais comme elle ne cessait pas de me tourner autour, ça manquait de charme.

Elle avait lissé les deux premières couches de glaçage

avant mon arrivée et s'appliquait maintenant à dessiner un motif compliqué sur le dessus avec la poche à douille.

— C'est pour la réunion d'anniversaire d'un gamin. Enfin... gamin, il a treize ans et ne jure que par *Donjons et Dragons*, si vous voulez savoir.

Elle avait disposé une série de cônes en papier-parchemin, remplis chacun d'une glaçage de couleur vive et munis d'embouts de métal découpé pour produire une variété d'effets : feuilles, coquillages, volutes, pétales de fleur et bordures torsadées. D'une main experte et en exerçant une pression régulière, elle dessina un dragon avec une curieuse gueule de dogue. Changeant de cônes, elle précisa la courbure du corps en glaçages vert citron et orange vif, puis elle ajouta un glaçage d'un rouge intense pour fignoler les flammes qui jaillissaient de la gueule de l'animal.

— J'ai déjà vu ce dragon. Sur un kimono accroché au dos de la porte de salle de bains de Daisy.

— Il appartenait à sa mère. J'ai son image gravée au fer rouge dans mon cerveau.

Mon esprit revint involontairement à Violet enterrée vive, comme si j'avais été dans la voiture à sa place. Étant donné le volume de la Bel Air, il y avait probablement eu assez d'oxygène pour tenir un moment. L'asphyxie avait dû être lente, supprimant progressivement ses fonctions vitales. Quelqu'un souffrant d'asthme ou d'emphysème aurait revécu sa panique et ses souffrances. Moi, je ne pouvais qu'essayer de deviner. N'empêche, je me surpris à respirer profondément par pur plaisir et soulagement.

Son décor achevé, Liza ouvrit la porte du réfrigérateur et glissa le gâteau sur une clayette. Elle défit son tablier et le jeta sur le dossier d'une chaise.

— Alors, de quoi s'agit-il ?

Je m'étais imaginée un modèle de tact, abordant le sujet par une tangente subtile, mais l'image du dragon m'avait déstabilisée et j'attaquai de front.

— Je pense que vous m'avez menti à propos de Foley.

— Moi ?!

Elle parut interloquée, la voix teintée d'incompréhension, comme accusée à tort. Des milliers de témoins pouvaient avoir menti sur Foley, mais pas elle !

— À propos de quoi ?

— De l'heure de son retour.

Elle se remit au travail, puis reposa le tube de glaçage bleu vif qui lui avait servi pour le fond, sur lequel le dragon se contorsionnait. Visiblement, ma méthode manquait d'efficacité car elle n'avoua pas séance tenante.

Je fis une nouvelle tentative.

— Écoutez, Liza... Ses affirmations n'ont pas dévié d'un pouce trente-quatre ans durant. Il aura omis un détail ou deux, mais ses dires ont été confirmés pour l'essentiel.

— Comment le savez-vous ?

— Parce que je l'ai vérifié et que je suis ici pour l'attester.

— Je ne comprends pas où vous voulez en venir.

— Liza, je vous en prie, arrêtez ce petit jeu. Il est trop tard pour ça. Je pense qu'il est rentré chez lui à l'heure qu'il a indiquée et que votre témoignage était juste du vent.

— Vous voulez que je vous dise quoi... excusez-moi ?

— Je me moque de vos excuses. C'est à lui que vous avez fait du tort.

— Je ne lui ai rien fait ! Tout ce qui lui est arrivé, c'est par sa faute.

— Vous l'avez un peu aidé.

— Attendez... vous êtes venue pour me faire chier ?

Parce que ça, je peux m'en passer. J'ai largement de quoi m'occuper.

Je levai les mains en signe d'apaisement.

— Vous avez raison. Je retire ce que j'ai dit. La vie est déjà assez dure comme ça.

— Merci !

— Dites-moi simplement ce qui s'est passé. Écoutez, je suis navrée pour Violet, mais je ne comprends pas ce qui s'est passé cette nuit-là. Étiez-vous dans la maison ou pas ?

— Plus ou moins.

— En clair ? Quelque part dans les parages ?

— Arrêtez vos conneries sinon je me tais.

— Désolée. Je me suis oubliée… Je vous en prie, continuez.

Il y eut une pause, puis, à contrecœur :

— Ty est venu à la maison. Il a garé son pick-up dans l'allée de derrière et je suis allée le retrouver. J'étais à moins de six mètres de la maison et au moindre problème, j'aurais tout de suite été là. Violet savait qu'il devait passer, car nous en avions parlé et elle m'avait donné son accord.

— Tant mieux, ça aide. Combien de temps est-il resté ?

— Un moment… Quand je suis rentrée, les chambres étaient éteintes. J'ai regardé dans celle de Daisy et j'ai vu que tout allait bien. Pas une fois je n'ai pensé à aller voir dans leur chambre ! Il y était probablement puisqu'il l'a dit… Après, je me suis sentie incapable de reconnaître qu'on ne pouvait pas me faire confiance, alors j'ai menti pour l'heure. Ensuite, quand cet inspecteur m'a pressée de questions, que pouvais-je faire, hein ? Je m'étais mise dans une situation intenable et j'ai été obligée de maintenir mes dires.

— Pigé.

— Encore heureux ! Maintenant vous savez.

Pendant un moment elle crut que le sujet était clos, et moi que nous touchions enfin au but. J'avais une hypothèse, et je tâtai le terrain avec précaution.

— Vous êtes partie vivre chez votre père au Colorado, si je ne me trompe ?

— Oui.

— On m'a dit que cet arrangement n'avait pas été une réussite.

— Ça n'a pas duré. Une expérience ratée, mais c'est la vie…

Elle alla jusqu'au robinet de la cuisine et y mouilla une éponge pour essuyer le plan de travail. L'air préoccupée, elle récupéra quelques miettes dans sa paume et les jeta dans l'évier.

— C'est un sujet pénible ?

Elle eut un sourire rapide.

— Je ne sais pas. Je n'ai jamais eu l'occasion d'en parler.

— La première fois que nous nous sommes vues, vous rappelez-vous ce que vous m'avez dit ?

— Sur quoi ?

Elle écarta ses embouts de décoration et passa aussi un coup d'éponge au-dessous.

— Sur le fait que vous aviez perdu Violet et Ty. Vous avez dit : « Vous jouez le jeu qu'on vous a distribué. Inutile de s'appesantir dessus après. »

— De la philosophie de bazar… Ça ne me ressemble pas.

— Êtes-vous tombée enceinte ?

Son regard chercha le mien.

— Oui.

— À cause de cette nuit-là ?

— La première fois et la dernière avec ce type, et bingo !

— Qu'est devenu le bébé ?

— Je l'ai donné à l'adoption. Vous voulez voir une photo ?

— Avec plaisir.

Elle posa l'éponge et chercha le médaillon en forme de cœur, le sortant de sous la bavette de son tablier. Elle l'ouvrit et se pencha en le tenant de façon à ce que je le voie. Il y avait une photo en noir et blanc de Violet. Elle souleva le bord intérieur, révélant un second cadre caché sous le premier. Il renfermait la photo d'un nouveau-né. Un bébé frêle et fripé… pas le pire que j'aie vu, mais certainement pas le plus réussi. Elle abaissa les yeux, avec une expression à la fois mélancolique et pleine de fierté.

— Elle était si minuscule… Je n'en croyais pas mes yeux en la voyant, une vraie miniature… si fragile. Vous savez ce que Violet m'a dit quand elle m'a offert ça ? Elle m'a dit : « Lui, c'est pour l'amour de ta vie. Je te prédis que dans moins d'un an tu sauras exactement qui c'est »… Et je l'ai su.

— On vous a laissé la prendre dans vos bras ?

— Un peu. L'infirmière n'était pas d'accord, mais je savais que c'était le seul moment que je passerais jamais avec elle. J'avais quatorze ans et mon père n'a rien voulu entendre… J'aurais dû rester avec ma mère. Malgré ses problèmes, elle avait un cœur d'or et elle aurait trouvé une solution.

— Et vous savez où est le bébé ?

— Probablement dans le Colorado. Il y a quelques années, je lui ai écrit une lettre que j'ai confiée à l'agence. Comme ça, si jamais elle veut me contacter, elle aura mon nom et mon adresse.

— Ty ne l'a jamais su ?

— Je pense que je le lui aurais dit si j'avais eu de ses nouvelles.

— Je lui ai parlé.

— Je sais. Il m'a appelée juste après et m'a dit que vous lui aviez donné mon nom et mon numéro de téléphone.

— Seulement votre nom de femme mariée. C'est lui qui a cherché votre numéro dans l'annuaire, ce qui, selon moi, devrait parler en sa faveur. Il m'a dit qu'il vous avait écrit. Il vous en a parlé aussi ?

Elle hocha la tête.

— Sa mère a dû intercepter son courrier. Ou alors ses lettres sont arrivées chez ma mère et elle ne me les a jamais fait suivre.

— Ou elle les a fait suivre et votre père a décidé de ne pas vous les transmettre.

— Ç'aurait bien été son genre ! Un bouseux archi borné… Je lui ai à peine reparlé depuis. Il pensait sûrement agir pour mon bien. Dieu nous garde des bonnes âmes !

— Et maintenant ?

— Je pense qu'on va attendre de voir. Ty a dit qu'il me rappellerait et qu'on trouverait le moyen de se rencontrer… Vous imaginez… après tant d'années ?

— Lui parlerez-vous de sa fille ?

— Ça dépendra… En attendant, nous deux… on est quittes ?

— Entièrement.

Elle jeta un regard à la pendule.

— Vous avez rendez-vous à neuf heures ?

— Exact. Je vais attendre chez Daisy le moment d'y aller.

— Pourquoi ne pas rester ? Kathy va arriver d'une minute à l'autre. Vous pourrez lui dire bonjour.

— À vrai dire, je ne l'aime pas beaucoup, mais merci quand même.

Liza se mit à rire.

— Et Winston ?

— Lui, si.

— Eh bien, il semble être sur le sentier de la guerre et elle est folle de rage ! Elle vient pour en discuter.

— Hou-là ! Quelle surprise ! J'adorerais entendre ça.

Comme sur un signal, la sonnette retentit, puis Kathy poussa la porte avec violence, une bouteille de vin à la main.

— Ce connard est un trou du cul de première ! lança-t-elle en jetant son sac sur une chaise.

Talons hauts et collant, T-shirt et jupe de coton à fleurs un tantinet trop courte pour la forme de ses jambes. Elle s'arrêta net en m'apercevant.

— Excuse-moi. Je n'avais pas vu que tu avais du monde. Je peux revenir tout à l'heure si tu es prise.

— Non, non, pas de problème. Kinsey connaît Winston, mais je suis sûre qu'elle n'en soufflera pas un mot.

Je levai la main droite, comme pour prêter serment.

Kathy s'était remise en mouvement ; elle entra dans la cuisine et posa la bouteille sur le plan de travail.

— Oh, et puis merde ! Je me fous pas mal qu'on sache la dernière de ce connard. Ça lui fera les pieds !

Elle entreprit d'ouvrir la bouteille de vin, coupant l'enveloppe du col, la débouchant d'une main énervée. Elle partit vers un des placards et y prit trois verres à pied qu'elle aligna sur le plan de travail. Comme je refusai d'un geste, elle remplit les deux autres verres et en tendit un à Liza.

C'était bizarre de voir le contraste entre les deux blondes. Liza avait des traits fins : le nez droit, des cheveux aériens et souples, une grande bouche. Elle était mince, avec de petites mains et de longs doigts fuselés. Les cheveux de Kathy étaient de vrais crins, marqués d'un frisottement léger qui empirait sûrement à la moindre humidité dans l'air. Plus solidement charpentée, on devinait en elle une femme qui avait réussi à perdre des kilos, mais les regagnerait à coup sûr.

— Alors, quel est son crime ? demanda Liza.

— Il a engagé un avocat spécialisé dans les divorces ! Ce type, quelque chose Miller, celui dont le frère s'est fait descendre…

Liza fronça le nez.

— Colin Miller ?! Kathy, tu es mal partie. Il est sans pitié dès qu'il s'agit de femmes. Je ne sais pas comment il se débrouille. Il doit avoir les juges dans sa poche, car ses clients s'en tirent en beauté et toutes les ex se font baiser ! Joanie Kinsman n'a même pas obtenu une pension suffisante pour couvrir l'hypothèque. Elle a été obligée de vivre dans sa voiture jusqu'à ce que Bart rapplique.

— Parfait. Juste ce qu'il me fallait ! Je ne sais pas quelle mouche l'a piqué. Il a dû faire sauter le central téléphonique, car ce connard m'a fichu une assignation. Tu imagines ? Je rentre chez moi après mon cours de tennis et là, sur mon paillasson, je trouve un huissier de justice qui me jette ces papiers de merde à la figure ! J'avais l'impression d'être une criminelle ! Et, attends… ! Il refuse de partir ! La semaine dernière je lui ai suggéré de se prendre un appartement et l'affaire était réglée. Et maintenant, impossible de le faire bouger ! Il dit qu'il continue à payer la maison, et qu'il a bien l'intention d'y vivre, et que si ça ne me convient pas, je peux partir ailleurs. Non mais… il se fout de moi ou quoi ? Et tu sais ce qu'il a encore dit ? Qu'au moindre faux pas de ma part, il cesse les remboursements, lâche son boulot et file !

— Non ! Il irait jusque-là ?! Tu en as parlé à ton père ?

— Naturellement ! Je l'ai appelé et je lui ai tout raconté.

— Et il t'a dit quoi ?

— De la fermer et de prendre moi aussi un bon avocat. Que Winston est un gestionnaire de premier ordre, et que, même si ça le chagrinait, il serait obligé de le garder.

— Aïe.

— Comme tu dis… Mais je suis navrée de vous avoir dérangées. Je sais que j'ai tout d'une folle furieuse, mais je me sentirai mieux dans une minute. À votre santé !

Elle leva son verre à notre intention et en vida la moitié. J'entendis son épiglotte déglutir à chaque gorgée.

Liza but une gorgée de vin et s'assit. Elle tripotait de nouveau l'éponge, mais ne nettoyait pas grand-chose.

— Devine qui a appelé ?

L'espace d'un instant, Kathy parut surprise qu'on s'intéresse à quelqu'un d'autre qu'elle.

— Qui ?

— Ty.

— Eddings ? Tu me fais marcher ? Tu parles d'un revenant ! Qu'est-ce qu'il pouvait bien te vouloir ?

— Rien. Il appelait pour reprendre contact. Il habite à Sacramento.

— Et fait quoi ?

— Avocat pénaliste.

— Tu te fous de moi ?! Vu son passé, j'aurais plutôt cru qu'il finirait sous les verrous.

— Il aura compris ses erreurs.

— Mon œil ! lui lança Kathy. En tout cas, j'ai appelé Winston à la minute où l'huissier est reparti. J'étais tellement hors de moi que j'ai eu toutes les peines du monde à rester polie. Enfin, j'y suis arrivée, mais de justesse…

— Il m'a dit que c'était ta mère qui nous avait dénoncés.

Elle s'arrêta net.

— Tu parles sérieusement ? C'est quand même bizarre.

— D'après Ty, Livia a appelé sa tante Dahlia, qui du

coup a appelé sa mère. Et c'est pour ça qu'elle est venue le chercher et l'a embarqué.

— Ça, c'est marrant. Je ne m'en serais jamais doutée.

— Moi non plus… Ça m'a fait un choc.

— Elle t'a peut-être rendu service.

— Service ?

— Allons… Ce garçon était un raté. Tu étais si gâteuse de lui que ça t'empêchait de voir les choses en face !

— En quoi cela regardait-il Livia ?

— Liza, tu sais à quel point elle était catégorique dans ses jugements. Elle a cru avoir raison. Tu avais à peine quatorze ans, et rien à faire à fréquenter ce genre de paumé. Si la mère de Ty n'avait pas rappliqué, tu te serais retrouvée dans un sale pétrin, inutile de te faire un dessin. À vous peloter comme vous le faisiez ? Sois réaliste. Tu ne vois pas qu'il te piégeait ?

— Mais comment l'a-t-elle découvert ?

— Découvert quoi ?

— Nous savons que Livia l'a dit à Dahlia, mais qui le lui a dit à elle ?

— Inutile de me regarder comme ça ! Tout le monde à l'école le savait ! On ne parlait que de ça… que vous sortiez ensemble. Je ne peux pas te dire combien de fois j'ai pris ta défense.

Liza contempla le plan de travail.

— Vraiment ?

— Fais-moi confiance, j'étais dans ton camp. Tu te rappelles Lucy Speiler et ce garçon avec qui elle traînait ? Une vraie catastrophe…

— Kathy, arrête. C'est toi qui lui as raconté.

— Moi ?! Comment peux-tu dire une horreur pareille !

— Eh bien, je l'ai dite. Tu étais jalouse de Violet et jalouse de Ty. Tu te souviens du jour où tu m'as apporté un cadeau d'anniversaire et que j'étais sortie ? Tu es allée dans ma chambre, et tu as lu mon journal intime, et tu as tout raconté à ta mère. Dieu sait pourquoi… Tu te seras crue investie d'une mission, qu'il t'incombait de sauver mon âme immortelle…

— Peut-être. Tu n'as jamais compris quelle cloche tu étais ? Une vraie pitié ! Violet te faisait faire ses quatre volontés ! N'importe quoi… si scandaleux que ce soit… Tu t'aplatissais, tu roulais par terre les pattes en l'air comme un chiot et tu lui léchais la main !

— Nous étions amies…

— Quel genre de femme copine avec une gamine de treize ans ? Tu sais pourquoi elle faisait ça ? Parce que personne de son âge ne voulait la fréquenter ! Elle était vulgaire ! Sordide ! Et elle couchait avec la ville entière ! Elle aurait été ravie de t'avoir dans le même bateau qu'elle. Tu connais le proverbe, la misère adore la compagnie !

— Tu ne la connaissais pas comme moi.

— Plus que tu ne crois. C'est comme Ty. Mignon, je te l'accorde, mais aucune classe… Bon, ça suffit. Ce qui est fait est fait. Inutile de revenir là-dessus.

— Tout à fait d'accord. On ne change pas le passé. Nous sommes responsables de nos échecs.

— Comme tu dis !

Kathy attrapa la bouteille, vida son verre et s'essuya la bouche du revers de la main.

— Lola me conseille de voir cet avocat spécialisé dans les divorces de San Luis Obispo… Stanley Blum. Un vrai requin, à l'entendre. Il te facture une fortune, mais il est bon. Elle dit que je dois rendre coup pour coup et que j'ai intérêt à faire vite.

— Tu te souviens du Réarmement moral ?

— Oh, là, là ! Tu parles à une championne toutes catégories ! C'était mon surnom !

— Tu penses que ça vaut toujours ? La Franchise absolue ?

— Tu plaisantes ? Naturellement !

— Et que ça vaut entre amies… s'entraider quand on sort du droit chemin ?

Kathy leva les yeux au ciel d'exaspération.

— Écoute, Lye, ne crois pas que je n'entends pas le ton douloureux que tu prends. Sois furieuse si ça te chante, mais je l'ai fait pour toi. J'ai souffert mille morts, sincèrement, mais ma conscience m'a rappelée à l'ordre. Je ne te fais pas d'excuses et j'espère que tu n'en attends pas. Tu veux me mettre ça sur le dos ? Parfait, vas-y, mais tu devrais plutôt me remercier. Tu imagines que tu aies fini par épouser ce type-là ? Tu y as déjà pensé ?

— Tu n'as même pas de remords ?

— Tu m'as écoutée, oui ou non ? Je ne vais pas m'excuser d'avoir fait ce que je jugeais être mon devoir. Je ne voulais pas te voir commettre une erreur que tu regretterais le restant de tes jours.

— Aucune importance… D'accord. J'ai compris.

— Tu auras mis le temps !

— Je pense que si l'occasion s'en présentait, j'agirais de même à ton égard.

— Je n'en doute pas, et je te suis reconnaissante de me le dire. Tu es vraiment une amie.

Kathy se pencha comme pour la prendre dans ses bras, mais Liza resta droite, obligeant Kathy à transformer son élan en un geste anodin. Elle brossa une poussière invisible sur sa jupe, puis elle but une autre gorgée de vin d'une main qui tremblait légèrement.

— À dire vrai, je l'ai fait.

— Pardon ?

— J'ai agi de même à ton égard. Tu t'es ingérée dans ma vie, j'ai donc décidé que je devais m'ingérer dans la tienne.

Kathy abaissa son verre.

Liza n'éleva pas la voix, mais son regard ne flanchait pas.

— J'ai appelé Winston cet après-midi. Je lui ai parlé de Philip.

— Tu lui as… dit ?!

Liza éclata de rire.

— Je lui ai tout raconté ! Dans les moindres détails…

Je n'avais pas prévu de rester si longtemps chez Liza, mais après le départ de Kathy, nous fûmes obligées de nous asseoir et de procéder à une analyse de sortie de crise. Je n'avais jamais vu Liza aussi détendue et libérée. Nous bavardâmes sans nous priver de rire, jusqu'au moment où mon regard tomba sur ma montre par inadvertance : 20 h 39.

— Waouh ! Il faut que je file ! Je ne m'étais pas rendu compte de l'heure. Où se trouve l'antenne du bureau du shérif ?

— Dans Foster Road, pas loin de l'aéroport, me dit-elle. Attendez, je vous fais un plan. Ce n'est pas compliqué. Le plus rapide est encore de couper depuis l'A 166 en direction de Winslet Road dans Dinsmore.

— Oui, je connais, lui dis-je.

Liza traça un plan rudimentaire sur une serviette en papier. L'échelle ne ressemblait à rien, mais je saisis l'idée d'ensemble. Je fourrai la serviette dans ma poche.

— Merci. Dès que j'aurai ce dernier renseignement, je file là-bas. J'espère qu'ils ont une photocopieuse. Les originaux appartiennent à Daisy, mais j'en voudrais un jeu pour mes archives et un autre pour les leurs.

— Vous rentrerez chez vous après ?

— Bien obligée. J'ai des piles de dossiers sur mon bureau, plus le courrier, plus les messages auxquels répondre. Si je ne me remets pas au travail, je suis bonne pour jeûner ce mois-ci !

Nous nous étreignîmes rapidement. Quand je partis, elle se tenait dans l'encadrement de la porte, se découpant en ombre chinoise sur la lumière du séjour. Elle attendit que je sois en sécurité dans ma voiture, puis elle agita la main. Je mis le contact et déboîtai du trottoir, jetant un autre coup d'œil en douce à ma montre. Mme Wyrick m'avait donné l'impression d'être une maniaque de la ponctualité, le genre à verrouiller la porte et à tout éteindre si vous aviez une minute de retard. Elle aurait adoré me fermer la porte au nez.

La température avait chuté et la nuit était infiniment plus fraîche que lorsque j'étais partie de chez Daisy. J'accélérai en direction de Main Street, qui devenait l'A 166. Il y avait peu de circulation, et une fois que j'eus laissé Santa Maria derrière moi, l'obscurité affirma son empire dans toutes les directions, d'immenses champs d'un noir d'encre frangés de lumières, dans lesquels une maison ou deux se détachaient sur les terres désertes. Une odeur d'humidité imprégnait l'air. Mes phares avant m'ouvraient un faisceau lumineux sur lequel je filais. Je n'avais qu'une vague idée des distances. Cette partie du comté se signalait par sa simplicité : cinq ou six routes rectilignes, reliées par des voies secondaires qui formaient un échangeur à l'occasion. Je roulais en direction de l'océan quelque part devant moi, caché par une barre de collines peu élevées qui se détachaient en noir foncé sur le noir grisé du ciel.

De temps à autre je longeais un derrick, et, plus loin, je laissai derrière moi un réservoir gigantesque, éclairé d'en dessous comme pour souligner sa masse. Des clôtures de barbelés doublaient les bords de la route de part et d'autre. Les fantômes de tuyaux d'irrigation filaient en zigzag au travers d'un champ, où le faible clair de lune rehaussait le blanc du PVC. Seule la crête hirsute d'un bouquet de pins efflanqués rompait l'horizon. J'aperçus un éclair bleu vif : la maison de Mme Wyrick, à trente mètres de l'autoroute, fichée au milieu d'un dépôt de ferraille.

Je ralentis et m'engageai dans un chemin de terre défoncé d'ornières. Cette femme vivait dans un décor de machines agricoles rouillées, de véhicules bons pour la casse, de piles de bûches, de palettes de bois et de rouleaux de grillage pour clôture. C'étaient là, semblait-il, que venaient mourir les éléments de sanitaires après les rénovations de salles de bains. Lavabos, cuvettes de W.-C., baignoires plantées dans le sol à la verticale. Dans un autre périmètre, des sections de clôture en fer forgé végétaient contre une remise en bois. Le nombre de clôtures de métal au rebut aurait permis d'enclore un pâturage si on les avait soudées.

Il y avait une niche, bien sûr, et au bout de la chaîne un pitbull moucheté à la poitrine impressionnante. Ses aboiements qu'un collier étrangleur transformait en râles de coquelucheux montaient en puissance. Je me rappelai le pit-bull de Jake massacrant le caniche nain de Violet et espérai que l'animal était dûment neutralisé.

Aucun espace de stationnement n'était prévu, mais une allée de terre damée encerclait la maison, où des lumières brillaient encore. Je me garai à côté d'un camion d'époque reposant sur des parpaings, roues disparues, hayon baissé. Je coupai le moteur et descendis. Tout en me frayant un chemin jusqu'à la véranda de devant, je gardai un œil sur le pit-bull. Les marches en bois émirent des craquements alarmants, qui exacerbèrent l'agitation du chien. Il ne cessait de plonger en avant et avec tant de force que la niche, à force de tressauter, avança de trente centimètres. En inspectant la cour, je vis plusieurs vieux tacots qui émaillaient le paysage. Mme Wyrick écoulait peut-être des pièces détachées de récupération en même temps que toute sa ferraille.

La moitié supérieure de la porte d'entrée était vitrée, et un panneau de tissu qui ressemblait à un vieux torchon cachait les pièces à l'intérieur. Le bruit d'une télévision signalait qu'une sitcom battait son plein. Quand je frappai au panneau vitré, le verre cliqueta sous mes phalanges. Au bout d'un moment, Mme Wyrick écarta le rideau et m'ouvrit. Le plafonnier était allumé dans le séjour et on apercevait plus loin une cuisine éclairée *a giorno*.

Mme Wyrick était plus douce que je ne l'avais imaginée. Quand je lui avais parlé au téléphone, je m'étais représenté une vieille harpie voûtée, d'une propreté douteuse et affligée de cheveux blancs rebelles, d'yeux chassieux et de crins au menton. Lorsqu'elle avait mentionné sa remise, j'en avais fait une vieille bique ratatinée qui gardait les numéros de *Life* depuis 1946. J'avais visualisé une maison remplie du sol au plafond de piles de journaux entre lesquelles on se glissait à peine, de chats perdus sans collier et de la crasse. La femme qui m'accueillait avait un visage rond et empâté. Son corps semblait spongieux, gonflant et ballonnant quand elle bougeait jusqu'au moment où les chairs finissaient par combler tous les creux de sa robe. Peut-être était-on en phase de fermentation, car le ton hargneux qui m'avait agressée au téléphone s'était adouci. Elle semblait vague et hésitante, et elle avait l'odeur des truffes au bourbon qu'on vous offre à la période de Noël. Je lui donnai quatre-vingt-cinq ans.

Dès qu'elle me vit, elle tourna les talons et regagna son fauteuil de relaxation d'un pas pesant, m'abandonnant près de la porte. La forte houle de rires préenregistrés sévissait à l'antenne et ne dissimulait pas tout à fait qu'il ne s'y disait strictement rien de drôle. « Tu as sorti les ordures ? » Hurlements de rire. « Non. Et toi ? » Plus les répliques étaient ineptes, plus les éruptions de joie atteignaient des sommets d'hilarité. Mme Wyrick s'empara de la télécommande et baissa le son. Je notai le quart d'Old Forrester à moitié vide sur la table près de son fauteuil.

Nous oubliâmes les gracieusetés d'usage, et tant mieux. Elle était trop voûtée pour faire plus que naviguer du fauteuil à la porte, et retour.

— La chance vous a-t-elle souri ? lui demandai-je.

Une étincelle de roublardise ou de culpabilité s'alluma dans les profondeurs de ses yeux bleus. Elle saisit une feuille de papier pliée qui voleta légèrement à cause du tremblement sénile de sa main.

— Pourquoi y vous la faut ?

— Vous souvenez-vous de Violet Sullivan ?

— Très bien. Violet, je l'ai connue… ça fait un bail.

— Vous avez sûrement appris qu'on avait retrouvé son corps ?

— Je l'ai vu à la télé.

— Alors vous savez que le loulou de Poméranie était dans la voiture avec elle.

— Je crois que le type, il a dit un chien. Je me rappelle pas qu'il ait parlé d'un loulou.

— En tout cas, c'était bien ça, et je pense que le chien venait de chez vous. C'est le dossier des portées ?

— Oui, ma belle, mais je peux juste vous dire qui a acheté le chiot. Je saurais pas vous préciser où le chien est allé après.

— Je comprends. En fait, je soupçonne que l'acheteur a donné le chien à Violet et que c'est lui qui les a tués tous les deux.

Elle commença à faire non de la tête.

— Ben, voyez-vous, moi, ça me paraît pas vrai. Je peux pas croire ça. Ça paraît pas logique.

— Pourquoi ?

J'aperçus un éclair de phares et jetai un coup d'œil

par-dessus mon épaule, croyant qu'une voiture s'engageait dans l'allée. Le chien aboya avec un regain de vigueur.

Mme Wyrick me toucha le bras et je revins à elle.

— Parce que le bonhomme, je le connais depuis des lustres. Mon défunt mari et moi, on était ses clients de longue date et on n'a jamais eu à s'en plaindre.

— Vous parlez du Blue Moon ?

— Pas du tout ! Le Moon est un bar. Mon mari, il réprouvait les boissons alcoolisées. Il a jamais bu un verre d'alcool de sa vie !

— Excusez-moi. Je ne voulais pas tirer de conclusions hâtives. Vendez-vous des pièces détachées pour automobiles ?

— Pas pour votre genre de guimbarde. Je vous ai entendue arriver. Au bruit, je dirais que c'est une étrangère. Je suis peut-être sourde d'une oreille, mais l'autre entend bien !

— Et pour des Chevrolet ?

— Ça oui, et pour des Ford et tout ce qui vous chante, mais je vois pas le rapport avec le clebs.

— Puis-je voir cette feuille ?

— C'est la question qui continue à me trotter dans la tête... savoir si je dois vous la communiquer. Je veux causer de tort à personne.

— Le tort a déjà été fait. Je ne demande pas mieux que de vous dédommager si ça peut vous aider à vous décider.

— Cent tickets ?

— C'est envisageable, dis-je.

En cherchant mon portefeuille, je vis que ma main tremblait. Inutile de traîner dans les parages.

Elle se mit à rire.

— Je disais ça juste pour voir votre réaction. J'en veux pas, de votre fric.

— Alors vous me la donnez ?

— Probable, puisque vous avez fait tout le trajet.

— Je vous en suis reconnaissante.

Elle me tendit le papier.

On se serait cru aux Oscars. Et le gagnant est… Je dépliai la feuille et lus le nom, songeant au présentateur qui tire la fiche de l'enveloppe et sait pendant une fraction de seconde ce que l'auditoire ignore encore. Et le gagnant est…

— Tom Padgett ?!

— Vous connaissez le P'tit Tommy ? Nous, on l'appelait toujours le P'tit Tommy pour faire la différence avec son père, le Gros Tom.

— Pas vraiment, mais je l'ai rencontré, lui dis-je.

Lui, riche à millions maintenant que sa femme était morte, aux abois quand elle vivait encore.

— Vous voulez que je vous dise ? Je vois pas comment vous pouvez croire qu'il a fait une chose pareille.

— J'ai dû me tromper.

Je sentais la peur monter. Je fourrai le papier dans mon sac et posai la main sur le bouton de la porte, prête à m'éclipser.

Elle semblait vissée sur place et pourtant agitée.

— Il a toujours dit que si un jour on me posait des questions sur le chien, je devais lui faire savoir. Du coup, je l'ai appelé et je lui ai dit que vous passiez.

Ma bouche était devenue sèche et j'éprouvais dans la poitrine une sensation d'orage magnétique en approche.

— Qu'a-t-il répondu ?

— Oh, ç'a pas paru le gêner ! Il a dit qu'il ferait un saut en voiture pour vous dire deux mots et tirer tout ça au clair, mais sûr qu'il aura été retardé.

— J'ai cru entendre une voiture s'arrêter, il y a juste un moment.

— Sûr que c'était pas lui. Il aurait cogné à la porte.

— S'il arrive après que je suis partie, pourriez-vous

lui dire que je pensais à quelqu'un d'autre et que je suis désolée pour le dérangement ?

— J'y dirai.

— Vous me permettez d'utiliser votre téléphone ?

— Il est juste là, au mur.

Elle fit un signe de tête vers la cuisine.

— Merci.

Je traversai le séjour en direction de la cuisine et décrochai le combiné de l'appareil fixé au mur. Pas de tonalité. Je le remis soigneusement en place.

— La ligne semble être en dérangement, alors j'y vais. Je trouverai probablement un téléphone ailleurs.

— Comme vous voulez, ma belle. Merci pour la visite !

Je sortis par la porte de devant ; l'ampoule de la véranda s'éteignit dès que j'eus posé le pied sur la marche. L'espace d'une minute, le passage subit de l'éclairage intense à l'obscurité me rendit aveugle. Le chien avait recommencé à aboyer, mais il ne semblait pas s'être rapproché de la maison. J'entendais sa chaîne claquer au rythme de son va-et-vient. J'attendis que mes yeux accommodent. Puis je scrutai le périmètre autour de la maison. Ma Volkswagen n'avait pas bougé de l'endroit où je l'avais garée. Il n'y avait pas d'autres voitures en vue. L'autoroute s'étirait de part et d'autre, entièrement déserte. Je trouvai mes clés et les écoutai tinter joyeusement pendant que je descendais les marches. Mes mains tremblaient tellement que j'eus du mal à déverrouiller la portière.

D'un geste réflexe, je vérifiai la banquette arrière avant d'entrer. Je m'assurai que les deux portières étaient verrouillées, puis je mis le contact et passai sans douceur en marche arrière. Je sortis mon arme de la boîte à gants et la posai sur le siège passager avec mon sac par-dessus pour l'arrimer. Posant mon bras droit sur le dossier du siège, les yeux sur le chemin derrière moi, je sortis de la cour en marche arrière. Je m'engageai rapidement sur l'autoroute et passai en première. Il ne me restait plus qu'à rejoindre l'antenne du bureau du shérif à moins de quinze kilomètres de là. Je devrais couper l'A 166 direction sud pour prendre West Winslet Road, puis obliquer, toujours au sud, dans Blosser, qui, d'après le schéma de Liza, doublait le triangle de terrain occupé par l'aéroport. Je trouverais Foster Road à proximité de la limite sud.

L'autre solution consistait à prendre la 166 jusqu'à Santa Maria et à récupérer Blosser à la périphérie. À ceci près que Padgett Constructions et A-Okay-Engins de chantier se trouvaient sur l'A 166, entre moi et la ville. Difficile de ne pas remarquer ma voiture. S'il me cherchait, Padgett n'avait qu'à attendre que je me profile à l'horizon. Je passai de seconde en troisième, arrachant à mon moteur un grincement aigu de protestation. J'essayai de visualiser les routes qui reliaient la 166 à West Winslet. Trois, d'après mon souvenir. Old Cromwell Road et New Cut Road étant maintenant derrière moi, autant les oublier. Seule restait Dinsmore Road.

J'accélérai, jusqu'au moment où j'aperçus le panneau et virai brutalement à droite. Là, il faisait noir comme dans un four. Je continuai à guetter des phares avant, mes yeux scrutant alternativement la route obscure derrière moi et la route obscure devant moi, qui filaient à toute vitesse dans mon rétroviseur. Sur ma droite, des tronçons de canalisation de près d'un mètre de section s'alignaient le long de la route en prévision de Dieu seul savait quoi. Une pelleteuse et un bulldozer stationnaient de l'autre côté de la route. Sans doute posait-on des conduites de gaz ou des collecteurs d'eaux usées, que sais-je ?

J'allais faire demi-tour quand une paire de phares jaillit brusquement derrière moi, remplissant le rectangle du rétroviseur d'une lumière qui m'obligea à cligner des yeux. Le véhicule se rapprochait rapidement, arrivant derrière moi à bien plus vive allure que ce que je pouvais obtenir, même en la câlinant, de ma boîte de conserve de treize ans à l'Argus. J'appuyai sur le champignon, mais ma Volkswagen ne pouvait rivaliser avec la voiture qui me suivait. Je distinguai un mélange de silhouettes quand la voiture déboîta en décrivant un arc généreux et me doubla, avec une équipe d'adolescents à son bord. L'un d'eux jeta une boîte de bière vide par la fenêtre, et je regardai le cylindre d'aluminium rebondir et tomber avant de disparaître.

Le rouge des feux arrière s'amenuisa et se fondit dans l'obscurité.

Une minute après, j'arrivai à une fourche. Dinsmore Road continuait droit devant, et une deuxième route partait sur la gauche. Une succession de quatre chevalets en interdisait l'accès. Ils étaient placés en quinconce, chacun portant sur la partie supérieure un panneau de cinquante centimètres sur un mètre barré de bandes diagonales orange et blanches. Chaque panneau était surmonté d'une plaque réfléchissante dont le clignotement semblait réitérer l'avertissement. Je ralentis et m'arrêtai, me rappelant la description des barrières que Winston avait vues la nuit où il avait repéré la voiture de Violet.

J'avais deux options : prendre pour parole d'évangile les chevalets signalant des travaux ou l'impossibilité de rouler plus avant sur la route, ou y voir une ruse, contourner un chevalet et filer droit sur Winslet Road. J'allumai mes feux de route. Et distinguai l'avant d'un camion garé à une centaine de mètres de là. Je compris le jeu. À cet endroit, l'angle des deux routes ne devait pas excéder quarante-cinq degrés, la distance entre elles s'élargissant sur une distance de quatre cents mètres. Padgett pouvait m'attendre à mi-parcours, prenant tout son temps pendant que je choisissais l'une ou l'autre. Choix qui ne changerait rien. Je fis une marche arrière et braquai violemment à droite. Achevant mon demi-tour, je repassai en première et refis le trajet en sens inverse.

Je surveillai mon rétroviseur, m'attendant à voir un signe quelconque de véhicule. Rien. Je me crus en sécurité, puis entendis le chuintement saccadé de mes pneus. Je me débattis avec la direction qui perdait soudain sa maniabilité et ne répondait plus, m'efforçant de maîtriser la voiture à mesure que mes pneus se dégonflaient. Je ralentis et m'immobilisai. Je ne m'étais pas trompée. Padgett s'était arrêté chez Mme Wyrick un peu plus tôt ce soir-là. Un pic à glace aurait été l'instrument idéal pour les percer tous les quatre en douceur. Pas aussi spectaculaire que ses entailles au Sun Bonnet Motel, mais il voulait être sûr que je pourrais rouler un moment. Assez longtemps pour me retrouver à cet endroit, seule dans la nuit.

Ce fut alors que je vis une paire de phares derrière moi.

Padgett prenait son temps. Mon moteur tournait, mais inutile de compter le semer. Si je m'étais écoutée, j'aurais ouvert la portière pour m'enfuir. Mais sûrement pas bien loin. Même si je filais comme une flèche à travers ces champs immenses et obscurs, je n'avais aucune chance tant qu'il serait au volant de son pick-up. Je saisis mon arme et défis la sûreté.

Il se rapprocha et s'immobilisa, laissant comme moi son moteur tourner. Il attendit une minute, puis il descendit. Ses phares qu'il avait laissés allumés inondaient ma voiture d'une lumière sinistre. Remontant la route à grandes enjambées, il s'approcha de ma voiture, côté passager. Frappa à ma vitre, alors que je le regardais déjà droit dans les yeux.

— À plat ?

Ton aimable, la voix légèrement assourdie. Je maudis son sourire.

— Tout va très bien. Dégagez.

Il se pencha en arrière et vérifia les pneus qui se trouvaient de son côté avec un scepticisme de cabotin.

— Très bien… je ne dirais pas ça.

Il posa un bras sur le toit de ma voiture et me regarda avec intérêt.

— Je vous fais peur ou quoi ?

Je sortis l'arme et la braquai sur lui.

— J'ai dit : foutez le camp.

— Waouh ! lâcha-t-il en mettant les mains en l'air. Je crois que vous vous trompez, m'dame. Je venais juste vous proposer un coup de main…

J'aurais dû l'abattre séance tenante, mais je crus qu'il y avait une autre issue que de le tuer net. Je posai l'arme sur mes genoux, incapable de lui exploser la tête de sang-froid.

J'écrasai l'accélérateur et la voiture fit un bond en avant. Il perdit l'équilibre, mais loin de s'en offenser, il parut amusé. Peut-être parce qu'il avait perçu mon bref instant de couardise. L'arme posée sur les genoux, je continuai de rouler à une allure de tortue. Je savais que je bousillais mes jantes, au risque de briser l'essieu avant et Dieu sait quoi encore, mais je devais à tout prix rejoindre la civilisation. Tout en avançant cahin-caha, je voyais Padgett secouer la tête d'un air incrédule. Il repartit sans se presser vers son pick-up.

Il monta, embraya et me suivit en prenant tout son temps, sachant que son véhicule serait toujours le plus rapide des deux. Les jantes entraient maintenant dans mes pneus et y découpaient des serpentins de gomme. Elles ripaient sur la chaussée en crachant un plumet d'étincelles. La direction ne répondait presque plus, mais je jouais mon va-tout. La course à l'échalote continuait, Padgett remontant jusqu'à mon pare-chocs arrière, m'expédiant à l'occasion une petite secousse pour se rappeler à mon bon souvenir.

J'apercevais l'A 166 au loin. Il était dix heures du soir, et même si la circulation se réduisait à néant, il devait bien y avoir un commerce encore ouvert, au moins une station-service ! Cromwell était plus près que Santa Maria, et si je parvenais à atteindre l'autoroute, je prendrais cette direction. Padgett roulait au point mort. Je l'entendis emballer le moteur, puis il passa de nouveau en première et emboutit l'arrière de ma voiture avec un *bang!* retentissant. Je me cramponnai à mon volant, les jointures des doigts livides tellement je le serrais. J'aperçus le chantier de construction plus loin devant, le bulldozer jaune vif et une pelleteuse garés à gauche. Padgett me rentra deux fois dedans en m'infligeant tous les dégâts possibles, soit un maximum. Il y eut une odeur d'essence chaude et de caoutchouc brûlé, et quelque chose qui raclait à chaque tour de mes pneus déchiquetés. De la fumée noire décrivit des volutes sur la vitre arrière. Ma voiture continua de se traîner comme un animal estropié, tandis que le métal hurlait à la mort dans un crissement strident.

Il tenta une autre série de rentre-dedans en jouant avec ses vitesses, mais préjugea de son habileté et cala. Il tourna la clé de contact et j'entendis le starter grincer. Une fois son moteur revenu à la vie, il fit une marche arrière, me contourna en décrivant un arc de cercle et prit la route en douceur. Je crus qu'il avait renoncé, mais c'était juste mon optimisme congénital qui pointait son museau ensoleillé. Il s'arrêta sur l'accotement de gravier, éteignit ses phares et mit pied à terre. Je le regardai traverser la route sans hâte excessive et s'approcher du bulldozer. Il saisit une poignée fixée sur le côté et prit son élan, utilisant la chenille comme marchepied pour monter dans la cabine. Puis il s'assit sur le siège et se pencha en avant. Tourna la clé de contact. Le bulldozer reprit vie avec un grondement. Il alluma les feux et je le vis tendre la main vers les leviers qui contrôlaient l'énorme engin. Son objectif m'échappait – sauf ce qui sautait aux yeux, bien sûr –, jusqu'au moment où j'aperçus le monticule de terre au milieu du champ à ma droite. Il avait creusé un trou à mon intention.

Cette fois il venait droit sur moi. Je freinai et saisis la poignée de la portière. Le moteur s'éteignit. Le temps que je me retourne, il était là. Il plaça la pelle contre le flanc gauche de ma voiture et bloqua la portière du côté conducteur. Puis il l'abaissa et commença à pousser ma voiture de biais vers le monticule de terre. Je ne pouvais pas voir le trou, mais je le savais là. La Volkswagen tanguait, glissant sur le côté, la terre brute s'amoncelant de plus en plus haut contre la portière de droite. Je fourrai l'arme dans la ceinture de mon jean et me glissai sur le siège du passager. Je dégageai la poignée, puis je poussai, essayant d'ouvrir la portière malgré le sol et les pierres qui s'accumulaient rapidement de l'autre côté. Ça ne marcherait jamais ! Je renonçai et baissai la vitre aussi vite que je pus. La terre accumulée contre le flanc de la voiture atteignait presque la vitre. Je me hissai sur le bord et lâchai un gémissement sourd quand je vis à quelle vitesse nous avancions. Huit kilomètres à l'heure n'a rien d'extraordinaire, mais l'allure était régulière et continue, ce qui me laissait très peu de marge pour négocier ma réception. Je roulai sur le côté, ruant pour me dégager, et réussis de justesse à m'éjecter de la voiture qui me doubla et bascula dans le trou. Le bulldozer s'arrêta net, tandis que la Volkswagen heurtait le fond avec un autre *bang !*, les roues arrière tournant en vrille sous le choc.

Je me relevai en titubant et traversai le champ de terre, avec l'idée de décrire un large cercle pour revenir sur la route. Le sol avait été fraîchement labouré et les énormes mottes de terre m'obligeaient à lever haut les pieds, une vraie majorette à la parade. J'avais l'impression de courir à travers les sillons comme dans un rêve en une sorte de ralenti terrifiant, en faisant quasiment du sur place. Derrière moi Padgett, au volant de son engin, progressait à son fringant huit à l'heure, réduisant sans peine la distance. Je tentai un brusque virage à gauche, mais il n'eut aucune difficulté à rectifier le cap du bulldozer qui se révélait d'une remarquable souplesse pour une machine approchant les vingt tonnes.

Je sortis mon arme de ma ceinture, ce qui me faisait une belle jambe ! Le temps que je pile net, me tourne et vise, il m'aurait fauchée. Mon seul espoir était d'atteindre son pick-up, dont la silhouette se dressait devant moi, à gauche. Ma respiration était saccadée, j'avais la poitrine en feu, et les muscles de mes cuisses me brûlaient tandis que le poids de mes chaussures de jogging semblait m'enliser plus profondément à chaque pas. J'obliquai sur la gauche, visant la route tout en trébuchant ; derrière moi le bulldozer faisait un raffut du diable, claquant et cliquetant, ses chenilles métalliques nivelant le sol même qui me tuait. La distance amenuisait le gabarit de la pelleteuse jaune, mais je savais qu'en l'atteignant je serais sur la route. J'avais l'impression de patauger, ralentie par l'épuisement pendant que je me traînais avec une obstination de mule, obsédée par l'idée de gagner suffisamment de terrain pour faire une pause. Les tronçons de canalisations d'un mètre de diamètre tout au bout de la route grossirent un peu et la pelleteuse commença à prendre des proportions correctes. J'étais presque à bout de souffle quand je sentis le terrain se modifier : l'accotement damé ! J'arrivai sur l'asphalte et me mis à courir.

Une fois à l'abri du pick-up, je me retournai et calai mes bras sur le côté du plateau pour stabiliser mon tir. Je vis Padgett manœuvrer pour lever la pelle. Dans ce fragment de seconde, je pressai le cran de sûreté, puis je tirai à quatre reprises. Sans droit à l'erreur, car je n'aurais pas le temps de vérifier la précision de tir et d'ajuster.

Le bulldozer continua dans un grondement, lancé à pleine vitesse. Ne déviant pas d'un pouce de sa trajectoire, sa masse visant directement la pelleteuse. Je reculai vivement et partis à gauche jusqu'à ce que j'aie de nouveau Padgett dans ma ligne de tir. Il s'était affaissé sur le côté, et un flot de sang coulait du trou que je lui avais fait au cou. Le bulldozer heurta violemment la pelleteuse et Padgett bascula en avant. J'attendis, tenant mon arme jusqu'à ce que mes bras tremblent à cause de son poids. M'approcher pour lui porter les premiers secours ? À d'autres ! J'abaissai mon arme, contournai le pick-up et montai du côté conducteur. Je posai l'arme sur le siège et tendis la main vers les clés qu'il avait laissées sur le contact. Le véhicule démarra sans protester. Je passai la première et pris la direction des lampadaires qui bordaient la 166.

ÉPILOGUE

Presque un an s'écoula avant que je revoie Daisy. Officiellement, nous n'avions aucune raison d'être en contact. J'avais été payée d'avance, et le silence qui accueillit la version définitive de mon rapport ne me troubla pas plus qu'il ne convenait. Mais à mesure que les semaines passaient, je sentis naître en moi une petite rogne. Je n'avais pas espéré de gratitude ni de louanges excessives, mais un semblant de réaction ne m'aurait pas déplu. J'avais quand même mis ma vie en danger et tué un homme dans cette histoire ! Sa mort m'avait valu d'être cuisinée par le bureau du shérif du comté de Santa Teresa, où l'on ne voit pas d'un bon œil (comme il s'avère) un tir mortel, justifié ou non.

D'accord, j'aurais pu prendre l'initiative de la contacter, mais franchement, j'estimais que c'était à elle de faire le premier pas. Cette enquête-là était un de ces cas exceptionnels où les rapports professionnels tournent à une relation plus proche de l'amitié… du moins l'avais-je cru. Les rares fois où j'avais fait halte au Sneaky Pete's, j'avais découvert que Tannie n'en savait pas plus que moi, ce qui avait engendré chez elle aussi une certaine bouderie à son égard.

Un mois suivant l'autre, j'avais repris mes occupations, accaparée par de nouveaux engagements. Et puis, comme je regagnais mon bureau en fin de matinée le dernier jour d'août, je la découvris assise dans sa voiture, garée devant. J'enfilai la clé dans la serrure et laissai la porte ouverte en prenant le courrier. Quelques instants après, Daisy me suivait à l'intérieur.

Je jetai la pile d'enveloppes sur mon bureau.

— Tiens ! Comment allez-vous ? lui lançai-je avec la désinvolture enjouée qui cache les blessures affectives, et je m'assis dans mon fauteuil pivotant.

Elle prit le fauteuil placé de l'autre côté du bureau. Elle semblait mal à l'aise, mais je n'entendais pas lui simplifier la tâche.

— Écoutez, me dit-elle enfin. Je sais que j'aurais dû vous appeler, et je suis désolée. Je me suis arrêtée au Sneaky Pete's et Tannie était si fâchée qu'elle m'a à peine dit un mot. Je vous dois des excuses à toutes les deux.

— Vous nous avez carrément laissées choir.

— J'en suis consciente, dit-elle.

Son regard se perdit sur la surface de mon bureau. Sûr qu'elle mourait d'envie d'allumer une cigarette, mais l'absence de cendrier dut l'en dissuader.

— Je reconnais que c'est un piètre argument, mais je ne savais pas quoi dire. Il m'a fallu tout ce temps pour me décider. Je savais que j'étais déprimée et je ne me sentais pas le droit d'infliger ça à autrui avant d'avoir retrouvé un peu d'allant.

— Je comprends que vous l'ayez été, lui dis-je.

— Tant mieux, parce que moi, je n'ai pas compris ce qui m'arrivait ! Je ne sais pas à quoi je m'attendais... J'avais dû me dire que, si je découvrais un jour ce qui était arrivé à ma mère, tout serait différent, et je me suis retrouvée comme une idiote à attendre cette métamorphose qui surviendrait comme par enchantement.

Jusqu'au jour où je me suis rendu compte que ma vie était aussi merdique qu'avant. Je continuais à boire trop et à sortir avec des hommes pas faits pour moi. Et puis aussi, tout m'ennuyait à mourir.

— Par exemple ?

— Vous avez le choix ! Mon boulot, ma maison, mes cheveux, mes vêtements ! J'ai eu une séance avec un nouveau psy, et j'ai passé mon temps à pester en pensant à tout le fric que j'y laisserais.

— Qu'avez-vous fait ?

— Pour commencer, j'ai lâché la thérapie, et après, j'ai attendu que ça passe. Et hier, j'ai compris. J'étais assise à mon bureau, à transcrire des notes médicales en faisant du foutu bon boulot comme toujours, quand il m'est apparu que j'avais passé les sept premières années de ma vie à essayer d'être sage pour que ma mère m'aime et s'occupe de moi. Ce qui, manifestement, n'a pas marché. Ensuite, après son départ, j'ai continué à être sage en pensant que ça la ferait peut-être revenir.

— Et quand elle n'est pas revenue ?

Daisy haussa les épaules en souriant.

— J'ai décidé que rien ne m'obligeait à être sage et que je pouvais m'amuser. Il s'avère qu'elle était morte pendant tout ce temps et que ma conduite ne changeait rien à l'affaire. Sage, pas sage, quelle différence ?

— Et c'est cette illumination qui vous a remise sur pied ?

Elle se mit à rire.

— Non, mais je vais vous dire… quoi. J'ai compris soudain que si elle avait vécu… si elle avait été vivante, elle aurait pu venir à la maison de son plein gré. Peut-être que je lui aurais beaucoup manqué et qu'elle aurait compris à quel point elle tenait à moi. Elle aurait pu décider de revenir et de me prendre avec elle cette fois. Je ne le saurai jamais, mais j'ai juste autant de raison de croire à cette possibilité qu'à l'inverse. Je me suis sentie mieux parce que j'ai compris que rien ne m'obligeait à vivre comme si on m'avait rejetée et abandonnée. Je peux penser ce que je veux. Elle, la mort a supprimé ses options, mais moi, j'ai toujours les miennes.

Je l'étudiai.

— C'est bien. Ça me plaît. Et maintenant ?

— Je vais chercher un nouveau boulot, peut-être à Santa Maria, peut-être ailleurs. Ça m'étonnerait que j'arrête de boire, mais au moins je ne me ronge plus les ongles. Quant aux hommes, je ne sais pas, mais j'ai décidé qu'il valait mieux que je sois seule, le temps de reprendre mes esprits. Pour moi, c'est déjà un grand pas.

— Gigantesque, oui.

— Merci. Je le pensais aussi.

Elle laissa échapper un long soupir.

— Et maintenant je me demandais si vous étiez partante pour un sandwich fromage au piment et salami. C'est moi qui régale, ajouta-t-elle.

— D'accord, si je peux l'avoir avec un œuf frit par-dessus.

— Toutes les options sont possibles. Tannie m'a dit qu'elle allumait le gril.

Cela ne parut pas une mauvaise façon de boucler le dossier.

Des livres qui laissent des traces !

Le crime n'a pas de frontières...
De Paris à Londres en passant par New York, partez, en compagnie des auteurs réunis ici, sur les traces de meurtriers qui rivalisent d'imagination pour brouiller les pistes.

Vos enquêteurs favoris vous donnent rendez-vous sur www.pocket.fr

POLICIER

L'ABÉCÉDAIRE
DU CRIME

Sue Grafton

R comme Ricochet

L'envers du décor

Reba, trente-deux ans, s'apprête à sortir de la Centrale pour femmes de l'État de Californie. Redoutant qu'elle mette en danger sa conditionnelle, son père engage la célèbre détective privée Kinsey Millhone pour veiller sur elle. Simple, la mission ne devrait pas durer longtemps. En théorie, du moins. Car dès lors, la vie un brin monotone de Kinsey va changer du tout au tout, et c'est peu dire…

Pocket n° 12962

Sue Grafton

Q comme Querelle

Crime et flower power

À l'approche de la quarantaine, Kinsey Millhone a le blues... Cette affaire de meurtre vieille de vingt ans que lui pro-pose Con Dolan lui changera les idées. Août 1969. Le corps en décomposition d'une femme est découvert non loin de Lompoc : mutilée, la victime n'a jamais été identifiée. Avec un minimum d'indices, Kinsey doit se mettre au travail. Coïncidence troublante : le meurtre a eu lieu à quelques pas de la maison de son enfance...

Pocket n° 12238

Pour en savoir plus : www.pocket.fr

Sue Grafton

P comme Péril

Disparition et chantage

Santa Teresa, Californie. Cela fait neuf semaines que le Dr Purcell a disparu quand son ex-femme, Fiona, confie l'enquête à Kinsey Millhone. Enlèvement, assassinat, suicide, escapade amoureuse ? Pour Fiona, la réponse est toute trouvée : Crystal, sa nouvelle épouse, a tout intérêt à ce que son mari disparaisse pour toucher l'héritage. Kinsey se rend donc chez Crystal, et apprend que le docteur Kinsey était vraisemblablement victime d'un chantage…

Pocket n° 11632

Sue Grafton

O comme Oubli

Présumé coupable

La célèbre détective Kinsey Millhone découvre par hasard une lettre de son premier mari policier, Mickey, qu'elle n'avait jamais reçue. Quinze ans après son divorce, ce bout de papier l'invite à revoir son jugement sur Mickey, réputé pour ses manières peu orthodoxes et qu'elle avait suspecté de meurtre. Et si elle s'était trompée ? Pour la première fois, Kinsey va devoir mener une enquête sur son propre passé.

Pocket n° 11132

Pour en savoir plus : www.pocket.fr

Sue Grafton
N comme Nausée

Un cadavre peu bavard

L'histoire commence bien pour Kinsey Millhone : le devoir l'appelle à Nota Lake, petite ville de Californie. La veuve du shérif adjoint, intriguée par le décès de son mari retrouvé mort dans sa voiture, croit au complot. Loin d'être convaincue, Kinsey accepte pourtant d'interroger tous les villageois. Mais au Far West, le silence est d'or et trop parler peut chèrement se payer : jour après jour, Kinsey va l'apprendre à ses dépens...

Pocket n° 10730

Sue Grafton
M comme Machination

La haine en héritage

Quarante millions de dollars ! C'est l'héritage que doivent se partager les quatre fils du richissime Bader Malek. L'ennui c'est que Guy, le fils cadet, disparu depuis dix-huit ans, manque à l'appel. Avec son flair, Kinsey Millhone a tôt fait de le retrouver. C'est là que ses ennuis commencent. Loin de la féliciter, les trois autres frères l'accusent de s'associer avec le petit dernier pour mieux les berner…

Pocket n° 10729

Pour en savoir plus : www.pocket.fr

Sue Grafton

L comme Lequel

Imposteur

Aux yeux de tous, Pappy Johnny Lee fut un héros de la Seconde Guerre mondiale ; c'est pourquoi son petit-fils Bucky souhaite que le ministère des Anciens Combattants lui organise un enterrement militaire. Mais le ministère ne possède aucune archive concernant Johnny Lee… L'imbroglio s'épaissit, et devinez à qui le jeune homme fait appel pour résoudre ce mystère ? À Kinsey Millhone, évidemment…

Pocket n° 10413

Sue Grafton

K comme Killer

Double vie

À en juger par la cassette qui vient d'être envoyée à sa mère, Lorna Kepler, retrouvée morte quelques mois plus tôt, menait une double vie. Qui aurait soupçonné derrière la secrétaire modèle, l'actrice de films pornographiques… et qui aurait imaginé qu'elle avait déjà mis un demi-million de dollars de côté ? Reste à savoir qui a été assassiné : la nymphomane toujours prête à flirter avec le danger, la gentille employée à la santé fragile ou... la spéculatrice avisée ?

Pocket n° 10216

Pour en savoir plus : www.pocket.fr

Faites de nouvelles découvertes sur **www.pocket.fr**

- Des 1ers chapitres à télécharger
- Les dernières parutions
- Toute l'actualité des auteurs
- Des jeux-concours

POCKET

Il y a toujours un **Pocket** à découvrir

Cet ouvrage a été imprimé en France par

CPI
Bussière

à Saint-Amand-Montrond (Cher)
en septembre 2009

POCKET - 12, avenue d'Italie - 75627 Paris Cedex 13

— N° d'imp. : 91411. —
Dépôt légal : octobre 2009.